Bajo tierra seca

César Pérez Gellida

Bajo tierra seca

César Pérez Gellida

Premio Nadal de Novela 2024

Ediciones Destino
Colección Áncora y Delfín
Volumen 1630

Bajo tierra seca ha obtenido el 80.º Premio Nadal de Novela 2024, otorgado por un jurado compuesto por Inés Martín Rodrigo, Care Santos, Lorenzo Silva, Andrés Trapiello y Emili Rosales.

Ediciones Destino, un sello editorial de Editorial Planeta, S. A.
Avda. Diagonal, 662-664, 08034 Barcelona (España)
www.planetadelibros.com
www.edestino.es

Primera edición: febrero de 2024
ISBN: 978-84-233-6457-2
Depósito legal: B. 1.389-2024
Composición: Realización Planeta
Impresión y encuadernación: Rodesa, S. L.
Printed in Spain - Impreso en España

A María, tierra fértil

Primera parte

Llegarás primero a las sirenas, que encantan a cuantos hombres van a su encuentro. Aquel que imprudentemente se acerca a ellas y oye su voz, ya no vuelve a ver a su esposa ni a sus hijos rodeándole, llenos de júbilo, cuando torna a su hogar.

Odisea,
HOMERO

El hombre de la cicatriz

Estación de ferrocarril de Zafra
Provincia de Badajoz
17 de abril de 1917, a las 9.56

Lo intenta, pero no logra que desaparezcan esos chillidos que se reproducen dentro de su cabeza. Tan agudos, tan estridentes, tan desesperados.

Le atormentan.

El hombre de la cicatriz en el rostro hace todo lo posible para no escucharlos, pero los oye como si fueran parte de su banda sonora vital. Tiene asumido que esos gritos le van a perseguir hasta el fin de sus días y, a pesar de ello, lo que le empuja a pensar que le convendría arrojarse a las vías del tren no es eso. Es tener la certeza de que si ella se lo pidiera de nuevo, volvería a hacerlo sin dudarlo.

Volvería a matar a sangre fría.

Volvería a desmembrar un cuerpo.

Volvería a alimentar a los marranos con su carne.

Como un animal salvaje enjaulado, el hombre de la cicatriz en el rostro camina de un lado a otro sin levantar la mirada de las desgastadas puntas de sus zapatos. Un mono azul de faena abierto hasta el pecho sobre una camiseta de tirantes que un día fue blanca y una gorra de obrero estajanovista completan su atuendo. Tanto de su aspecto como de su complexión física podría decirse que, si bien en sus años mozos podía presumir de ser un tipo apuesto, hoy día no hay mujer en edad de merecer que se fije en él.

Al margen de su alterado comportamiento y de la crispación que se ha apoderado de sus músculos faciales, ninguna de las personas con las que se cruza en ese andén sospecharía que Jacinto Padilla es un tipo peligroso. Ninguna excepto el guardia civil Pedro Lobato, a quien todos en el cuartel conocen como «Lobito» por su actitud arrogante, conducta que para nada se corresponde con sus seráficas facciones. No son, sin embargo, su vestimenta ni el feo surco que le cruza la mejilla izquierda de norte a sur lo que llama la atención del guardia. Tampoco su frenético ir y venir, más propio de un padre primerizo que de alguien que aguarda la llegada del tren. Es la bolsa de viaje que carga lo que le ha hecho fruncir el ceño y dar un leve codazo a su barbirrucio compañero, el cabo Aguado, quien, distraído en otros menesteres más mundanos —como alegrarse la mañana con las viajeras más atrevidas en el vestir—, chasquea la lengua en señal de protesta.

—¿Y ahora qué mosca te ha picado, muchacho?

—Aquel —le señala con un fugaz movimiento de cabeza—. Eso que lleva no es suyo.

El otro entorna los ojos para mejorar el enfoque.

—¿El obrero?

—Sí.

A Román Aguado le fastidia tener que darle la razón a su inexperto camarada, pero, tras unos segundos de observación, resuelve que, tanto por su apariencia como por el argumento que esgrime Lobito, se requiere una intervención.

—Sígueme —le ordena colgándose al hombro la Remington, una carabina que, igual que él, cuenta con más de veinte años de servicio.

Padilla se sobresalta cuando Aguado posa la mano en su hombro.

—Buen día, caballero, ¿adónde se dirige?

El interpelado los mira con notable desdén antes de contestar.

—Estoy esperando a alguien.

—¿A quién?, si puede saberse.

—No es asunto suyo —zanja, arisco.

Lobito, en la retaguardia, da un paso al frente, pero es Aguado quien le cierra el paso con su oronda humanidad, y se mesa el mostacho nunca recortado.

—Mal empezamos. Documentación.

Contrariado, el hombre de la cicatriz en el rostro busca su cédula personal en el bolsillo trasero del pantalón sin soltar la bolsa, detalle que no se les escapa a los guardias. El cabo Aguado consiente que sea Lobito quien la compruebe, como si él no estuviera para tareas menores.

—Padilla Sánchez, Jacinto. De Baena, ¿eh? ¿Y qué hace tan lejos de casa en este día tan soleado? —indaga Lobito.

—Trabajo por aquí.

—Dónde.

—Por aquí cerca.

Tirando de veteranía, Aguado le golpea en el pecho con el dorso de la mano.

—¡Déjese de misterios de una vez! ¡¿Dónde demonios trabaja?!

—¡Soy el capataz de la hacienda Monterro...!

Jacinto Padilla no termina la frase. Los guardias se miran al oír el nombre que está en boca de todos después del incendio que la madrugada anterior ha devastado una de las propiedades más conocidas de la comarca, y no por su extensión o riqueza, sino por quién está al frente de ella.

Román Aguado es el primero en reaccionar alargando el brazo con la intención de agarrar al sospechoso de la solapa, pero este responde con un rápido puñetazo antes de lanzarse a las vías y cruzarlas bajo la atónita mirada de los presentes. Una mujer grita al tiempo que señala la locomotora del tren que está entrando en la estación. Lobito amaga con perseguir a Padilla, pero se decanta por atender a su compañero, que, rodilla en tierra, intenta recuperar el aliento.

—¡Ve tras él, majadero! —le recrimina Aguado.

Cuando Padilla oye: «Alto a la Guardia Civil», no tiene ni idea de hacia dónde le conviene ir, pero sí tiene claro que no va a detenerse. Dos posibilidades se le plantean: seguir corriendo hacia la tapia que rodea la estación, saltarla y tratar de despistar a su perseguidor en el entramado de callejuelas; o bien colarse en el almacén abandonado de la izquierda y buscar el modo de sorprenderle y anularle. El problema radica en que saltar el muro le obligaría a desprenderse de la bolsa por unos instantes, opción que descarta de inmediato. Una ventana sin vidrio se convierte en una invitación irrechazable a entrar en el edificio.

Lobito, que lo ha visto entrar, desenfunda su revólver y lo amartilla antes de echar un vistazo sin asomar demasiado la cabeza. Dentro, la penumbra reinante parece luchar contra las zonas iluminadas por los rayos de sol que se filtran a través de las muchas imperfecciones de la cubierta. El descenso de temperatura es lo primero que nota el guardia civil al poner las botas en el suelo, cubierto por una fina capa de polvo sobre la que se han impreso las huellas del calzado de Padilla. Se asusta al oír el aleteo de las aves que han convertido la estructura en su hogar, pero, decidido a no desperdiciar la oportunidad de demostrar su valía, suelta el aire que ha retenido en los pulmones y emprende la marcha. La atmósfera que impera en la nave le recuerda al gallinero de su tía abuela Vicenta, a la que atiende cada mañana antes de presentarse en el puesto. Hay días, como hoy, en que la suerte le sonríe y ha podido hincar el tenedor en unas migas que sobraron de la cena, y, quizá distraído en las reminiscencias del ajo, el pimentón y la panceta que aún permanecen en el paladar, Lobito no se percata de un movimiento que se produce a su espalda. Cuando su vista detecta el objeto que se aproxima a su cabeza ya es demasiado tarde para esquivarlo. El ladrillazo lo aturde, pero es el golpe que recibe en la entrepierna lo que le hace soltar el arma y caer a plomo con la boca abierta. Acurrucado en posición fetal, logra evitar los daños severos que las primeras patadas le habrían provocado en la cabeza, no así los causados por las tres siguientes, en el estómago y el bajo vientre. Lo último que recordará el guardia civil Pedro Lobato, alias Lobito, será que las migas recorrieron el mismo camino pero en sentido contrario antes de salir de su boca. Contagiado por el olor a vómito, Jacinto Padilla no puede evitar que las náuseas y las arcadas lo sacudan, y se aparta para no vomitar sobre el rubio cabello del muchacho al que acaba de dejar inconsciente, lo cual es cuando menos paradójico, dado que ha sido capaz de consumar sin inmutarse actos que harían palidecer a cualquier ser humano.

Tras recoger el revólver del suelo y guardarlo en la bolsa de viaje, que no piensa soltar, emprende la carrera hacia la puerta corredera que ha localizado en la esquina opuesta. Al llegar, agarra con ambas manos el asa metálica y utiliza el peso de su cuerpo para tirar de ella. No sin esfuerzo, consigue que ceda lo suficiente como para pasar al otro lado. Sin embargo, por esa rendija se cuela la culata de una Remington que impacta con extrema violencia en la boca de Padilla, provocando que pierda la verticalidad. De espaldas en el suelo, dolorido, introduce la mano en la bolsa buscando el arma, pero el cañón que le apunta a la cara le disuade.

—Yo en tu lugar no lo haría, piojoso.

Rendido a la evidencia, Jacinto Padilla ladea la cabeza y escupe la pieza dental que, huérfana de raíz, deambulaba errante por su boca.

La flor de la pereza

Camino vecinal entre Almendralejo y Zafra
Provincia de Badajoz
18 de abril de 1917, a las 11.15

Infinidad de partículas de polvo en suspensión cubren las botas de montar que con tanto denuedo ha lustrado hace unas horas. Bien planchado el uniforme de servicio: azul marino con doble hilera de botones dorados, capa de lana; sable de infantería reglamentario al cinto. Bajo el tricornio, Martín Gallardo, teniente de la Guardia Civil destinado en el puesto principal de Almendralejo.

Bautizado igual que su abuelo hace treinta y nueve años en la catedral de Santa María de la Asunción de El Burgo de Osma, cabalga mientras fuma sin quitar la vista del camino. De buena talla, bigote de herradura y espalda ancha, destila la reciedumbre que caracteriza a los que han coqueteado demasiadas veces con la muerte. De inclinaciones maniqueístas, quienes lo conocen dicen que no conviene llevarse mal con él.

Pero bien tampoco.

El galopar de otro caballo le invita a tirar de las bridas de Alarico —hijo de Rocestes, a quien tuvo el honor de montar durante los años que estuvo en el ejército—, al que considera mucho más que su cabalgadura. Martín

Gallardo no se gira, no le hace falta. El recién llegado se coloca a su altura y se aclara la garganta.

—Le pido disculpas, mi teniente. Hasta que no he llegado al cuartel no me han dado el aviso.

Nacido en Santoña pero criado en Madrid capital, el sargento Pacheco podría considerarse su mano derecha e izquierda dentro del cuartel y su único amigo fuera, lo cual no obsta para que se traten de usted cuando están de servicio; es decir, siempre.

—No hay problema.

—La criatura se resistía a salir. Tiene pinta de que va a ser dura de roer, como la madre.

—Como todas las madres. ¿Otra niña?

—Otra.

El teniente Gallardo extiende el brazo y le da un par de palmadas en el hombro.

—Enhorabuena, sargento.

—Se agradece. Cambiando de tema. ¿Ya se ha enterado? Dicen que los americanos por fin entran en guerra para ayudar a sus primos los ingleses. Y más les vale, porque con la retirada de los rusos las cosas no pintaban muy bien para ellos, ¿no cree?

—Mientras no nos afecte a nosotros, yo no creo nada —sentencia—. Ya sabe lo que pienso de esos malnacidos del otro lado del Atlántico.

—Sí, sí, ya lo sé.

—Si esos cabrones meten el hocico es por interés propio, no para ayudar a los hijos de la Gran Bretaña, que pensaban que iban a doblegar al enemigo en dos semanas. Pretenciosos. Por suerte esta guerra no va con nosotros. A nosotros ya nos tocó tragar más que suficiente...

Se refiere el teniente Gallardo a las penurias que sufrieron los miles de desgraciados que, como él, fueron llamados a filas para tratar de amarrar las posesiones territoriales de ultramar. Colonias que mucho tiempo atrás ya habían dejado de pertenecer *de facto* a una España que se resistía a naufragar como lo harían sus barcos en Cuba y Filipinas. A partir de entonces será inevitable que ese hado que nació de la ruptura social y política termine convergiendo en una sangrienta guerra entre las dos Españas: la de derechas y la de izquierdas; la conservadora y la liberal; la católica y la anticlerical; la del brazo en alto y la del puño cerrado.

La de vencedores y vencidos.

Derrotados todos.

Pasados unos minutos sin hablar, es el sargento quien decide romper el silencio.

—No es normal este calor a mediados de abril, todavía no son ni las doce y ya hace de verano —comenta, pero no obtiene respuesta alguna de su compañero—. En la comandancia no me han contado nada acerca del asunto. Si me pone al día se lo agradecería bastante.

—El asunto... —repite Gallardo mientras se atusa el bigote de herradura como si necesitara comprobar que, en efecto, está recortado a la perfección.

De improviso, Alarico relincha y se alza sobre los cuartos traseros. Tras un breve forcejeo con el animal, el teniente logra controlarlo.

—Shhh. Tranquilo, chico —le susurra al tiempo que le acaricia las crines—. ¿Qué pasa?

—Allí.

Pacheco señala una víbora enroscada en la mitad del camino. Con calma, el teniente desenfunda el fusil que lleva en la silla de montar, lo carga con pericia accionando el guardamonte y apunta al reptil. Este, desafiante, hace bailar su lengua bífida antes de ponerse en movimiento y perderse entre la escasa maleza que sobrevive a ambos lados del camino.

—Jodidos bichos —dice Pacheco.

Gallardo guarda el fusil, arroja la colilla que sostiene en la comisura de la boca y acaricia el cuello de Alarico.

—Ellos estaban aquí mucho antes de que nosotros

empezáramos a caminar erguidos. La mayoría de los reptiles son más nobles que las personas.

—Mire, ahí no le voy a quitar la razón, pero si le parece lo discutimos en otro momento. Ahora me iba a poner al día del asunto.

El teniente está a punto de reírse. Cuando termina de relatarle los hechos acontecidos en la estación de Zafra, Darío Pacheco se quita el tricornio y se seca el sudor de la frente.

—¿Y qué llevaba el pájaro en la bolsa de viaje? —quiere saber.

—Casi mil quinientas pesetas y joyas baratas, pero no nos han requerido para investigar un posible robo.

—¿No?

—No. Supongo que habrá oído hablar de la Viuda, ¿verdad?

—¿Y quién no? La mujer esa de la dentadura de oro que buscaba su quinto o sexto esposo con un anuncio en el periódico.

—La misma, pero solo ha estado casada dos veces. Pues hace un par de noches se produjo un incendio en la hacienda Monterroso que arrasó con todo. Al parecer, el detenido, que era el capataz de la finca, ha confesado haberlo hecho.

—Acabáramos. ¿Y la doña?

—Esa es la cuestión. Que nadie sabe dónde está. No se tienen noticias de ella desde la mañana de antes del incendio.

—No dar señales de vida nunca es buena señal. ¿Y qué ha dicho el capataz al respecto?

—Ha dicho que se vuelva a poner usted el tricornio de una santa vez.

Pacheco obedece sin rechistar.

—El tal Jacinto Padilla asegura que seguía las instrucciones de la señora y que ella misma fue quien le dio el dinero y las joyas. El tipo jura y perjura que eran amantes desde hace tiempo.

—Ya, claro, los Fortunata y Jacinto de Badajoz.

Ahora sí, Martín Gallardo sonríe, visaje poco habitual en él.

—Los compañeros del puesto de Zafra están seguros de que Padilla se ha cargado a la Viuda, pero llevan horas interrogándolo y sigue aferrado a su versión.

—Pues ya debe de tenerlos bien puestos, mi teniente, porque seguro que los compañeros lo han ablandado como corresponde.

—Como corresponde, ¿eh?

El sargento Pacheco no conoce los detalles —puede que nadie los conozca—, pero sí sabe que su superior no es muy partidario de determinadas técnicas de interrogatorio después de haber caído en manos del enemigo y de que los filipinos se ensañaran de lo lindo con él. Dicen que sobrevivió porque tenía el cuerpo tan destrozado que ni siquiera supo morirse.

—Mis disculpas.

Martín Gallardo saca un fósforo, lo enciende con la uña del pulgar y prende el cigarro que casi por arte de magia ha aparecido entre sus dientes.

—En el calabozo no lo habrá pasado nada bien, porque, según me han informado, durante la detención ofreció mucha resistencia y uno de los guardias salió mal parado.

—Y eso nunca juega a favor —completa Pacheco.

—No, para nada.

—Lo que no logro entender, y espero no excederme con el comentario, es por qué nos ha caído esto a nosotros.

Gallardo da varias caladas seguidas y retiene el humo en los pulmones durante los segundos en los que en su memoria se produce un salto en el tiempo hasta la tarde anterior.

En la comandancia, como llaman al puesto principal de Almendralejo, un oficial con el que se cruzó en un pasillo lo detuvo de manera amistosa.

—Gallardo, ¿se ha enterado ya de lo de la Viuda?

Lo primero que sintió fue un fuerte pinchazo en los nudillos, que todavía tenía algo inflamados y despellejados, así que no dejó de masajeárselos mientras escuchaba lo que le contaba su compañero. Acto seguido apretó el paso para llegar cuanto antes a su despacho. Una vez allí sacó una llave del bolsillo de la guerrera, con la que abrió el último cajón del escritorio; cogió la copia de una denuncia, se sentó y la leyó con detenimiento. Tras evaluar la situación, se levantó como un resorte y fue en busca del comandante Recio.

Las últimas palabras de su superior aún resonaban en su cabeza: «Ya es suficiente, Gallardo. Hágase cargo, pero no me maree más, se lo ruego».

—¿Teniente?

La voz de Darío Pacheco le devuelve a la realidad.

—Nos ha caído porque estábamos justo debajo, sargento. Simplemente por eso —apuntala.

En la plaza Grande de Zafra, un grupo de niños arrodillados sobre el frío empedrado de los soportales juegan a las canicas. Dibujada en el suelo con tiza, la infantil silueta de un pez.

—¡Vamos, Mario, te toca! —apremia uno de los críos.

El aludido no ha cumplido los diez años. Ojos castaño oscuro, piel tostada y pelo rapado con no pocos trasquilones que llegan hasta el cuero cabelludo. Se concentra y toma aire antes de impulsar la canica con el pulgar. Un tintín es la confirmación acústica de la consecución del éxito.

—¡Toma ya! —grita eufórico.

Una de las canicas sale despedida hacia el otro lado de la calle, donde saben que hay una gran alcantarilla. Mario, que no está dispuesto a permitir que se pierda su trofeo, echa a correr detrás de la bola sin pensárselo.

Ni mirar hacia los lados.

Por su izquierda se aproximan al galope dos jinetes cuya trayectoria converge con la de Mario. Cuando este quiere reaccionar, se paraliza al ver un animal de setecientos kilos a punto de arrollarle. Entregado a su suerte, aprieta con fuerza los párpados y oye un relincho agudo, desesperado. Al abrir los ojos se fija en el semblante descompuesto del jinete en su intento de controlar su montura. Reconocer el uniforme de la Guardia Civil le da más miedo que el caballo, por lo que en cuanto recupera el control busca refugio junto a sus amigos.

El de la Benemérita desmonta ante la atenta mirada del hombre que lo acompaña y se dirige hacia el grupo de niños. Cinco chasquidos con los dedos —uno por muchacho— es la secuencia sonora que da pie a sus palabras.

—¡Vosotros! ¡¿No tendríais que estar en la escuela?!

El mayor de todos, en su afán de consolidar su liderazgo, lejos de achantarse lo desafía frunciendo el ceño. El guardia acepta el reto, lo agarra por la oreja, se la retuerce haciendo que el muchacho se gire ciento ochenta grados y le da una patada en el culo.

—¡A la escuela he dicho, cojones!

Derrotado su caudillo, los chicos salen huyendo despavoridos por las calles aledañas.

El teniente Gallardo se sacude y estira el uniforme antes de acercarse caminando hacia la alcantarilla, a escasos centímetros de la cual se ha detenido la caprichosa canica. Amaga con agacharse a recogerla, pero tras reflexionar unos instantes la empuja con la puntera de la bota, provocando que se cuele por una rendija.

—Muerto el perro, se acabó la rabia —masculla.

De la herida que aún no ha cicatrizado en la ceja derecha se escapa una gota de sangre, que se precipita en un pequeño charco formado entre unos pies descalzos, mugrientos.

En los calabozos del cuartel de Zafra, Jacinto Padilla, esposado y en ropa interior, permanece inmóvil sentado sobre un colchón apolillado y con visibles manchas de orina. Tiene la camiseta manchada de sangre seca y en los brazos se aprecian cardenales y magulladuras de distinta consideración. En el antebrazo izquierdo luce con orgullo un tatuaje de la Virgen del Rocío, de la que es devoto. El preso, que respira con cierta dificultad, alza la mirada hacia el ventanuco enrejado por el que se cuela la luz exterior, y con la yema del índice se acaricia la cicatriz del rostro. Como si mediante ese gesto se liberaran los recuerdos más húmedos encerrados en su memoria, Padilla se ve penetrando de forma violenta a una mujer que, sentada sobre una paca de paja, gime con frenética intensidad. Las estremecidas facciones del hombre, más cercanas al sufrimiento que al placer, están a punto de desencajarse cuando alcanza el orgasmo y, ya sin aliento, se deja caer de rodillas, desfallecido.

Un ruido metálico le saca de su ensoñación sexual, y al levantar la cabeza reconoce el rostro aniñado del tipo que lo está observando a pesar del aparatoso vendaje que le cubre la cabeza.

Lobito, encolerizado, golpea los barrotes con una porra.

—¡Te estoy diciendo que te levantes y te acerques aquí, hijoputa!

Padilla lo mira, aguarda unos segundos y se incorpora con una forzada sonrisa en los labios. La mirada del guardia se desvía hacia el bulto que destaca en su entrepierna.

—¡Me cago en todos tus muertos! —grita a la vez que extrae unas llaves del bolsillo, dispuesto a entrar en la celda.

Se lo impide un hombre de pelo cano, bigote de morsa amarilleado por el tabaco y notable barriga. Se trata de Benito Yáñez, cabo de la Guardia Civil al mando del puesto de Zafra.

—Tranquilo, chico, que este ya ha tenido lo suyo. No lo vayamos a desgraciar antes de que lleguen los de la comandancia.

—¿Vienen de Almendralejo? —pregunta Lobito extrañado.

—¿No te lo han dicho? Un teniente y un sargento, ni más ni menos. En el cable lo dejan muy clarito: a partir de su llegada, ellos se encargarán del sospechoso.

—Como si nos hiciera falta.

Yáñez amaga con darle un puñetazo.

—Tú, a oír, ver y callar. Sobre todo lo último, ¿estamos?

—Estamos.

—Pues arreando. Prepara al prisionero. Adecéntalo un poco, no vayan a pensar que somos unos animales.

—¡Ya están aquí! —se oye gritar a Román Aguado desde otra estancia.

—¡Ponte en marcha, chico! Y tú sin tonterías, ¿eh? —le dice a Padilla.

En el patio del edificio principal, la comitiva de bienvenida la componen los dos miembros de mayor rango: el cabo Aguado y el cabo Yáñez. Ambos se cuadran al unísono cuando los dos forasteros desmontan. Cumplidas las protocolarias presentaciones, Benito Yáñez se arriesga.

—¿Y bien? —suelta—. ¿En qué podemos ayudarlos?

—Agua para los caballos y un lugar donde podamos refrescarnos —contesta Gallardo, seco, directo—. Después interrogaré al prisionero.

Yáñez hace el ademán de agarrar las riendas de los animales, pero enseguida su dueño se lo impide.

—A Alarico solo lo tratamos el sargento y yo —informa Gallardo—. Nadie más. Solo ocúpense de que no les falte comida ni agua.

Los guardias se miran.

—¡A sus órdenes! —contesta Yáñez.

El aseo es un rincón infecto, pero Martín Gallardo agradece poder desnudarse de cintura para arriba y enjabonarse el torso tras casi cuatro horas de trayecto tragando polvo. Frente a él, un espejo resquebrajado refleja una distorsionada imagen de sí mismo que le fuerza a coger la pastilla de jabón y restregarse la cara con saña, como si así pudiera limpiar su conciencia. No lo logra. Como tampoco evita rememorar cómo empezó todo.

Aquella mañana, como una premonición, la luz que entraba por la ventana le pareció menos intensa de lo habitual. Siendo un hombre de costumbres, antes de abordar los asuntos pendientes de la jornada prendió un cigarro y dejó que su mente se vaciara de los demonios que acudían a verle cada noche. Se disponía a revisar el primer expediente que tenía sobre la mesa cuando alguien llamó a la puerta. No solía recibir a nadie tan temprano, anomalía que se reflejaba en el semblante del sargento Pacheco cuando le anunció la visita de un viejo camarada.

—¿Un viejo camarada? —respondió extrañado.

A pesar de llevar un elegante traje negro de dos piezas y un ridículo bombín, no le costó reconocer aquel rostro de trazos rectos, tupida barba embetunada y ojos opacos. No supo o no pudo reaccionar durante unos segundos, pero cuando el cigarro se le cayó de la boca y salió del bloqueo emocional en el que estaba sumido, se levantó y se fundió en un abrazo con su antiguo compañero de armas, Sebastián Costa.

La pastilla de jabón se le resbala de las manos temblorosas. Martín Gallardo se las agarra y aprieta con fuerza, como si de ese modo pudiera contener la vergüenza que circula por sus venas.

—Me cago en mi condenada alma.

Es consciente de que son muchas, demasiadas, las escenas con las que va a tener que convivir el tiempo que le quede, y no deja de preguntarse si se librará de ellas cuando llegue al infierno. Porque Jacinto Padilla tiene asumido que más pronto que tarde es ahí donde terminará.

De todas esas imágenes, la que ahora le atormenta es la de la noche en la que le tocó deshacerse del segundo cadáver: un empresario de Cáceres llamado Herminio Montiel. Todavía puede sentir en los hombros y en la espalda la sobrecarga muscular por haber arrastrado el cuerpo por el camino de arena arcillosa que llevaba hasta el pozo; puede percibir el olor que desprendían sus poros, exudando perturbación y miedo; puede ver el haz de luz de la linterna rompiendo una noche cerrada de luna nueva; puede oír sus jadeos, cada vez más intensos, más entrecortados, más angustiosos. De todas esas sensaciones, la que recuerda con más intensidad es el alivio que le invadió tras el titánico esfuerzo que tuvo que realizar para arrojarlo dentro.

Empeño que habría de repetir unas cuantas veces más.

Pero hay otras muchas escenas de las que tampoco conseguirá desprenderse. Como la que aconteció la mañana en que uno de los mozos fue a buscarle con el rostro desencajado y le avisó de que algo le pasaba a Marcelino, uno de los cerdos macho, que destacaba entre los demás ejemplares por su tamaño. Cuando llegó a los corrales se lo encontró tumbado de costado, con las fauces abiertas y emitiendo ruidos extraños, agónicos, y se dio cuenta de que algo le estaba impidiendo respirar. Sin pensárselo demasiado, agarró una piedra de buen tamaño, se la introdujo en la boca para que el animal no pudiera cerrarla y le metió la mano hasta la garganta. Allí palpó algo duro, que era sin duda lo que estaba a punto de ocasionarle la muerte a Marcelino. Con absoluta determinación, Padilla lo manipuló para desencajarlo del esófago y tiró hacia afuera con fuerza. Al instante el cerdo se repuso y se incorporó como si nada hubiera ocurrido, provocando la algarabía de los allí presentes. Cuando el capataz miró el objeto que sostenía en la mano, se horrorizó al comprobar que se trataba de un pedazo de maxilar inferior humano. Un fragmento de mandíbula que bien sabía él a quién pertenecía. No en vano había sido Padilla quien le había pegado dos tiros por la espalda, le había robado el dinero que traía, lo había descuartizado para echárselo a los marranos y había quemado su ropa. De aquel pobre desgraciado no había quedado ni su ridículo bombín.

Muchos pensarán de él que había perdido el juicio para terminar cometiendo tantas atrocidades, pero solo Jacinto Padilla sabe que siempre estuvo en sus cabales y que, si en algún caso enloqueció, fue la pasión descontrolada lo que le llevó a convertirse en lo que es hoy.

Aunque quizá fuera la lujuria.

Poco importa ya.

Lo único que le impide terminar con su sufrimiento reventándose la cabeza contra la pared es la necesidad de averiguar que ella está sana y salva.

—Vamos, tú, espabila, que unos amigos tuyos han venido a verte —oye.

De nuevo el guardia al que todos llaman Lobito reclama su atención. Apretando los dientes, el detenido se incorpora y avanza hacia la reja.

—¿Qué amigos?

—Unos que vienen de la comandancia de Almendralejo y que no tienen pinta de conformarse con la sarta de mentiras que nos has contado a nosotros. Porque, como ya sabes, la Viuda sigue sin aparecer. Saca las manos.

El prisionero obedece y Lobito lo esposa sin dificultad.

—Ahora podría devolverte la paliza, hijo de puta, pero la diferencia entre tú y yo es que tú eres un criminal y yo soy un hombre de honor. El honor es mi principal divisa —enfatiza repitiendo el primer dogma del reglamento dictado por el duque de Ahumada, fundador de la Guardia Civil.

—No sé qué es eso de *divisa*, pero sí que el otro día tu honor estaba por los suelos —se mofa Padilla.

El rubor que nace de la ira colorea la cara del guardia.

—No sabes las ganas que tengo de verte muerto, desgraciado.

Padilla sonríe y saca la lengua por el espacio libre que ha dejado el incisivo que le falta.

—No más que yo, muchacho, no más que yo.

Las manchas de humedad y los grandes desconchones dominan en las cuatro paredes que conforman el cuartucho de cinco metros de largo por tres de ancho al que Yáñez se refiere con orgullo como «sala de interrogatorios». En el suelo, sin embargo, solo hay salpicaduras de sangre. Una bombilla que se descuelga del techo cual araña de luz furibunda, una mesa de campo y dos sillas de madera devoradas por la carcoma completan el escenario.

Desde la puerta, sin ocultar la repulsión que le produce, Martín Gallardo examina el entorno mientras escucha hablar al cabo Yáñez.

—Ese maldito cabrón los tiene bien puestos. Tanto que he estado dudando si debía cortarle los huevos para colgarlos del mástil de la bandera o guardarlos en formol para la ciencia.

Por la pétrea expresión de Gallardo, el cabo entiende que la broma no ha causado ningún efecto.

—No ha soltado prenda sobre el paradero de la Viuda —continúa Yáñez— o dónde demonios está su cuerpo, y eso que nos hemos empleado a fondo para darle lo suyo. Claro que, viendo cómo están sus nudillos, supongo que ya sabe de qué le hablo...

El teniente le retira la mirada.

—Gracias, cabo. Ya sé lo que necesitaba saber. Puede usted retirarse.

—¿Cómo dice?

—Lo que ha oído. El sargento Pacheco y yo nos hacemos cargo del interrogatorio a partir de ahora.

Benito Yáñez, beligerante ante la presencia de su subordinado, se niega a dar su brazo a torcer.

—Es mi obligación decirle que eso va contra lo establecido en el procedimiento.

—Dicho queda —contesta el otro con cáustico sosiego—. Por cierto, voy a necesitar tabaco y una botella de algún licor fuerte.

—Con todos mis respetos, teniente, creo que se equivoca conmigo. No tiene derecho a apartarme así porque sí. Y déjeme que le diga que si no es por mí no sabríamos nada de...

Anticipándose a la reacción de su superior, el sargento Pacheco resopla a la vez que niega con la cabeza. Tal y como había previsto, el teniente Gallardo se aproxima a Yáñez.

—Lo único que usted sabe es lo que él le ha querido contar para que dejara de golpearle, que es lo mismo que decir que no tiene la menor idea de nada —sentencia endureciendo el tono.

El cabo parece querer añadir algo, pero solo lo parece.

—Tráigame lo que le he pedido. Es urgente. Luego, le ordeno —enfatiza— que se desplace a la hacienda Monterroso con algunos de sus hombres y se asegure de que los vecinos de la zona no se llevan hasta las cenizas.

Yáñez se cuadra. Los botones de la guerrera están a punto de saltar por los aires.

—¡A sus órdenes, mi teniente! —vocea.

Gallardo espera a que se marche para encender un cigarro.

—Es un zoquete, pero nos puede servir —interviene Pacheco.

—Es posible, pero resulta que antes he bajado a ver al detenido al calabozo. Está hecho un guiñapo. Ni siquiera se ha percatado de mi presencia.

Pacheco frunce los labios.

—¿Puedo hablarle con franqueza?

—Puede.

—Creo que, aunque uno se empeñe, las cosas no pueden cambiarse de la noche a la mañana.

—Las cosas solo pueden cambiarse si uno se empeña en que las cosas cambien.

Camina cabizbajo, encogido. Esposado con las manos por delante, Jacinto Padilla avanza a trompicones por un estrecho pasillo que desemboca en las escaleras que conectan con la planta superior. A su espalda, Lobito se divierte empujándolo cada pocos pasos.

—Vamos, tira, que no tenemos todo el día.

—Me estoy meando.

—Pues te lo haces encima.

Padilla se da media vuelta.

—Te digo que me meo.

—¡Y yo te digo que...!

Suena como una rama seca al partirse.

La cabeza golpea la nariz de Lobito, que, medio noqueado, intenta sin éxito mantener la verticalidad aferrándose al vacío que lo envuelve. Un segundo después, en el suelo panza arriba, el guardia civil boquea. Teniéndolo a su merced, el detenido se siente tentado de aplastarle la cara a patadas, pero decide agacharse y arrebatarle —por segunda vez— el revólver que lleva en la funda del cinturón.

Enseguida traza la ruta de huida, que consiste en recorrer en sentido contrario el itinerario que guardó en su memoria el día anterior.

Con los ojos anegados de lágrimas, Pedro Lobato lo ve desaparecer escaleras arriba. Su primera intención es incorporarse, pero apenas si logra mantenerse a cuatro patas. Desde esa bochornosa posición, emulando un ciervo en celo, berrea. La intensidad de los alaridos y lo reducido de las instalaciones se alían con el joven guardia para favorecer la propagación del sonido, que alcanza los oídos de quienes están en la planta superior. Uno de ellos es Darío Pacheco, que además de manejar el sable con gran destreza tiene el oído muy fino.

—¿Ha oído eso? —le dice a Gallardo—. Viene de abajo.

Solo unos segundos después llegan al pie de la escalera, donde encuentran a Lobito todavía grogui, con la cara ensangrentada pero ya en pie.

—El muy bastardo me ha quitado el arma —balbucea.

Gallardo y Pacheco desenfundan las suyas casi al unísono y se lanzan en su persecución. Se disponen a cruzar el patio interior del cuartel en dirección a la salida cuando el teniente Gallardo lo oye. Quizá no tenga el oído tan fino como su compañero, pero reconocería en cualquier circunstancia el relinchar de Alarico si algo lo altera. Así, se detiene en seco, agarra a Pacheco del brazo y señala los establos.

—Está allí.

Tan pronto como entran comprueban que el teniente no se equivoca. Al fondo, Padilla está tratando de ensillar a Alarico, pero las esposas le impiden operar con normalidad.

—Sus muertos —murmura el sargento Pacheco.

—Ni se le ocurra disparar —le advierte Gallardo en voz queda.

El otro asiente.

—¡Jacinto Padilla! —grita Gallardo.

Alertado, el hombre se gira al tiempo que suelta la

silla de montar, saca el revólver del bolsillo y dispara sin pensarlo en dirección a los guardias. El proyectil se pierde muy por encima de sus cabezas, pero la formación militar de ambos los hace arrojarse al suelo de inmediato y arrastrarse buscando refugio. Los caballos reaccionan como les dicta su asustadiza naturaleza.

—¡Sus muertos! —insiste Pacheco.

—No dispare —insiste Gallardo.

—¡Al que se asome le pego un tiro! —los amenaza Padilla.

—Soy el teniente Gallardo. Me envían de la comandancia de Almendralejo para hablar con usted.

—¡No quiero hablar con nadie más!

—Tengo que averiguar qué pasó en la finca y solo usted lo sabe.

—¡Ya se lo he contado al gordo!

—No es verdad, solo le ha dicho lo que él quería oír.

Silencio.

—¡Es una historia muy larga! ¡No tiene ni idea de lo que hay en la hacienda Monterroso! ¡Ni la más remota idea!

—Tengo todo el tiempo del mundo.

—¡No, jefe, no! ¡Ya me han sacudido suficiente! Me han molido a palos. ¡No aguantaré más!

—Escúcheme con atención: voy a tirar el arma y me voy a acercar. Si tira la suya le aseguro que nadie volverá a tocarle un pelo. Tiene mi palabra.

—¡Su palabra no vale una mierda!

—Quizá, pero es lo único que puedo ofrecerle y, sobre todo, es lo único que tiene usted. O se fía de mí o usted y yo no amanecemos mañana.

—Teniente, por lo que más quiera... —farfulla Pacheco.

Martín Gallardo hace caso omiso y arroja su revólver donde Padilla pueda verlo.

—Me voy a levantar muy despacio, ¿de acuerdo?

Totalmente expuesto, y con las manos por encima de la cabeza, el de la Benemérita avanza hacia él.

—Déjela en el suelo.

El reo niega con la cabeza, pero no logra evitar que el peso del arma venza la resistencia del brazo.

—No puedo más, jefe. Necesito dormir —es lo primero que dice.

—Le dejaré dormir hasta mañana a primera hora.

Padilla, que parece que va a desmoronarse de un momento a otro, trata de enderezar la espalda.

—¿Me lo jura?

—Tiene mi palabra.

Cuando Padilla suelta el revólver, Gallardo le hace un gesto a Pacheco, quien a su vez lo traslada a los guardias que están fuera del establo.

Yáñez y Aguado son los primeros en aparecer.

—Que se asee. Consíganle ropa limpia y comida, y que duerma hasta las ocho de la mañana. Ni usted ni nadie que no seamos el sargento Pacheco o yo tiene permiso para dirigirle la palabra a este hombre. Mucho menos para ponerle la mano encima. ¿Ha quedado claro?

Yáñez asiente antes de llevarse al detenido.

El teniente se agacha para recoger el revólver y se acerca a Alarico. Lo acaricia en el morro y apoya la frente en su quijada.

—En peores nos hemos visto, ¿verdad, chico?

Martín Gallardo y Darío Pacheco caminan por las calles mal iluminadas del centro de Zafra con sus petates al hombro. No hay intercambio de palabras, todo lo que tenían que hablar acerca del caso lo han dicho en el cuartel. Entre otras cosas, el teniente ha desvelado el as que se guarda en la manga para sacarlo en el interrogatorio del día siguiente.

En sus rostros se cincelan las secuelas de una jornada

que ambos están deseando concluir. En el caso de Gallardo, además de la tensión y del cansancio acumulados, cuenta con una razón física que necesita atender cuanto antes. Ya empieza a notar el sudor frío por la espalda y sabe lo que sigue si no lo remedia de inmediato.

El sonido de las espuelas es lo único que se oye transcurridas un par de horas desde que el sol —que hace años que sí se pone en el Imperio— se ha marchado, y la única actividad de los segedanos consiste en ingeniárselas para llenar sus hambrientos estómagos. No corren buenos tiempos para los españoles. Y en la Extremadura rural, el tiempo, simplemente, ha dejado de correr.

Fuera de las fronteras patrias se libra una guerra de ámbito mundial que en solo tres años ya se ha cobrado millones de víctimas. Dentro, la debilidad de los sucesivos Gobiernos, horadados por la sombra de la amenaza militar, la siniestra luz de la Iglesia y, cómo no, por su propia inoperancia política, ha provocado el descrédito de la población hacia un sistema incapaz de adaptarse a las necesidades de una sociedad cada vez más agrietada. Más agriada. Menos halagüeña aún es la situación socioeconómica de las regiones latifundistas como la extremeña, donde unas pocas familias concentran la escasa riqueza que obtienen de la tierra y el caciquismo domina la miserable cotidianidad de quienes no tienen más remedio que trabajarla.

—Esa debe de ser la Esperancita que ha mencionado Aguado —indica Pacheco.

La talla en cuestión, venerada por los zafrenses desde tiempos pretéritos, les indica el camino que seguir hasta la pensión donde se van a alojar.

—Estamos fuera de servicio, ¿verdad?

—Lo estamos.

—Entonces me va a permitir que le haga una pregunta personal y usted verá si me la contesta o no.

—Dispare, hombre, dispare.
—No es lo que se dice muy devoto, ¿no?
—No, no mucho.
—A veces ayuda creer en algo.
El teniente se aclara la garganta antes de responder.
—¿En qué demonios ayuda, sargento?
—No sé, pero ayuda.
—Solo sirve para tratar de encontrar explicación a lo que no entendemos. Pero yo, que he tenido la desgraciada fortuna de ver muchas cosas que no me entran en la cabeza, prefiero buscar otro tipo de razones.
—¿Como cuáles?
—Casi todas convergen en la misma: el ser humano es basura y se comporta como tal.
La fachada del edificio de tres plantas que alberga las dieciocho habitaciones de la pensión Casa Matilde presenta un estado poco esperanzador respecto a lo que se van a encontrar dentro, lo cual, habida cuenta de los lugares en los que suelen alojarse, no parece importarles demasiado. En pie tras el mostrador de recepción, una mujer con profundas arrugas —que intenta ocultar bajo varias capas de maquillaje, rutilante peluca rubia y sonrisa embadurnada de un carmín belicoso— sostiene dos llaves que hace bailar una en cada mano.
—¡Bienvenidos a mi casa, señores! Pueden llamarme doña Matilde o Matilde a secas. Román Aguado, que es íntimo de toda la vida de Dios, me ha avisado de su llegada. Segundo piso, la doce y la catorce. Con aseo las dos. En la doce la cisterna hace un ruido raro y en la catorce las cortinas tienen algunas quemaduras de cigarro, porque al último que pasó por allí, un comerciante de poco pelo y con muy mala sangre, le debió de parecer divertido. Ustedes deciden.
Gallardo y Pacheco se miran.
—Lo mismo me da —dice el teniente.
—Que me da lo mismo —responde el sargento—.

Me quedo la de la cisterna, que no creo que suene más fuerte que mis ronquidos.

Doña Matilde suelta una carcajada histriónica nada proporcionada con el comentario jocoso de Pacheco.

—Buenas noches —se despide Gallardo.

—¡Un segundito, caballeros! ¿Hasta cuándo dicen que se quedan?

—No lo hemos dicho —responde el teniente sin detenerse—. Esta noche seguro; mañana ya veremos.

Frente a la puerta de su habitación, Gallardo finge que está buscando algo en los bolsillos para dar tiempo a que Pacheco se meta en la suya y no le vea fracasar en el intento de abrir. Ya tendría que estar habituado al temblor de sus manos, pero lo cierto es que le sigue irritando como el primer día que se percató, hace ya varios años, de que tenía un problema.

Un problema de dimensiones colosales.

Una vez dentro del cuarto, Gallardo corrobora sus sospechas. El mobiliario está compuesto por un camastro cubierto con una colcha de ganchillo, un armario de doble hoja con una puerta desencajada y dos mesillas de madera mal pintadas de un verde desesperanza que hace juego con la tapicería de la butaca y con las ya mencionadas cortinas. El aseo, para su sorpresa, huele a lejía y no presenta demasiados desperfectos. Sin perder un segundo se quita las botas, las polainas y se desnuda de cintura para arriba, arrojando la guerrera y la camisa al suelo como si le provocaran urticaria. La imagen que le devuelve el espejo es la de un lienzo remendado una y mil veces sobre el que se aprecian cicatrices de distintos tipos. Las de arma blanca son finas y alargadas; circulares y abultadas las de bala; amorfas y gruesas las marcas de metralla. Recuerdos casi todas de gloriosas acciones militares o ajustes de cuentas, y otras causadas por razones de diversa índole. Una fatamorgana del pasado de la que no puede ni quiere desprenderse. Qué más da. En este instante lo único que le importa es lo que guarda en un pequeño estuche negro que compró en Manila en 1897 y que desde entonces lleva en el petate.

Siempre.

Más le vale.

Martín Gallardo se sienta en el camastro, abre el estuche y deja caer el contenido sobre la colcha. La pipa mide veinte centímetros, y, aunque preferiría una más larga, la capacidad de la cazoleta le sirve —de momento— para albergar la dosis que suele tomar. Junto a ella, la bola de opio, varios fósforos y dos fotografías. Gruñe de frustración al tratar de arrancar con las uñas los trozos de opio, que debe mezclar con el tabaco para lograr el descanso. Sabe que la ansiedad es su peor enemigo y que solo alcanzará su objetivo si se arma de paciencia, por lo que respira de forma acompasada durante unos segundos antes de volver a intentarlo. Lo consigue en el siguiente intento y, antes de coger un fósforo, se recuesta de medio lado. Lo prende con la uña del pulgar y lo mantiene a un centímetro de la abertura de la cazoleta. Preferiría estar tumbado en un diván y utilizar una lámpara de aceite, comodidades con las que contaba en Filipinas durante sus primeros coqueteos con la flor de la pereza, pero ahora el teniente Gallardo no está para exquisiteces. La primera calada es la mejor, la más reconfortante, la que borra de un plumazo la ansiedad y el dolor ligados a la abstinencia. Siempre lo ha comparado con el servicio que ofrecían las chicas del barrio de Pinalagad: breve pero eficaz, incómodo pero funcional. La segunda, más larga y profunda, la retiene en su interior durante unos segundos antes de liberar el humo, como le enseñaron a hacer las prostitutas con las que se dejaba buena parte de la soldada del mes y cuyas artes amatorias invitaban al incauto a dilatar la despedida todo lo posible. Antes de dar la tercera calada alarga la mano libre para coger, ahora sí, con pulso firme y resuelto, las fotografías que descansan sobre la colcha. La que está en peor estado, por ser la más antigua, muestra la imagen en tonos sepia de una mujer de mediana edad, gesto amable y mirada misericordiosa. Es a la otra, sin embargo, a la que presta atención: algo más joven, de facciones propias del este de Europa, ojos claros, labios carnosos y pose lasciva. De improviso, como si le hubiera sobrevenido un mal recuerdo, frunce el ceño y aparta la imagen de la joven. Se acerca a los labios la primera fotografía, besa a la mujer que hay en ella a la altura de la frente y la guarda bajo la almohada.

Dos caladas más tarde, Martín Gallardo, teniente de la Guardia Civil destinado en la comandancia de Almendralejo, exmilitar de carrera y adicto al opio, deja que sus pestañas se abracen antes de caer inconsciente.

En el dorso de la fotografía puede leerse un nombre escrito a mano: Antonia Monterroso.

Una vida circense

Exterior del despacho de pan Espinosa
Provincia de Badajoz
Algunos años antes

Temblaba de frío. Escondida entre las bolsas de basura, Antonia aguardaba con famélica impaciencia a que, como había sucedido en noches precedentes, algún trabajador del despacho de pan saliera a tirar el género sobrante.

Peor no le podían ir las cosas. Necesitaba un cambio de rumbo radical. Desde que se había quedado sola y había tenido que cambiar de identidad no había logrado revertir la sucesión desmesurada de desgracias que se estaba cebando con ella. Poco importaba identificar el momento exacto en el que había perdido el control de las riendas. Nada cambiaba. Quizá ni siquiera hubiera uno en concreto. Puede incluso que el destino quisiera ponerla a prueba para ver cuánta mierda era capaz de tragar.

Antes de que todo se le volviera en contra, lo único ciertamente indudable era que el estallido de la guerra en Europa había provocado que la vida que ella conocía desapareciera de un plumazo. Una vida que ni mucho menos era ideal, pero era la suya.

La vida itinerante de Ljubica y Senka, una madre y una hija.

Una vida circense.

La gira del año 1913 lo había cambiado todo. Tanto que el éxito cosechado los había llevado a cruzar fronteras y llegar a países en los que nunca se habían planteado trabajar ni en sueños. A mediados de la primavera de 1914, el Gran Circo Ruso —que ni era tan grande ni tan ruso— llegó al sur de Francia desde el Piamonte italiano. Se hacían llamar así por puro romanticismo, a pesar de que la mayor parte de sus miembros procedía de los Balcanes y de otros territorios pertenecientes a ese Imperio otomano que vivía sus últimos días de gloria. Tenían previsto empezar en Mónaco y atravesar el sur de este a oeste hasta alcanzar el litoral atlántico francés llenándose los bolsillos en las doce funciones pactadas. Desde ahí atravesarían el país en dirección norte hasta París, donde habían firmado nada más y nada menos que cuatro meses de contrato con tres espectáculos por semana.

Jamás verían la Torre Eiffel.

La noticia del asesinato del archiduque Francisco Fernando en Sarajevo les llegó cuando estaban a punto de fijar las carpas cerca de Toulouse. Solo seis días más tarde, el promotor les comunicó la cancelación de todas las fechas acordadas por razones de fuerza mayor, que, recogidas en una de las cláusulas, privaban de cualquier tipo de indemnización a la parte contraria. Los propietarios del circo, dos hermanos moldavos, resolvieron que lo que más les convenía en tales circunstancias era regresar a sus países. Especialmente a ellos, que decidieron volver a sus casas con todo el dinero de la gira que aún estaba pendiente de repartir entre los treinta y cuatro artistas y demás trabajadores que integraban el espectáculo.

Y tal día hizo un año.

Con la desaparición de su medio de vida y dada la comprometida tesitura en la que se encontraban, madre e hija decidieron recalar en Portugal —todavía país no beligerante—, donde Ljubica conocía a un buen amigo que podría ayudarlas. Ese *buen amigo* resultó ser un antiguo trapecista transformado en proxeneta que les ofreció un techo a cambio de trabajar como camarera y limpiadora en uno de sus tugurios de Lisboa. Allí llegaron a principios del mes de agosto con la idea de, ilusas ellas, pasar un tiempo hasta obtener los recursos suficientes para poder regresar a Serbia. Desde el principio, los roces entre Ljubica y João Álvares, el hombre al frente del prostíbulo, complicaron mucho su cotidianidad. Ella no podía soportar el trato que recibían las chicas y él no estaba dispuesto a consentir que una recién llegada se le subiera a las barbas por muy recomendada que fuera del jefe. Cierto día del mes de septiembre, Senka volvía del mercado cargada cuando se cruzó con un hombre ensangrentado que huía del lugar precipitadamente. Los gritos que provenían del piso superior, donde estaban las habitaciones que utilizaban las prostitutas, le indicaron el camino que seguir. Tirada en el suelo boca arriba, rodeada por tres de las mujeres, se encontraba, agonizante y con una navaja clavada en el costado, su madre, que no tardó en perder la vida entre sus brazos. Las mujeres le contaron que el culpable era un cliente habitual con el que Ljubica se había enfrentado por abofetear a una de las chicas. La imposibilidad de hacérselo pagar a él hizo que Senka, fuera de sí, buscara un sustituto. El elegido no podía ser otro que João, quien a esas horas solía parar en la cantina del edificio adyacente, que, como era habitual, servía de motor del negocio. Sin mediar palabra se plantó frente a él, y haciendo buen uso de la navaja que se había llevado la vida de su madre, se cobró la de aquel hombre.

Doce puñaladas más una tuvieron la culpa.

Se libró de la consiguiente condena gracias a la rápida intervención de Maria Conceição —veterana prostituta a pesar de no haber cumplido los treinta—, con quien había labrado una buena relación; supo calmarla y convencerla de que debía marcharse de inmediato. Además le facilitó una nueva identidad: una excompañera de origen español que había fallecido de forma repentina, una mujer de su misma edad llamada Antonia Monterroso. Cuatro días más tarde, la nueva Antonia se vio deambulando por las calles de Badajoz en busca de algo que llevarse a la boca.

Varios meses después de haber cruzado la frontera, y a pesar de haber encontrado trabajo como bracera en las explotaciones latifundistas de la provincia, no siempre le llegaba para comer a diario. No le quedaba otra que buscarse la vida, y una fría noche de invierno de 1914 decidió volver a probar suerte en un callejón que daba a la parte trasera del despacho de pan Espinosa. Cuando por fin vio salir al panadero, el hambre jugó en su contra y la hizo precipitarse en vez de continuar agazapada. El ruido provocó que el hombre la confundiera con una rata primero y con un ratero después, y, auspiciado por la oscuridad reinante, arremetió contra ella en supuesta legítima defensa.

El golpe que la dejó sin sentido cambiaría su vida.

La suya y la de la mayoría de las personas que tuvieron el infortunio de cruzarse en su camino.

Un triunfo

Cuartel de la Guardia Civil de Zafra
Provincia de Badajoz
19 de abril de 1917, a las 8.03

Las primeras luces del día, aunque pertinaces, no alcanzan para limpiar la pátina turbia que flota sobre los tejados y que acompaña el despertar de los habitantes del pueblo.

En el exterior del cuartel, el cabo Yáñez se cuadra en cuanto ve doblar la esquina al teniente Gallardo y al sargento Pacheco.

—Buen día, mi teniente.

Gallardo, que ha detectado al menos tres irregularidades en su uniformidad, arroja la colilla al suelo y la pisa como si tuviera una cuenta pendiente con ella.

—Buen día —responde—. ¿Novedades?

—Tal y como ordenó, al detenido se le ha despertado al alba y se le ha dado café y pan con aceite para desayunar. Ya le está esperando en la sala.

—¿Me ha conseguido lo que le pedí?

—Un paquete de cigarrillos y una botella de licor de bellota que te quita todas las penas del...

—Yo no bebo esa bazofia —le corta—, pero lo mismo me da porque no es para mí.

Benito Yáñez resopla molesto.

—¿Tiene controlado el acceso a la hacienda Monterroso?

—Sí, pero no creo que...

—Usted no cree, usted cumple mis órdenes sin más. ¿Están atendidos nuestros caballos?

—Ahora lo pregunto.

—No es necesario, yo mismo iré a comprobarlo. Le veo en diez minutos —le dice a Pacheco.

Cuando el teniente Gallardo se aleja, Pacheco le da una palmada en la espalda a Yáñez, que tiene una expresión a medio camino entre el enojo y la amargura.

—No se lo tenga en cuenta. Él es así. Tarda uno en acostumbrarse.

—No tengo ninguna intención de hacerlo; por suerte, antes o después ustedes dos se marcharán por donde han venido y aquí las cosas volverán a la normalidad.

—Exacto, pero mucho me temo que, pase lo que pase, a usted se le va a hacer muy largo si no asume que ha dejado de ser el gallo en este gallinero.

El cabo Yáñez murmura algo por lo bajo.

—Y, por cierto, para el teniente Gallardo solo existe un ser vivo sobre la faz de la Tierra que le importe de verdad, y es el que ahora está en su establo. Por su bien confío en que lo cuiden como si se tratara de su primogénito, porque de lo contrario va a terminar como esa colilla —la señala.

En la penumbra, Jacinto Padilla aguarda en una silla con las esposas unidas a una cadena que termina en una argolla fijada en el suelo. Tiene mejor aspecto que el día anterior, aunque son todavía visibles las tumefacciones y heridas de diversa consideración en la cara. Respira de forma sosegada y tiene la mirada puesta en algún punto muerto de la pared de enfrente, donde proyecta la escena que en esos momentos rememora, en la que una mujer corpulenta lo agarraba por los hombros y lo zarandeaba.

—No es momento para lloriqueos, Jacinto. Es momento de tomar las decisiones que van a cambiar nuestras vidas. ¿Cuánto tiempo crees que tardarán en llegar hasta ese tratante de ganado y averiguar que fuiste tú el que le vendió el caballo de Pedro Berrocal?

Su voz, con un tono almibarado, maternal casi, arrastraba un acento difícil de identificar.

—Ya te he dicho que Valentín...

—Tendrías que haberte deshecho de él cuando te lo dije —le recriminó—. Pero no te atreviste, y ahora no nos queda otro remedio que irnos de aquí.

Jacinto Padilla resopló.

—Puede que tengas razón.

—¡Por supuesto que la tengo! Toma, llévate esto.

Padilla agarró la bolsa de viaje.

—¿Qué hay dentro?

—Dinero y joyas; lo vamos a necesitar.

—¿Y por qué no te quedas tú con la bolsa?

—Porque confío en ti. Nos vemos antes de las diez de la mañana en la estación de Zafra. A esa hora sale el tren hacia Badajoz, y desde allí a Madrid a cobrar la póliza del seguro.

—¿Y luego?

—Luego ya veremos. Eso no importa.

—Pero... ¿por qué nos tenemos que separar?

—Ya te lo he explicado: porque mi parte la tengo que hacer sola y es mejor que no lo sepas. Tienes que ser fuerte, Jacinto. No puedes fallarme ahora.

—¿Y cuándo te he fallado yo, Antonia? ¿Cuándo?

—Nunca. Por eso estamos hechos el uno para el otro y nada nos separará.

—Pero, en cuanto le pegue fuego a la casa, empezarán a buscarme y...

De repente su expresión taimada se convirtió en la de una hiena hambrienta.

—¡¿Es que no has escuchado una sola palabra de lo que te he dicho antes, Jacinto?!

Él, amedrentado, dio un paso atrás.

—¡Por eso te he dicho que lo tienes que hacer de madrugada, para no darles tiempo a reaccionar! Yo pienso y tú actúas, ¿recuerdas? Como hemos hecho siempre.

—Como hemos hecho siempre —repitió Padilla.

De nuevo regresó la calma.

—Eso es. Todavía no me he ido y ya os estoy extrañando —le dijo agarrándole de la entrepierna—. Nadie ha sabido domarme como tú, Jacinto. Nadie.

Jacinto le sonrió y ella le devolvió el gesto mostrando su flamante dentadura de oro y porcelana.

—Me marcho. Mañana empezamos de nuevo. De cero. Solos tú y yo. Tú y yo solos —se despidió ella.

—Eso mismo me dijiste el día que me pediste que matara a Costa.

—Y mañana lo vamos a cumplir. No me falles.

En cuanto Antonia se marchó, dos densas lágrimas resbalaron por las mejillas del hombre. Las que caen ahora en el suelo de la sala de interrogatorios son como aquellas, aunque quizá menos amargas.

—Solos tú y yo. Tú y yo solos —repite Padilla en voz baja con la mirada puesta en las esposas.

Por si Martín Gallardo no tuviera ya motivos más que suficientes, el desorden que reina en esa estancia le bastaría por sí solo para odiar al cabo Yáñez de por vida. Una foto retrato de Alfonso XIII, el emblema de la Benemérita y una bandera de España son los únicos elementos ornamentales visibles. El resto son objetos inservibles que no están en su sitio ni tienen pinta de haberlo estado jamás.

—Es imposible que alguien pueda trabajar en condiciones aquí —juzga con saña enderezando la imagen del monarca.

Darío Pacheco se despoja de la capa y la guerrera y las coloca con cuidado sobre el respaldo de una silla.

—Quizá sea porque aquí nadie trabaja en las condiciones mínimas que usted considera.

—Pacheco, no me joda, que ni siquiera es mediodía.

—Disculpe, mi teniente.

El sargento se da media vuelta para ocultar la sonrisa que empezaba a crecer bajo su recién arreglado bigote.

—Ayer no le pregunté, pero doy por hecho que me ajusto al papel de siempre.

—Para qué cambiar —corrobora su superior.

—¿Cree que Padilla estará por la labor?

—Al principio no, pero habrá que encontrar las grietas antes de darle con el pico y la pala.

—¿Y lo de la Viuda?

Gallardo se abre la guerrera y se da unos golpecitos en el bolsillo interior.

—Esa carta nos la guardamos para el final.

—Yo la mostraría nada más sentarme por eso de sacarle pronto una confesión, pero la eminencia es usted.

—Ya, pero resulta que hoy no buscamos una confesión, buscamos averiguar el paradero de esa mujer, si es que sigue viva, claro. Andando.

·

Al cerrarse tras él la puerta de la sala de interrogatorios, el prisionero, que parecía sumido en algún tipo de trance, se estremece.

—Mis disculpas, señor mío, ¿no le habremos molestado, verdad? —le pregunta Pacheco en tono irónico mientras le quita las esposas—. No se le ocurra hacer ninguna estupidez como la de ayer, porque yo no me ando con chiquitas.

Padilla no reacciona.

El sargento coloca el tabaco, la botella de licor y un vaso de cristal sobre la mesa antes de agarrar la silla por el respaldo y sentarse frente a él. Martín Gallardo permanece de pie detrás del detenido, inmóvil, con una libreta y un lápiz en las manos.

—Bueno, bueno, bueno... Espero que haya descansado bien y que, ahora, con el estómago lleno y sin el cabo Yáñez presente, responda con sinceridad a mis preguntas. Tengo una mujer y tres hijas preciosas esperándome en casa, así que no me haga perder el tiempo.

Padilla se toca la cicatriz de la cara y, de repente, le sonríe.

—Según nuestras anotaciones se llama usted Jacinto Padilla Gámez, natural de Baena, Córdoba, de cuarenta y cuatro años de edad, soltero y sin hijos. De ocupación, oficial agrícola de primera con mucha experiencia en el cuidado de cerdos. ¿Es correcto?

—Sí.

—¿Desde cuándo trabaja en la hacienda Monterroso?

—Desde hace demasiado.

—Concrete.

Padilla desvía la mirada hacia la izquierda. Gallardo anota algo en su cuaderno.

—Julio de 1915. Empecé trabajando para el antiguo propietario, Domingo Palomo, que poco después se convertiría en el segundo marido de Antonia.

—¿Iba bien la cosa?

—Pasamos aprietos durante ese otoño, porque hubo un pequeño brote de peste porcina. —Pronuncia las palabras con la dificultad que le impone la ausencia del diente—. Pero cuando Antonia tomó las riendas, todo cambió.

—Tenemos entendido que usted vivía en la hacienda.

—Sí.

—¿Tenía un buen jornal?

—No me podía quejar.

—Entonces, si apenas tenía gastos y le pagaban bien, ¿por qué le ha robado?

Padilla resopla hastiado y. da un puñetazo en la mesa.

—¡A ver si se enteran de una puta vez! —grita indignado—. ¡Que yo no le he robado nada! ¡Que la bolsa me la dio ella!

El bofetón con la mano abierta de Pacheco le tira de la silla. El sargento se gira para mirar a Gallardo. Este, con un ademán, le indica que le ayude a levantarse. Todavía aturdido y con el labio sangrando, Padilla vuelve a su sitio.

Pacheco chasquea la lengua.

—Culpa mía. No le advertí que aquí los únicos que podemos elevar el tono somos los guardias. No se lo tendré en cuenta. Le vuelvo a repetir la pregunta: ¿por qué decidió robarle?

—Ustedes no lo comprenden. La señora y yo nos entendíamos desde hace tiempo. Nos entendíamos y teníamos un plan.

—Que compartía cama con la Viuda, aunque nos sorprenda, ya lo sabíamos; pero el plan... ¿A qué plan se refiere?

El detenido aprieta los dientes, niega con la cabeza y se oprime los lagrimales como si quisiera detener el llanto. Luego clava la mirada en el paquete de tabaco.

—¿Puedo?

Pacheco saca un cigarrillo, lo enciende y se lo coloca en la boca al detenido. Padilla le da varias caladas seguidas y tras expulsar el humo se humedece los labios.

—Aún puedo oír los gritos de los marranos. ¡Pobres animales! Yo no quería hacerlo así, pero ella se empeñó. Pobrecitos míos. Pobrecitos.

Gallardo frunce el ceño ante la sinceridad con la que el hombre parece expresar el dolor que siente en ese instante. No puede ser fingido.

—Como no se explique mejor... —le incita el sargento Pacheco.

—Tenía que parecer un accidente —confiesa el detenido con un hilo de voz y los ojos vidriosos—, por eso no podía soltar a los marranos. No podía, no. Lo hice como ella me dijo, pero nunca pensé que el incendio llegara a la granja.

El teniente Gallardo le hace una indicación a su compañero para que le incite a seguir hablando. Pacheco vierte un poco de licor en el vaso y se lo acerca. Jacinto Padilla lo observa durante un par de segundos y se lo bebe de un trago.

—Ya le había funcionado antes —continúa Padilla—. Con su primer marido. Antonia vivía en Jerez de los Caballeros y estaba casada con un medio hombre que pertenecía a una familia con muchos cuartos: los Espinosa.

—¿Cómo se llamaba él?

—Gregorio Espinosa, pero todo el mundo le llamaba Goyito.

Gallardo lo anota.

—Prosiga.

—Un día hubo un incendio en uno de sus negocios, una confitería, me parece, y Antonia pensó que su marido lo había perdido todo. Lo que no sabía era que los Espinosa tenían todos sus locales cubiertos con un documento que se llama seguro y que...

—Sabemos lo que es un seguro. Continúe.

—Pues eso. Que ella contrató uno igual para la hacienda. Me pidió a mí que le pegara fuego, y con las casi cuarenta mil pesetas que le iban a dar los del seguro podríamos empezar juntos lejos de esta maldita tierra.

Gallardo le hace una señal al sargento y este se echa a un lado. Sin prisa, el teniente se coloca frente al detenido y se acerca a él.

—Por consiguiente, usted sostiene que Antonia Monterroso, más conocida por aquí como la Viuda, le convenció para que quemara la casa y así cobrar unos dineros con los que empezar una vida junto a su amado capataz.

—Lo crea o no, es la verdad.

En la boca de Martín Gallardo se dibuja una sonrisa sardónica.

—Entonces, ¿cómo explica esto?

El teniente saca un papel del bolsillo interior de la guerrera, lo desdobla y lo pone encima de la mesa con un golpe.

—¿Sabe leer?

—Algo.

—Pues lea.

Incrédulo, Padilla abre mucho los ojos y niega con la cabeza.

Puercos

Calles de Almendralejo
Provincia de Badajoz
Algunos días antes

Estaba acostumbrada. Que ellas la miraran con profundo desprecio y ellos con descarado deseo era algo con lo que convivía desde hacía mucho. Lo suyo con los hombres le empezó a ocurrir en cuanto dejó de ser una niña y las líneas curvas empezaron a imponerse a las rectas. En su Serbia natal notaba la lascivia de sus vecinos varones adherida a sus pechos y caderas pubescentes, y no fueron pocas las ocasiones en las que recibió propuestas obscenas de familiares o amigos cercanos de su madre.

Puercos.

Padre no tuvo, jamás lo conoció y nadie nunca le habló de él. Ni siquiera su madre, Ljubica, que siempre le contó que se había quedado embarazada de la magia del circo donde trabajaba como acróbata y contorsionista, oficio que Senka heredó más por obligación que por devoción. De ella también aprendió a viajar a través de los millones de historias que estaban atrapadas en los libros, y durante los largos intervalos que separaban actuaciones y ensayos, la niña encerrada en un cuerpo de mujer se zambullía en océanos de papel para evitar exponerse en la superficie de la cruda realidad que la rodeaba. La gran Torre de Babel que era el circo, donde concurrían decenas de nacionalidades distintas, le posibilitó el acceso a varios idiomas, que aprendía de oído, lo cual facilitó que pudiera entenderse con todos. Y que todos quisieran entenderse con ella. Tenía trece años la primera vez que no consiguió esquivar las incesantes propuestas de Krasimir —un búlgaro que tenía un número con perros muy aplaudido por el público—, con el que perdió la virginidad. A partir de entonces, y gracias a la excelente promoción que él le hacía entre sus compañeros varones, fueron siete los hombres con los que alternaba encuentros sexuales, a veces consentidos, la mayoría forzados; hasta que se atrevió a plantar cara a Pável, el domador de osos ruso pareja de su madre y que estuvo a punto de convertirse en su primera víctima.

Puercos.

Pero de eso habían transcurrido ya varias vidas, y aunque el cuerpo de Antonia Monterroso no era ni se parecía ya al que tenía en aquella etapa, aún seguía despertando idénticas emociones. Para demostrárselo a sí misma, esa mañana había decidido comprobarlo en plena calle con una pareja de mediana edad con la que estaba a punto de cruzarse.

—Discúlpeme, caballero. No sé si sería usted tan amable de ayudarme.

Por su expresión inicial, el hombre parecía dispuesto a dar su vida por ella, pero enseguida supo corregirla adoptando una pose más acorde al sagrado sacramento del matrimonio que compartía con su esposa.

—Por supuesto. Dígame.

—Me dirijo a la comandancia de la Guardia Civil y creo que me he perdido —mintió.

—¿A la comandancia? No va mal encaminada del todo.

Durante el tiempo que invirtió en darle las indicaciones, tres fueron las veces que al hombre se le escurrió la mirada al generoso escote de Antonia. Tantas como las puñaladas visuales que había recibido por parte de su mujer.

—Muchísimas gracias, caballero. Que tengan un buen día —le dijo a ella con una sonrisa encantadora.

Minutos más tarde llegaba a su destino por el camino que había seguido la primera vez que estuvo allí, cuando fue a denunciar el supuesto intento de violación de Francisco Espinosa, su entonces cuñado. Al pie de las escaleras de acceso al edificio colonial de tres alturas, Antonia se recompuso el vestido color carmesí como si esa coqueta maniobra fuera necesaria para llamar la atención de los dos uniformados que custodiaban la puerta. Adquirida en Mérida pero diseñada con patrones llegados desde París —según le aseguró la dependienta—, la prenda estaba fruncida en la cintura y sutilmente acampanada para resaltar el busto, y, gracias al corsé, conseguía estilizar su voluminosa silueta. Muy despacio, con el rictus severo, subió los cuatro escalones sin quitar la vista del guardia civil, cuyos rasgos le resultaron familiares.

—Señora Monterroso, ¿qué la trae de nuevo por aquí? —le preguntó este.

—Un asunto de extrema gravedad. Y urgencia.

—Entiendo.

—¿Viene a ver a...?

—En efecto —le corta.

—En el interior le indican.

Antonia se aproximó a su interlocutor.

—Como le decía, se trata de un asunto urgente, así que si me ahorra los trámites burocráticos le estaría muy agradecida.

Los guardias intercambiaron miradas.

—Será un momento —le dijo a su compañero.

Igual que en las veces precedentes, el bullicio que reinaba en el interior y que tan molesto le resultaba disminuía de forma considerable en el segundo piso.

—Espere ahí, por favor —le indicó el guardia.

Glamurosa, se sentó en el banco de madera, cruzó las piernas y apoyó las manos sobre las rodillas para ensalzar el busto al juntar los brazos, detalle que sin duda fue del agrado de su acompañante.

—Voy a avisar a su ordenanza.

Antonia se entretuvo contemplando, a través de la ventana que tenía a su espalda, las insignificantes vidas de los transeúntes al tiempo que repasaba el papel que interpretaría en unos instantes. El sonido de la puerta era la señal que estaba esperando para subirse al escenario, pero aguardó pacientemente sin girarse hasta que detectó con el rabillo del ojo que estaban solos.

—Señora Monterroso, ¿en qué puedo ayudarla?

Ella se hizo la sorprendida, como si acabara de regresar de un largo viaje mental.

—¡Teniente Gallardo, por fin! —dijo arrojándose en sus brazos. A este, turbado, no le quedó otro remedio que sostenerla.

—¿Se encuentra usted bien? Acompáñeme, por favor.

Algo más tarde, ya recompuesta aunque todavía atribulada, Antonia trató de acomodar su corpulencia en una silla de madera, que protestó con un amenazante crujido. El despacho, no muy espacioso pero ordenado e impoluto, olía a tabaco a pesar de que la ventana estaba abierta de par en par.

—Lo primero que quiero decir es que no sé cómo agradecerle todo lo que ya ha hecho por mí. Si no fuera por usted...

Se agarró una medalla de oro de una virgen cualquiera y la besó con candoroso fervor.

—Forma parte de mis obligaciones.

—Sí, lo sé, pero insisto en que no sé qué hubiera sido de mí si usted no hubiera intervenido. El caso es que en otra vida debo de haber sido una mujer muy malvada, porque lo que me pasa a mí no se lo deseo a nadie.

—La escucho.

Antonia Monterroso bebió un trago de agua como si quisiera purificar sus cuerdas vocales antes de pronunciar el nombre:

—Jacinto Padilla, creo que ya le hablé de él en una ocasión, ¿verdad?

Martín Gallardo se encendió un cigarro, dio una calada y lo dejó en un cenicero repleto de colillas.

—Su capataz.

—Eso es. Verá, antes de nada quiero aclarar que este caso es distinto, porque he de asumir parte de la culpa por haberle tratado de forma tan cariñosa, casi como a un hermano, y es posible que eso le haya terminado confundiendo.

—Le voy a pedir que sea más explícita, señora Monterroso.

—Jacinto Padilla ya no distingue entre el afecto y el amor, y está obsesionado conmigo hasta el punto de que la semana pasada le pillé espiándome mientras me aseaba y él..., en fin, ya sabe.

—Me temo que no, señora Monterroso.

Ella suspiró y dejó caer la mirada al suelo.

—Se estaba dando placer.

—Vaya. Ahora entiendo. Disculpe.

—Ese día no me atreví a denunciarlo, pero después de lo de anoche...

Antonia reprimió un sollozo.

—Antes de venir me he jurado a mí misma que iba a ser fuerte, pero comprenda que esto es muy duro para mí.

—Por supuesto. Tómese el tiempo que necesite.

Al darse cuenta de que tenía los ojos anclados en el escote de la mujer, el teniente Gallardo se pellizcó fuerte en el muslo por debajo de la mesa a modo de penitencia.

Antonia tomó aire.

—Anoche, en cuanto terminé de cenar, me metí en la cama. Durante el día había notado a Jacinto algo extraño. Me miraba raro. Había trabajado de sol a sol y caí rendida, pero al rato oí un gemido que me despertó y algo caliente me salpicó.

—Por favor...

—Y ahí estaba él al pie de la cama, desnudo de arriba abajo y... ¡Cristo bendito! Su expresión era...

—Tranquilícese, se lo ruego.

—¡Se estaba agarrando el miembro con una mano! Entonces comprendí que acababa de... De echármelo en la cara —completó turbada.

—¡Maldito desgraciado!

—Me incorporé enseguida, pero él sacó un cuchillo enorme y me amenazó con abrirme en canal si se lo contaba a alguien.

Los ojos de Antonia se humedecieron.

—Luego me dijo que si seguía buscando marido y conseguía casarme, que lo iba a destripar, y después iba a quemar la granja conmigo dentro.

—¿Y lo cree capaz?

—¡Por supuesto! ¡Está completamente loco! ¡Loco de celos! Y no hay peor locura que los celos. Es más, aunque no puedo estar segura de ello, creo que Jacinto podría haberle hecho algo a Pedro Berrocal.

—¿Berrocal? El hombre que ha desaparecido, ¿verdad?

—Ese.

—¿Y por qué cree que Padilla podría tener algo que ver?

—¡Ya se lo he dicho! Porque ha perdido el juicio. Pedro venía a visitarme con frecuencia. Quería..., en fin, cortejarme, ya sabe. Y Jacinto no podía soportarlo.

—¿Piensa que podría haberlo asesinado?

—Sí.

El teniente Gallardo la observó durante unos instantes y le dio una intensa calada al cigarro antes de enderezarse.

—Le diré lo que vamos a hacer: voy a redactar la denuncia pertinente contra Jacinto Padilla, usted la va a firmar y le aseguro que antes de que llegue a su casa habré cursado una orden de detención contra él. No se lo puedo prometer porque no soy juez, pero lo veo pasando una larga temporada en el penal de Plasencia.

Ella se secó las lágrimas con un pañuelo y se sonó la nariz con suma elegancia.

—Le estoy muy agradecida, teniente.

Cuando Gallardo regresó a su despacho después de acompañarla a la salida, su expresión no era la misma. Con aire taciturno, sacó una llave del bolsillo interior de la guerrera, abrió el tercer cajón de su escritorio y dejó caer dentro la denuncia. Acto seguido, cogió una pequeña fotografía de Antonia Monterroso, la miró durante unos segundos y sacudió la cabeza como si estuviera tratando de liberarse de algún pensamiento.

—Me cago en mi santa vida.

La zona abisal de los sin alma

Sala de interrogatorios
Cuartel de la Guardia Civil de Zafra
19 de abril de 1917, a las 9.41

Estalla. Jacinto Padilla, anegados los ojos de lágrimas, golpea con los puños cerrados la mesa, patalea y gruñe como un animal. La vena que le divide en dos la frente está a punto de reventar. Cuando el sargento Pacheco se dispone a intervenir, Gallardo levanta la mano y consiente que el detenido se desahogue. Tras unos instantes, Padilla se deja caer al suelo de rodillas, exhausto, derrotado. Entonces Martín Gallardo se acerca despacio, lo agarra por las axilas y lo ayuda a ponerse de pie para sentarlo de nuevo en la silla.

—Ya sabe de lo que está hecha esa mujer —le dice el teniente en tono severo—. Deje de encubrirla, no le conviene.

Padilla se tapa la cara con las manos.

—Dígame, ¿Antonia Monterroso está viva?

—En el pozo. Están todos en el pozo.

Gallardo y Pacheco se miran.

—¿En qué pozo?

—En el pozo que hay en la finca —musita.

—Hable más alto.

Padilla se aclara la garganta y lo repite.

—¿Y a quiénes se refiere?

El capataz niega con la cabeza.

—Pretendientes casi todos.

Gallardo frunce el ceño, desconcertado.

—¿Cuántos hay?

Padilla se limita a encogerse de hombros.

—No sé. Muchos.

Martín Gallardo se endereza de inmediato.

—¡Prepare los caballos!

—¿Y qué hacemos con este?

—Espóselo. Viene con nosotros.

—Preferiría no hacerlo —pide Padilla.

El teniente lo mira con desprecio, lo señala y se acerca a él.

—Usted ni siquiera tiene esa opción.

Es casi mediodía cuando llegan a El Raposo y pasan bajo el arco de ladrillo donde está escrito el nombre de la hacienda Monterroso en letras mayúsculas. Padilla, cuyo caballo está ligado con una cuerda al del sargento Pacheco, resopla anticipándose a lo que va a ocurrir. No ha abierto la boca desde que han salido de Zafra, y su única actividad cerebral ha consistido en intentar entender el motivo por el que Antonia lo ha denunciado.

Lo ha manipulado.

Traicionado.

Por su parte, Martín Gallardo no ha dejado de pensar en las implicaciones que podrían derivarse de cumplirse sus peores presagios y, aunque los temblores aún no han aparecido, ya nota al monstruo reclamando la primera ración del día. Como si pudiera apaciguarlo con tabaco, el teniente prende un fósforo y lo acerca a lo que queda del cigarro que asoma por la comisura de la boca.

El cabo Aguado sale a su encuentro acompañado por otro guardia civil que, por parecido físico, bien podría ser familiar directo.

—¡A sus órdenes! —dice Aguado.

—Guardia civil de primera Gutiérrez, mi teniente, pero aquí todos me llaman Guti —se presenta el otro.

—Descansen. Llévenme con el cabo.

Cobijado bajo la sombra de una encina de copa frondosa, Benito Yáñez supervisa desde lejos y sin demasiado entusiasmo los trabajos de búsqueda de pruebas que están realizando tres guardias desnudos de cintura para arriba. Se cuadra en cuanto ve llegar a la comitiva.

—Sin novedad, mi teniente.

—Consiga una soga, una lámpara y preséntese en el pozo con dos de sus hombres. El resto que sigan buscando entre los escombros. Y que se vistan, que no son jornaleros.

—A la orden.

Acto seguido, el cabo tuerce el semblante.

—¿En el pozo?

—Ya veo que ha peinado la zona a conciencia —le reprocha.

Yáñez no abre la boca. Gallardo se vuelve hacia Padilla y le hace un gesto. Este levanta ambos brazos e indica la dirección correcta.

—Está en la parte de atrás, justo donde empieza el camino que sale del cobertizo y baja hasta el arroyo.

—Los esperamos allí. Apresúrense.

Con el gesto torcido, Darío Pacheco olfatea el aire. El olor a carne quemada flota en el ambiente.

—Viene de esa parte —señala.

Un montón de ennegrecidos escombros humean a unos doscientos metros.

—¿La granja de cerdos? —le pregunta Gallardo a Padilla, que humilla la cabeza y asiente.

—Malnacido —dice el sargento Pacheco en voz queda.

Siguiendo las indicaciones del capataz de la finca, llegan al pozo. Todos desmontan, y mientras Pacheco se hace cargo del detenido y los caballos, el teniente Gallardo se acerca a la boca y se inclina para examinar el interior. Un bofetón hediondo le golpea en la cara, y al cerrar los ojos se traslada hasta Cuba y Filipinas. Allí, la temperatura y sobre todo la humedad se convertían en perfectos aliados de la descomposición de los cuerpos sin vida de compatriotas y enemigos que, tras la batalla, yacían bajo el sol inclemente.

—Me cago en mi sangre... —masculla—. Pero ¿qué...?

Los guardias del puesto de Zafra no tardan en presentarse con el material solicitado por su superior.

—Parecen resistentes —juzga Pacheco una vez comprobada la fijación de los horcones y la polea—. Pero habrá que descender a pelo, no queda otra.

Martín Gallardo hace el ademán de quitarse la capa.

—No, teniente, no. Debería bajar ese despojo humano —el sargento señala a Padilla—, pero esta me la como yo.

Darío Pacheco se pasa la soga por las axilas y la entrepierna y se la enrosca un par de veces alrededor de la cadera, donde la anuda bien fuerte. Luego unta los dedos en barro, se embadurna el labio superior bajo los orificios nasales y se cubre nariz y boca con un pañuelo.

Gallardo alumbra el interior del pozo con la linterna.

—Tenga cuidado.

—Por la cuenta que me trae.

Guti, Lobito y Román Aguado ayudan a Gallardo a sujetar la soga mientras Yáñez vigila al detenido, que permanece esposado con la mirada ausente. Muy despacio, y coordinados por el teniente, los guardias logran que Pacheco se pierda en la profundidad del pozo.

—¡¿Cómo va, sargento?! —le grita Gallardo.

—¡Aún faltan unos diez metros, pero ya veo el fondo! ¡Y, sea lo que sea lo que me voy a encontrar aquí abajo, apesta!

Poco después, la soga pierde tensión, señal de que ha tocado fondo.

—¿Todo bien?

No contesta.

Sin soltar la soga, Gallardo se asoma a la boca del pozo.

—¡Sargento!, ¿me oye?

Apoyado con las palmas de las manos en la húmeda roca, Pacheco intenta mantenerse erguido y contener el vómito. A sus pies, putrefactos y medio consumidos por la cal viva, se amontonan varios cuerpos.

—Sargento, ¿qué demonios está pasando ahí abajo? —escucha.

—¡Hay muchos muertos! ¡Diría que entre cinco y diez!

En el exterior, la noticia golpea con severidad a los presentes. El sepulcral silencio que crece entre los guardias civiles se rompe con una risa que va ganando intensidad hasta convertirse en una carcajada histérica. Se trata de Jacinto Padilla, en cuya memoria se está reproduciendo un recuerdo *divertido* en el que se ve cargando con el cuerpo de un hombre vestido con chaleco, pajarita y zapatos Oxford punteados. Cuando está a punto de arrojarlo al pozo, el fardo abre los ojos y, por puro instinto, trata de revolverse, pero el capataz reacciona con inmediatez y le da un último empujón. Al golpear contra el fondo suena como un saco.

La reacción de Padilla ocasiona otra en el tiempo presente: Yáñez mira a Gallardo y este, entendiendo lo que le solicita, asiente con la cabeza. El puñetazo impacta en la mandíbula del detenido, que, a pesar de caer redondo, no para de reír hasta que el cabo le roba el aire a patadas.

—¡Los de arriba! ¡Ya podéis tirar! —se oye gritar a Pacheco.

Dos horas más tarde, siete cadáveres —algunos en avanzado estado de descomposición— se acumulan alrededor del pozo. Es, sin embargo, el que están sacando ahora el que arranca los insultos más duros hacia Padilla y algunas plegarias misericordiosas dirigidas al Altísimo. Román Aguado, que tiene una sobrina de la misma edad, tiene que retirarse unos metros para que sus compañeros no le vean flaquear.

—Guti, mira a ese hijo de la gran puta —le comenta Lobito—. Se diría que le ha sorprendido lo de la chiquilla.

—Sabe bien cómo fingir. Si parece que va a llorar y todo, el desgraciado... Te juro que si este uniforme no me pesara lo que me pesa le iba a borrar yo esa cara de pena.

El último cuerpo apenas si conserva rasgos de lo que un día fue, pero su calzado y su atuendo indican que le gustaba vestir de forma muy elegante. Poco después, de regreso en la superficie, Darío Pacheco parece que ha envejecido una década. Lo primero que hace es quitarse el pañuelo y llenar los pulmones de aire respirable. Luego mira en derredor, se frota los ojos y sacude la cabeza como si de ese modo pudiera librarse de las imágenes que han captado sus retinas dentro del pozo. Es entonces cuando nota que las piernas no aguantan su peso, cae de rodillas y, con el estómago ya vacío, expulsa un líquido amarillento y se deja llevar por el llanto. El teniente Gallardo, que sigue examinando los cuerpos y tomando anotaciones, es testigo desde la distancia del derrumbe de su compañero, pero decide no intervenir, convencido como está de que hay heridas que conviene permitir que sangren antes de que cicatricen.

No es Darío Pacheco, ni mucho menos, de los que se impresionan con facilidad. Tampoco es esa la primera vez que tiene que enfrentarse a un escenario que ni el mismísimo Dante habría logrado describir. De hecho, hace dos años, estando destinado en Plasencia, le tocó intervenir en la brutal y famosa masacre de Malladas, una finca próxima al municipio de Moraleja donde hallaron los cuerpos de un hombre, dos mujeres y tres menores —uno de ellos de tan solo cuatro años—, todos ellos asesinados tras recibir decenas de hachazos en la cabeza. Procesar aquel escenario le dejó tocado durante semanas, pero lo que acaba de vivir en el pozo le ha hundido y arrastrado hasta lo más retorcido de la naturaleza humana.

La zona abisal de los sin alma.

El sargento, que ya ha conseguido ponerse en pie, se pregunta cómo es posible que alguien sea capaz de cometer tales atrocidades y causar tanto dolor. Como si de una revelación se tratase, Pacheco repara en que tiene al culpable a escasos metros, y en que lo reta con la mirada mientras respiran el mismo aire. Entonces lo ve claro: su obligación consiste en impedir que esa persona siga respirando, y la soga con la que han rescatado los cuerpos de sus víctimas, que se halla a sus pies, le parece la herramienta ideal.

No es Darío Pacheco, ni mucho menos, de los que se piensan dos veces las cosas cuando lo tienen claro. Por ello, agarra un cabo y recorre los seis metros que lo separan de Jacinto Padilla. Este, que lo ve venir, trata de alertar a sus custodios, pero no da la sensación de que ellos vayan a obstaculizar el cometido del sargento. Esposado, poco puede hacer Padilla para evitar que le enrosque la soga alrededor del cuello y que le oprima la tráquea con extrema violencia. Así las cosas, no le queda otra que pagar por sus pecados y someterse deseando que la muerte le sobrevenga lo antes posible. Su último pensamiento, cómo no, se lo dedica a Antonia Monterroso. Corresponde al día que la vio por primera vez en la iglesia de San Bartolomé en Jerez de los Caballeros y tuvo claro que esa mujer no le pertenecía al hombre con el que estaba a punto de casarse.

Le pertenecía a él.

De hecho, tuvo la certeza de que, sin ser consciente de ello, siempre había sido suya.

La falta de oxígeno hace que su cerebro se apague justo antes de que suene el disparo.

Gruñidos

Cortijo del señor Acevedo
Término municipal de Alconera (Badajoz)
19 de abril de 1917, a las 18.20

A sus sesenta y un años, Ramón Acevedo no está para prestar oídos a todo lo que le cuentan sus empleados, pero lo cierto es que la plaga de pulgón, tal y como auguró su jardinero hace dos semanas, está a punto de acabar con la plantación entera de tomates. En su fuero interno se arrepiente de no haberle hecho caso, pero las doscientas pesetas que le pidió para comprar los productos que necesitaba le parecieron un despropósito, y si hay algo que odia en esta vida es despilfarrar el dinero.

Al incorporarse blasfema contra todos los santos del cielo, práctica que le ayuda a combatir el dolor que se le ha instalado desde hace meses en la zona lumbar, pero tampoco está él con ganas de aguantar la charla del médico recetándole reposo como único remedio. Ya descansará cuando esté bajo tierra. De un tiempo a esta parte, y sin un motivo aparente, piensa demasiado en la muerte, lo cual no termina de entender, porque si en alguna etapa de su existencia ha merecido más la pena estar vivo es esta por la que está pasando. A Ramón Acevedo lo llaman *señor* desde hace más de dos décadas, más o menos desde el momento en el que descubrió que el respeto se puede ganar con dinero, dinero que empezó a ganar a puñados al trazar una ruta propia por la que traer y llevar productos de primerísima necesidad —como el tabaco de todo tipo que le llega desde Lisboa o el alcohol de estraperlo que entra por Sevilla—, que distribuye luego por toda Extremadura y parte de Andalucía. Desde no hace mucho también le saca rendimiento a la profesión más antigua del mundo. Aprovecha que hay muchas jóvenes en la comarca que no tienen con qué llenar sus estómagos para satisfacer las necesidades sexuales de los que sí tienen, aunque solo sea miseria.

Sin dejar de mirar al cielo, Ramón Acevedo se quita el sombrero de ala ancha con el que se protege del sol y se limpia el sudor de la frente con el antebrazo. Luego inspira por la nariz y, tras unos instantes de reflexión, la emprende a patadas con las tomateras. Tiene sentido: antes de que esos repugnantes insectos destruyan lo que es suyo prefiere hacerlo él.

—Señor Acevedo, disculpe que le moleste, pero es importante —oye a su espalda. Uno de sus hombres, cuyo nombre no recuerda, lo mira con gesto apocado.

Fatigado, se concede unos segundos para recuperar el resuello al tiempo que se abotona la camisa, que lleva abierta hasta el ombligo.

—Habla.

Lo que le cuenta el empleado le hace fruncir el ceño. Con las manos recogidas a la espalda, camina en círculos, valorativo.

—Dame tu escopeta.

El otro, paralizado por la sorpresa, no reacciona.

—Que me des tu escopeta, te digo.

El hombre se la descuelga del hombro y, azorado por completo, se la entrega.

El señor Acevedo apunta a las plantas donde han brotado los frutos y dispara los dos cartuchos, provocando el efecto que buscaba. Sin darse la vuelta, extiende el brazo y le devuelve el arma.

—Tráeme a Patricio.

A pesar de la belleza implícita en el proceso, a nadie le ha llamado la atención, por rutinario, que el cielo se esté tiñendo de tonos añiles, pajizos y anaranjados durante su tránsito crepuscular. Los acontecimientos que les ha tocado vivir a los hombres que ahora marchan en columna de a dos y con la vista al frente les han robado las palabras. Cierra la formación una carreta tirada por dos mulas —requisada por los de la Benemérita a un ganadero de la zona— en la que han cargado y cubierto con una lona los nueve cuerpos que han sacado del pozo. Marca el paso el teniente Gallardo, quien repasa mentalmente las implicaciones del macabro hallazgo atento al todavía liviano pero ya preocupante temblor de sus manos. Es casi imperceptible porque ha recurrido a un método que usa en contadas ocasiones a pesar del riesgo que conlleva. En un bolsillo interior de la guerrera lleva siempre una bolsa de cuero en la que guarda diminutas pepitas de opio que adhiere al papel del cigarro tras humedecerlo con la lengua. Con suma discreción, Martín Gallardo se ha apartado unos metros de los demás y se ha fumado un pitillo adulterado con el que combatir lo que los guerrilleros filipinos del Katipunan llamaban *gutom* —hambre—, y que muy poco tiene que ver con la necesidad de alimentarse.

Darío Pacheco, que cabalga junto a la carreta, espolea al caballo para situarse a la altura de su superior. Se aclara la garganta con notable vehemencia para captar la atención de Gallardo.

—Hable de una vez —le anima este.

—Quería pedirle disculpas por mi comportamiento

en la hacienda. Estaba fuera de control. Comprendería que diera parte si así lo considera.

El teniente tarda en contestar.

—Puedo entender su reacción, pero ese comportamiento de orate es del todo inadmisible, y más aún delante de esos tarugos.

—Por eso le digo que, si lo considera necesario, yo...

—Cierre la boca de una vez. No haga que me arrepienta de no haberle volado la tapa de los sesos.

—¿Cómo ha dicho? Todavía me sigue pitando la oreja.

—Será el oído.

—Pues eso, que no le he oído.

El otro menea la cabeza.

—Olvídelo.

—Y, dígame, si no es inconveniente, ¿qué tiene pensado hacer ahora?

Gallardo da un par de profundas caladas antes de responder.

—Esto nos viene muy grande. Demasiado. Mañana nos llevamos al detenido a Almendralejo y que el comandante Recio decida qué hacemos con él y con lo que llevamos en la carreta.

Pacheco sonríe aliviado.

—Sabia decisión.

—Vuelva con Padilla.

—A sus órdenes.

—Por cierto, sargento.

—Le escucho.

—Ha hecho usted un gran trabajo en el pozo. Le felicito.

—Gracias, mi teniente.

Al entrar en Zafra, la siniestra comitiva llama la atención de los vecinos con los que se cruza. Estos, llevados por la curiosidad, se agolpan y caminan cerca de la carreta, que lleva a un hombre esposado al travesaño. Padilla, que intuye que atrae la mayor parte de las miradas hostiles, resopla intranquilo.

—Una pena lo del disparo —le dice a Pacheco, que cabalga a su lado—. Me habría ahorrado el calvario que me espera.

El sargento lo mira con desprecio.

—De una forma u otra, la soga terminará haciendo justicia.

Padilla sonríe con amargura.

—No tenéis ni la más remota idea de lo que ha pasado. Ni la más remota —insiste.

—Para eso estás tú, gañán, para que nos lo cuentes con todo lujo de detalles.

En su montura, el teniente Gallardo se gira para hacerle un gesto a Yáñez. De mala gana, este espolea a su caballo para situarse junto a él.

—Le informo de que mañana a primera hora el sargento Pacheco y yo nos llevaremos al detenido a la comandancia.

—Entendido.

—Y ahora escúcheme con atención: les prohíbo a usted y a sus hombres que hablen con nadie sobre lo que nos hemos encontrado en la hacienda Monterroso, ¿comprende?

—Por supuesto.

—Y con ello me refiero también a su mujer y a sus hijos si los tuviera y a cualquier persona que habite este asqueroso mundo. Le hago responsable de...

Yáñez levanta una mano.

—No es necesario que continúe. Sé lo que llevamos ahí atrás —señala—, y si no nos damos prisa en llegar al cuartel, la gente del pueblo lo va a averiguar en menos de lo que canta un gallo.

No se oye ningún gallo cantar cuando por fin entran en las dependencias de la Benemérita. El teniente Gallardo ordena acondicionar uno de los almacenes del sótano como morgue antes de descargar la carreta y, excepto Guti, a quien Yáñez ha asignado la vigilancia del detenido, el resto de los guardias regresan a sus casas.

Frente a la hilera de cadáveres cubiertos con sábanas, Martín Gallardo se frota con fuerza las manos para tratar de contener el temblor que, ahora sí, se ha apropiado de ellas; sin embargo, lo único que consigue es avivar el dolor de los nudillos. Su mirada se detiene en el bulto más pequeño y se muerde los carrillos por dentro para evitar que sus ojos se humedezcan. Sus pensamientos vuelan entonces de nuevo hacia el momento que ha identificado como el inicio de la pesadilla que le está tocando vivir y de la que no parece que vaya a despertar en breve.

Sentado frente a él en su despacho de la comandancia, su camarada de armas Sebastián Costa —a quien hacía años que no veía— estaba a punto de derrumbarse, lo cual, considerándolo el tipo más duro con el que se ha cruzado jamás, le resultó perturbador.

—Te juro por lo más sagrado que no sé qué coño me está pasando.

—Tranquilo, compadre. Tú cuéntamelo todo y seguro que encontramos el modo de solucionarlo. Sea lo que sea.

—Mala solución tiene... Si es que la tiene.

—Venga, arranca.

Costa, tras unos segundos de reflexión, levantó la vista y asintió. Introdujo la mano en el interior de la chaqueta, sacó una foto y la miró de una forma extraña. Acto seguido la colocó sobre la mesa y la empujó con un dedo para que el teniente Gallardo pudiera verla. Al reconocer el rostro de Antonia Monterroso no supo cómo reaccionar.

Un fuerte carraspeo a su espalda lo saca de la ensoñación. No le hace falta darse la vuelta para saber que se trata de nuevo de Pacheco. De inmediato, esconde las manos dentro de los bolsillos.

—Con su permiso, me gustaría irme a descansar y, si

me permite el comentario, creo que usted debería hacer lo mismo, porque estos, por desgracia, poco le van a contar.

—Se equivoca. Cuentan muchas cosas. Ninguno de ellos tiene heridas externas de bala, cuchilladas ni golpes. Nos están contando cómo les arrebataron la vida.

—Puede, pero mejor que mañana nos lo confiese el malnacido que tenemos aquí abajo.

Gallardo se gira.

—Eso lo tengo claro, sargento, pero me temo que estamos más lejos de lo que usted cree.

—¿De averiguar el paradero de la Viuda? Me parece a mí que lleva un tiempo criando malvas.

—Sí, es muy posible, pero me refiero a que estamos muy lejos de saber qué ocurrió en realidad. Y esa, precisamente esa, es nuestra tarea: averiguar la verdad.

—¿Entonces?

—Entonces, como bien decía usted antes, es hora de que se vaya a dormir. Otra cosa: uno de ellos podría ser Pedro Berrocal, el hombre que lleva desaparecido desde febrero. Hay que localizar a alguien de su familia y que venga a reconocer los cuerpos.

—Me encargo.

—Buenas noches, sargento.

En cuanto Pacheco se marcha, Gallardo saca un cigarro, se lo coloca en la oreja y busca en el bolsillo interior de la guerrera la bolsita de cuero. Los dedos le tiemblan tanto que apenas consigue coger un par de pepitas de opio.

—Me cago en mi alma negra —murmura.

Unos zapatos negros desgastados caminan ligeros por las calles de Zafra. La mortecina luz de una farola de gas apenas alcanza para iluminar el empedrado de la callejuela. Antes de llegar a la esquina se detienen.

Apoyado en la pared, un hombre de expresión hierática, graníticas facciones y lija negra por barba lo espera mientras apura un cigarro.

—Buenas noches, Patricio —lo saluda el recién llegado.

El otro expulsa el humo.

—Qué se sabe.

—Parten mañana a primera hora hacia Almendralejo.

—A la comandancia de la Guardia Civil, claro. ¿Cuántos son?

Voz profunda, marcado acento extremeño.

—Dos.

Patricio Carvajal escupe en el suelo y, pensativo, deja que su mirada planee por encima de la cabeza de su informante.

—Tú diles que vayan por el camino de los Nogales.

—No va a ser fácil convencerlos de que os entreguen al prisionero.

—El señor Acevedo solo me ha ordenado que le llevemos vivo a ese asesino hijo de perra, no ha dicho nada de los demás.

El otro está a punto de decir algo, pero enmudece cuando Patricio saca unos cuantos billetes doblados del bolsillo y se los da.

—Ni una palabra.

En el calabozo suena una suerte de melodía que surge de dos únicos instrumentos: el de viento se origina en la garganta de Guti, que ronca. El compás es larguísimo, muy lento y cadencioso. El otro, que suena de fondo, el de percusión, es *vivace*, rápido y animado, y lo produce la frente de Jacinto Padilla al impactar contra la pared de la celda.

Lo que está oyendo él dentro de su cabeza, en cambio, son gruñidos.

Gruñidos de cerdos.

Gruñidos de cerdos excitados.

Y lo que está viendo va mucho más allá de la celda en la que está encerrado. Ve sus manos enguantadas afilando muy despacio la hoja de un hacha; ve el cuerpo de un hombre vestido con un traje oscuro sobre un charco de sangre; ve un bombín ardiendo en un gran cubo metálico junto al resto de su ropa; ve su mono de trabajo ensangrentado después de descuartizarlo; ve cómo los cerdos devoran cada una de las partes que él les va arrojando.

Todo eso ve Jacinto Padilla con los ojos cerrados.

Cuando los abre, de rodillas y en estado de semiinconsciencia, ve el dibujo que han configurado las gotas de sangre que, al escaparse de la brecha que tiene en la frente y deslizarse por el tabique nasal, han caído al suelo.

El contorno de un rostro.

El rostro de Antonia Monterroso.

El teniente Gallardo saluda a la dueña de la pensión sin mirarla siquiera. Camina como si cargara con una pesada mochila a la espalda —y, en cierto modo, así es—. Agarrado a la barandilla, se dispone a subir las escaleras, pero antes de poner el pie en el primer peldaño se detiene y vuelve sobre sus pasos.

—¿Qué se le ofrece, teniente?

—Quiero compañía.

Doña Matilde compone una mueca pícara mostrando las múltiples deficiencias de sus piezas dentales.

—No seré yo quien le haga un feo a la autoridad. ¿Alguna preferencia?

—Que sea discreta —exige.

Un billete se posa encima del mostrador. Matilde, que entre sus muchas virtudes orientadas al logro está la de fijarse en los detalles, se da cuenta del temblor de sus manos.

—Por supuesto. Puede que tarde un ratito, eso sí.

—No tengo prisa.

Sentado en la cama después de asearse, desnudo de cintura para arriba, Martín Gallardo está preparando la pipa de opio que tanto ansía fumar cuando llaman a la puerta. Malhumorado, la esconde bajo la almohada junto a las dos fotografías y abre.

Una cara bonita de rasgos agitanados y piel morena le sonríe con timidez. Sus ojos verde oliva son, sin embargo, osados, temerarios.

Martín Gallardo frunce el ceño y da un paso atrás, descolocado.

—¿Ha pedido compañía? —quiere cerciorarse ella, timorata—. Me llamo Rosario.

Unas voces que vienen del final del pasillo le hacen murmurar algo a Gallardo antes de agarrarla del brazo y tirar de ella hacia el interior sin ninguna delicadeza. Acto seguido cierra la puerta tratando de no hacer ruido y echa el pestillo.

Rosario lo mira asustada. Demasiadas cicatrices para ser un tipo de fiar.

—¿Pero tú cuantos años tienes, criatura?

—Los suficientes.

—¡Y esos cuántos son!

—Veintidós.

—Una niña. Y seca como un palo. Me cago en mi suerte...

Gallardo abre la puerta de la habitación y de un vistazo se asegura de que no hay nadie en el pasillo.

—Márchate.

Rosario niega con la cabeza y se tira al suelo de rodillas.

—¡Por favor, señor, por lo más sagrado: deje que me quede un rato! ¡No le cobraré nada, se lo juro por Dios y por la Virgen, pero si creen que no valgo para esto me van a quitar a mi hijo!

Gallardo duda. Rosario se aferra a sus tobillos.

—¡Es lo único que me queda!

—Levántate.

Ella obedece mientras se seca las lágrimas con el dorso de la mano. Es menuda pero las formas de su cuerpo no dejan indiferente a Gallardo.

—Trata de sosegarte, niña.

Sin rechistar, Rosario se sienta en la butaca. Gallardo coge la jarra del agua, va al lavabo, la llena y le sirve un vaso. La chica, aún temblorosa, lo acepta. El guardia civil la observa y cree detectar en su interior algo melifluo que le despierta curiosidad.

—Venga, ya me estás contando quién demonios quiere quedarse a tu hijo y por qué.

—No puedo, me meteré en problemas.

—Cuéntamelo de una vez.

Al verlo, en la boca de Ramón Acevedo se ensancha una sonrisa repleta de restos de comida.

—Pasa, coño, pasa, no te quedes ahí.

El olor del estofado que humea sobre la mesa hace que Patricio se acuerde de que no ha comido nada desde que ha almorzado el caldo de gallina con migas que sobró la noche anterior. Tragando saliva, se descubre la cabeza antes de entrar.

—Con su permiso, patrón.

—Te escucho —dice Acevedo con la boca llena.

Patricio le da la información que ha obtenido y el otro rebaña una costilla de cerdo sin dejar de asentir.

—Me da igual a quién os llevéis por delante, pero a ese hijoputa me lo traes —concluye.

—Así se hará, patrón.

—¿Lo de hoy cuánto es?

—Aquí lo tengo —dice metiéndose la mano en el bolsillo del pantalón—: ocho duros y tres pesetas.

El señor Acevedo tira el tenedor de mala gana.

—¡Cada día menos!

—La cosa no está muy boyante para putas, patrón. Los jornales no suben y cada día cuesta más llenar la despensa.

—¿Qué te crees, que no lo sé? ¿Sabes cuánto me han cobrado por tres liebres esta mañana? ¡Cuatro pesetas! ¿Te lo puedes creer?

Patricio Carvajal está a punto de decirle que la última vez que comió liebre fue en el casamiento de su sobrino, pero se limita a estrujar la gorra que sujeta con ambas manos a la espalda.

—Quédate eso y lo repartes como te venga en gana entre los hombres que participen mañana. Cuando me lo traigas te daré cinco duros más para ti.

—Gracias, patrón.

La atención de Patricio se desvía al plato de comida solo un instante, pero es suficiente para que el señor se percate de ello. Entonces se saca de la boca la última costilla, la escupe en el plato, donde aún quedan varias patatas, se limpia los dedos en los pantalones y, no sin esfuerzo, se levanta de la mesa. Al ver que su empleado no reacciona, suelta una sonora carcajada.

—Termínatelo, coño, que no se diga que mi gente pasa hambre.

Sentada en la butaca, todavía agitada, Rosario sostiene el vaso de agua con ambas manos. De igual modo sostiene también la mirada de ese hombre que, por alguna extraña razón, le transmite confianza a pesar de que puede leer la tensión en su semblante. Lo que ella no sabe es que el origen de su estado de nervios tiene que ver con la necesidad de paliar el hambre que le devora. Martín Gallardo, que ya ha llegado a la conclusión de que aquello se va a dilatar bastante más de lo que puede aguantar, recurre a las últimas pepitas de opio que le quedan en la bolsa para fabricarse un cigarro más cargado de lo habitual.

—Verá... Con siete años me quedé huérfana y mi tía se hizo cargo de mí. Casi ni fui a la escuela, pero sé leer y escribir, que no es poco. El problema es que las cosas del campo no se me dan bien y por aquí no hay mucho donde elegir.

El teniente se limita a escucharla mientras fuma.

—Hace unos años conocí a un hombre que, aparte de guapo, era un embaucador, y a los pocos meses me dejó preñada. Nos casamos, y para poder tener un techo le pidió dinero a un hombre al que llaman señor Acevedo, pero...

Rosario bebe un trago y niega con la cabeza.

—Pero qué —la apremia Gallardo.

—Que lo que yo no sabía era que mi Jose jugaba mucho a los dados y, por lo visto, tuvo una mala racha y no pudo pagar. Una noche apareció tirado como un perro en un callejón con la garganta abierta.

El teniente no se inmuta.

—Ahora yo tengo que pagar esa deuda o el señor Acevedo me quitará a Lope para vendérselo a alguna familia de ricos de la capital. Yo por aquí solo tengo a mi tía, y ella tampoco tiene dinero para...

Rosario se derrumba y se arrodilla entre sus piernas.

—¡Mi hijo es lo único que me queda! ¡Haré lo que sea para protegerlo!

—Me cago en mi vida —murmura Gallardo entre dientes.

—Lo que sea —insiste Rosario.

Al levantar la mirada se percata del bulto que ha crecido frente a sus ojos, pero no se atreve a dar el primer paso. Es entonces cuando Martín Gallardo le facilita la labor agarrándole la mano y llevándosela a la entrepierna. Algo timorata, Rosario empieza a acariciarle por fuera del pantalón. El teniente apura el cigarro, y con él en la comisura de los labios, se desabotona y se deja caer de espaldas sobre la cama. Hace tiempo que no tiene sexo con una mujer, y al sentir los primeros estímulos asume que no va a ser capaz de aguantar demasiado. Ni falta que hace. En cuanto nota que el orgasmo está llegando, mete la mano bajo la almohada buscando la fotografía de Antonia Monterroso. Es su boca en la que piensa al descargar el veneno que lleva dentro.

Cuando la secuencia de golpes le despierta ya ha amanecido. Tiene los pantalones y el calzón bajados hasta los tobillos y un desierto tapiza su paladar. Segundos más tarde empiezan a establecerse las primeras conexiones neuronales y es la memoria a corto plazo lo primero que se activa. Siguiendo el dictado que le marca la naturaleza, son las últimas imágenes que ha archivado las que recupera primero. Súbitamente se incorpora de la cama y, tras comprobar que está solo en la habitación, que la cartera sigue en el mismo sitio y que todo —menos él— está en orden, siente alivio y bochorno a partes iguales.

De nuevo la secuencia de golpes.

—Teniente, ¿está usted ahí? —oye preguntar a Darío Pacheco.

—Quince minutos —responde.

—¡A la orden!

Después de asearse a conciencia, vestirse y extraer varias pepitas de opio de la roca madre pensando en la jornada que tiene por delante, el teniente Gallardo liquida la cuenta con la dueña de la pensión y sale a la calle, donde ya le espera el sargento.

—Buenos días —le saluda Pacheco—, ¿qué tal ha pasado la noche?

—Pasada está.

—Yo no he pegado ojo. Cada vez que me dormía regresaba al maldito pozo.

—Estar junto a su familia le ayudará a olvidar.

—Eso espero, aunque con la chiquita lo de dormir está por ver.

—Busquemos algún lugar donde comer algo.

En la fonda, el olor a ajo, cebolla y pimentón se confunde con el sudor de los muchos jornaleros que a esa hora ya se agolpan en las mesas. En el local se sirve sopa fría de tomate, revuelto de sesos fritos, embutidos y queso. Para los bolsillos más pudientes hay guiso de pollo con patatas y zanahorias. Un plato con cuatro trozos de queso de cabra y otros tantos de morcón acompañado de una hogaza de pan del día y una frasca de vino de la tierra es el menú elegido por los dos guardias civiles. Gallardo se dispone a pagar al mozo cuando aparece Benito Yáñez y los saluda formalmente.

—Buen día, mi teniente. Me he tomado la libertad de pagar su cuenta a modo de despedida.

—No tenía por qué —responde Gallardo—, pero se lo agradezco.

—Si lo llego a saber, les hubiera aconsejado otro sitio, la Floridita. Pero, bueno, otra vez será.

—Otra vez será —repite Pacheco.

A continuación, Yáñez saca un papel doblado del bolsillo de la guerrera y se lo entrega.

—A primera hora hemos recibido a su atención este cable de la comandancia de Almendralejo. Al parecer, un tal Valentín Sarmiento, de Los Santos de Maimona, ha confirmado que...

Martín Gallardo levanta la mano para interrumpirle.

—Y, dígame: si venía a mi atención, ¿por qué lo ha leído?

Yáñez traga saliva.

—Lo siento, no he pensado que...

—Exacto: no ha pensado. Siga.

—Sarmiento se dedica a la compra y venta de ganado, y dice que no hace mucho Jacinto Padilla le vendió un caballo de una raza muy especial. Pues bien, resulta que ese animal era propiedad de Pedro Berrocal, un hombre que, según asegura su hermano, se veía con la Viuda, y que lleva desaparecido desde principios de febrero —le informa—. En concreto lo denunció en el cuartel de Almonte el día 4 de ese mes. O mucho me equivoco, o ese pobre hombre acabó en el pozo cubierto de cal viva.

—Pronto lo averiguaremos.

—Estoy seguro. Si me lo permite... —dice agarrando el respaldo de una de las dos sillas libres.

Gallardo y Pacheco intercambian miradas.

—Adelante —accede el primero—. Sírvase un vaso si lo desea.

—Muy amable. Sé que usted y yo no hemos... congeniado, por decirlo de alguna manera; y ahora que se marchan me sabe mal no haber estado a la altura. Le deseo mucha suerte y confío en que consiga que terminen colgando a ese maldito bastardo —añade al tiempo que se llena un vaso y lo levanta.

Gallardo toma aire por la nariz antes de aceptar el brindis. Darío Pacheco se suma por puro protocolo y el vidrio suena.

—Una última cosa —interviene de nuevo Yáñez tras apurar el vino—. Al salir del pueblo, a unos diez minutos a caballo, les va a salir a la derecha un camino que sigue el curso del río Bodión y discurre por un bosque de nogales. Además de ser más corto, los árboles ayudan a refrescar la marcha. Y la vista —añade en tono jovial.

—Así lo haremos —confirma Gallardo—. Gracias.

—No hay de qué. Los acompaño al cuartel y los ayudo a prepararlo todo.

El sol pega fuerte cuando Gallardo y Pacheco, cumplidas las despedidas de rigor, abandonan las instalaciones con el prisionero, maniatado y con su montura amarrada a la del sargento.

—¿Y eso? —se interesa el teniente refiriéndose a la fea herida que Padilla tiene en la frente.

—A mí no me mire. Al parecer se lo ha hecho él solo.

—¿Es eso cierto? —le pregunta al capataz.

El otro no contesta.

—Mi deber es llevarle a Almendralejo sano y salvo, pero si intenta jugárnosla no me va a importar adelantarme a la justicia. Usted decide.

—Ahórrese las amenazas, yo ya estoy muerto.

—Ya le gustaría, ya...

Tres son los hombres que rodean a Patricio Carvajal. Todos portan sus escopetas de caza y cuentan con una dilatada experiencia como cazadores furtivos, cuyo ideario consiste en abatir a la pieza, cobrarla y desaparecer. Lo mismo que se les ha encomendado hoy, aunque esta tenga dos piernas en vez de cuatro patas.

—Estarán al caer —avisa Patricio al tiempo que se ajusta el pañuelo negro con el que se cubre la cabeza—. Cada uno sabe lo que tiene que hacer. Todos con el pico cerrado y...

De improviso frunce el ceño y sin pensárselo le arrea un sonoro tortazo al más joven.

—¡Me cago en tus muertos! ¡¿No acabo de decir que nada de fumar?!

Acto seguido se dirige a otro, que tiene la barba cerrada y expresión carcelaria.

—¿Y a ti no te dije que no me volvieras a traer a este zoquete?

—Es el hijo de Lola, y ya sabes que...

—¡Me importa un carajo que le quieras hacer un favor a Lola para poder trajinártela! Como la cague, pagarás tú. ¿Entiendes, jodido bobo?

El otro asiente.

—Hatajo de inútiles... ¡Cada uno a su sitio y a esperar a que yo levante la liebre!

Minutos más tarde, los guardias civiles y el prisionero llegan a la curva del camino de los Nogales, donde se han apostado Patricio y sus hombres. Darío Pacheco bebe de una cantimplora mientras trata de escuchar lo que su superior le susurra a Alarico. Unos metros más atrás, Jacinto Padilla cabalga con la mirada errática, perdida en el horizonte negro que tiene por delante.

—No sabes la envidia que te tengo, Alarico. A ti por lo menos te habla...

Al teniente le hace gracia el comentario.

—Mi abuelo Segismundo, militar como lo serían su hijo y el desgraciado de su nieto, decía que cuando no hay mucho que contar hay mucho que callar.

—Me anoto la frase, mi teniente.

A unos quince metros, los oscuros y profundos ojos de una escopeta recortada siguen a Gallardo en su avance. Pacheco detecta que algo se mueve entre los nogales y de forma instintiva tira con brusquedad de las bridas. Por simpatía equina, Alarico se encabrita y relincha.

—Uhhh, ¿qué pasa, muchacho? —trata de calmarlo Gallardo a la vez que intenta localizar a su alrededor qué lo ha alterado.

No le da tiempo.

Decenas de pájaros levantan el vuelo cuando suena el disparo.

Ángel de la guarda

Despacho de pan Espinosa
Jerez de los Caballeros (Badajoz)
Algunos años antes

La columna de vaho se desvaneció casi al mismo tiempo que el bostezo que la había hecho aparecer. Hacía frío en esa madrugada de invierno de 1914, y el panadero que acababa de salir por la puerta de servicio para deshacerse del género que había sobrado ese día estaba deseando que terminara el turno de noche, aunque no había hecho más que empezar.

Un sonido metálico al final del callejón le obligó a girarse de repente y forzar la vista, como si así pudiera mejorar su capacidad para ver en la oscuridad.

—Malditas bichas asquerosas —farfulló Rafael al acordarse de los destrozos que le habían hecho la semana anterior dos roedores que se le colaron en la despensa. Una barra metálica le serviría de matarratas.

Avanzaba con cautela blandiendo el improvisado remedio y pateando basura a su paso cuando percibió que algo se movía a su derecha. Por el tamaño dedujo que, más que una rata, debía de ser un ratero, especie parecida contra la cual solía aplicar un método muy similar. Confundido en la penumbra, no le quedó otra que ir a ciegas, y descargó un golpe que sonó a hueco al impactar en la cabeza. El ladrón se desplomó en el acto y Rafael se agachó para verle el rostro.

—¡No me fastidies...!

Algo después, arrodillado en el suelo del interior del establecimiento, un hombre de talla menuda y discreta apariencia humedeció de nuevo el trapo en el cubo de agua y le limpió a la víctima la sangre ya seca, que se le había adherido al cuello como una segunda piel. A su lado, cabizbajo y arrepentido, Rafael no sabía qué decir.

—Hay que ser animal —juzgó el propietario del despacho.

—Lo siento mucho, señor Espinosa. Se me ha venido encima y he reaccionado por puro instinto...

—Eso ya lo has dicho antes. ¿No te has dado cuenta de que era una mujer?

—No me ha dado tiempo.

—Podrías haberla dejado en el sitio. Anda, ocúpate de la primera hornada, no se nos vaya a quemar.

—Enseguida, jefe.

Tan pronto como se marchó, Gregorio Espinosa le retiró del rostro varios mechones del ondulado cabello con delicadeza y la observó con profunda ternura. Había algo en ella que le resultaba hipnotizante. Sus exóticos rasgos en nada se parecían a los de ninguna mujer que hubiera visto antes, y su formidable y contorneada morfología le despertaba estímulos que a sus cuarenta y tres años desconocía que aún albergara en su interior. Ni siquiera los harapos o la evidente falta de higiene amedrentaron a sus cuerpos cavernosos, empeñados en seguir ganando espacio dentro del pantalón. Fue su fervor católico lo que le instó a concluir el erótico periplo visual por el cuerpo de la desconocida, pero al volver a la cara se topó con unos ojos azules de mirada eléctrica que le hicieron batirse en retirada.

—¿Se encuentra mejor? —preguntó azorado.

Ella hizo el ademán de incorporarse, pero una violenta punzada en la sien la obligó a desistir.

—¿Dónde estoy?

—En mi tienda. Soy Gregorio Espinosa. Un empleado mío la ha agredido por error. Últimamente hemos sufrido robos y ha pensado que... En fin, le pido disculpas en su nombre, pero... ¿se puede saber qué hacía ahí detrás?

Avergonzada, tardó en contestar.

—Tratar de conseguir comida. Tengo hambre, y sé que ustedes tiran lo que no han vendido.

Gregorio se fijó en sus manos salpicadas de llagas por el sufrido trabajo en el campo y elevó la vista hacia el techo.

—¡Santo Dios!

—Con este frío recogemos muy poca aceituna —prosiguió ella—, y hay días que el jornal no me alcanza ni para pagar el almacén donde dormimos.

Se expresaba con claridad, pero había algo en su acento que le sonó a los países del otro lado de Europa.

—Venga, yo la ayudo.

Ayuda divina fue lo que necesitó Gregorio Espinosa para no lastimarse la zona lumbar.

Sentada en la silla más cómoda que tenía tras haber bebido un vaso de vino, parecía que la mujer estaba algo repuesta.

—Y, dígame, ¿cómo se llama?

—Antonia.

—Antonia, permítame hacerle un ofrecimiento. Un buen amigo de la familia tiene una casa de huéspedes aquí en el pueblo. Le pediré que la aloje en una habitación a régimen completo durante una semana para que pueda recuperarse. O dos si son necesarias, ¿qué me dice?

—Pero yo no puedo pagar ni siquiera un día...

—¡No, no, por Dios! De eso me encargo yo. Usted solo tiene que preocuparse de ponerse bien.

—¿De verdad?

—¡Por supuesto!

A Antonia se le humedecieron los ojos antes de abrazarse a Gregorio, cuyas extremidades ni siquiera la abarcaban por completo. Su expresión inicial de sorpresa se fue metamorfoseando hasta alcanzar otra rayana en el éxtasis. El rostro de la mujer, sin embargo, era el de una niña que ha logrado salirse con la suya.

Destellos irisados en un interior sombrío.

Dos semanas más tarde, Gregorio Espinosa acudía a la casa de huéspedes donde ella seguía alojada. Trataba de verla todos los días, y cuando el volumen de trabajo no se lo permitía se le agriaba el carácter. Omnipresente en sus pensamientos, se había convertido en una tentación más que peligrosa. Y, aunque era muy consciente de ello y sospechaba que nada bueno podría traerle, lo cierto era que estaba deseando que surgiera una mínima oportunidad de morder la manzana. De hecho, si de él dependiera ya habría plantado ese árbol prohibido junto a su cama, pero la brecha social que los separaba y sus convicciones religiosas imposibilitaban que semilla alguna arraigara en un terreno tan árido.

Pero no iba a rendirse fácilmente el más pequeño de los Espinosa, y, con la intención de dar un paso adelante, Gregorio se detuvo frente al mostrador y se aclaró la garganta.

—Buenas tardes, ¿se encuentra la señora Monterroso?

—Buenas tardes, don Gregorio. Hoy todavía no ha salido de su habitación. ¿Quiere que envíe a alguien a avisarla de que está aquí?

—No, subiré yo mismo. Muy amable.

Frente al espejo de cuerpo entero colgado junto a las escaleras, Gregorio Espinosa se estiró el traje y se ajustó la corbata. Con el pañuelo se enjugó las gotas de sudor que perlaban su frente, gesto que le sirvió para certificar que estaba incluso más nervioso que el día que le tocó recitar unos salmos en la boda de la hija del gobernador, a la que no faltó ninguna de las familias más influyentes de la región.

Antes de llamar a la puerta con los nudillos repitió la liturgia con su atuendo e inspiró por la nariz como si el temple estuviera presente en el aire que lo rodeaba. Durante los segundos —eternos— que Antonia tardó en abrir, Gregorio comprobó que no, que a su alrededor no flotaba una sola gota de serenidad.

—¡Oh, pero es usted! Qué sorpresa más agradable —dijo ella colocándose la toalla con la que trataba de cubrir su voluptuoso cuerpo.

Boquiabierto, Gregorio no reaccionaba.

—Pero no se quede ahí. Por favor, pase, pase.

—Yo... Yo no quería molestarla, solo he venido a decirle que...

Las palabras que quería pronunciar se quedaron fuera de la habitación cuando ella lo agarró del brazo y tiró de él hacia dentro.

—Si me hubiera avisado de que iba a venir, me habría..., ya sabe. Estaba en la bañera. Nunca había podido disfrutar de una, y como solo me queda un día aquí —remarcó con un mohín—, había pensado aprovecharla.

—De eso precisamente he venido a hablarle —balbuceó él.

—Póngase cómodo mientras me visto.

Gregorio buscó algún lugar donde sentarse, pero su mirada se coló por la rendija de la puerta del cuarto de baño y rebotó en el espejo, donde se reflejaba la espalda desnuda de Antonia.

—Por cierto, no he tenido la oportunidad de darle las gracias por ese dinero que me hizo llegar para comprarme algo de ropa. Me ha venido muy bien. Se lo devolveré en cuanto pueda volver a trabajar —la oyó decir.

—No será necesario, faltaría más.

Un volcán emergió entre las piernas de Gregorio Espinosa, que, azorado, procuró disimularlo sin éxito coincidiendo con el momento en el que ella salía del baño ataviada con un camisón. Las transparencias provocaron una respuesta inmediata bajo la cintura del hombre.

—Bueno, entonces, ¿qué era eso que quería contarme? —preguntó ella.

El tono de su voz, cálido e insinuante, hizo que a Gregorio se le entrecortara la respiración.

—Hay una vacante en el despacho de pan. Hay que madrugar, pero tendrá la tarde libre para... Para lo que sea. Es un jornal digno y las horas de más se pagan aparte.

Antonia se llevó las manos a la boca, sorprendida, y se arrojó en sus brazos. Por la diferencia de altura, el rostro de Gregorio quedó atrapado entre sus pechos.

—¡Es usted un ángel! ¡Mi ángel de la guarda! ¡De verdad que no sé cómo agradecerle todo lo que está haciendo por mí!

La alarma de erección inminente le obligó a pergeñar un plan de fuga que teatralizó, abochornado, consultando su reloj de pulsera.

—¡Uy! Llego tarde a mi cita. Disculpe, pero tengo que irme ya o me perderé el primer acto.

Antonia tuvo que contener la risa cuando lo vio tropezarse con la alfombra al emprender la huida.

—¡Espere solo un segundo! —le rogó.

Él se volvió y se estiró la chaqueta para intentar tapar las evidencias de su excitación.

—¿Y la habitación? Mañana tengo que irme y no sé qué hacer con mis cosas.

—¡No se preocupe por eso! Yo lo arreglo ahora. La veo mañana a las cinco en punto.

—¡Lo que yo decía: mi ángel de la guarda!

Mientras caminaba por el pasillo, Gregorio Espinosa podía oír los latidos del corazón en su frenético palpitar. Lo que ya no pudo oír fue la conversación entre Antonia y el hombre desnudo que había salido del baño.

—¿Y ese quién demonios era? —quiso saber él.

Ella lo agarró del miembro.

—Mi futuro esposo.

En menos de un mes desde que la nueva empleada se adueñara del mostrador, la clientela del despacho de pan había rejuvenecido y se había transformado de manera drástica. De mujeres casadas de más de cuarenta había pasado a hombres solteros de menos de treinta. Jóvenes en edad de merecer a quienes poco o nada les importaba esperar el tiempo que fuera necesario para que los atendiera la joven a quien llamaban la Rusa por su extraño acento. Lo hacía con soltura y diligencia, siempre atenta y sonriente ante los piropos que le regalaban los oídos desde primerísima hora de la mañana. Tenía, no obstante, que lidiar con las malas formas, las muecas despreciativas y los comentarios cada vez más hirientes que ellas le dedicaban a la recién llegada, a quien acusaban de ir provocando con su falta de decoro. Una fresca en toda regla. Las malas lenguas decían también que tenía embrujado al menor de los Espinosa, por motivos obvios, y que este se la beneficiaba cuando le venía en gana.

Nada más lejos de la realidad. Ya hubiera querido él.

Con respecto a Gregorio, empleaba Antonia una estrategia basada en el recato intermitente, comportándose como una ferviente devota de la castidad excepto en contadas ocasiones, en las que lo arrastraba por el camino de la lujuria. Cierto día que él la llamó a su despacho le consintió incluso que se situara a su espalda y le acariciara el hombro mientras se deleitaba con su escote. Lo que se cocinaba por aquel entonces en la cabeza de Antonia debía hacerse a fuego lento.

Pero los acontecimientos no siempre se desarrollan como se han planificado. Y lo que le sucedió un sábado del mes de enero no lo había previsto. Como todos los días, Antonia se había levantado a las cinco y media de la mañana para llegar a tiempo al despacho de pan. Odiaba madrugar, pero pocas personas sabían mejor que ella que nada que mereciera la pena se lograba sin sacrificio, por lo que se había acostumbrado a licuar su mal humor hasta convertirlo en el elixir de la felicidad que debía proyectar. Con ese talante caminaba ella presurosa. Iba muy justa, y a Gregorio, que solía llegar el primero, no le gustaba la impuntualidad. Fue por ello por lo que resolvió atajar por un callejón en el que más de una vez había dormido cuando llegó a Jerez de los Caballeros y que, por no estar iluminado, rara vez era transitado por los vecinos de la zona. Estaba a punto de atravesarlo cuando oyó a su espalda unos pasos que se sincronizaban acústicamente con los suyos. A escasos diez metros para salir a una vía principal, prefirió no girarse y forzar la marcha, pero otra silueta que apareció de improviso frente a ella la obligó a detenerse.

—¿Dónde vas tan sola a estas horas, Rusita? —le preguntó el desconocido con un tono jovial nada amigable.

No le hacía falta oír nada más para conocer sus intenciones, así que, sin contemplar ninguna otra opción, se aproximó al desconocido y le dio una patada en sus partes blandas como si quisiera sacárselas por la boca. Y muy lejos no se quedó de su objetivo, habida cuenta de la reacción del contrario, que se limitó a poner los ojos en blanco y a abrir mucho la boca como si quisiera facilitar la salida de sus testículos antes de caer de rodillas.

—¡Hija de la gran puta! —oyó gritar al otro individuo.

Una maceta que decoraba el alféizar de una ventana fue el objeto elegido para estampárselo en la cabeza, y mientras le propinaba varias patadas en las costillas no dejaba de repetir:

—¡¿Qué has dicho de mi madre?! ¡¿Qué has dicho de mi madre?!

El primero, que aún no había sido capaz de ponerse en pie, levantó los brazos en señal de rendición cuando Antonia se le acercó resoplando como un búfalo. Se agachó, lo agarró por el pelo y le golpeó con furia la cara contra el empedrado hasta que oyó un feo crujido que la detuvo. Con los brazos en jarra, reflexionó sobre las consecuencias que podrían derivarse de lo que acababa de hacer, pues había salido indemne de una agresión que en realidad no se había producido.

No le quedaba otra alternativa.

—Muchas gracias, doctor. Remigia, acompáñelo a la puerta y abónele sus honorarios —ordenó Gregorio Espinosa.

La mujer, que aparentaba haber cumplido los cien hacía un siglo, asintió.

—Tómese las medicinas y en tres días nada de esfuerzos. Vendré a verla mañana, señora Monterroso —se despidió el galeno.

Antonia, postrada en la cama con un aparatoso vendaje que le envolvía la cabeza, emitió un quejido lastimoso. Gregorio esperó hasta que hubieron salido para tomarle la mano con delicadeza.

—Bastardos... Puede estar segura de que no pararé hasta que a esos dos los castiguen como se merecen cuando salgan de la casa de socorro. Parece que son dos reclutas del cuartel de infantería de Badajoz. Sus novias son de la zona y vienen bastante por aquí, por eso la conocían.

—Casi no recuerdo lo que pasó —balbuceó ella—. Me pillaron por sorpresa e intentaron quitarme la ropa, pero yo me defendí como pude...

—Y vaya si lo hizo bien. El doctor Jiménez me ha dicho que uno de ellos está grave.

—Creo que perdí el control.

—En una situación así, donde está en juego la integridad de uno, es lo normal. Lo que pasa es que no todas las mujeres tienen la suerte de tener este cuerpo que Dios le ha dado. Ni se le ocurra tener cargo de conciencia por esos dos mamarrachos.

Ella dejó caer la mirada y suspiró.

—Ayúdeme a incorporarme, por favor.

—Claro, cómo no.

Gregorio no sabía de dónde agarrarla, pero se decantó por hacerlo de las axilas, entrando así en contacto por accidente con unos pechos más que generosos.

Y de nuevo se inició la revuelta dentro de su pantalón, advertida, cómo no, por Antonia, siempre al quite.

—Verá, señor Espinosa, quería hacerle un comentario en confianza...

Azorado, él volvió a sentarse para tratar de ocultar el levantamiento, pero ya era tarde para eso.

—Adelante.

—Llevo un tiempo observando que, cuando estamos usted y yo a solas... Me da mucho apuro preguntarle esto, pero... ¿usted siente algo por mí?

Gregorio palideció, pero una voz en su interior le susurró que era la oportunidad que estaba esperando desde que la había conocido.

—Verá, yo... Sí. Debo reconocer que sí.

—¡Lo sabía! ¡Dios bendito, lo sabía! Yo también lo siento. ¡Aquí!

Ella le agarró la mano y se la llevó al pecho.

—¿Lo nota? Mi corazón está a punto de estallar.

Pero para Gregorio el único estallido que estaba a punto de producirse se localizaba en otra parte bien distinta. Antonia no quiso desaprovechar la oportunidad y alargó la mano para acercarse a su presa. Oyó un gemido que sonó ridículo pero que ella interpretó de forma acertada, y tres segundos después ya había liberado y atrapado el miembro de su protector. No fue el tamaño lo que le llamó la atención, sino su temperatura y dureza, señales inequívocas del estado de excitación en el que estaba sumido su dueño. Gregorio apretó los párpados con fuerza para no encontrarse con la inquisidora mirada del Cristo que presidía la estancia sobre el cabecero de la cama, pero lo cierto era que no le hacía falta ver nada para guiar su mano bajo las sábanas buscando desesperado los muslos de ella.

En esa tesitura, nada le hacía presagiar a Gregorio la desgracia que estaba a punto de ocurrir, porque, de repente, y contra todo pronóstico, Antonia le agarró de la muñeca impidiéndole llegar a zonas más húmedas.

—¡Oh, disculpe! Me he dejado llevar. ¡Perdone! —gritó.

—No, no... Pero si yo... Siga, se lo ruego.

Antonia se cubrió la cabeza con la sábana y permaneció así durante el tiempo que Gregorio, aún conmocionado, invirtió en esconder sus todavía muy enhiestas vergüenzas.

—Verá, señor Espinosa, aunque pueda no parecerlo, soy una mujer muy tradicional y nunca he llegado hasta el final si no hay un compromiso por la otra parte.

Él se frotó la cara con ambas manos.

—¿Un compromiso? ¿A qué se refiere?

—Ya sabe... Un compromiso de futuro.

Gregorio meneó la cabeza.

—¿Se refiere al matrimonio?

Antonia se descubrió, tomó aire y pestañeó varias veces antes de contestar:

—Es lo que más feliz me haría en este mundo.

Un majadero con dinero

Camino de los Nogales
A 7 kilómetros de Zafra
20 de abril de 1917, a las 11.40

Tirado en el suelo en comprometida postura, el teniente Gallardo intenta reconstruir los hechos a partir de la última secuencia grabada en su retina. La acción empieza cuando el sargento Pacheco ve algo que le hace tirar de las bridas de su caballo y Alarico, alterado, relincha encabritándose sobre sus patas traseras. Acto seguido suena un disparo y él cae al suelo.

Hasta ahí la filmación.

Los siguientes segundos los dedica a comprobar su estado: siente un intenso dolor en la parte posterior de la cabeza. Al instante deduce que no puede ser consecuencia de haber recibido un impacto de bala, y justo entonces ve a Alarico tumbado de costado.

—No... —balbucea tratando de ponerse en pie.

—¡No se levante! —le advierte el sargento Pacheco, que, revólver en mano, tiene agarrado a Padilla por el pescuezo.

Gallardo le oye pero no le escucha, y si no se incorpora es porque su sistema vestibular aún no ha sido capaz de restaurar el equilibrio. Ayudándose de antebrazos y piernas repta hasta donde está tendido su caballo. Una vez junto a él comprueba que Alarico respira de forma acelerada y que una de sus patas delanteras está empapada de sangre.

—¡Tirad las armas o daos por muertos! —les grita una voz lejana.

Pero sigue sin escuchar. El Winchester enfundado en la silla de montar es lo único que le interesa.

—Me cago en mi sangre...

—¡He contado al menos tres hombres armados, mi teniente! —le informa Pacheco, que acaba de llegar a su posición.

—¡No tenemos nada contra vosotros, solo queremos al prisionero! —oyen gritar.

Pero Gallardo sigue sin atender.

En un rápido movimiento, desenfunda el fusil y gira varias veces sobre su espalda para llegar hasta un montículo de rocas en el lateral del camino. Parapetado tras la más voluminosa, carga y apunta a una silueta que detecta junto a un tronco. Un disparo de escopeta que impacta en el suelo a menos de un metro le obliga a esconder la cabeza.

—¡Última oportunidad! ¡Tirad las armas!

Gallardo busca a su compañero y lo encuentra rodilla en tierra custodiando a Padilla, ambos demasiado expuestos en medio del camino. Le consulta con la mirada y el sargento niega con la cabeza. Hay miedo en su rostro. Después de evaluar las opciones, el teniente aprieta los dientes y levanta el arma con una mano. Acto seguido se pone en pie con dificultad, arroja el fusil al suelo y suelta un par de maldiciones para aligerar la frustración. Pacheco, aliviado, hace lo propio con su revólver, y segundos después aparecen cuatro hombres de entre los árboles.

Es Patricio quien los encabeza, caminando con serenidad sin dejar de apuntar desde la cadera con su escopeta de cañones recortados. Se detiene a unos tres metros de distancia, se aclara la garganta y escupe al suelo.

—El sable. —Señala.

El teniente Gallardo eleva la barbilla mientras se desabrocha el cinturón y lo deja caer.

—Esta historia no va con vosotros. Nos envía el señor Acevedo, que, según parece, tiene alguna cuenta pendiente con ese asesino.

Habla Patricio en un tono áspero y, sin embargo, conciliador. Martín Gallardo, que ha reconocido el apellido Acevedo por lo que le contó la prostituta con la que estuvo en la pensión, infiere que no va a ser ese el último encontronazo que tenga con él.

—La única cuenta pendiente que tiene este hombre es con la justicia —dice.

—Puede, pero resulta que aquí la justicia la imparte mi patrón. Nosotros solo cumplimos órdenes. Esto es muy fácil: yo me lo llevo y vosotros regresáis a Almendralejo o a donde coño os convenga, y todos tan contentos, ¿estamos?

—¿Y se puede saber quién demonios es el señor Acevedo para llevarse a mi prisionero?

—Se lo acabo de decir: es el hombre que dice cómo y cuándo se hacen las cosas, y los demás las hacemos sin rechistar.

No es esa, ni mucho menos, la primera vez que lo visita. Lo hace siempre por voluntad propia, faltaría más, pero nunca con agrado. Porque si hay algo que le molesta a Francisco Espinosa es que un rufián como Ramón Acevedo, cuyo padre no era más que un jornalero cualquiera que trabajaba las tierras de otros de sol a sol, lo trate de tú a tú. Solo el hecho de tener que desplazarse hasta su cortijo le enerva, pero en ningún caso contempla la posibilidad de mantener un encuentro con él a la vista de los que aprovechan la más mínima oportunidad para mancillar el buen nombre de su familia.

Que no son pocos.

Pero resulta que, al margen de ello, pensar en el asunto que le ha llevado esa mañana hasta allí le revuelve el estómago. Tal estado de nervios se refleja en la crispación de su rostro, lo cual no pasa desapercibido para los dos hombres armados que lo han recibido a la entrada y que lo acompañan sin mediar palabra hasta el edificio principal del cortijo.

Francisco Espinosa es un hombre que se fija en los detalles, y que los muros de la vivienda principal estén recién blanqueados con cal viva *fogada*, además de que no le falte ni una sola teja a la cubierta, son pormenores que no hacen más que evidenciar lo bien que le van las cosas al propietario de ese latifundio dedicado, supuestamente, a la explotación ganadera. Otra cosa que le molesta a don Francisco —y no es algo menor— es que jamás lo haya recibido en el interior, como si él, que cuenta con uno de los mayores patrimonios de toda la provincia, no fuera digno de poner los pies en esa casa.

Ya lo decía su padre: «No hay mayor majadero que un majadero con dinero».

Al pasar junto al viejo olivo que preside majestuoso el patio del cortijo, Francisco Espinosa se detiene para examinarlo. Tras unos segundos en los que verifica su robustez, arranca una aceituna, la estruja entre sus dedos y se los lleva a la nariz.

—Dicen que tiene más de trescientos años —le informa uno de sus acompañantes.

Como con el aceituno, Francisco Espinosa observa al hombre de hito en hito y reemprende la marcha sin mediar palabra.

Protegido del sol bajo el porche, el señor Acevedo fuma un habano mientras hace bailar un brandy en la copa de balón que sostiene, por qué no decirlo, con natural elegancia. La camisa, desabotonada hasta el ombligo, no parece haber sido lavada recientemente, y tanto los pantalones como el calzado no están a la altura de lo que cabría esperar de un hombre de su posición económica.

«Pero sí de su posición social», piensa don Francisco.

En clara contraposición con Acevedo, el cabeza de la familia Espinosa viste con un traje claro de tres piezas sobre camisa blanca de lino y zapatos negros de domingo.

—Buenos días nos dé Dios —le saluda el anfitrión—. Tome asiento, haga el favor.

A una distancia prudencial, los dos hombres armados toman posiciones en el porche.

—Ya veremos si terminan siendo buenos o malos —responde el visitante, dejándose caer en la silla de mimbre que, para su sorpresa, le resulta bastante cómoda. —Confianza, don Francisco, confianza.

Espinosa se gira y señala hacia el olivo.

—¿Cuántos años tiene?

—Más de trescientos, pero dentro, en el patio interior, tengo otro que supera los quinientos.

—Ya serán menos.

El señor Acevedo, lejos de ofenderse, se ríe.

—Le noto muy tenso, don Francisco.

El otro desvía la mirada.

—Llevo demasiado tiempo detrás de esa hija de Satanás como para que ahora se esfume como si nada.

—Pinta que está más muerta que esfumada.

Pensativo, Francisco Espinosa juega con el sello de oro que luce en el dedo anular de la mano derecha.

—Hasta que no vea su cadáver para mí está viva. No me creo que esa mala pécora de los dientes de oro esté en el otro barrio.

—Vaya, pues sí que le tiene tirria a esa mujer, sí...

Francisco Espinosa se levanta de la silla enérgico.

—¡No es una mujer cualquiera! Es la reencarnación del mal en la Tierra. ¡Sucia hija de perra!

Acevedo da dos caladas al puro y con la mirada le dice a uno de sus hombres que los dejen solos. Acto seguido levanta la copa vacía para llamar la atención de la mujer de servicio.

—Tráeme más brandy y lo que quiera don Francisco.

—No quiero nada —dice este, y se vuelve a sentar, agitado—. Bueno, sí, lo que quiero es que me entregue a ese pobre diablo, porque le voy a arrancar la piel a tiras hasta que me diga dónde se esconde esa furcia.

—Sigo sin entender por qué está tan seguro de que sigue viva.

—Porque a las cucarachas no se las mata tan fácilmente. Por eso.

El señor Acevedo compone una mueca divertida.

—¿Por qué la odia tanto?

Francisco Espinosa, indignado, arruga la nariz y la frente como si de pronto hubiera percibido un mal olor.

—¿Hace falta que le recuerde que mató a mi hermano?

—Si no me equivoco, el doctor Jiménez dijo que Goyito murió de un ataque al corazón.

El otro se revuelve en la silla.

—¡Ese viejo borracho puede decir misa!

—Poco puede decir ya, me parece a mí.

—Bien muerto está. Yo viví los últimos días de Gregorio y casi no se tenía en pie. Esa hija del demonio lo fue envenenando poco a poco hasta matarlo.

—¿Y cómo está usted tan seguro?

—Porque me gasté un buen dinero en traer a un tipo desde Barcelona para que la investigara.

El anfitrión se muestra sorprendido.

—¿Un detective privado de esos?

—De esos, sí. Y averiguó que la muy zorra había contratado un seguro de vida para cobrar una fortuna cuando muriera mi hermano.

—¡No me diga!

—Sí le digo, sí. Lo que no sabíamos era que Gregorio

se había dejado convencer para que la nombrara a ella única heredera de todos sus bienes.

—Menuda arpía...

—Hay que ser estúpido. ¡¿Pero cómo se puede estar tan ciego?! —grita elevando los brazos.

Muy serio, el señor Acevedo se arrellana en la silla y se agarra los genitales.

—Porque a esta no hace falta vendarla para dejarla ciega, don Francisco.

Acalorado y todavía renqueante por la caída, el teniente Gallardo se desabotona la guerrera mientras examina su entorno. Veterano de mil batallas, se ha visto muchas veces implicado en situaciones desfavorables y no le hace falta evaluar la de ahora para saber que lo principal, de momento, es mantenerse con vida.

Y desabotonarse la guerrera del todo.

Frente a él, Patricio Carvajal está algo distraído con el fusil que ha recogido del suelo. A su espalda, tres hombres armados con escopetas de caza que tienen pinta de saber usarlas mejor que un lapicero; y a su derecha, Jacinto Padilla, aterrado, trata de esconderse inútilmente tras el cuerpo del sargento Pacheco, también desarmado.

—¿Este es el famoso Winchester? —se interesa Patricio.

—Así es. Hecho en la Fábrica de Armas de Oviedo para más señas.

—Muy bonito —dice antes de escupir al suelo—. Tú, conmigo —le dice a Padilla.

—Antes de entregártelo necesito saber qué vais a hacer con mi prisionero.

—Ni lo sé ni me importa. Y a vosotros tampoco —añade y cierra Patricio, barbián.

—Ya entiendo, ya —asiente el de la Benemérita mientras se acerca a él—. Sin embargo...

Con un rápido y ágil movimiento, Gallardo saca la daga que lleva en el interior de la guerrera, se la coloca en el cuello a Patricio Carvajal y, sin darle tiempo a reaccionar, se sitúa a su espalda para cubrirse con él. Después le arrebata el Winchester y se lo lanza a Pacheco. El sargento, hábil, lo coge al vuelo con ambas manos y, rodilla en tierra, apunta a sus rivales, que, desconcertados, se miran entre sí.

—¡Todos tranquilos si no queréis que le abra la garganta de parte a parte! —grita Gallardo tirando de Patricio hacia atrás para ganar algunos metros con respecto a sus enemigos. Carvajal aprieta los dientes al sentir el filo metálico en el cuello.

—¡Diles que tiren las escopetas!

Patricio no reacciona, lo cual incita a Gallardo a mover la daga un centímetro, haciéndole sangrar.

—¡Haced lo que dice! —ordena.

—¡Vamos, cabrones, tiradlas al suelo de una vez! —los anima Pacheco.

Marcial, el de más edad, es el primero en obedecer. Faustino, que está a su derecha, también baja el arma, pero el tercero, un joven de apariencia desmedrada superado por la situación, apoya la escopeta en el hombro y apunta al teniente Gallardo.

Se trata del hijo de Lola, y tiembla de manera ostensible.

—¡Tira eso de una vez, idiota! —le grita Patricio—. ¡Vas a conseguir que nos maten a todos!

—Vamos, chico, haz lo que te dicen y podréis regresar a casa de una pieza —le dice Gallardo atemperando la voz.

El muchacho, cuya tez ha perdido todo rubor, es incapaz de tomar ninguna decisión consciente ni coherente pero, de forma mecánica, su índice empieza a ejercer presión sobre el gatillo. Patricio Carvajal, sabedor de los destrozos que provoca un cartuchazo a esa distancia, aprieta los párpados y, si bien muy católico no es, se encomienda a la Esperancita, por la que siente una sincera devoción. Pero es una intervención humana y no divina la que le salva el pellejo en esta ocasión. En concreto la de Salvador del Campo, uno de sus hombres. Salvador, al que todos conocen como el Bajabragas, lleva meses intentando seducir a Lola, y, a pesar de que estaba progresando mucho, en apenas dos segundos ha resuelto abandonar toda esperanza de acostarse con ella ante el riesgo de terminar siendo pasto de los gusanos. Por eso el Bajabragas se anticipa a lo que pueda pasar y le descerraja un escopetazo en el estómago al muchacho. A dos metros y medio de distancia, solo nueve de los doscientos veintiocho perdigones que escupe el cartucho del 12 no impactan en el cuerpo del chico; lo cual se traduce, en términos anatómicos, en un boquete de once centímetros de diámetro en la zona abdominal, espacio abierto por el que asoma el intestino delgado en cuanto el cuerpo toma contacto con el suelo.

El hijo de Lola, cuyo nombre es Antonio —aunque a nadie le importe—, todavía tarda algún tiempo en morir bajo la atenta mirada de los presentes, que sin la necesidad de intercambiar palabras han puesto punto final a las hostilidades.

—Se acabó la sangre por hoy —dictamina Patricio, sentencia que sella escupiendo al suelo—. Mañana será otro día.

—Mañana será otro día —coincide Gallardo.

—¡Ahí regresa Patricio, señor Acevedo! —le avisa uno de sus hombres.

Al oírlo, Francisco Espinosa se incorpora y amusga los ojos. Hace meses que le falla la vista de lejos, pero se niega a ponerse unos de esos ridículos anteojos que le hacen aparentar más edad de la que tiene. Ello no obsta para que distinga a la perfección que un bulto descansa inerte sobre la segunda montura que pasa bajo el arco de entrada del cortijo.

—¡Lo traen muerto, maldita sea! ¡Le dejé bien claro que lo quería vivo! —le recrimina Espinosa a Ramón Acevedo.

Este maldice al tiempo que hace un esfuerzo para levantarse de la silla y comprobar que su invitado tiene razón.

Pero no exactamente.

—¡Me cago en toda su raza!

Cuando llega Patricio y desmonta, su cara es un poema. Se quita el pañuelo negro con el que se cubre la cabeza y la inclina sumiso.

—Lo siento mucho, patrón, pero las cosas no han ido como las habíamos planeado.

—Habla.

En cuanto termina de contarles lo ocurrido, Francisco Espinosa resopla aliviado. El señor Acevedo se coloca el habano en la comisura de los labios y, pensativo, lo mueve de lado a lado de la boca.

—Tendría que mandar desollarte vivo, maldito inútil —farfulla.

—No sé qué decir, señor Acevedo. El teniente ese le puso huevos al asunto y yo no me esperaba que...

—Así que le puso huevos, ¿eh? —repite de forma incesante hasta que se acerca a uno de sus hombres, le quita el revólver que lleva metido en el pantalón y apoya el cañón en la frente de su empleado—. ¡Cierra el pico! ¡No digas ni una sola palabra más o te vuelo la tapa de los sesos aquí mismo!

Patricio cierra de nuevo los párpados con fuerza. Esta vez no se encomienda a ninguna divinidad porque sabe que, si su patrón quiere acabar con él en ese mismo instante, ni Dios, ni la Virgen, ni todos los santos confabulados a su favor podrían hacer nada para impedírselo.

—Ahora me vas a solucionar este desaguisado. Vete a hablar con el Jabalí y le dices que ha ocurrido un terrible accidente de caza. Luego te vas a ver a Lola, le entregas el cuerpo de ese desgraciado, le das cien pesetas para pagar el funeral, otras cien para que se contente y a vivir que son tres días.

Sin apartar el cañón de la cabeza, el señor Acevedo se acerca a Patricio, lo olfatea y arruga la nariz mostrando la fila superior de unos dientes amarilleados por el tabaco.

—Y date un agua, cabrón, que hueles a pocilga. Desaparece de mi vista, inútil.

Algunos minutos más tarde, de nuevo a solas con su anfitrión, Francisco Espinosa ha aceptado esa copa de brandy y camina de un lado a otro nervioso. El señor Acevedo, repantingado, apura el habano con la mirada perdida en un horizonte limpio de nubes, como si se estuviera comunicando de forma telepática con algún celícola.

—Tendría que haberle encargado el trabajo a su sobrino —comenta su invitado—. ¿No dice que nunca falla?

—Aurelio tiene entre manos otro asunto, pero regresará en breve —le explica—. Se lo pregunto de nuevo, don Francisco: usted está convencido de que la Viuda está vivita y coleando, ¿no?

—Sí, así lo creo.

—Entonces lo que tenemos que hacer es olvidarnos de ese infeliz de Padilla y buscarla a ella directamente, ¿no le parece?

—¿Y por dónde demonios empezamos? No, no. Estoy seguro de que él sabe muy bien dónde se ha metido esa maldita perra.

Acevedo chasquea los dedos.

—¡Pues más fácil aún! ¡Dejemos que los guardias hagan su trabajo, y cuando averigüen su paradero, solo tendremos que cogerla antes que ellos!

—¿Y cómo piensa hacerlo? ¿Con ese gordo borracho de Yáñez?

—El Jabalí puede resultarnos de utilidad, pero me temo que tendremos que acudir a más altas instancias.

—¿Acaso tiene contactos en la comandancia de la Guardia Civil de Almendralejo?

—Todavía no —reconoce con aire de superioridad—. Pero si hicieran falta tampoco sería un problema.

—¿No?

—No, porque los problemas de dinero siempre se resuelven del mismo modo.

—¿Ah, sí? ¿Y cómo, si puede saberse?

El señor Acevedo sonríe y le da un par de caladas al puro antes de aplastarlo contra un cenicero.

—Con más dinero.

El otro sonríe primero y asiente después, pese a que ni le ha hecho gracia el comentario ni está de acuerdo con él.

—Con más dinero, ¿eh? Dicho así parece sencillo, pero que no sea con el mío, porque más de lo que ya le he dado no le voy a dar.

—No lo tenía pensado, don Francisco. Márchese tranquilo, pronto recibirá noticias mías.

—Me marcho, sí, pero de tranquilo nada de nada. Buenos días.

El anfitrión le ofrece la mano a Francisco Espinosa y este, de naturaleza acendrada y descontentadiza, duda unos instantes. Finalmente vuelve a sonreír sin ganas y se la estrecha a pesar de que no ha podido evitar fijarse en la mugre que tiene bajo las uñas.

En cuanto Espinosa se aleja unos metros, Acevedo desvía la mirada hacia una de las ventanas del segundo piso.

—No hace falta que busques problemas cuando los problemas siempre te encuentran a ti —reflexiona en voz baja.

Como esperaba, la cortina se mueve.

Sonríe.

Desnudo de cintura para arriba, Martín Gallardo está terminando de improvisar con su camisa un vendaje compresivo para detener el sangrado de la herida de Alarico. Por suerte para el animal, el disparo de Patricio con su escopeta de cañones recortados se produjo desde demasiada distancia, con lo que han sido menos de una decena los perdigones que han alcanzado su pata delantera, y menos aún los que han penetrado en su curtida piel color avellana.

Los rayos del sol caen verticales e impactan en la parte posterior de la cabeza del teniente, como si quisieran recordarle que tiene una brecha considerable que también debería tratar. A su lado, el sargento Pacheco no deja de otear el horizonte desde que Patricio y los suyos se han ido por donde habían venido, pero con un vivo menos y un muerto más. El detenido, sentado en el suelo con las piernas cruzadas, mira las esposas con ojos vidriosos, pensativo, como si acabara de darse cuenta de la gravedad de sus actos y, sobre todo, de lo irreversible que resultan las consecuencias.

—No parece que sea grave —comenta el sargento.

—En efecto, no lo parece, pero como ninguno de los dos somos expertos, va a partir usted de inmediato hacia Zafra a buscar un veterinario y un carro para poder transportarlo.

—Me refería a la herida que tiene usted en la cabeza.

—Lo mío es solo un golpe —evalúa llevándose la mano a la nuca.

—Un golpe que, permítame que le diga, y no se ofenda, podría haberle nublado el juicio, mi teniente. ¿No cree que esos malnacidos podrían regresar en cualquier momento?

—Podrían, pero no creo que lo hagan. Además, Alarico no puede moverse y no pienso dejarlo a su suerte para que lo devoren las alimañas.

El sargento, que sabe que no hay posibilidad alguna

de hacerlo cambiar de parecer, suspira antes de devolverle el Winchester.

—Habrá que dar parte de lo ocurrido aquí —sugiere Pacheco.

—Habrá que hacerlo, pero a su debido tiempo.

—Usted manda. Por cierto, no sabía que llevaba esa bicha encima.

—Hay muchas cosas que no sabe de mí, sargento. Esto de llevar una buena daga es consecuencia de los años que pasé en el regimiento de caballería combatiendo a mambises y tagalos. En la jungla, de nada valían nuestros rifles y sables en el cuerpo a cuerpo contra sus machetes, créame. Pero esto sí —añade palmeándose a la altura del pecho.

—Es usted una caja de sorpresas.

—Una caja de sorpresas sin tabaco.

El otro introduce la mano en el bolsillo del pantalón.

—Quédese con lo que queda del mío.

—Gracias, sargento. Dese toda la prisa que pueda.

—Cuente con ello.

Darío Pacheco se acerca a Jacinto Padilla, le chista y le da un par de toques con el pie para captar su atención.

—Y usted, mucho cuidadito con lo que hace, porque hoy ya le ha sonreído la suerte todo lo que le podía sonreír, ¿me sigue?

Sin dejar de atender a Alarico, Gallardo eleva la voz y endurece el tono.

—Y ya puede volver de donde esté, porque usted y yo ahora vamos a parlamentar tranquilamente.

La polvareda oculta el frenético cabalgar de Pacheco en busca de ayuda —y tabaco— cuando Martín Gallardo se incorpora llave en mano, le quita las esposas y le ofrece un trago de su cantimplora. El detenido lo rechaza negando con la cabeza.

—Usted mismo.

El de la Guardia Civil regresa a donde está su caballo,

se acomoda junto a él, saca el revólver y, muy despacio, tira hacia atrás del percutor. El ruido del tambor hace que Alarico abra mucho los ojos, como si supiera lo que viene a continuación.

—Las reglas son muy sencillas —expone el teniente—: yo le pregunto y usted me responde. Si se niega a responder, le disparo. Si sospecho que me está mintiendo, le disparo. Si intuyo que me está ocultando algo, le disparo.

Padilla sonríe nervioso.

—Solo tendré que decir que fueron esos tipos y dejar que los buitres hagan su trabajo. El sargento Pacheco corroborará mi versión.

—No es necesario que me amenace, porque ahora mismo, para mí, vivir no tiene sentido.

—Eso dicen todos hasta que se ven sentados en el garrote y el verdugo les pone la capucha. Entonces, todos, sin excepción, suplican por sus vidas o se encomiendan a algún dios.

El capataz humilla la cabeza.

—Bien. La primera pregunta es clave porque lo condiciona todo: ¿sabe dónde se encuentra en este momento Antonia Monterroso?

—No.

—¿Le mencionó algún sitio en concreto donde le gustaría ir?

—No.

Gallardo chasquea los dedos.

—Se me ha olvidado hablarle de otra regla: si me responde más de dos veces con monosílabos le disparo.

Alterado, Padilla se masajea las muñecas de forma compulsiva y se muerde el labio inferior para no derrumbarse.

—Antonia me prometió que empezaríamos ella y yo solos en otro lugar, pero no dijo cuál. Alguna vez habló de Lisboa como una ciudad que le gustaba, en la que había vivido durante un tiempo. Yo me conformaba con estar con ella.

—¿Cuándo la vio por última vez?

—El día anterior a que me detuvieran. Ella tenía cosas que hacer, no me dijo qué, y yo debía quedarme en la hacienda, esperar a que se hiciera de noche y pegarle fuego a la casa.

—Puede que le ocurriera algo y por eso no acudiera a su cita con usted.

El capataz se encoge de hombros.

—Puede.

—¿Tenía muchos enemigos?

—No muchos, pero sí peligrosos. Francisco Espinosa y algún que otro acreedor, que yo sepa.

Gallardo saca un cigarro, lo prende y se lo ofrece a Padilla, que lo acepta.

—Muy bien. Ahora quiero que me cuente todo lo que sepa sobre ella. Después de tanto tiempo conviviendo, Antonia se sinceraría con usted en más de una ocasión.

Padilla da dos caladas seguidas, suelta el humo e inspira por la nariz como si estuviera aspirando recuerdos que flotan en el aire.

—Sí. A Antonia le gustaba hablar de cómo había logrado llegar hasta donde había llegado.

Gallardo le da unas palmadas a Alarico en el cuello y le acaricia las crines.

—Soy todo oídos.

De andamios y casamientos

Iglesia de San Bartolomé
Jerez de los Caballeros (Badajoz)
Dos años antes

No cabía un alfiler en el templo. A los vecinos menos pudientes y a los curiosos no les había quedado otro remedio que aguardar en el exterior a que saliera la pareja que estaba en boca de todos convertida en marido y mujer.

Encaramados en lo alto de un andamio que trepaba por el muro de la nave lateral, Jesús Padilla —pintor de brocha gorda— y su sobrino —que no pertenecía al gremio pero se había avenido a echarle una mano por cinco duros a la semana— aprovechaban que la familia Espinosa no había conseguido que quitaran a tiempo la horrenda estructura metálica para asistir al acontecimiento del año desde tan privilegiada posición.

—Él es el menor de los cuatro hermanos Espinosa —dijo Jesús señalando hacia el altar—. En el pueblo no se mueve una mosca sin que ellos lo sepan. Tienen no sé cuántos negocios y son muy amigos del alcalde. Del que toque, ya sabes cómo se labran esas amistades.

—Con unos cientos de pesetas.

—O miles, qué más da. Esos tienen para dar y regalar.

—Pues, oye, si tanto les sobra, yo con un poco me conformo.

—Sí, sí, en eso está pensando Francisco Espinosa, que es el que manda desde que murió el padre. Mira, ahí lo tienes: el estirado ese que está en primera fila.

—Coño, tiene más cara de funeral que de boda —bromeó Jacinto.

—Es siempre así. Aunque lo tiene todo, es un amargado de la vida. Y puede que el hombre tenga la pólvora mojada, porque lleva años casado con la pájara de al lado y no consigue dejarla preñada.

—Pues, yo, por un módico precio...

Jesús contuvo la carcajada para no revelar su presencia.

—¿Y quién es la novia?

—Eso es lo gracioso. Todo el mundo la conoce pero nadie sabe nada de ella. Por aquí la llaman la Rusa. Según dicen, empezó a trabajar en el despacho de pan de los Espinosa y el Goyito le echó el ojo. Como para no. ¡Ya verás qué buena jaca, ya!

Empezaban a sonar las primeras notas de órgano para anunciar la llegada de la novia.

—Todos los mozos se la han querido trajinar, pero ninguno ha conseguido nada de nada. Bueno, sí, a dos les rompió la crisma por intentar propasarse con ella. Así que al final se cumplió eso de «Poderoso caballero es don Dinero».

Se hizo el silencio tan pronto como la novia apareció en la iglesia, mutismo que se transformó en un bisbiseo constante al retirarse el velo en contra de lo que establecía la tradición: nunca antes de que el oficiante certificara la unión en sagrado matrimonio. Ajena a la polémica, caminaba Antonia bien erguida, despacio, degustando el momento. Su momento. Su corpulencia física, nada común en la zona, robaba las palabras a cuantos la observaban pasar con pudorosa dignidad. Desde las alturas, arrobado por completo, el sobrino recorría boquiabierto su cuerpo imaginándosela desnuda.

—¿Es que no vas a decir nada?

—Les rompió la crisma, ¿eh? Yo dejaría que me rompiera otra cosa —comentó al fin.

—¡Pues vas listo! Que ese pastel ya no lo catas lo saben hasta los rusos de Rusia. No se hizo la miel para la boca del asno.

—Depende del asno. Hay algunos que valen más que mil caballos.

—¿Así que un don nadie como tú sin oficio ni beneficio ni dónde caerse muerto cree que podría cortejar a esa mujer?

Esta vez nada pudo hacer Jacinto para no soltar una sonora risotada que llamó la atención de algunos de los invitados e incluso de la novia, que, curiosa, elevó la mirada para toparse con el evidente embelesamiento de aquel apuesto operario. Lejos de sentirse ofendida, Antonia Monterroso, futura señora de Espinosa, le regaló una mueca cordial trufada de picardía que él interpretó como una puerta que se abría, una puerta por la que entrarían todas las desgracias que estaban por llegar.

Y desde ese preciso y precioso instante, error tras error, Jacinto Padilla fue cavando su propia tumba.

El primero de ellos lo cometió nada más concluir la ceremonia, cuando declinó la invitación de su tío para ir a almorzar con el propósito de estar presente en la salida de los recién casados. Una vez fuera, aprovechando el tumulto de personas que querían felicitar a la pareja, se acercó furtivamente y alargó la mano al pasar junto a Antonia para tocarle el trasero de un modo sutil pero firme. En apariencia accidental, pero solo en apariencia. Así lo interpretó Antonia, que, interesada en dar con el descarado que se había jugado algo más que la cara, no tardó en localizarlo entre la gente, mirándola como un perro en celo. Y si había algo que de verdad la excitaba era asumir riesgos. Así pues, ni corta ni perezosa, le guiñó el ojo de forma fugaz para hacerle saber que había captado el mensaje.

Y claro que lo captó.

Obsesionado con poseerla en cuerpo y alma desde aquel día, Jacinto Padilla fue perdiendo el juicio hasta llegar a cometer las atrocidades por las que, casi con total seguridad, terminará pagando con su vida.

Odiar con el corazón

Camino de los Nogales
A 7 kilómetros de Zafra (Badajoz)
20 de abril de 1917, a las 13.55

—En aquella maldita iglesia todo cambió para mí. Todo —recalca el detenido.

Durante los últimos minutos de interrogatorio, Gallardo ha logrado que Jacinto Padilla se suelte. Han pasado ya por su infancia y adolescencia, que poco difieren de las de cualquier otro que haya tenido que agudizar el ingenio para poder comer. Por ahora al teniente no le da la impresión de que Padilla sea una de esas personas con las que tantas veces le ha tocado lidiar y que nacen torcidas, sino, más bien, de esas que se tuercen por el camino.

O se dejan retorcer.

Con el Winchester en el regazo y sin dejar de acariciar en ningún momento a Alarico, Martín Gallardo otea de vez en cuando el horizonte por si a los hombres de Acevedo se les ocurriera regresar.

—Hasta ese día —prosigue Padilla sin levantar la mirada del suelo—, lo único que me preocupaba era ganar las perras suficientes para llevarme algo a la boca y pagarme un techo, pero desde que conocí a Antonia solo pensaba en verla.

—¿Cuál es su oficio?

Padilla se encoge de hombros.

—Me he dedicado a muchas cosas y a nada en concreto, no sé si me explico. Se me da bien cuidar animales, marranos sobre todo, y desde que entré a trabajar en la hacienda Monterroso me ocupaba de eso.

—Entiendo.

—Aunque, ahora que lo pienso, lo que mejor se me ha dado a mí en la vida ha sido tratar con las mujeres. Ni siquiera tenía que buscarlas, y cuando me cansaba de una, pues otra y a correr. Aquí donde me ve, no hace mucho yo era un hombre en el que se fijaban las mujeres, pero desde aquel día...

El capataz niega con la cabeza.

—Desde aquel día se me empezó a caer el pelo y empecé a perder peso hasta quedarme así, escuchimizado, consumido.

—Hábleme de ella. ¿Qué sabe acerca de su pasado?

—De eso solo hablaba cuando se le engrasaba la lengua con el vino. Lo que sí sé es que llevaba recorriendo Europa desde que tenía uso de razón junto a su madre, que trabajaba en un circo.

—¿Un circo? ¿Qué circo?

—Si alguna vez me dijo el nombre no me acuerdo. Algo de Rusia pero sin rusos.

Martín Gallardo evalúa su respuesta.

—¿Dónde nació Antonia?

—Siempre decía que era de todos los sitios y de ninguno, pero estoy casi seguro de que no nació en España.

—Entonces puede que ni siquiera se llame Antonia.

Padilla apura el cigarro, se moja el índice y el pulgar con la lengua para apagarlo y arroja la colilla a varios metros.

—Puede. Lo mismo me da, la verdad.

—A mí no.

—Cuando creció, aprendió a ser acróbata y...

—¿Acróbata?

—O como se llamen esos que dan saltos, se doblan, caminan por una cuerda sin caerse, dan brincos y demás —concluye—. Debía de ser muy buena. Cuerpo tenía. Y fuerza. Más que la mayoría de los hombres, se lo aseguro. Una vez, al poco de empezar a trabajar en el despacho de pan, dos reclutas la asaltaron de madrugada y casi los mata.

—¿Y cómo salió de aquella?

—Yo todavía no la conocía, pero por lo visto intentaron abusar de ella y se defendió. De verdad le digo que esa mujer tiene la fuerza de una mula. Y verla desnuda era impresionante —rememora.

—Lo que usted diga. ¿Cuándo llegó a Jerez de los Caballeros?

—Eso sí lo sé. En otoño de 1914. La guerra las pilló recorriendo Francia, y como les anularon todas las funciones se fueron a Portugal, que entonces era territorio neutral. Pero allí no les fue nada bien y tuvo que buscarse la vida; y bueno...

—¿Bueno qué?

—Una vez que bebió demasiado me contó que no le quedó más remedio que poner pies en polvorosa para huir de la justicia. Y aunque nunca me confesó qué le había pasado, sé que tuvo que ver con la muerte de su madre.

Gallardo frunce el ceño.

—¿Cómo murió su madre?

—Eso era un tema prohibido. Solo hablaba de ella cuando estaba muy borracha, pero seguro que de vieja no fue. Debía de ser una mujer muy guapa pero sin suerte con los hombres. Y eso lo heredó ella.

—¿La mala suerte?

—No, jefe, no. Me refiero a odiar a los hombres.

—¿Antonia odia a los hombres?

—Con todo su corazón.

—Comprendo. En resumen, Antonia Monterroso

llega a Jerez de los Caballeros en otoño de 1914 y se dedica a vagabundear por ahí hasta que conoce a Gregorio Espinosa, que le da trabajo en su despacho de pan y a los pocos meses se casan. Y ahí es cuando usted la ve por primera vez y se obsesiona con ella, ¿cierto?

—Sí.

—¿Y en qué momento consiguió intimar con ella?

—No me resultó nada fácil, créame. Ella sabe cómo manejar a los hombres; «arre», «so», ya me entiende. Daba igual quien fuera, ella siempre lleva las riendas. Y conmigo no hizo ninguna excepción.

—¿Y por qué habría de hacerla?

A Jacinto Padilla se le acoraza el semblante.

—Por nada en concreto, pero al final, de todos los que la pretendían, el que más la disfrutó fui yo, maridos incluidos. Téngalo en cuenta.

—Lo tendré. Prosiga.

—¿Me da otro cigarro?

—No.

El otro frunce los labios.

—Yo iba todos los días a verla al despacho de pan. Algunos incluso dos veces, pero intentaba ir a última hora, antes de que cerrara. A veces solo me dedicaba un par de minutos, otras más. Nunca se sabía. Dependía de ella. Una tarde que no había nadie me pidió que pasara a la trastienda para ayudarla a mover unos sacos de harina y, una vez allí, cerró la puerta y me dijo que me bajara los pantalones. La hija de puta quería ver el tamaño de..., ya sabe.

—Sí, sí, ya sé.

—Pues debió de gustarle, porque poco después me montó como un animal. Esa primera vez ni siquiera me dejó tocarla. Cuando le ponía la mano encima me arreaba un bofetón. Salí de allí con la cara morada y sangrando del labio, pero me acuerdo de que me sentía el hombre más feliz del mundo. Le aseguro que no hay una mujer como ella. No, no la hay...

En aquel instante, el teniente siente algo parecido a la conmiseración hacia aquel hombre que, todo parece indicar, ha sido vilmente manipulado por Antonia Monterroso. Sin embargo, una pulsión que nace de lo más oscuro de su estómago le hace recordar que no conviene orinar contra el viento. A punto está de retomar el interrogatorio cuando divisa una columna de polvo que se eleva en dirección a Zafra, lo cual le hace ponerse en pie de inmediato y aguzar la vista.

—¿Son ellos otra vez? —pregunta Padilla alterado.

Los cinco segundos que tarda en contestar se convierten en cinco eternidades.

—No. Es el sargento Pacheco con el veterinario y otros dos jinetes.

—¿Está seguro?

El teniente no contesta.

—De cualquier forma, hay que ser torpe para elegir este camino. Ni siquiera es el más corto hasta Almendralejo y es el único en el que podían emboscarnos en varios puntos. Conozco muy bien la zona, sé lo que digo.

Martín Gallardo lo mira con interés, saca un cigarro y lo prende.

—Por eso mismo regresamos a Zafra.

El hombre palidece:

—¡No! ¿Pero no se da cuenta de que allí quieren matarme?

—En Almendralejo también, pero sentado y con una capucha puesta.

Padilla resopla.

—Usted solo tiene que preocuparse por seguir contestando a todas mis preguntas —añade al tiempo que le vuelve a poner las esposas—. De su supervivencia nos encargamos nosotros.

Minutos después desmonta Darío Pacheco con elegancia y gesto serio. Le siguen Lobito, Román Aguado y un carro guiado por un hombre que viste bata blanca y que no tiene pinta de haber cumplido los treinta a pesar de la barba que se ha dejado crecer a su libre albedrío para aparentar más edad de la que tiene.

—¿Es el veterinario? —le pregunta Gallardo a Pacheco.

—Con su permiso —dice el sargento antes de quitarse el tricornio y enjugarse el sudor de la frente—. Ángel Santamarta, se llama. Es el único de Zafra y no ha sido fácil convencerle.

—Que se ponga manos a la obra.

Pacheco le hace un gesto con la cabeza.

—Otra cosa —añade el sargento bajando el tono—: el cabo Yáñez no se ha puesto muy contento cuando le he informado de lo que ha pasado aquí. Estos dos han venido por voluntad propia.

Pensativo, Martín Gallardo se peina el bigote de herradura.

—Hay cambio de planes. Regresamos a Zafra.

Pacheco frunce el ceño y cruza los brazos a la altura del pecho.

—No seré yo quien cuestione una orden, pero... ¿no habíamos quedado en que esto nos quedaba muy grande?

—Tengo la certeza de que aquí han pasado y están pasando muchas cosas que todavía no sabemos.

—Eso es evidente, otra asunto bien distinto es que nos toque a nosotros averiguarlas, ¿no?

—Nos toca.

Pacheco mira al cielo e hincha los carrillos. Luego abre los brazos en cruz y los deja caer sobre la cadera.

—¡Pues si toca, toca!

—No me he explicado. Nosotros tres —señala a Padilla y al veterinario— somos los que regresamos a Zafra; usted se va a Almendralejo. Necesito que hable con el comandante Recio, que le ponga al día de todo y le pida que nos asigne refuerzos. Así aprovecha para pasar la noche con su familia y al alba está de vuelta con una dotación de confianza.

—Pues, mire, se lo agradezco. Nombres, mi teniente.

—Con Sánchez, Bernal y Linares me basta y me sobra.

—Todos con experiencia militar, por supuesto.

—Por si las cosas se ponen feas. Le dice de mi parte al comandante que tenemos mucho que hacer por aquí, y que hable con el juez Díaz para que nos envíe un especialista de los muertos.

—¿De esos que los abren y...?

Gallardo le da una palmada en el hombro.

—De esos. Venga, cuanto antes parta, antes podrá abrazar a los suyos.

Pacheco monta, introduce la mano en una de las alforjas y le entrega dos paquetes de picadura de tabaco.

—Lo que había.

—Gracias, sargento.

—Cuídese.

El veterinario se aproxima con notable cautela.

—Ha tenido mucha suerte. La herida no reviste gravedad, pero requiere intervención quirúrgica para extraer varios perdigones y aquí no tengo el material necesario.

—Lo trasladaremos a Zafra.

—Habrá que sedarlo.

—No será necesario, yo iré con él en el carro.

—No se lo aconsejo, en cualquier momento podría ponerse nervioso y...

—Le digo que no será necesario. He visto muchos animales no salir nunca de ese sueño.

El otro enarca una ceja.

—Usted manda.

—Por eso mismo.

Una nube de polvo envuelve la bombilla que se descuelga del techo y cuya luz, aunque lánguida y macilenta, consigue romper la penumbra imperante. Varias cajas apiladas están siendo revisadas por un hombre de avanzada edad que, libreta en mano, hace las anotaciones pertinentes. A su espalda, Ramón Acevedo manipula uno de los habanos que acaba de darle su intendente como si de verdad le interesara comprobar la calidad de la mercancía para validarla. Acto seguido se lo acerca a la nariz y lo huele.

—Malos no son, pero tampoco es la mejor partida que nos ha llegado.

—Yo de eso sé más bien poco, patrón.

—Lo mismo da. Si, total, los zoquetes con dinero que los van a fumar no sabrían distinguir entre la picadura y la paja. Por cierto, la recaudación de las chicas de ayer, muy escasa.

—Puede, sí. Hay dos que no han traído lo suyo.

—¿Qué dos?

—María la gaditana y Rosario.

—¿Quién es esa Rosario?

—La que se casó con el hijo de Pepe Carrasco. Jose se llamaba.

—Ah, esa.

—Al muchacho se le prestó un dinero y se lo jugó a las cartas.

—¿Cuánto?

El otro se toma su tiempo para consultarlo en el cuaderno.

—Nos dejó a deber seiscientas ochenta pesetas.

—Sus muertos. Y supongo que nunca más se supo, ¿no?

—Sí se supo, sí, pero cuando se le fue a dar el aviso, a Patricio se le fue de madre y la cosa terminó mal.

El otro chasquea la lengua.

—Ya recuerdo —dice pasándose el pulgar por la garganta.

—Ese.

—Pues entonces no queda otra que apretarle bien las tuercas a esa zorra.

—Así se hará, patrón.

Acevedo prende un fósforo con el que enciende el puro.

—¿Y adónde decías que iban estas cajas?

—A Córdoba capital y alrededores.

—¿Son para el Tano?

—Sí.

—Las habrá pagado, supongo.

—Supone bien.

—Y está hablado con el imbécil del Jabalí, ¿verdad?

—Como siempre. Por cierto, le está esperando fuera desde hace un buen rato.

Ramón Acevedo da un par de caladas e hincha los carrillos para retener el humo dentro de la boca antes de soltarlo.

—Pues que espere.

Cuando por fin sale al exterior, el exceso de luz lo obliga a protegerse los ojos con la mano y a bajar la mirada. En el suelo se proyecta la sombra de un hombre con tricornio.

—Perdón por la espera, Yáñez —se disculpa sin sentirlo.

—No tiene que excusarse, sé que es un hombre muy ocupado. ¿Qué puedo hacer por usted?

El señor Acevedo empieza a caminar con las manos a la espalda y el otro le sigue a una distancia prudencial.

—Supongo que ya está al corriente del incidente de esta mañana entre algunos de mis hombres y...

—Lo estoy —le interrumpe—. Yo mismo le di a Patricio la información para que pudieran interceptarlos. Si sus hombres no han podido..., ya me entiende, no es culpa mía.

Acevedo fuerza una sonrisa.

—No, claro que no. Pero la suerte nos ha terminado favoreciendo. Me han informado de que ese teniente no está yendo a Almendralejo.

—¿No?

—No. Están regresando a Zafra.

—Primera noticia.

—Pues aquí viene la segunda: esta noche lo quiero aquí, en mi casa.

El cabo Yáñez tarda en reaccionar.

—Eso es imposible.

Ramón Acevedo se detiene.

—¿Imposible? Verás como no. Y lo mejor de todo es que tú solo tienes que emborracharte como siempre al terminar tu turno. Eso sí, antes me vacías el cuartel de guardias y me dejas abierta la puerta que da al callejón.

Yáñez resopla nervioso.

—A ver, a ver... Se me ocurre que podría enviar al turno de tarde a la hacienda Monterroso con la excusa de buscar pruebas entre los restos.

—¿Ves cómo cuando quieres...? Patricio se encargará de hacer el trabajo. Si todo sale bien, a lo largo del día te lo devolvemos vivito y coleando.

—¿Y si no sale bien?

El señor Acevedo se encoge de hombros.

—Entonces no tendrás que preocuparte, porque ese desgraciado ya no será asunto tuyo. Ni de nadie.

—No sé yo, señor Acevedo, creo que...

El otro se encara con Yáñez y le da un manotazo en el pecho.

—¡Tú no crees nada de nada! ¡Tú haces lo que yo te ordeno y punto en boca! ¡Punto en boca! ¡¿Estamos?!

—Estamos —repite el guardia civil, apocado.

—Pues, hala, a tomar por el culo de mi casa.

Conoce muy bien el significado de la palabra *adversidad*. Si no fuera así, con todo lo que le ha tocado vivir a sus sesenta y siete, hace muchos años que Menchu solo sería un despojo humano. Huérfana desde los once, se libró del brote de cólera que se llevó a sus padres y a dos de sus tres hermanos por intervención divina, pues acabó en una institución religiosa, que no logró convencerla de lo mucho que le convenía vestir los hábitos. Con dieciséis, fuera ya de los muros del convento, tuvo que buscarse la vida de pueblo en pueblo recorriendo los campos de una Extremadura donde pasar hambre era la cotidianidad de la mayor parte de la población, mientras que unos pocos vivían como emperadores romanos en sus latifundios. No había cumplido Menchu los diecisiete cuando trabajaba de jornalera en Don Benito y tuvo la mala suerte de toparse con tres señoritos de Mérida que habían bebido más de la cuenta y a los que no les pareció mala idea forzarla. Los daños físicos derivados de aquel ultraje la inhabilitaron para tener hijos, quedando, además, marcada para los restos entre los mozos de la comarca. La justicia, como era de esperar, le dio la espalda, y ella tuvo que empezar de nuevo en otro lugar donde no la conocieran. Así, después de varios intentos de asentarse en distintos pueblos donde no era bienvenida una boca forastera más, terminó en una explotación ganadera cerca de Zafra donde el propietario supo ver su buena disposición para trabajar de sol a sol. Fue allí donde conoció a Rogelio, otro paria sin techo pero con buen corazón que se convirtió en su marido, sabedor de que su esposa jamás le daría descendencia. Ni falta que hacía. Aquellos fueron años tranquilos en los que el infortunio no se interesó demasiado en la pareja hasta que Rogelio perdió su empleo y se vio obligado a alistarse en el ejército liberal para sofocar los levantamientos carlistas en la región. Transcurrieron tres meses hasta que a Menchu le devolvieron el cuerpo sin vida de su marido tras caer en una emboscada cerca de

Coria. Viuda a los veinticuatro, lejos de descomponerse resolvió que no tenía más remedio que tirar hacia delante como las mulas que con tanta pericia manejaba. El segundo marido, Juan, le duró casi una década. No tenía tan buen corazón como su predecesor, pero sí contaba con una casa heredada que dejó a Menchu en usufructo vitalicio cuando él murió de cirrosis hepática por su querencia diaria al vino bueno.

Y al malo también.

Malo le salió Agustín, su tercer y último marido, que a pesar de regentar una tasca no era tan amigo del vino como de solucionar los problemas ordinarios a través de su extraordinario talento con los puños, virtud incuestionable que le duró hasta que, cierto domingo de mayo, dos hermanos de Guarromán que estaban de paso por Zafra y a quienes todos conocían como los de Guarromán le sellaron el pasaporte a navajazos. Tercer entierro. Decidió Menchu explotar el negocio hasta que cumplió los cincuenta y cinco y le tocó viajar a Cáceres para hacerse cargo de una niña de siete años, hija de su única hermana, Isidora —tan viuda como ella y tan muerta como sus tres maridos—, que se había dejado vencer por una neumonía mal curada. De regreso en Zafra vendió la tasca por casi dos mil pesetas pensando en que ese dinero le llegaría incluso para pagar su funeral, pero la buena de Menchu no tuvo en cuenta dos detalles: que los garbanzos cada año costarían más y que la pequeña Rosario iba a comer muchos garbanzos.

Han transcurrido doce años desde entonces y, aunque se encuentra bien de salud, sigue siendo una persona menesterosa y a la que cada vez le cuesta más levantarse de la cama. No es lo uno ni lo otro lo que más le preocupa. Ni mucho menos. Lo que de verdad le quita el sueño es el futuro que le espera a Rosario, a quien tiene por hija propia y que hace dos años dio a luz a una criatura que, desde luego, no se puede decir que haya venido con un pan bajo el brazo. Por no tener ni siquiera tiene padre, porque murió, casualidades de la vida —la mala vida—, como su tercer marido. Así, Rosario, que a pesar del embarazo sigue teniendo un cuerpo muy bonito pero demasiado enclenque para las labores del campo, trabaja de un tiempo a esta parte cuidando niños de noche en casas de ricos. Entre lo que le queda a Menchu de sus ahorros y lo poco que trae Rosario a casa apenas les llega para comprar leche a diario y algo de carne —la de ternera está a casi dos pesetas el kilo, es decir, el jornal medio de un obrero—, por lo que ha tenido que reducir a la mitad el consumo de aceite, huevos y fruta. Hambre no pasan, porque para pan, patatas y legumbres todavía les llega. Por todo ello, Menchu, que ha vivido lo suficiente como para conocer muy bien el significado de la palabra *adversidad*, lleva varias semanas con un mal pálpito del que no logra despojarse, ni siquiera ahora que está viendo a Rosario haciendo reír a Lope.

—Anoche te sentí llegar más pronto que otros días —comenta Menchu.

Rosario tarda en contestar.

—Sí, puede ser. La señora regresó antes de la cuenta y me dejó marchar.

—¿Pero te dio lo tuyo?

A Rosario le viene a la cabeza lo bien que le hubiera venido algo del dinero que no se atrevió a coger de la cartera de ese hombre tan extraño y a la vez tan magnético con el que tuvo un encuentro en Casa Matilde.

—No, me dijo que no llevaba suelto en ese momento y que me lo daba otro día.

—¿Otro día? —pregunta ella suspicaz.

—Sí, tía, sí. Otro día.

—Otro día será hoy.

—Sí, hoy.

—Ah, pues eso. Porque te digo que esta semana no me queda ni para darle rábanos al mulo. Y ese niño tiene que comer.

—¡Que ya lo sé! —contesta Rosario molesta.

—No, si al final me veo haciendo la calle a mi edad...

Rosario abre mucho los ojos, pero, sabiendo que su tía la lee por dentro, enseguida baja la cabeza y traga saliva.

Tía Menchu ata cabos.

—¡Ay, Virgen santa! —suspira con aire fatalista antes de santiguarse—. Que Dios Nuestro Señor nos pille confesados.

Cubierto con la capa de su dueño, Alarico es atendido por el veterinario en la parte trasera del carro que guía Gallardo. El teniente agarra con fuerza las riendas, pero no porque lo necesite para salvar los muchos agujeros del camino, sino para disimular el temblor, todavía leve, que ya se está apropiando de sus manos. Mientras Jacinto Padilla sigue respondiendo las preguntas que le formula, él no deja de pensar en el instante en que por fin pueda suministrarse la dosis de opio que su organismo le reclama. Unos treinta metros por delante, para evitar más sorpresas desagradables, el cabo Aguado abre la marcha, que cierra Lobito, tan engallado por fuera como asustado por dentro.

—Está sudando demasiado —oye decir a Santamarta—. Puede que se le esté infectando la herida.

Gallardo se gira.

—Pues límpiela.

—De nada serviría si, como creo, la infección ha pasado a la sangre. Tendría que pincharle un fármaco que, ahora mismo, tal y como está la cosa, no me va a resultar nada sencillo conseguir. Y además es carísimo.

—Haga lo que tenga que hacer, yo corro con los gastos.

—Le saldría más a cuenta dispararle y que el animal dejara de sufrir —comenta Padilla.

El teniente le atraviesa con la mirada.

—No, en ningún caso. Sería capaz de sacarme mi propia sangre si eso sirviera. O la suya, si fuera necesario.

—Yo también quería mucho a mis marranos, y mire lo que les terminé haciendo a los pobres. Nunca me lo perdonaré.

—Ya nada puede hacer al respecto, así que deje de lamentarse. Y ahora, continúe contándome cómo llegó a convertirse en pareja y cómplice de esa mujer.

Padilla se sorbe el contenido de las fosas nasales y se inclina ligeramente para escupir, ganándose una mueca de asco de Gallardo.

—Igual pasaban varias semanas sin que Antonia me hiciera caso, pero yo seguía acudiendo al despacho de pan cada día a última hora por si me mandaba pasar a la trastienda. Solo vivía pensando en esa posibilidad, así que mi tío Jesús se acabó cansando de mí y me quedé sin trabajo.

—¿Y con qué se mantenía?

—Tenía algunos ahorros que me daban para pagarme una pensión de mala muerte y meter algo en el estómago. Y para beber. En esa época bebía hasta perder el sentido.

—En otras palabras: que se convirtió en su títere.

—En su esclavo, más bien. Una vez me lo dijo: «Jacinto, cariño, ya deberías saber que lo único que me gusta de ti es el tamaño de eso que tienes bajo el ombligo». Y así me tuvo hasta lo del incendio.

—¿Qué incendio?

—Lo que le conté a su compañero en el interrogatorio. El de la confitería.

—Sí, ya recuerdo.

—Lo del seguro le dio una idea. Primero convenció, o más bien obligó, a Goyito para que pusiera el despacho de pan a su nombre, ya que era ella la que lo llevaba. Aunque, en realidad, lo único que hacía la mayor parte del día era leer todos los periódicos, revistas y novelas que caían en sus manos.

—¿Con qué finalidad?

—Antonia necesita destacar, y es verdad que sabía hablar en varios idiomas, pero ninguno bien del todo. Estaba convencida de que leer, leer y leer era la única forma de aprender un idioma en profundidad. Y acertó, porque en muy poco tiempo parecía más española que yo.

—Entiendo. Así que su marido la hizo propietaria del despacho y...

—Y lo mejor es que también lo convenció para que la hiciera copropietaria, como su legítima esposa que era, de los otros negocios de la familia en los que participaba Goyito. Lo tenía bien cogido por los huevos...

A Padilla se le escapa una carcajada nerviosa.

—Cuando Francisco Espinosa se enteró de la jugada maestra, montó en cólera y se plantó en casa de Antonia para cantarle las cuarenta, pero...

Agridulce fragancia protectora

Residencia de Gregorio Espinosa
Jerez de los Caballeros (Badajoz)
Dos años antes

Aquella tarde no había dejado de llover, lo cual, para las gentes del lugar —secas como el terreno que habitaban—, siempre era motivo de alegría.

No para ella.

A Antonia la lluvia la trasladaba a los días de su niñez, en los que, acampado el circo a la intemperie, el cielo se resquebrajaba y rugía furioso, así que tenía que encontrar refugio junto a su madre bajo alguna de las carpas que no estuviera ya ocupada. A Ljubica no le gustaba compartir el mismo espacio con otros. Con otros hombres. Pero las mujeres allí se contaban con los dedos de una mano y ella era, sin duda, el objeto de deseo más preciado. Sostenía ella que en su nombre —asociado al concepto más físico del amor— arraigaba la maldición con la que tendría que cargar toda su vida. Por eso llamó a su única hija Senka —sombra—, con el propósito de librarla de ese mal que representaban los hombres. A la vista de los acontecimientos que estaban por llegar se podría asegurar que la treta no funcionó.

Abstraída en ese lienzo transparente que era el cristal de la ventana de la cocina, Antonia llevaba muchos minutos contemplando cómo se pintaban gotas que primero se estrellaban con fuerza para luego resbalar furibundas hasta desaparecer. Aun sumida en ese estado hipnótico percibía el olor que desprendía la piel de su madre cuando se abrazaba a ella buscando cobijo en su calor corporal. Sudor y jazmín, agridulce fragancia protectora. Le resultaba curioso poder recuperar ese tipo de emociones pero no ser capaz de recordar el momento exacto en el que había dejado de llamarse Senka para convertirse en lo que hoy era: una sombra.

Solo sombra.

Varios golpes que venían de la puerta principal la devolvieron al presente. Extrañada, se quitó el mandil y caminó por el estrecho pasillo que cruzaba la planta baja preguntándose quién diablos podría estar al otro lado, dando por hecho que su marido seguiría trabajando a esa hora en alguno de sus negocios. De nuevo, los golpes sonando, y cada vez con mayor intensidad.

—¡Ya va! ¡Ya va!

Le costó reconocer el rostro que tenía delante por la crispación que se había apoderado de los rasgos faciales de Francisco Espinosa. No fue necesario que le invitara a entrar.

—Gregorio no está —advirtió Antonia.

Francisco se quitó el sombrero, también el abrigo, que sacudió varias veces antes de mirar a su cuñada con profundo desprecio.

—Ya sé que no está, por eso he venido a esta hora.

Ella, sorprendida, dio un paso atrás.

—Mi hermano es débil y no ve más allá de sus narices, pero a mí no me engañas. Te tengo calada desde el maldito día que apareciste en nuestras vidas.

—Si has venido a mi casa a faltarme al respeto, será mejor que te marches.

—¡¿A tu casa?! ¡Esta es la casa de mis abuelos! ¡En esta casa nació mi padre y ahora la ocupa Gregorio con la furcia de su mujer, pero ni se te ocurra pensar por un momento que es tu casa!

Antonia forzó una mueca divertida.

—Sé lo que pretendes. ¡Conozco muy bien a las rameras avariciosas como tú! Quieres sacarle todo lo que puedas a mi familia, pero te aseguro que no te lo voy a consentir. Mañana mismo hablaré con nuestros abogados para anular el documento que le has obligado a firmar al bobo de mi hermano como copropietaria del despacho de pan. Si es necesario, lo declararemos incapaz, pero tú no vas a llevarte ni un real. ¿Me oyes?

Francisco Espinosa levantó el dedo índice y se lo acercó a escasos centímetros de la cara.

—¡Ni un real!

Sin alterarse, Antonia dio media vuelta, caminó unos pasos hasta situarse frente a una marina que había en la pared y tomó aire por la nariz muy despacio. Al empezar a soltarlo, golpeó el cuadro con la cabeza dos veces seguidas y repitió la operación otras tantas veces contra la pared hasta que comprobó con la mano que había logrado su sangriento objetivo. No era la primera vez que se autolesionaba —con los dos reclutas a los que envió al hospital comprobó la eficacia del método—, pero aquella la disfrutó. Algo aturdida, se giró hacia Espinosa y recortó la distancia que los separaba mientras se rasgaba el vestido.

Boquiabierto, Francisco no supo cómo reaccionar.

—Escúchame con atención: para amenazarme a mí tienes que ser mucho más hombre de lo que eres. ¿Qué van a pensar de ti cuando la gente se entere de que has aprovechado que estaba sola en casa para intentar forzar a la mujer de tu hermano?

Antonia lo acorraló contra la puerta, impregnó los dedos en la sangre que le manaba de la ceja y le pintó dos líneas en la mejilla. No contenta con ello, le clavó las uñas y le trazó cuatro surcos descendentes en el cuello.

—Signos de haberme defendido.

Su cuñado solo era capaz de balbucear monosílabos ininteligibles.

—No te voy a decir lo que vas a hacer, pero sí lo que no vas a hacer. No vas a hablar con vuestro abogado; no te vas a meter en mi relación con mi marido y no te vas a volver a presentar en mi casa si yo no te invito. Mi casa —enfatizó al tiempo que lo empujaba con ambas manos hacia la salida.

Francisco no atinaba a agarrar el pomo de la puerta, por lo cual, finalmente, fue ella quien la abrió, y la cerró de un portazo tan pronto como lo vio perderse bajo la lluvia. Triunfante, Antonia sonrió, pero, al toparse con su imagen reflejada en el espejo del recibidor, la línea cóncava que dibujaban sus labios se tornó convexa. Notó que le temblaban las piernas, se dejó caer deslizando la espalda por la pared como las gotas de lluvia que venían a morir al cristal de la ventana. En el suelo, se acurrucó como hacía contra el cuerpo de su madre y, en completo silencio, rompió a llorar.

Habían transcurrido tres días desde el incidente con su cuñado cuando Gregorio le propuso pasar el domingo junto a la ribera del río Bodión. Ella —que tenía bien pergeñado cómo sacar provecho de la brecha que todavía era visible en la ceja y de los otros hematomas— le había contado que se había golpeado contra la pared y luego contra el suelo después de trastabillar de un modo difícil de entender, dada su supuesta coordinación como la acróbata que había sido.

Soplaba una ligera brisa de levante impregnada de los aromas florales de una primavera que a punto estaba de encontrarse con la siguiente estación. Sentado bajo una frondosa encina, Gregorio se afanaba en cortar algo de queso mientras Antonia, tumbada boca arriba, seguía el movimiento de las nubes.

—¿Tanto cuesta ser feliz?

Gregorio se mostró sorprendido.

—No lo digo por nosotros. Me refiero a que hay personas que nunca serán felices.

—¿A quién te refieres?

Antonia se incorporó despacio y dejó que su mirada se perdiera en el imaginado fulgor de un horizonte inexistente.

—Bah, déjalo. El otro día dijiste que hay lugares donde uno nunca llega a rascarse por mucho que pique y creo que tienes razón.

—Si te pasa eso, lo que tienes que hacer es pedir ayuda —dijo él, en un intento de ser guasón, alargando la mano hacia su pecho.

La tentativa fue abortada al vuelo.

—Estoy hablando en serio.

—Ah, perdona —se disculpó doliéndose de la muñeca—. Cuando te da por hablar en clave no hay quien te entienda.

—¡Porque no me prestas suficiente atención! Estoy hablando de tu hermano Francisco.

Gregorio se envaró de inmediato.

—¿Qué pasa con él?

—Olvídalo, esa es una zona tan inalcanzable que nunca llegaré a rascarme.

—Puede que yo sí. ¿Qué demonios te ha pasado con mi hermano? —insistió en tono severo.

Ella no quiso volverse hacia él. Necesitaba ganar tiempo para que se le humedecieran los ojos.

Antes de que terminara de narrar el falso intento de violación por parte de Francisco, Gregorio Espinosa ya estaba dando patadas al tronco del árbol. Antonia, con las manos recogidas a la altura del pecho como si asumiera parte de la responsabilidad del ultraje, no quiso enjugarse las lágrimas que descendían por sus mejillas.

—¡Maldito sea! ¡Maldito sea un millón de veces!

—gritaba Gregorio caminando en círculos—. ¡Así que esa herida no te la hiciste al tropezarte!, ¿no?

Antonia negó con la cabeza.

—Fue cuando traté de defenderme. Siento mucho haberte mentido, pero yo...

—¡No lo entiendo! ¿Por qué no me lo contaste cuando pasó?

—Tenía miedo de que él hiciera algo y nos separara, que es lo que quiere desde el día que nos conocimos. Siempre me ha mirado de una manera extraña. ¡Siempre!

Gregorio apretó los puños con fuerza.

—¡Lo voy a matar! En cuanto lo vea le voy a partir la cabeza en dos a ese...

Ella fue a su encuentro y lo abrazó enérgicamente.

—¡No! ¡Esa no es la manera! Lo que a él de verdad le molesta es que yo forme parte de esta familia, y no soporta que hayas puesto a mi nombre también el negocio. A una mujer.

—¿Ah, sí? ¿Eso es lo que le molesta? ¡Pues se va a joder bien jodido porque pienso hacer lo mismo con la confitería y la carbonera! ¡Qué coño! ¡Y con la casa también!

Antonia contuvo la euforia.

—¿Sabes lo que de verdad me gustaría que hicieras para que yo fuera como las mujeres de tus hermanos?

Gregorio extrajo un pañuelo del bolsillo del chaleco y le secó las mejillas con suavidad.

—Dime.

—Que me dejaras decidir qué hago con mi tiempo. Como, por ejemplo, leer, que hace mucho que no puedo. Y para eso necesitaría no trabajar en el despacho de pan. Ellas se dedican a su casa y a sus hijos. ¿Cómo me voy a quedar preñada si me paso todo el día trabajando como una mula?

Él chasqueó los dedos.

—¡Pues no se hable más! A partir de mañana ya no tendrás que ir a trabajar si no quieres, pero lo de poner a tu nombre todo sigue en pie.

Esta vez sí, Antonia aplaudió emocionada.

—Le demostraré a mi familia que sé tomar decisiones. Y si a Francisco se le ocurre decirme una sola palabra te juro por san Bartolomé, testigo de nuestra boda, que le parto la cabeza en dos.

—¡Sabía que eras un hombre! ¡Un hombre de verdad!

Ella le agarró la cara con ambas manos y le dio un beso en los labios.

—¿Y sabes qué? Hay una forma más sencilla de hacer los trámites que volver a pasar por ese notario, que no es más que un ladrón, pero bien vestido.

—¿Qué forma?

—Enseguida te lo cuento, pero primero, lo primero.

Antonia volvió a besarlo apasionadamente. Acto seguido tomó aire y se arrodilló para bajarle los pantalones hasta los tobillos.

—Ahora vas a saber qué es capaz de hacer tu esposa cuando es feliz.

En apenas un pestañeo, la expresión de Gregorio pasó de la sorpresa al éxtasis.

De ricos con dinero

Cuartel de la Guardia Civil de Zafra
Provincia de Badajoz
20 de abril de 1917, a las 18.10

No se ha movido de su lado desde que llegaron al cuartel. Con la mano en el lomo de Alarico, el teniente Gallardo pretende controlar la acelerada pero rítmica respiración del caballo, que, recostado sobre un lecho de paja y con los ojos muy abiertos, no parece fiarse de ese leve pero constante temblor que le transmite su amo a través del pelaje. Consciente de ello, Martín Gallardo se incorpora molesto y busca con la mirada el lugar ideal para remediar la situación de inmediato. Al fondo, en la zona del abrevadero, hay más sombras que luces, y a simple vista no detecta demasiadas moscas que puedan importunarle. Su más que dilatada experiencia liando cigarrillos en las peores condiciones posibles —incluso bajo fuego enemigo— ha alimentado su destreza hasta límites insospechados, y en menos de un minuto desde que extrae las pepitas de opio del bolsillo interior de la guerrera ya ha aspirado la primera calada de tabaco y opio. Esa es la mejor. La que más le alivia el dolor y le quita el hambre. La que le ayuda a ver las cosas de otro modo y consigue devolverle la lucidez mental que la dependencia física le resta.

Así, sumido en esa ansiada relajación, consiente que

su cerebro elabore un primer balance de la más que comprometida tesitura en la que se halla. Delicada situación consecuencia de las decisiones equivocadas que ha tomado desde que su camino se cruzó con el de Antonia Monterroso. Demasiados errores; desde el día en que ella apareció en la comandancia para denunciar a Francisco Espinosa no hay ningún acierto de entidad que pueda compensar tanto desacierto. Resulta evidente —a la par que bochornoso— que se ha dejado llevar por lo emocional. Incluso el caso de Jacinto Padilla es más entendible, dado que estuvo conviviendo con ella durante años, tiempo suficiente para perder el juicio por completo. En cuanto a su antiguo compañero de armas Sebastián Costa, otra víctima, todo parece indicar que mantuvo varios encuentros carnales con Antonia y, a pesar de haber caído en la misma obsesión, tenía un propósito. Un fin. Una meta que, por muy alocada que fuera, podría justificar sus actos. No saber nada de él le hace temerse lo peor; no obstante, tras examinar los cuerpos hallados en el pozo está convencido de que ninguno corresponde al de su antiguo camarada. Su compadre. Por eso necesita reconstruir los hechos, aunque depender únicamente de la información que le proporcione el hombre que está en los calabozos del cuartel le incomoda bastante.

Le pone muy tenso.

Sin embargo, lo que de verdad le saca de quicio está relacionado con su propia conducta. Su forma de actuar y las consecuencias que puedan derivarse si no consigue tomar las riendas del caso y encauzarlo por donde debe. No va a resultar tarea sencilla, pero al menos ha ganado margen regresando a Zafra antes de enfrentarse al veredicto del comandante Recio. Considera a su superior poco competente y nada adecuado para el cargo que ocupa, pero, como perro viejo que es, sabe que olfato tiene. A ello hay que añadirle que Gallardo no es santo de su devoción. Por lo tanto, si no le presenta un informe que incluya una resolución sólida del caso en la que la duda no tenga cabida, podría salir mal parado. Muy mal.

Sea como fuere, intuye que no le va a quedar más remedio que asumir su parte de culpa como interviniente directo, y la incertidumbre que le genera no solo le incomoda, le pone muy tenso, le saca de quicio y, por qué no reconocerlo, le asusta. Así, a modo de absurda penitencia, se tira con fuerza de los pelos del bigote al tiempo que expulsa el humo con notable repulsa, como si acabara de percatarse de lo nocivo que resulta para su salud.

—¿Está usted por ahí, mi teniente?

Al reconocer la voz del cabo Aguado tira la colilla al suelo, la aplasta con la suela de la bota y agarra uno de los cubos metálicos apilados junto al lavadero.

—¡Aquí atrás! —grita.

Con el cubo a rebosar sale a su encuentro con el rictus todavía agriado.

—Solo quería informarle de que el veterinario se ha marchado a por no sé qué para curar a su caballo.

—Bien. Gracias, cabo.

—¿Quiere que le ayude con eso?

—Ya he terminado, gracias. Váyase a descansar, que mañana nos espera un día complicado.

—Verá..., eso le venía yo a comentar. ¿Ha dispuesto usted algo en concreto para el personal?

Martín Gallardo frunce el ceño.

—No, nada.

—Es que me ha extrañado no cruzarme con ningún compañero cuando he subido de los calabozos.

—¿Con nadie?

—Ni un alma. A Lobito lo he mandado yo para casa hace un rato, y a esta hora Yáñez ya estará sentado donde la Floridita; pero no ver al resto por aquí... No sé, me parece raro.

El teniente tuerce la boca y, pensativo, se echa la mano a la culata del revólver.

—¡Conmigo!

A paso marcial cruzan el patio y se dirigen al edificio principal, donde, efectivamente, no se topan con nadie.

Murmura Gallardo, iracundo.

Resopla Aguado, inquieto.

—En algún sitio me pareció ver un mapa detallado de la zona —comenta el teniente.

—Justo en el pasillo de arriba que lleva a las letrinas —le confirma el cabo.

Suben las escaleras de dos en dos y se colocan hombro con hombro frente a ese rectángulo de papel mal pegado a la pared.

—Zafra —señala Gallardo con el dedo.

No tarda en localizar el camino de los Nogales, cuyo trazado es, a simple vista, más largo y sinuoso que la otra ruta que lleva a Almendralejo.

—Padilla tenía razón —concluye Gallardo entre dientes—. Me cago en mi jodida estampa...

—¿Mi teniente? —pregunta el otro, desconcertado.

—¡Baje al calabozo y no se mueva de ahí hasta que yo regrese! Tiene permiso para disparar a cualquiera sin uniforme que entre por la puerta.

—A sus órdenes, pero..., por favor, no se entretenga demasiado.

—Usted cumpla con lo que le he dicho.

—¿Puedo preguntarle adónde va, mi teniente? Más que nada por saberlo.

—A verificar una sospecha.

Unas uñas mugrientas sujetan un trozo de pan que arrasa a su paso con los restos de comida. Nada queda de los huevos escalfados con patatas y guisantes que llenaban el plato hace escasos minutos. Medio litro de vino sobrevive aún en la frasca que, asegura Rocío Flores, propietaria de la tasca la Floridita: «Tiene casi dos litros pero engaña».

No suele Benito Yáñez darse esos homenajes a diario, pero sabe que si todo sale como espera va a percibir un dinero extra, cantidad que ya tiene decidido gastar en arreglar el tejado de su casa y en otros asuntos de corte más perecedero.

Más de cintura para abajo.

El bullicio es constante a esa hora en la que la jornada de campo ha terminado y los braceros buscan refugio en esa barra o en la otra taberna que hay en Zafra, más grande pero mucho más cara que esta que regenta la mujer que ahora está taconeando una tonadilla subida en una mesa. Con cincuenta y cinco cumplidos, le sigue gustando a la Floridita hacerse notar en su casa, sobre todo cuando tiene las mesas llenas y es muy consciente de que cada minuto que logra que sus feligreses permanezcan en el convento juega a favor de la madre superiora. Sin dejar de cantar ni de dar palmas, clava su mirada en el guardia civil que acaba de entrar por la puerta, pero no porque sea más alto y ancho de espalda que la media, no. Se fija en él porque en su hermético semblante no detecta indicativo alguno de que haya entrado a gastarse un solo céntimo en su establecimiento. Y eso no le viene bien en absoluto. Pero no porque deje de ingresar unas cuantas monedas, no: no le conviene porque su dilatada experiencia le dice que, si ese hombre no ha venido a gastar, entonces ha venido a cobrar.

No se equivoca la Floridita.

El recién llegado se detiene junto a la puerta y, como un depredador que acecha a su presa, se concede un tiempo para examinar su entorno casi sin mover la cabeza. Al encontrarla toma aire y, sin acelerarse lo más mínimo, se encamina con paso firme hacia ella trazando una línea recta. Cuando al guardia civil le faltan pocos metros para llegar, la Floridita encaja las piezas: ese gran felino ha venido a cazar al Jabalí.

El cabo Yáñez tarda unos segundos en percatarse de

esa presencia que, con las manos a la espalda, lo observa en completo silencio.

—¡A sus órdenes, mi teniente! —exclama antes de incorporarse para cuadrarse.

—Descanse.

Yáñez se sienta y con la servilleta se limpia los pringosos dedos. Luego apura el vaso de vino y carraspea. Gallardo, que no puede evitar mirarlo con cierta aversión, dulcifica su expresión y señala la silla.

—¿Puedo?

—Desde luego —responde levantando la frasca—. Si gusta.

—Estando de servicio no, gracias.

Un regusto avinagrado invade el paladar del cabo.

—Andaba yo buscándole para ver si me puede resolver una duda.

—Usted dirá.

—Dígame, ¿cuándo va a ser?

Yáñez se rasca la papada desconcertado.

—¿Cómo dice?

Gallardo toma aire, coloca los brazos sobre la mesa, entrecruza los dedos y sonríe.

—Le estoy preguntando que cuándo van a intentar sacar al detenido de los calabozos —dice bajando el tono—. Va a ser esta noche, ¿verdad?

El otro agita la cabeza confundido.

—No sé de qué me está hablando.

No lo ve venir.

Tan rápido ha ejecutado el movimiento que ni siquiera la Floridita alcanza a entender por qué el Jabalí se está agarrando la nariz con ambas manos, pero lo que sí sabe es que no va a intervenir. Tampoco se ha percatado de que el guardia civil ha sacado su revólver y apunta a Yáñez a los testículos por debajo de la mesa. Solo los dos clientes que ocupan la mesa de al lado se han dado cuenta de lo sucedido, y, sin necesidad de que Gallardo les diga nada, ambos se levantan al unísono y se cambian de lugar.

Hay salpicaduras de sangre de distintos diámetros adornando el mantel.

—Escúcheme con atención, Yáñez: le juro por lo más sagrado que si me hace perder el tiempo aprieto el gatillo.

Y, aunque el cabo está ocupado en detener la hemorragia con la misma servilleta con la que se ha limpiado los dedos y no es capaz de articular palabra, algo le dice que no va de farol.

—Usted nos sugirió la ruta más rápida hasta Almendralejo. Y resulta que no es la más corta, pero sí la más indicada para preparar una emboscada. Al margen de eso, acabo de estar en el puesto y no hay ni un solo guardia aparte del cabo Aguado.

—Los he mandado a recoger pruebas a la hacienda Monterroso como usted me dijo para evitar que...

Gallardo da un golpe en la mesa.

—¡Ni lo intente! Me importa una mierda dónde están sus hombres. Tengo muy claro que se ha vendido a ese tal Acevedo, pero ahora mismo lo único que quiero saber es cuándo van a venir a por el detenido. ¿Será esta noche?

Transcurridos unos segundos, Yáñez asiente abochornado.

De inmediato, Gallardo guarda el arma, se incorpora y se agacha para susurrarle al oído.

—Si me la vuelve a jugar, le juro por lo más sagrado que le vuelo la cabeza.

—¡Lo único que pretendía era que nadie acabara herido! —oye gritar al Jabalí antes de salir de la taberna.

—Le noto muy nervioso —observa Jacinto Padilla desde el interior de su celda—. Y me lo está contagiando a mí, tanto ir de allá para acá y de acá para allá.

Aguado se acerca a los barrotes.

—¡Cállate de una vez o me meto ahí dentro y te muelo los huesos a porrazos! —le amenaza.

—No estará pensando que esos cafres se van a atrever a tomar el cuartel al asalto solo por mí, ¿verdad?

En la mirada del guardia civil, la respuesta.

—No, no, no —repite incesantemente el reo—. ¿Pero qué demonios le he hecho yo a ese Acevedo?

—¡He dicho que te calles de una vez! ¡Eres tú el que me está poniendo nervioso!

El sonido de una puerta y unos pasos descendiendo las escaleras con premura provocan que el cabo Aguado desenfunde su arma reglamentaria y, rodilla en tierra, adopte un posición cómoda de disparo. Padilla, por su parte, se pega contra la pared más lejana.

—¡Aquí el teniente Gallardo! —avisa este antes de asomar el hocico.

El cabo Aguado suelta el aire por la boca al tiempo que baja la pistola.

—¡Saque al prisionero de inmediato y póngale las esposas! Se viene conmigo.

—¿Adónde?

—Es mejor que no lo sepa. Y usted se marcha a su casa hasta mañana.

Aguado, aunque no lo exterioriza, se alegra mucho de oír esa orden.

—¿Alguien me puede explicar qué coño está pasando? —pregunta Padilla.

—Pasa que si no se calla y hace lo que yo le diga, mañana no amanece. ¿Hay otra forma de salir que no sea por la entrada principal? —le pregunta a Aguado.

—Hay una puerta al lado de la carbonera que da al callejón de atrás.

—¡Le seguimos! ¡Rápido!

Al salir al exterior todo aparenta estar en calma.

—Nosotros continuamos por allí —señala el teniente Gallardo.

—Vaya con cuidado.

—Lo mismo le digo.

Padilla, que ha perdido el poco rubor que coloreaba su tez, no se atreve a abrir la boca. Gallardo se despoja de su guerrera para cubrir las manos del prisionero.

—Vamos a caminar uno al lado del otro, ligero pero sin llamar la atención. No hace falta que le diga que...

—No, no hace falta.

Sin altercados ni sorpresas, invierten casi veinte minutos en llegar al destino que ha establecido Martín Gallardo: la pensión Casa Matilde. En cuanto pisan la minúscula recepción, Matilde le sonríe de forma maliciosa tras el mostrador.

—Vaya, vaya, vaya..., no esperaba yo verle de nuevo por aquí, teniente.

—Necesito la misma habitación que ayer —dice escueto.

Matilde examina a su acompañante. Padilla, aún sofocado, se masajea las muñecas, lo que no pasa desapercibido para los inquisitivos ojos de la dueña.

—Vaya, pues sí que tiene usted gustos exquisitos.

—Deme la llave de una santa vez.

Matilde se vuelve para buscarla cuando una canica que rueda por el suelo precede a la aparición de un niño desarrapado cuya cara le resulta familiar a Gallardo. Por la reacción del muchacho, la impresión es mutua.

—Este es mi nieto Mario, un trasto, pero tan pronto como termina la escuela su madre me lo empaqueta a mí y ella a lo suyo, que aún está por ver qué es.

—Casi me aplasta con su caballo —le acusa Mario señalándole con el índice.

—¿Es eso cierto?

—Sí, lo es —confirma Gallardo agarrando la llave—. Discreción absoluta, por favor.

Una sonrisa lobuna se agiganta en el rostro de Matilde.

—Por supuesto.

En cuanto oye el sonido de la puerta de la habitación, la dueña saca un trozo de papel y escribe algo.

—¡Mario, ven aquí enseguida!

El niño, que de tonto no tiene ni un pelo, obedece en el acto.

—Llévaselo a quien tú sabes.

El crío alarga el brazo, extiende la mano y mueve sus dedos mugrientos.

—Condenado usurero... ¡Pareces judío, chico!

Una moneda aparece en la pequeña palma de Mario y desaparece en el bolsillo del pantalón.

—¡Tira!

Camina con paso firme y los ojos todavía enrojecidos de lo mucho que ha llorado cuando no le ha quedado otro remedio que reconocer y explicarle a su tía por qué está ejerciendo la prostitución.

Acostumbrada a la bonhomía que caracteriza a tía Menchu, le ha sorprendido mucho su reacción. Al principio, anonadada, se ha limitado a escuchar su titubeante voz con la boca muy abierta y los puños muy cerrados. Luego, al confesarle que está trabajando para Ramón Acevedo, le ha sobrevenido un ataque de rabia que se ha saldado con varios platos y vasos hechos añicos y esparcidos por el suelo de la cocina. Mientras Rosario los recogía, Menchu ha roto a llorar, por pena, frustración y desconsuelo, a sabiendas de que muy poco o nada puede hacer para revertir esa situación sin arriesgar la integridad de su sobrina y, lo que es peor, que le quiten a Lope. Luego de recobrar la calma, Menchu le ha contado que conoce bien a Ramón Acevedo y sabe de lo que es capaz, y que estar atada de pies y manos es lo que le parte el alma. Incluso ha valorado la posibilidad de vender a Pancho —el mulo que alquila a los jornaleros de ciento en viento por dos pesetas la jornada y su única fuente de ingresos—, pero sabe que negociar con ese malnacido tampoco le serviría de nada.

Concluido el drama, se han despedido con un fuerte abrazo y Rosario ha salido a la calle decidida a cobrarle el servicio al extraño tipo de la pensión antes de pasar por casa de Patricio para que su mujer le diga dónde tiene que acudir esa noche. Confía en que no le toque ningún viejo —por suerte suelen preferir otras mujeres más entradas en carnes y con más experiencia que ella— y que sea rápido, como le sucedió con el único hombre —si es que llegaba a la mayoría de edad— con quien ha conseguido acostarse sin tener que aguantar las arcadas durante el acto.

Se dispone a doblar la esquina para enfilar la calle cuando se topa de bruces con un crío y este cae al suelo.

—¡Por Dios santo, Mario! —lo reconoce—. ¿Estás bien?

Rosario le ayuda a levantarse, pero el niño, algo conmocionado, no responde.

—Pero, criatura, ¿dónde ibas con tanta prisa?

Mario se rasca la cabeza.

—La abuela me ha dado este papel y me ha dicho que se lo lleve a Patricio.

—¿A Patricio?

De pronto el muchacho se da cuenta de que no lo lleva en la mano.

—¡Uy! ¿Y el papel?

Rosario se lo encuentra a sus pies, lo agarra y no puede evitar desdoblarlo.

—«El hombre que buscas está aquí. Habitación doce» —lee en voz alta—. ¿Qué hombre?

—Yo ni idea. Si yo no sé leer.

De forma inesperada, Mario le arrebata el papel y se lanza de nuevo a la carrera sin que Rosario pueda impedírselo. Ella, extrañada, permanece pensativa hasta que se golpea la frente con la palma de la mano.

—¡Habitación doce! —recuerda—. Vieja bruja...

Entra Rosario en la pensión con su mejor sonrisa, contoneándose, directa a la escalera. Matilde, al verla, ladea la cabeza con el ceño fruncido.

—¿Pero qué haces tú por aquí, niña? Que yo sepa aquí nadie...

—Exacto, que tú sepas —la interrumpe.

—¿Repites con ese guardia?

—Una tiene talento, pero no. Hoy no me toca con él.

—Pues mejor, porque te ibas a llevar una sorpresa desagradable...

Rosario se muestra sorprendida.

—¡¿Qué pasa?! ¿Está con otra?

—Con otro, más bien, pero tú tranquila, no creo que te haga la competencia.

—Bueno, yo me voy a lo mío.

—Pero, niña, ¿es que no me vas a decir con quién?

Rosario compone una mueca de complicidad y camina hacia las escaleras. Matilde la sigue con la mirada.

Rosario se para en el segundo escalón, se gira y se sube el sostén.

—¿No fuiste tú la que me dijiste una vez que hay que ser discreta hasta meneando las tetas? Pues ea, con Dios.

Todavía agitado, Martín Gallardo descorre la cortina para vigilar el exterior a través de la ventana y se frota las palmas de las manos contra los muslos, como si así pudiera desprenderse del pegajoso temblor que se ha apoderado de ellas. Lleva consigo la bola de opio con la que podría solucionar de inmediato el problema, pero con Padilla presente no es una opción que considerar.

—Siéntese ahí —le ordena al capataz.

Este, que aún no ha conseguido quitarse el susto del cuerpo, da un paso adelante.

—¿Me va a decir de una vez qué demonios está pasando?

—Pasa que cuenta con enemigos muy poderosos que le quieren ver muerto. ¿Qué tiene el tal Acevedo contra usted?

—¡No tengo ni idea! ¡Se lo juro por lo más sagrado, jefe!

Gallardo se acerca a él y lo agarra por el cuello hasta arrastrarlo junto a una tubería que desciende por la pared cual boa oxidada. Sin delicadeza alguna, utiliza el falso reptil para esposar a Padilla, que, resignado, se sienta en el suelo.

—¡Seguro que hay alguna razón para que Acevedo se arriesgue tanto —insiste—, así que ya está contándome el resto de la historia!

—¿Y qué quiere que le cuente?

—¡Todo! ¡Quiero que me lo cuente todo! —le grita.

—¿Quiere saber qué hizo Antonia para quedarse con toda la fortuna de Goyito?

El de la Guardia Civil permanece a la expectativa mientras asiste a la metamorfosis que se produce en el semblante de Padilla. Diría que se atisban trazas de pesadumbre.

—Pues de la única forma que había: matándolo.

—¡¿Así que reconoces que os librasteis de ese pobre desgraciado?!

—¡No, no, no! ¡Yo no he dicho eso! A mí no me incluya, que yo no tuve nada que ver.

—Algo tuvo que ver cuando un tratante de ganado ha confirmado que usted le vendió un caballo muy particular que pertenecía a un hombre que veía a la Viuda con asiduidad y que desapareció en febrero. En cuanto su hermano lo identifique se va a convertir en sospechoso principal de todos los asesinatos.

Lejos de amedrentarse, Padilla configura una mueca de superioridad.

—Que no le siente mal, jefe, pero ese es casi el final de la historia. Si no me deja contársela ordenada en el tiempo, no va a enterarse de nada.

Gallardo evalúa la situación y con un movimiento de la mano le invita a seguir hablando.

—Le estaba diciendo que el día que Goyito la espichó yo llevaba trabajando más de cinco meses en una granja de cerdos cerca de El Raposo, que, cosas de la vida, poco más tarde se convirtió en la hacienda Monterroso.

—Continúe.

—Digamos que empecé a darme cuenta de que me estaba utilizando. Para ella solo era otro monigote al que le gustaba follarse de vez en cuando. Nada más. Así que un día me cansé y me fui.

Padilla deja caer la mirada al suelo, pensativo. Tiene la frente empapada en sudor y muestra evidentes signos de cansancio.

—Ya le he contado que Antonia supo aprovechar el incidente con Francisco Espinosa para convencer a su marido de que pusiera a su nombre también todos los negocios y, además, le permitiera dejar de trabajar en el despacho de pan, ¿verdad?

—Siga.

—Pues no se conformó con eso, porque también lo engatusó para que se lo dejara todo en el testamento.

—Tipa lista.

—No, no. Todavía no ha oído nada. Lo mejor está aún por llegar. Esto le va a encantar. Después de convertirse en su única heredera, ya que no pensaba darle ningún hijo, Antonia hizo un viaje a Sevilla para...

Tres golpes en la puerta interrumpen la narración. De inmediato, el teniente Gallardo desenfunda el revólver y se parapeta tras la pared.

Otros tres golpes.

—¿Quién es?

—¡Soy Rosario, la chica que estuvo aquí ayer! Necesito hablar con usted.

Sorprendido, abre la puerta con suma precaución, y, como la vez anterior, la agarra del brazo y tira de ella hacia dentro.

—¿Qué demonios quiere?

—Querer querer, quiero mi dinero, pero he venido a avisarle de que están en peligro.

No podría decirse que Patricio Carvajal sea de los que suelen pensar mucho las cosas. De hecho, siempre ha considerado que la vida resulta mucho más fácil si otros se dedican a pensar y él a cumplir. Pensar es de ricos, y él, que es el sexto de los nueve hijos con los que Dios quiso bendecir a sus padres, muy rico nunca ha sido. Así que no le ha quedado otra que pertenecer al grupo de los que les toca cumplir, pero lo cierto es que de un tiempo a esta parte está pensando más de la cuenta.

Antes incluso de que el Bajabragas le abriera un boquete en el estómago al idiota del hijo de Lola, ya había empezado a plantearse asuntos que no se había cuestionado jamás. Ni siquiera en aquellos días en los que formaba parte del ejército carlista sin saber muy bien —ni muy mal tampoco— qué defendían, ni por qué motivo luchaban contra los que a veces llamaban liberales y otras isabelinos. Poco importaba entonces cuando lo único que podía y debía hacer para comer era cumplir las órdenes de otros, como poco importa ahora cuando lo único que puede y debe hacer es cumplir las órdenes de su patrón, el señor Acevedo. Todo ello no quita para que sepa distinguir entre el bien y el mal, y si hay algo que a Patricio nadie tiene que explicarle es que él nació para servir al mal. Servir al bien también es de ricos.

De ricos con sotana.

El caso es que, parado frente al cuartel de la Guardia Civil que acaba de asaltar sin encontrarse con un alma, Patricio no puede evitar pensar en el poco sentido que tiene que su patrón le encargue llevarle un hombre vivo que quiere ver muerto, con lo sencillo que resultaría para él saltarse ese paso previo. No es asunto suyo, pero diría que las cosas comenzaron a torcerse desde que Acevedo empezó a tratar con Francisco Espinosa. Mucho ha tenido que cambiar el mundo que Patricio conoce para que un delincuente de la talla de Ramón Acevedo se relacione con un señorito como don Francisco, que es de los que no tiene la necesidad de robar porque otros lo han hecho antes por él. Igualmente le preocupa tener enfrente a un tipo como el teniente ese de Almendralejo. Por norma, su sola presencia le sobra y le basta para achantar a cualquiera, pero ese hombre no es ningún cualquiera. Lo leyó en sus ojos cuando lo tuvo delante en el camino de los Nogales. Ya sabe que los tiene bien puestos, pero lo que le inquieta es que sepa usar el cerebro, como demuestra el hecho de que se le haya anticipado marchándose del cuartel, donde no habría tenido escapatoria.

Si algo ha sacado en claro Patricio es que la próxima vez que tenga la oportunidad no piensa apuntar al caballo.

—Este pájaro te está buscando por todo el pueblo para darte un mensaje —le oye decir a Marcial, que, sin darse él cuenta, llevaba hablándole un rato.

Pensar distrae.

No pensar.

Cumplir.

—Qué mensaje.

El muchacho le muestra el papel.

—Me lo ha dado mi abuela Matilde, la de la...

—Ya sé quién demonios es tu abuela. Dame eso.

Patricio sabe leer porque se empeñó en aprender en cuanto se dio cuenta de lo importante que era para diferenciarse de otros más fuertes que él.

—Reúne a los hombres —le dice a Marcial.

Cuando va a ponerse en marcha nota que alguien le agarra del brazo. Es Mario.

—Oiga, me ha dicho mi abuela que usted sabría premiarme como es debido.

—Eso te ha dicho, ¿eh?

—Sí, eso.

Y, tirando del agibílibus que le sobra, repite el truco en el que una moneda aparece en su diminuta palma y desaparece en el bolsillo del pantalón de Mario.

—Aire.

Sus hombres lo rodean.

—Están donde la Matilde. ¡Apresuraos, coño!

Ginés García arroja el cascote lo más lejos que puede y con un pañuelo se seca el sudor que se le escurre por las sienes. Aunque no lo ha verbalizado, no comprende por qué el cabo Yáñez los ha vuelto a enviar a la finca. Llevan horas moviendo escombros, pero, como ninguno de los tres sabe qué demonios están buscando, se limitan a extraer los muebles y demás enseres que no han sido devorados por el fuego. De la planta principal apenas han podido rescatar algunos objetos, nada de valor excepto un par de candelabros, una bandeja y varios cubiertos que podrían ser de plata.

Hace un par de horas han bajado a lo que debía de ser el sótano, donde, según asegura su compañero Cristóbal Sánchez —que antes de calzarse el tricornio fue zapador en el Cuerpo de Bomberos de Granada—, es donde podría haberse originado el incendio. Calcula Ginés que les queda poco más de media hora de luz, lo cual agradece en el alma, no solo porque el cansancio haya hecho mella en su capacidad física y esté harto de despellejarse las manos, sino más bien por las ganas que tiene de meterle mano al guiso que su señora esposa estaba cocinando cuando salió de casa a las siete de la mañana. Lo último que ha comido, y de eso han transcurrido ya más de ocho horas, ha sido un solitario trozo de morcilla que parecía una isla volcánica en medio de un océano de pan duro.

—Subo a por agua —anuncia Ginés.

—Bájate el pico, anda, que esto no hay quien lo mueva —le pide Remigio López.

—Oído.

—¡Joder de Dios! —oye exclamar al otro desde el interior de lo que debió de ser la leñera—. ¡Venid aquí!

—¿Qué pasa? —pregunta Cristóbal.

—¡Que vengáis, me cago en la leche! —insiste Remigio.

—La madre que me parió... —murmura Ginés.

De espaldas, Remigio señala algo negro que sobresale bajo un montón de cenizas:

—Que me caiga muerto ahora mismo si eso no es un pie —dice—. O era.

Cristóbal, tirando de oficio, lo aparta.

—No os apoyéis en esa viga, podría venirse todo abajo —advierte—. Pasadme la pala y que alguien baje la lámpara de gas.

—Me encargo —se le adelanta Remigio.

Desde donde está, Ginés no alcanza a ver lo que está haciendo Cristóbal, pero intuye que el guiso de su señora no lo va a catar esa noche. Cuando regresa su compañero y la luz ilumina el interior de la leñera, dos piernas renegridas confirman su sospecha.

—No os quedéis ahí como dos pasmarotes. Entrad a ayudarme de una vez.

Ginés y Remigio se miran con resignación.

—Esta madera del fondo está todavía húmeda. Debía de estar muy mojada cuando la acumularon aquí, por eso aguantó —comenta Cristóbal—. El tronco y la cabeza no están del todo carbonizados, mirad.

Ginés comete el error de hacerle caso, y lo que registran sus retinas es una cabeza con la boca abierta en la que el tejido parece haberse derretido en parte y se ha acumulado en la parte inferior como lo haría una vela. No necesita ver más. Sin decir nada, camina hacia atrás hasta que, una vez fuera, se arrodilla y vacía el contenido de su estómago.

—¿Has visto eso? —oye decir a Remigio—. Ahí, dentro de la boca.

—¡No lo toques, coño! —le grita Cristóbal.

—¡¿Es lo que creo que es?!

—Es lo que estábamos buscando. Yo la vi en persona el día que la llamamos a declarar por la muerte de su segundo marido y os aseguro que esa ponzoña de ahí —señala— es lo que queda de la Viuda.

Segunda parte

Andábamos sin buscarnos pero sabiendo que andábamos para encontrarnos.

Rayuela,
Julio Cortázar

El Gallo frente al Pasmo de Triana

Calles del barrio de Triana
Sevilla
Dos años antes

Nadie habría dicho que aquella era la primera vez que Antonia Monterroso pisaba Sevilla. Lucía vestido largo de tafetán en color malva, armado el cuerpo con ballenas y de talle ceñido en la cintura, su silueta era un sinuoso meandro en el que muchos querrían navegar. Ese sábado estrenaba también calzado, unos botines marrones de tacón bajo, pero lo que de verdad quería estrenar era la nueva vida que se estaba construyendo, y cuya primera piedra podía considerarse el cheque al portador por un valor de 8.346 pesetas que llevaba en el bolso. Acababa de cobrarlo de La Previsión Andaluza, sociedad de créditos y seguros, compañía con la que trabajaban los Espinosa para cubrir posibles siniestros en cualquiera de sus locales comerciales. Los daños producidos en el incendio acaecido dos meses atrás en la confitería propiedad de su marido habían sido tasados en esa cantidad, y hasta Sevilla se había desplazado Antonia para hacerla efectiva. Con anterioridad había tenido que esforzarse bastante para convencer a Gregorio de que le convenía permanecer en Jerez de los Caballeros para recuperarse del malestar general que en las últimas semanas no le permitía trabajar

—ni realizar cualquier otra actividad— con normalidad. Sin embargo, no era ese el único motivo que la había traído a la ciudad hispalense.

Una vez cumplido su primer objetivo, y dado que contaba con margen de sobra hasta la hora fijada para la siguiente reunión, decidió dar un paseo con el fin de recolocar las ideas que le burbujeaban en la cabeza. Horas antes, la faja era lo que había tenido que recolocarse tras el fortuito encuentro sexual que había mantenido en el tren con un desconocido.

Un animal.

Se humedecía hasta las enaguas solo con recordarlo.

Se había topado con él al poco de partir de Badajoz, cuando pretendía atravesar el estrecho pasillo que conectaba los distintos departamentos del vagón de primera clase. De similar envergadura que ella, rostro de trazos rectos, tupida barba embetunada y ojos opacos, no existía espacio físico para que ambos siguieran su camino de forma natural, por lo que, elegante él, había pegado la espalda contra la ventana y con un gesto exento de rimbombancia le había cedido el paso. Antonia, siempre atenta, había sonreído antes de restregar su voluminoso escote contra su pecho como gesto de agradecimiento. Tras haber intercambiado algunas palabras con aquel hombre que decía ser un trotamundos, sintió cómo la penetraba con la mirada al despedirse, para, minutos después, hacerlo físicamente aprovechando la calma nocturna y que nadie custodiaba el vagón de mercancías. Ni siquiera llegaron a besarse. Un «aquí te pillo, aquí te mato» en toda regla que, sin ser del todo satisfactorio —Antonia no alcanzó el orgasmo—, la tuvo entretenida durante la casi media hora que pasó embistiéndola por detrás con vigor y cierta rudeza, como si estuviera alimentando la locomotora. Él sí se corrió, y mucho. Bien lo sabía Antonia, pues se empeñó en que terminara en su boca como tantas y tantas veces le había contado Maria Conceição, la prostituta con la que coincidió en el prostíbulo de Lisboa. Nunca antes lo había probado, y no por falta de oportunidad —el pobre Jacinto se lo había propuesto en no pocas ocasiones—, pero, viendo cómo había logrado que aquel oso se estremeciera, estaba deseando ponerlo en práctica de nuevo. No con su marido, faltaría más, con quien no había pasado del misionero una vez por semana y gracias. Solo faltaba, con el rechazo que le producía cumplir con ese medio hombre con el que se había casado y tener encima que irrigarse la solución de bicarbonato de sodio y vinagre con la pera vaginal cada vez que él eyaculaba dentro. Había sido también Maria Conceição la que le había enseñado a preparar el brebaje y a utilizarlo para evitar, muy en concreto, eso de concebir.

Paradojas de la vida.

Frente a la iglesia de San Jacinto, Antonia se detuvo a pocos pasos de dos hombres bien vestidos que conversaban de manera amistosa.

—Disculpen, caballeros, ¿podrían decirme si la Sociedad Hispalense Aseguradora cae por aquí cerca?

El que llevaba el pelo peinado hacia atrás dio un paso al frente, apuró el cigarro con impostada elegancia y, muy serio, se envaró cual pavo real en celo.

—Lo desconozco, señora, pero yo, si es necesario, le cruzo el río en brazos.

El otro, más taimado, intervino:

—¿De casualidad es el despacho que está en la calle Betis?

—Así es.

—Creo que es el que está justo al lado de la frutería de Paquita la Coja.

—Ah, claro —retomó su compañero—. Entonces es muy fácil llegar: tiene que seguir derecho y, antes del puente, la que sale a la derecha es la calle Betis. Está al principio, en la acera de la derecha verá la placa en un portalón de madera oscura, casi negra.

—Muy amable.

—¿Hay alguna cosita más en la que la podamos ayudar? —preguntó el pavo real con dejo seductor.

Esta vez fue Antonia la que se aproximó a él.

—Cuando tenga que cruzar a la otra orilla le busco, caballero.

—Cuente conmigo. Claudio Millán —se presentó—. Y aquí mi amigo es Manolo San José, banderillero.

—Todavía en formación —aclaró el aludido.

—Esta tarde hay corrida en la Maestranza —indicó el otro levantando el brazo en dirección al Guadalquivir—. Joselito y Juan Belmonte cara a cara. Ganadería de Miura. Casi nada.

—Nunca he visto una corrida —reconoció Antonia—. No sé yo si...

—¡Pero qué me dice! —la interrumpió Millán—. Si pudiera conseguirle una entrada, yo mismo le explicaba el arte. Pero está todo el papel vendido desde hace semanas. Nadie se lo quiere perder, como es lógico.

—Bueno, pues otra vez será. Que pasen buen día, caballeros —se despidió Antonia ofreciendo su mano.

El pavo real, cómo no, fue el primero en tomársela. El futuro banderillero hizo lo propio sin tanta liturgia, más natural, actitud que Antonia quiso premiar con una sonrisa pícara.

Con las miradas de ambos fijadas en su trasero, Antonia reemprendió la marcha con total desparpajo y sin mirar atrás. Sabía a la perfección cómo llegar hasta su destino gracias a que se había informado en la estación, pero necesitaba comprobar el alcance de su atractivo esa mañana. Frente al portal de madera oscura, casi negra, donde lucía imponente la placa de la Sociedad Hispalense Aseguradora, Antonia extrajo del bolso de mano un diminuto bote de perfume y, con discreción, se roció el cuello y el escote antes de empujar el pomo.

—A los buenos días —oyó.

Oculto tras una densa cortina de humo, el portero del edificio le daba el alto desde detrás de un mostrador de madera y cristal. El hombre, de tez cenicienta y con profundos surcos arados en su frente, salió a campo abierto muy despacio, podría decirse que casi con aceleración negativa.

—¿Adónde se dirige usted? —la interrogó con marcado acento local.

—A la Sociedad...

—Por la escalera derecha, segundo piso, puerta izquierda —se anticipó.

Muy despacio, Antonia sacó su monedero y le ofreció una moneda.

—No es necesario, señora.

—Sí que lo es —adujo ella—. Siempre lo es.

—Pues muy amable. Que tenga buen día, señora —remarcó.

Sin agarrarse a la barandilla, Antonia subió el primer tramo de las escaleras con aristocrática destreza, guisa que abandonó en el momento en que afrontó el siguiente, ya fuera del campo visual del portero. Antes de golpear la puerta se concedió unos segundos para recuperar el aliento mientras se recomponía el busto con la intención de convertirlo, si es que era eso posible, en un foco de atracción más vistoso.

La mujer que la recibió abortó la sonrisa que estaba a punto de nacer en su boca en cuanto su mirada se deslizó por el cuello de Antonia y se quedó embarrada en la interminable línea vertical que partía en dos la montaña de carne que sobresalía del vestido.

—Buenos días, guapa, soy la señora Espinosa. Tengo cita con Sixto Simón.

—Ahora mismo el señor Simón está manteniendo una conferencia con Buenos Aires. Si es tan amable de esperar ahí unos minutos, por favor.

—No hay problema, pero... ¿podría traerme algo de beber? Con este calor se le seca a una la garganta.

—¿Agua está bien?

—Preferiría un moscatel bien frío.

La secretaria dudó.

—Por supuesto, señora Espinosa.

Tres vinos dulces más tarde, la secretaria la acompañaba por fin al despacho del señor Simón con gesto circunspecto. El titular de la firma, sentado tras un reluciente escritorio de madera noble, vestía chaleco marrón sobre camisa blanca y pajarita ocre de sarga de seda. El pelo, bien domado, se iba aclarando conforme nacía más cerca de las sienes, lo cual, lejos de avejentarle, le daba un aspecto de hombre maduro respetable. Sixto Simón la observó durante unos instantes sin decir nada, y luego se levantó muy despacio para recibirla con honores de jefe de Estado. Antonia, que se limitó a alargar el brazo, hubiera preferido algo menos protocolario, más espontáneo.

—¿Y bien? ¿En qué podemos ayudarla, señora Espinosa? —le preguntó al tiempo que la invitaba a sentarse en una cómoda butaca de terciopelo granate.

—Verá, señor Simón, vengo por mediación de Juan Pantoja, director gerente de La Previsión Andaluza, sociedad de créditos y seguros. Recientemente hemos percibido la cantidad de ocho mil trescientas cuarenta y seis pesetas como compensación por la póliza de seguro contra incendio que mi marido tenía firmada con su competencia. Sin embargo, señor Simón, lo que yo necesito contratar es otro tipo de seguro que ellos no trabajan y ustedes sí.

—Lo sé. He de confesar que me sorprendió mucho la llamada de nuestra competencia. El señor Pantoja me ha asegurado que su marido es un cliente muy respetable.

—Lo es. Y yo también.

—No lo pongo en duda. Su acento... ¿Puedo preguntarle de dónde es?

—Pertenezco al mundo en general, pero en particular vengo de Jerez de los Caballeros.

—Ha hecho usted un largo viaje.

—Sin duda, ha sido un viaje muy ajetreado.

—Ya me imagino. Espero que tanto esfuerzo le merezca la pena.

Antonia se mordió el labio inferior.

—Desde luego que sí.

Sixto Simón apoyó los codos sobre el escritorio y entrecruzó los dedos de las manos.

—Tiene toda mi atención, señora Espinosa.

Cuando Antonia terminó su exposición, el abogado se estiró la ternilla de la nariz, pensativo, y amusgó los ojos.

—En resumidas cuentas, que usted está interesada en suscribir una póliza de decesos para su marido.

Ella colocó una mano en su abdomen y ladeó la cabeza.

—Así es. Si a él le hubiera pasado algo en ese incendio, hubiera peligrado mi futuro y el de nuestro hijo.

—¿Está usted de enhorabuena?

—Todavía no, pero pronto lo estaré. ¿Usted tiene hijos?

—Solo uno, Javier, pero lleva dos años al frente de la sucursal que hemos abierto en Buenos Aires.

—Vaya, no sabía que su compañía tuviera un ámbito tan...

—Muy pronto seremos la más importante del ramo en nuestro país, señora mía —completa él.

—Entonces estoy en buenas manos.

—Que no le quepa duda.

Ambos intercambiaron sonrisas cargadas de condescendencia. Acto seguido, Sixto Simón abrió un cajón, extrajo varias carpetas y las colocó con cuidado sobre la mesa.

—Es momento de concretar números.

Cuando terminó de hacer preguntas a Antonia, Simón trazó una línea recta en la hoja de consulta.

—Esto ya está.

La expectación creció en la cara de Antonia.

—De ocurrir lo que nadie desea que suceda, el importe que tendríamos que abonarle a usted en calidad de única beneficiaria ascendería a... Veinticuatro mil trescientas cuarenta y ocho pesetas.

Ella trató de contener su euforia. Nunca habría podido imaginar que una vida tuviera tanto valor.

—Me interesa.

—Me congratula su determinación, pero hay unos trámites que tenemos que cumplir. El primero e indispensable es que nos aporte un informe médico que certifique el buen estado de salud del señor Espinosa. El segundo, como ya supondrá, es la firma del asegurado.

El semblante de Antonia se transformó.

—¿Algún inconveniente?

—No, ninguno. Ninguno en absoluto.

Sixto Simón mostró la perfección de sus dientes antes de cerrar la carpeta de golpe.

—Perfecto entonces. Por lo tanto... solo me queda una cosa por averiguar.

—Usted dirá.

—¿A qué hora parte su tren de regreso?

—A última de la tarde. De hecho, tengo billete en coche cama. ¿En qué está pensando?

—Primero en invitarla a comer en un lugar especial que hay aquí en Triana, si me concede el honor, por supuesto. Y luego... Lo de luego es una sorpresa.

El reloj del balcón de la Puerta del Príncipe indicaba que faltaban quince minutos para el inicio de la corrida. Al cruzar el acceso principal y verse flanqueada por las dos imponentes columnas de estilo toscano, Antonia sintió por primera vez en su vida que quienes la miraban lo hacían con interés, no con odio o deseo. Cogida del brazo de su acompañante, sonreía a diestro y siniestro e intercambiaba saludos a discreción con cuantos caballeros se cruzaban en su camino a sus localidades en el tendido de sombra. Ya en el interior de la Real Maestranza, el griterío del respetable le contagió la enorme expectación alimentada por la prensa a cuenta del enésimo enfrentamiento entre las dos grandes figuras de la edad de oro del toreo: Joselito el Gallo y Juan Belmonte.

—Cuesta mucho encontrar billetes para festejos como el de hoy —comentó Sixto Simón—. Y no me refiero solo al parné.

—Tengo que reconocer que estoy impresionada.

No era para menos. Las casi doce mil gargantas que llenaban el coso sevillano empezaron a jalear a sus ídolos en cuanto empezaron a sonar las primeras notas del pasodoble que ambientaba el paseíllo. El menor de los Gallo, ataviado con un terno perla y oro, dedicaba una primera mirada desafiante al público en su carismático caminar hacia el centro del ruedo. Traje de luces nazareno con ribetes dorados era el atuendo elegido por Belmonte, el Pasmo de Triana, que, con la vista puesta en la espalda del alguacilillo que le precedía, parecía a punto de entrar en trance. Acomodada en su asiento, Antonia trató de alinearse con uno de los dos, pero reconociéndose profana en el asunto prefirió recabar la información que necesitaba.

—Y, dígame, ¿por quién se decanta usted, señor Simón?

—Qué complicado. Belmonte es la expresividad con el capote, el desafío constante al toro, la agresividad contenida. Pero Joselito con la muleta..., cómo decirlo, es inigualable. Qué temple, qué arte.

—¿Entonces?

—Para mí es como elegir entre tu padre y tu madre: imposible. Aunque aquí la mayoría de estos pobres garrulos se consideran gallistas o belmontistas... ¡Bah! Yo presencié la primera vez que se enfrentaron estos dos monstruos. Fue en La Malagueta, y le prometo que me ardían las palmas de aplaudirlos a los dos.

—No será para tanto.

—Hasta se me saltaban las lágrimas, créame. Aquí donde me ve, soy un hombre muy sensible.

Antonia levantó las cejas sorprendida, y, sin embargo, algo le decía que no estaba mintiendo.

—Mire, ¿ve a aquel hombre de allá? El que lleva sombrero de copa. En los palcos cubiertos —señaló de forma fugaz.

—Sí, lo veo.

—¿Sabe quién es?

—¿Debería?

—Debería, sí, porque va a ser, ahí es nada, el próximo presidente del consejo de ministros y del Gobierno. Para desgracia de muchos —añadió.

—¿Y se llama?

—Álvaro Figueroa y Torres, conde de Romanones, preboste del Partido Liberal a pesar de ostentar un título nobiliario; corrupto, maniobrero y déspota como no ha habido otro igual. Ahora nos quiere meter en la guerra porque siempre le ha gustado ir de afrancesado, de regeneracionista... ¡Figúrese! ¡Él, que es uno de los mayores terratenientes de esta España nuestra y que proviene de una de las familias que inventó el caciquismo! Lo que hay que oír, por Dios santo.

—Intuyo que usted es, por tanto, de los otros —infirió Antonia.

—Soy de los que abogan por la estabilidad como única vía de crecimiento. Por mantenernos en la neutralidad para evitar que nuestros hijos mueran en los campos de batalla por vaya usted a saber qué motivos. De los que se interesan por cuidar la economía y a los que generamos riqueza para el país. De esos soy. Pero, bueno, basta ya de cháchara política, que aquí hemos venido a disfrutar de dos maestros y esto empieza ya.

Recibió Joselito al primero —un morlaco leonado y corniabierto— con cuatro verónicas que arrancaron los olés de los presentes, entregados en cuerpo y alma a la causa. Sereno con la muleta, por costumbre al natural, el matador cuajó una buena faena que no supo consumar con los hierros, teniendo que usar dos veces el descabello. Aplausos. En el turno de Belmonte, el de Triana cumplió sobrado con el capote, se arriesgó con un par de banderillas, ganándose una sonora ovación, y con la muleta desafió a su primer toro de rodillas en varias ocasiones poniendo en pie al público de la Maestranza. Acertado con la estocada, se ganó la primera oreja de la tarde, a la que sumaría otra más con el sexto toro. Joselito se quedó en una, siendo justificado por la mayoría de sus acólitos aduciendo que su lote de astados era infinitamente peor que el de su rival.

Finalizada la fiesta, y por consejo de su acompañante, Antonia aguardó en su asiento a que se desalojara la plaza. En uno de sus barridos visuales del graderío detectó un movimiento extraño que venía de un tendido inferior: un hombre agitando los brazos como aspas de molino. Al forzar la vista reconoció a Claudio Millán, y, algo abrumada, le devolvió el saludo de forma discreta, aunque no tanto como para pasar desapercibido a un siempre atento Sixto Simón.

—Vaya, ¿tiene usted un admirador?

—Uy, ¿solo uno? —aprovechó ella—. No cabrían en esta plaza.

—No me sorprendería, señora Espinosa, es usted una mujer sin par.

En boca de otra persona, aquellas aduladoras palabras no hubieran calado en Antonia, pero dichas por Sixto Simón, abogado y empresario de éxito reconocido, causaron un efecto revolucionario en su autoestima: de verdad era una mujer especial. En ello seguía pensando Antonia mientras callejeaban por el barrio de Triana para hacer tiempo hasta la salida de su tren con destino a Badajoz.

A una distancia prudencial los seguía un hombre que vestía con una elegante levita negra y protegía su identidad bajo un bombín calado hasta las cejas.

De improviso, Sixto Simón se detuvo.

—Mire qué casualidad. ¿Ve aquel edificio de allá?

—Lo veo.

—Pues representa mi mayor fracaso empresarial, por lo menos en cuanto al cumplimiento de uno de mis sueños. Una verdadera lástima.

—¿Qué sueño?

—El de convertirme en millonario, señora Espinosa.

Simón buscó en el bolsillo izquierdo del chaleco su reloj y consultó la hora.

—Tenemos margen de sobra. Acompáñeme, por favor.

La fachada, de estilo colonial, necesitaba arreglos varios y unas cuantas manos de pintura, pero aun así conservaba la esencia permanente de haber disfrutado de días mejores en el pasado.

—Venga por aquí. Todavía tengo la llave de esta puerta lateral, y fíjese si me sigue doliendo que la llevo siempre encima. Algún día lo superaré.

—Pero... ¿podemos entrar?

—No se preocupe por eso. El dueño, Emiliano Posadas, es uno de mis mejores clientes. Lo conocí casi por casualidad y hoy tengo aseguradas la mayoría de sus propiedades inmobiliarias.

Después de un breve pero ameno recorrido por el interior del edificio de tres plantas que Sixto Simón pretendía convertir en hospedería, la condujo a un luminoso patio andaluz presidido por una llamativa fuente hexagonal. Allí suspiró como un enamorado primerizo y extendió los brazos.

—Ahora imagíneselo con unos rosales que ascienden

hasta el segundo piso y el sonido del agua. Una maravilla, ¿verdad?

Antonia, ensimismada, asintió.

—A mí me gustan mucho más las orquídeas —apuntó—. Sobre todo las negras. Eran las preferidas de mi madre. Simbolizan el poder oculto que se esconde tras la belleza.

—¡Pues que sean orquídeas negras, claro que sí! —exclamó él—. Allí va la recepción, y estas son las escaleras que suben a las habitaciones. Todas exteriores, por supuesto, y con vistas al Guadalquivir. Un total de cuarenta. ¡Cuarenta! Mínimo a dos pesetas la noche. Haga la cuenta.

Antonia desvió la mirada.

—Eso son casi treinta mil pesetas al año —resolvió él.

—¿Dos pesetas la noche?

—Es lo que se cobra por aquí. No es nada caro porque la intención es que siempre estén ocupadas.

—Pero..., con el hambre que está pasando la gente..., ¿quién puede gastarse dos pesetas por dormir?

—Hambre pasan los pobres, pero en este país, y más en Sevilla, los ricos cada vez son más ricos.

—¿Y cuánto me dijo que tenía que poner usted?

—Esa es la mejor parte. Posadas nos vendía el inmueble por cuarenta mil, y yo estaba dispuesto a poner la mitad. Incluso ya había bautizado el hotel: La Puerta de Triana.

—Comprendo. Pero su socio le falló.

Simón sacudió la cabeza y apretó los puños.

—Creía conocerlo bien, pero de la noche a la mañana el desgraciado desapareció y nunca más se supo. Dicen que se largó a Brasil a probar suerte. ¡Maldita sea su estirpe! Le pido disculpas por mi lenguaje, pero... En definitiva, que no pude convencer a nadie que quisiera invertir, y el dueño, lógicamente, encontró otro comprador y todo se fue al garete.

—¡Qué lástima, la verdad! —exclamó Antonia con sinceridad.

El sonido de unos pasos acompasado con el golpeo de un bastón los dejó a ambos sin habla durante los segundos que Emiliano Posadas, con una carpeta bajo el brazo, tardó en bajar las escaleras. Cumplidos los setenta, caminaba encorvado y tenía el ceño fruncido más por sorpresa que por enfado.

—¡Me había parecido su voz! —dijo.

—Pero bueno, don Emiliano, ¿qué hace usted por aquí?

—Quizá la pregunta debería ser al revés, ¿no cree, señor Simón?

—Sin duda. Mis más sinceras disculpas. Permítame que le presente a una buena clienta, la señora Espinosa. Señora Espinosa, este es Emiliano Posadas, el propietario del edificio. O, mejor dicho, el expropietario.

El otro torció la boca.

—Me temo que aún no, aunque justo he venido esta tarde porque estoy esperando a dos hermanos de Málaga que ya tienen otras hospederías en la costa y están muy interesados. De hecho, me van a dar las quince mil pesetas de señal esta misma tarde.

—¿Y qué pasó con el otro?

Don Emiliano endureció el semblante.

—En la cárcel está, el miserable.

—¡No me diga!

—Como lo oye. Según me han contado, se dedicaba a estafar a propietarios de inmuebles con operaciones fraudulentas muy bien armadas.

—De buena se ha librado usted.

—Sí, a mi edad el disgusto me habría llevado a la tumba. Es que nunca sabe uno con quién trata. Como le pasó a usted con el que iba a ser su socio. Una pena, porque me habría encantado dejar esta joya en manos de un hombre con una reputación tan limpia como la suya.

El aludido se ruborizó.

—Pues se va a reír, pero yo sigo llevando en la cartera mi cheque de siete mil quinientas pesetas a su nombre, pero supongo que no es suficiente...

Sixto Simón se lo mostró, pero el anciano, aunque le sonreía amablemente, chasqueó la lengua antes de darle unas palmadas en el hombro.

—Su reputación es valiosa, mi estimado amigo, pero no llega para suplir las siete mil quinientas que le faltan.

El otro liberó un suspiro.

—En fin, tenía que intentarlo. Otra vez será.

Antonia levantó el dedo índice.

—O puede que no.

En la estación de San Bernardo, el movimiento constante de viajeros hacía del andén una colmena humana. Los había que iban cargados, ligeros de equipaje, solos, en pareja o en grupo, pero únicamente había una mujer cuya complexión física la convertía en la abeja reina.

La caldera de la Mastodonte 4006 encargada de tirar del convoy soltaba vapor de manera intermitente y con tanta energía que si hubiese sido un ser vivo podría decirse que resoplaba con intención intimidatoria. Tres agudos pitidos corroboraron que había llegado el momento de acelerar las despedidas y subirse al tren.

—Es usted una verdadera emprendedora, señora Espinosa —le dijo Sixto Simón tomándole las manos—, y permítame que le agradezca en el alma que sea así, porque de otra forma no habría podido cumplir mi sueño.

—Nuestro sueño.

—Nuestro sueño. Le prometo que ese patio será recordado por la cantidad de orquídeas negras que van a aromatizar nuestro hotel.

Antonia inspiró por la nariz como si pudiera captar

su perfume flotando en la enrarecida atmósfera de la estación.

—Ahora bien, lo que aún no me ha dicho es cómo se lo va a explicar a su marido.

Ella sonrió con cierta malicia.

—Eso es cosa mía.

—Por supuesto.

—Debo subir ya, o el revisor me llamará la atención.

—Le deseo un buen viaje. Le escribiré para mantenerla al tanto de las novedades y, por favor, tenga presente que antes de que terminen las obras en seis meses tendremos que haber abonado las otras doce mil quinientas pesetas por cabeza que faltan.

Antonia se agarró al asidero para subir los escalones de acceso al vagón.

—Lo tengo muy presente.

—¡Ah, y no se olvide del informe médico de su marido! —le gritó.

Guardando cola para subir al tren, el hombre de la tupida barba embetunada y ojos opacos era testigo de la despedida. Dubitativo, en cuanto le llegó su turno se dio media vuelta, se ajustó el bombín y, con la mirada clavada en la nuca de Sixto Simón, emprendió el mismo camino que él.

Eran las ocho y diez de la mañana cuando los frenos del tren chirriaban al entrar en la estación de Badajoz. A pesar del estado de efervescencia en el que estaba sumida, Antonia había logrado dormir unas cuantas horas y volvía con fuerzas renovadas después de haber tomado una decisión empresarial que, según le había asegurado su nuevo socio, la iba a convertir en una mujer rica en menos de cinco años. Por y para ello le había hecho entrega de la cantidad de siete mil quinientas pesetas, asegurándose así la reserva del inmueble con Emiliano Posadas.

No podía estar más orgullosa de sí misma.

Al salir localizó la tartana a unos treinta metros, distancia que recorrió rauda para aparentar que ansiaba reencontrarse con su marido, del que no hubiera podido decirse que presentara buen aspecto. Su tez blanquecina contrastaba con las oscuras manchas que se extendían bajo los párpados como si se le estuviera nublando el rostro. La pérdida de peso era más que notable, y daba la sensación de que podía descuajaringarse en cualquier momento. Así y todo, Gregorio hizo un colosal esfuerzo por sonreír antes de apearse del carruaje y perderse en los brazos de su esposa. El caballo relinchó como si celebrara el reencuentro de la pareja.

—¡Qué ganas tenía de llegar!

—Y yo de verte, querida. ¿Todo en orden por Sevilla?

—Aquí traigo el dinero —mintió Antonia aferrándose al bolso.

—Trae, yo lo guardo.

Antonia reaccionó de inmediato.

—Lo he traído yo desde Sevilla. ¿Crees que permitiría que alguien me lo arrebatara ahora? Además, si así fuera, tendríamos más posibilidades de evitarlo si lo tengo yo que si lo llevas tú encima, ¿no crees? Por cierto, te noto algo debilitado. ¿Estás bien?

—Solo algo cansado.

—Mañana mismo me encargaré de depositarlo en el banco y luego iré a ver al doctor Jiménez para que te recete esas pastillas.

—Esas no sirven de nada.

—Eso lo dices tú. Algo harán. No se hable más —concluyó subiéndose a la tartana con una agilidad que contrastaba con la impericia de su marido—. Algún día tendremos uno de esos automóviles como los que he visto en Sevilla —comentó.

Él, condescendiente, sonrió.

—Cuestan una fortuna. Mi hermano Francisco se gastó más de once mil pesetas en uno y no sabe ni conducirlo. A eso lo llamo yo tirar el dinero.

—Cuando tienes tanto, poco importa lo que tires o dejes de tirar. Pero tú por eso no te preocupes, que a partir de ahora me voy a encargar yo.

—¿De qué?

—¿De qué va a ser? De nuestro dinero.

Al oírlo, Gregorio abrió mucho los ojos y meneó la cabeza. Ella, sin dejar de mirar al frente, le dio unas palmaditas en el muslo.

—¡Venga, arrea, que si no vamos a llegar a las tantas y no quiero echar a perder la mañana!

Y a su marido, o a lo que quedaba de él, no le quedó más remedio que obedecer.

Un baile lento

Habitación 12. Pensión Casa Matilde
Zafra (provincia de Badajoz)
20 de abril de 1917, a las 20.55

La puerta del armario protesta al resquebrajarse con un único y seco crujido.

—¡Me cago en mi condenada alma! —masculla el teniente Gallardo tras la patada frontal con la que ha reaccionado cuando Rosario le ha narrado su encontronazo con Mario—. ¿Es que todo el condenado pueblo trabaja para Acevedo?

—Algunos por devoción, la mayoría por obligación —responde ella.

—Tenemos que marcharnos a la voz de ya.

Rosario lo agarra por el brazo.

—Yo sé por dónde salir sin que nos vea esa vieja chivata.

Después de liberar a Padilla, los tres salen al pasillo extremando las precauciones. El capataz, que casi arrastra los pies y cuyo rostro ha adquirido un tono blanco ceroso, no está pasando por su mejor momento.

—Por aquí —indica Rosario bajando el tono de voz—. Esa ventana de allí da a la callejuela de la parte de atrás. En la fachada hay una gruesa tubería por la que se puede bajar sin problema.

Gallardo frunce el ceño y se asoma para corroborarlo.

—Es una historia muy larga de contar, pero aguantar, aguanta —argumenta ella.

—No hay demasiada altura. Unos ocho metros, calculo.

Padilla levanta los brazos para mostrarle las esposas.

—Como intente jugármela le juro que se va a arrepentir —le advierte Gallardo.

—Tranquilo, jefe, sé en manos de quién prefiero estar.

Rosario, decidida y con la seguridad que proporciona que no sea esa la primera vez que lo hace, toma la iniciativa.

—Los espero en la esquina.

En efecto, la tubería por la que ahora desciende Padilla es bastante gruesa, pero, igual que la puerta del armario, desaprueba con un ruido el uso ilegítimo que le están dando.

—Estoy. Su turno, jefe —le avisa Padilla cuando sus pies tocan el suelo.

Ocupado en evitar cualquier percance que lo haga caer, Martín Gallardo no se percata de que, oculto entre tinieblas, su prisionero está manipulando un clavo oxidado que sobresale de la pared. Tras varios intentos logra liberarlo de su prisión de ladrillo y esconderlo en el bolsillo trasero del pantalón.

En cuanto el de la Benemérita alcanza su objetivo, agarra por el hombro a Padilla y lo conduce hasta la esquina, donde ya los espera Rosario, que abre mucho los ojos y se lleva el dedo índice a los labios.

—Están dentro.

Gallardo saca su revólver y lo amartilla.

—¿Cuántos son?

—Cuatro o cinco.

El teniente resopla.

—Demasiados. Y al cuartel no podemos regresar.

—Yo no vivo lejos. Es una casa pequeña, pero nos las podemos arreglar para pasar la noche.

Gallardo lo valora durante unos segundos y luego asiente. El itinerario los lleva a recorrer calles vacías y mal iluminadas en completo silencio. A pesar de que la temperatura ha bajado unos cuantos grados, la tensión del momento los hace inmunes al frío.

—Ya casi estamos —advierte Rosario—. Es esa de allí.

Humilde —por no calificarla de otro modo— es la palabra que mejor define la vivienda de dos plantas que, sin ser propiedad de tía Menchu, Rosario considera su hogar. No en vano es donde se ha criado desde que la fue a buscar a Cáceres para hacerse cargo de ella. De sorpresa —por no calificarla de otro modo— es la expresión que mejor define la cara de su tía al abrir la puerta y encontrarse con el percal.

—Pero... ¿qué? —acierta a decir.

—Luego te cuento —acorta Rosario al tiempo que invita a entrar a sus acompañantes—. ¿Lope está dormido?

—Pues claro —confirma tía Menchu molesta—. No vayas a despertarlo ahora.

—Vuelvo enseguida.

—Agua, por favor, señora —le pide Jacinto Padilla con la frente empapada en sudor.

Con cierta reticencia, la mujer los conduce a la cocina y le sirve un vaso de la jarra que ha llenado esa misma mañana en la fuente de la plaza. Acto seguido le ofrece otro al hombre de bigote de herradura y cara de pocos amigos, pero este niega con la cabeza y, receloso, se asoma con discreción a la ventana.

—¿Se puede saber quiénes son ustedes y qué hacen en mi casa a estas horas?

—Teniente Gallardo, de la comandancia de la Guardia Civil de Almendralejo. Y este es mi prisionero —señala—. Tan pronto como la situación lo permita nos marcharemos.

Tía Menchu se dispone a protestar cuando regresa su sobrina y, con firme ternura, la conduce hasta una esquina.

—Necesitan pasar aquí la noche —resume en voz queda.

—Pero... ¿qué demonios tienes tú que ver en toda esta historia?

—Nada, o todo —duda—. Lo que sea, pero no podemos permitir que los hombres del señor Acevedo los cacen como a conejos.

Tía Menchu se persigna varias veces.

—¡¿Los hombres del señor Acevedo?! ¿Pero todavía no te has dado cuenta de lo que es capaz ese hombre? Mandó matar a tu marido por cuatro perras y...

—Sí que lo sé, por eso mismo: o hago algo o tendré que trabajar toda mi vida para él, y ya sabes cómo y de qué. ¿Es eso lo que quieres para mí?

La mujer desvía la mirada.

—No. ¿Y tú crees que ese hombre te puede ayudar?

Rosario duda.

—Tengo un buen pálpito.

—Un buen pálpito, dice... Madre del amor hermoso.

No se ve más que discreta nocturnidad a través de la ventana, y, quizá por ello, el estómago de Martín Gallardo aprovecha para enviar una señal a su cerebro, que este descodifica en una única imagen: la de su estuche negro descansando sobre la mesilla de noche donde lo ha dejado olvidado. Acto seguido comprueba cuántas pepitas le quedan y, para su desgracia, el mal presentimiento que le recorre el cuerpo se cumple. Casi no tiene ni para un cigarrillo.

—Me cago en mi santa vida —farfulla.

Se diría que por la habitación ha pasado una horda de bárbaros: no queda nada en su sitio. Pero ni en esa ni en las otras estancias que han registrado hay rastro de Jacinto Padilla ni del condenado teniente de la Guardia Civil que lo protege.

En la recepción, Matilde maldice la hora en la que se le ocurrió avisar a Patricio, quien, visiblemente alterado, camina de un lado a otro sorteando a los huéspedes que han sacado de la cama. De ellos, solo un forastero que va de regreso a Portugal se ha atrevido a protestar, razón por la cual ahora tiene el párpado hinchado y le sangra el labio. El resto, que son de la comarca y sus proximidades, conocen muy bien el paño y se han limitado a cumplir las órdenes con los ojos muy abiertos y las bocas muy cerradas.

—¿Seguro que no los has visto salir? —insiste Patricio.

—Que te digo que no —responde Matilde—. Que puede que el oído me falle, pero la vista la conservo mejor que santa Lucía.

Ofuscado, Patricio le da un manotazo al mostrador y escupe en el suelo.

—Entonces explícame qué ha podido pasar para que yo me entere: tú los has visto entrar más o menos sobre las siete y media de la tarde, ¿no?

—Eso.

—Muy bien. Pero cuando llegamos nosotros, ya no están, y me dices que en todo el edificio no hay ninguna otra salida más que esta. Y por aquí no han salido, que lo sabe hasta la jodida santa Lucía.

—Santa Lucía lo sabe —repite ella nerviosa.

—Y si no están dentro, pero no han podido salir, ¿me puedes explicar dónde cojones se han metido? ¿Se han esfumado o va a resultar que son invisibles?

De repente, Matilde se da un manotazo en la cabeza y sale de detrás del mostrador de forma apresurada.

—Esa zorra engreída... ¡¿dónde coño está?!

—¿De quién hablas? —quiere saber Patricio.

—De una de vuestras rameras. Rosario se llama. No está aquí, la hija de Satanás.

—¿Y?

—Ha llegado al poco rato de aparecer esos dos. Si no está aquí abajo es que se ha ido con ellos. A lo mejor esa sabandija conoce alguna forma de salir sin que nadie la vea y así no la tengo yo controlada.

—Rosario, ¿eh? ¿Es esa a la que le mataron al marido?

Matilde evita verbalizar sus pensamientos, pero le resulta digno de admirar que Patricio finja que desconoce que todo Zafra sabe que fue él quien le abrió la garganta.

—La misma.

—Sé muy bien dónde encontrarla...

Desde que tiene uso de razón, el fuego le ha despertado un interés especial. Le relaja. No es por su crepitar ni por el calor que desprende, se debe al sensual movimiento de las lenguas de distintos colores que danzan al ritmo de una enigmática y sorda coreografía. Un baile lento que se prolonga mientras haya madera a la que agarrarse. Francisco, que sabe a la perfección que esa noche no pegará ojo, arroja dos troncos de encina con la idea de dilatar el espectáculo lo máximo posible.

—Te vas a consumir igual que la madera —oye.

Asustado, Francisco se lleva las manos al pecho.

—¡Maldita sea, Teresa, un día me vas a matar!

De configuración facial angulosa, nariz alargada y poblada melena negra, Teresa, su esposa desde hace ya veintidós años, lejos de alterarse se sienta en el reposabrazos del sofá y le masajea la nuca.

—Paco, tienes que superarlo. Y más desde que la han encontrado muerta.

Pensativo, no contesta.

La noticia, que ha corrido como la pólvora en el pueblo, todavía no ha conseguido procesarla. Con las veces que ha deseado que llegara ese momento —casi desde el día que la conoció—, ahora que han hallado su cuerpo debería ser capaz de sentir algo de felicidad y, sin embargo, cree que ha vuelto a fallarle a su hermano.

—No hasta que no vea su cadáver putrefacto con mis propios ojos —sentencia.

—Esa mujer se llevó la vida de Gregorio, no permitas que se lleve también la tuya.

—Nunca debí consentir que entrara en nuestras vidas. ¡Nunca!

—Todos sabíamos que no era la esposa ideal para Goyito, pero jamás pensamos que podría..., en fin, hacer lo que hizo. No puedes culparte por ello.

—El día antes de que muriera fui a verlo a la panadería y parecía un cadáver andante. Tenía que haberle obligado a que le viera un médico, pero él se negaba. Y a la mañana siguiente, cuando lo vi ahí tirado en el suelo, con la boca abierta como un pez...

—Esa mujer era una arpía. Hiciste todo lo que pudiste.

—Está claro que no fue suficiente —reconoce con cierto esplín.

Francisco Espinosa retira la mirada y se refugia en el fuego.

—Voy a traerte una copa —le dice Teresa.

Es cierto que luchó con todas sus fuerzas y recursos para que Antonia no se saliera con la suya, como cierto es que no sirvió de nada. A los pocos días de que el notario le informara de los cambios que le había ordenado hacer su hermano, a Francisco no se le ocurrió otra cosa que presentarse en su casa con la idea de dejarle las cosas claras a Antonia. Tras ese encuentro, del que salió trasquilado, le sucedió algo que le llevó a tomar la decisión de buscar ayuda profesional. Regresaba a casa después de una larga e incómoda reunión con sus abogados por la denuncia que su cuñada había interpuesto contra él por intento de violación y agresiones. Deseoso de llegar a su casa, agotado, no se percató de que un hombre le estaba esperando cerca del cortijo. El desconocido le amenazó con volarle la cabeza si volvía a ponerle la mano encima a Antonia, y aquello le dejó muy tocado anímicamente. Jamás en su vida se había dejado amedrentar por nadie, mucho menos en persona, y esos instantes en los que pensó que de verdad su integridad corría peligro lo cambiaron todo.

Porque el miedo a quienes no están acostumbrados a masticarlo, revuelve los paladares y agita los estómagos más recios.

Resolvió entonces que tenía que actuar al margen de la justicia, y alguien de su confianza le habló de una oficina muy particular en Barcelona donde podrían ayudarle. Se hacían llamar La Protectora y se dedicaban a la investigación privada. Y allí se presentó tras dieciocho largas horas en tren con la esperanza de que esos profesionales —que se jactaban de ser pioneros en España y una de las mejores agencias de detectives de Europa— le resolvieran el problema. Sus instalaciones, desde luego, estaban a la altura de las expectativas, y el trato exquisito dispensado por la señorita que le recibió, también. Dos hombres que se hacían llamar Esteve y Giró, socios fundadores de la firma, fueron los encargados de atenderle. Ambos vestían de forma idéntica: traje de levita negro sobre camisa blanca a juego con la corbata y los zapatos, y se expresaron de un modo conciso y directo, sin circunloquios y demás artificios, en su discurso de presentación.

Así, después de exponer Francisco Espinosa su caso sin ser interrumpido más que un par de veces para solicitar aclaraciones, Giró carraspeó y se ajustó el nudo de la corbata.

—En primer lugar quiero agradecerle que se haya tomado la molestia de venir a conocernos en persona. En cuanto a los servicios que solicita, señor Espinosa, es un trabajo nada sencillo y, permítame que lo añada, nada habitual. Por ello, si pretendemos obtener los resultados que buscamos tendríamos que asignar un activo a tiempo completo.

—Un activo con experiencia y que conozca la zona de actuación —añadió Esteve—. De hecho, le estamos hablando de uno de nuestros mejores hombres.

Ambos intercambiaron miradas, Giró asintió y Esteve se incorporó muy despacio y caminó hasta un archivador de donde, tras una breve búsqueda, extrajo una carpeta. Regresó con la cabeza muy alta, como si acabara de ser gravemente ofendido.

—Nos referimos al señor Costa —desveló antes de abrir la carpeta para enseñarle su ficha.

En la foto, un rostro de trazos rectos, tupida barba embetunada y ojos opacos.

—Toma. Esto te ayudará a relajarte —interviene de nuevo su esposa para devolverle al presente.

Francisco Espinosa la mira, agarra el vaso y se moja los labios.

—Teresa, siéntate un momento.

No queda nada de whisky cuando termina de contarle qué fue a hacer a Barcelona en aquel ficticio viaje de negocios.

—No entiendo por qué me lo ocultaste, Paco. Habría estado de acuerdo.

—Si no te lo conté fue para mantenerte al margen. Ahora estoy convencido de que esos dos malnacidos también mataron al señor Costa. Y todo por mi culpa...

Cauta, Teresa inspira por la nariz y se toma su tiempo.

—Prométeme que si se certifica la muerte de esa mujer te olvidarás de toda esta locura para siempre.

Él toma aire y asiente con la cabeza.

—Te lo prometo.

El cigarrillo adulterado con las contadas pepitas de opio que le quedaban no le ha servido al teniente Gallardo para paliar el hambre. El temblor de las manos resulta más incontrolable cada minuto que pasa y ya nota esa molesta capa de sudor frío que empieza a cubrirle la espalda.

—No tiene buena cara, jefe —observa Jacinto Padilla.

Este, esposado ahora a la pata de una pesada alacena de la cocina, tampoco presenta un aspecto muy saludable.

—Y yo estoy ya para el arrastre —prosigue—. ¿No le parece que deberíamos descansar? Prometo contarle mañana por la mañana todo lo que necesita saber de Antonia.

—No, no me parece —le corta tajante—. Continúe. ¿Me quiere hacer creer que su marido no llegó a enterarse de lo que pasó con esas ocho mil pesetas?

—Goyito..., pobre desgraciado. Era su mascota. Además, desde que le puso las cosas a su nombre y cambió el testamento, ella se metió en el bolsillo al director del Monte de Piedad y Caja General de Ahorros de Badajoz, que era donde la familia Espinosa tenía su fortuna.

Incapaz de estar parado, el teniente Gallardo se mueve por la cocina de un lado a otro.

—Antonia manejaba el dinero, y lo mejor de todo es que Goyito estaba de acuerdo con ello.

—Antes de seguir avanzando necesito aclarar algo: ¿sabe usted si Antonia Monterroso denunció la supuesta violación de Francisco Espinosa?

La pregunta la formula el teniente Gallardo no con el propósito de conocer la respuesta —dado que él mismo se encargó de tomar la denuncia—, sino para evaluar el volumen de información que maneja Jacinto Padilla.

—Sí, pero frente a los Espinosa poco o nada se podía hacer...

No le falta razón, y lo poco que se podía hacer nada tenía que ver con los cauces habituales por los que transcurría la justicia, sobre todo cuando se enfrentaban personas de distinta clase y condición. Por ello, movido por el conmovedor testimonio de aquella mujer que tanto le recordaba a su madre —no por su aspecto físico, sino por el daño psicológico causado por los malos tratos que le tocó sufrir en silencio durante toda su desgraciada vida—, Martín Gallardo, sin uniforme pero sí armado, se trasladó hasta Jerez de los Caballeros, se apostó durante horas cerca del cortijo esperando a que apareciera Francisco Espinosa, lo asaltó y lo amenazó de muerte con la esperanza de que aquello le sirviera de lección.

No funcionó.

—Bien —retoma el teniente—. Así que Antonia se olvidó de Francisco, se aseguró de controlar el dinero de su marido y, por tanto, solo le quedaba conseguir el informe médico para suscribir la póliza, ¿verdad?

Padilla quiere reírse pero no tiene fuerzas y asiente con la cabeza.

—Se sabía que el doctor Jiménez, el médico de la familia Espinosa, era un borracho de mucho cuidado y tenía vicios caros. Le iba todo. Antonia pensaba que sería muy sencillo convertirlo en otro de sus títeres, pero...

—Pero qué.

—Pues que no.

Un vahído, repentino y traicionero, le sobreviene al teniente Gallardo, obligándole a alargar el brazo para agarrarse al respaldo de una silla y así poder mantener la verticalidad.

—Vaya, jefe, está usted aún peor que yo.

—Solo necesito un poco de aire —se excusa—. Ahora mismo regreso.

Sale de la cocina y avanza a duras penas por el pasillo tambaleándose. Cientos de clavos se agitan en su estómago. Mil se clavan. Un millón le atraviesan. El dolor le obliga a apretar los dientes y a acuclillarse, como si al hacerse él pequeño fuera a disminuir.

Gruñe.

—¿Se encuentra usted bien?

Al levantar la vista se topa con los ojos de Rosario, teñidos de temeroso recelo. Como un resorte, Martín Gallardo se endereza y menea la cabeza.

—Acompáñeme fuera, haga el favor.

En el patio trasero, al aire libre, el oxígeno que entra en sus pulmones parece aliviarle. Bajo la atenta mirada del mulo que está amarrado a una estaca, Gallardo apoya la espalda en el tronco de un manzano, aprieta los párpados y extiende los brazos en cruz para facilitar el proceso de falsa regeneración interna.

—Está sudando mucho —observa ella—. ¿Tiene fiebre?

Rosario posa su mano en la frente de él y Gallardo se lo consiente.

—Lo noto más bien frío.

—Tranquila, enseguida me recupero.

Bien lo sabe. No es la primera vez que sufre los síntomas del síndrome de abstinencia. La secuencia siempre se repite: a los temblores en las extremidades les siguen mareos, espasmos y fuertes pinchazos en el estómago, que luego desaparecen antes de que todo vaya a peor.

Mucho peor.

Los meses que estuvo encerrado en aquel agujero infecto de Filipinas tras caer prisionero se convirtieron en un auténtico calvario para todos los que, igual que él, estaban enganchados al opio. Hacían cualquier cosa por conseguirlo. Desde arrancarse piezas dentales de oro —o arrebatárselas a quienes las tenían— para vendérselas a los carceleros hasta mantener relaciones sexuales con ellos a cambio de algo que fumar. Cada día una batalla. Cada día una derrota. Cada día más cerca de la autodestrucción definitiva.

Minutos más tarde, algo repuesto, el teniente Gallardo se atreve a abrir los ojos. Y, a pesar de que no es nada religioso, el acetrinado rostro de Rosario le resulta lo más parecido a una imagen divina.

—Dime, niña, ¿por qué te empeñas en ayudarme? —se le ocurre preguntar.

Sorprendida por la cercanía en el trato, ella sonríe.

—No lo sé. Quiero pensar que eres buena persona.

—No, no lo soy. Solo estoy del lado que me toca estar. Pero te lo agradezco. Cuando todo esto termine buscaré la forma de compensarte.

—No quiero tu dinero.

—¿Y qué quieres?

—Que me ayudes a salir de este maldito infierno.

—Eso que me pides no es nada fácil. Para lograrlo tendría que acabar con los demonios que te retienen aquí.

—Eso es justo lo que necesito.

—Ya...

Martín Gallardo alarga el brazo e introduce sus temblorosos dedos en la espesura sedosa del cabello de Rosario. Ella no protesta. La diferencia de altura hace que los labios del teniente aterricen en la frente de la joven.

—Lo haré. Pero no te equivoques conmigo: no soy ningún ángel. Nunca lo he sido.

La cuadrilla, excepto los dos hombres que se han quedado vigilando la pensión, pasa en completo silencio frente al palacio de los duques de Feria. Al frente, cómo no, Patricio, que camina con la cabeza erguida y el ceño fruncido. Van todos armados sin cuidarse de ocultar sus escopetas, sabedores de que ninguno de los 6.644 vecinos de Zafra les va a plantar cara. En realidad, a Patricio solo le preocupa uno que no es oriundo del lugar, que viste de uniforme y con el que espera encontrarse a dos calles de allí.

—Esa es —señala—. La de la esquina.

La casa la recuerda a la perfección de la temporada

que estuvo vigilando las entradas y salidas de José Francisco Fernández, un pobre hombre al que le tocó apiolar por órdenes expresas del patrón. Y él, cuando le toca cumplir, cumple. Como hoy. Lo que le intranquiliza es saber que nada tiene que ver llevarse por delante a un mindundi con enfrentarse a un teniente de la Guardia Civil que ya le ha demostrado que los tiene donde los tiene que tener.

Sus muertos.

—Vosotros dos, por detrás. Si salta alguien por el balconcillo, me lo trincáis.

Los aludidos asienten antes de ponerse en movimiento al trote.

—Tú, conmigo.

Cruza la calle con paso firme y la escopeta cargada, apuntando desde la cintura como le enseñaron a hacer cuando tenía que tomar una posición enemiga: «Que las prisas por llegar no os hagan fallar», les repetía su sargento instructor. Frente a la cortina de tela que protege la entrada de las moscas, le hace una seña a su compañero para que se eche a un lado antes de correrla con el cañón de la escopeta y pegar la oreja a la puerta. Se oyen voces y sonidos de cubiertos. Otro gesto afirmativo precede al golpeo de la puerta con la culata. Los tres siguientes son más violentos y, cuando se dispone a repetir la operación, oye la voz de una mujer de avanzada edad que vocea enojada.

—¡¿Pero quién demonios llama a estas...?!

El culatazo en la boca le impide terminar la frase y casi con total seguridad masticar alimentos sólidos durante una buena temporada.

—¡Vamos! —le dice al otro antes de pasar por encima de la anciana herida, que, arrodillada en el suelo, escupe las piezas dentales que ha estado a punto de tragarse.

Dentro, las dos estancias que conecta el pasillo están vacías. Como una polilla guiada por la luz, Patricio avanza hasta el final, donde un hombre de unos setenta años sentado a la mesa lo mira con pavor y rudeza.

—¿Hay alguien arriba? —le pregunta.

—Aquí solo vivimos mi mujer y yo —titubea él.

—Compruébalo.

—¿Rosario ya no vive aquí?

—No sé quién es esa Rosario, nosotros llevamos en esta casa seis meses.

Patricio baja el arma y menea la cabeza antes de escupir en el suelo.

—Pues va a ser que nos hemos equivocado, caballero, perdone. Y su mujer también. Tome, por las molestias.

Un billete de veinticinco pesetas con la efigie de Quevedo planea hasta aterrizar sobre un plato con restos de comida.

—Y aquí no ha pasado nada.

Cuando el teniente Gallardo, algo más repuesto, regresa a la cocina se ve en la necesidad de espabilar al detenido con varias palmadas en la cara. Padilla, que dormitaba con la cabeza apoyada en el lateral de la alacena a la que está esposado, parece haber envejecido diez años en los diez minutos que el guardia civil ha estado ausente. Tras unos instantes, lo mira como si esa fuera la primera vez que lo ve en su vida.

—Déjeme descansar, se lo ruego, jefe.

Gallardo se atusa el bigote antes de sentarse frente a él.

—No hasta que yo le diga. Me estaba hablando del doctor Jiménez.

Jacinto Padilla resopla hastiado.

—Antonia es una mujer muy fuerte. En todos estos años no le he visto un simple resfriado, aunque a veces se queja mucho del estómago. Lo pasa muy mal, hasta deja de comer durante algunos días hasta que mejora. Pero, bueno, fue a ver al doctor Jiménez con la excusa de una urticaria cerca de sus partes íntimas, imagínese para qué.

—Para tratar de seducirlo, claro.

—Eso. Pero resultó que el buen doctor no se dejaba engatusar por las mujeres, solo por el dinero. Lo suyo eran los naipes, y eso Antonia lo supo aprovechar para ofrecerle una cantidad, no me acuerdo de cuánto, para que le hiciera el informe médico que le había pedido Sixto Simón.

—Los naipes y, según me ha dicho también usted, el alcohol, y oí que al parecer había muerto por eso, ¿no?

—Al parecer.

—¿Sugiere que...?

Padilla se encoge de hombros y sonríe.

—Yo no sugiero nada. El caso es que con la excusa de no hacer perder el tiempo a su marido, Antonia también le pidió que le recetara un par de botes de las famosas pildoritas del doctor Jiménez.

—¿Famosas?

—Se llenó los bolsillos de vender esa porquería que en teoría resucitaba a un muerto y que en verdad no servía para nada. Tenían jengibre, cardamomo, azafrán, canela, raíz de ruibarbo y cosas de ese estilo. Hierbajos y cosas de brujas, pero gracias a ello nuestros caminos volvieron a cruzarse.

—Explíquese.

—Ya le he dicho que entonces estaba yo en una granja de cerdos cerca de El Raposo, ¿no?

—Me lo ha dicho, sí.

—Un día fui a un almacén a comprar pienso para los marranos y allí estaba ella. Me pareció raro que se hubiera ido tan lejos de Jerez de los Caballeros para comprar. ¿Comprar qué? No me atreví a decirle nada, pero cuando se marchó me acerqué al muchacho que la atendió y le pregunté.

Un silencio prolongado, fruto del agotamiento, incomoda a Gallardo, impaciente por avanzar en la historia.

—Suéltelo de una vez.

Padilla sonríe con los ojos cerrados. Luego contrae los músculos faciales en una mueca de dolor.

—No me siento bien, jefe.

El teniente chasquea la lengua.

—No me obligues a...

—¡Sales de estricnina! La hija del demonio había ido hasta allí para comprar una libra de sales de estricnina con la excusa de terminar con una plaga de pulgón que estaba acabando con no sé qué plantas...

—Mezcló la estricnina en las píldoras.

El otro asiente.

—Era mi oportunidad.

Martín Gallardo frunce el ceño.

—Su oportunidad de qué.

—De volver con ella. En otras condiciones, claro. Ahora que sabía lo que le estaba haciendo a su maridito, tenía la sartén por el mango... Pero lo que ni Antonia ni yo sabíamos era que Francisco Espinosa había contratado un detective en Barcelona, ni más ni menos, para que la investigara.

—Comprendo.

Padilla trata de tomar aire para seguir hablando, pero tras parpadear varias veces deja caer la cabeza hasta apoyarla en el hombro.

—Qué coño va a comprender —es lo último que dice Padilla antes de caer rendido.

—Más de lo que tú te crees, jodido comemierda —farfulla Gallardo para sí.

En ese momento le asalta la imagen del día que conoció a Antonia, cuando ella fue a la comandancia a denunciar a Francisco Espinosa y, después de acompañarla a la salida, hizo algo de lo cual se avergüenza solo con recordarlo. Sin embargo, no fue aquella la última vez. No ser capaz de controlar sus impulsos le irritaba, pero al mismo tiempo le atraía poder sentir algo tan puro y tan salvaje. Meses después, cuando su camarada Sebastián Costa apareció por allí con una foto de ella, entonces sí, dejó que su parte irracional tomara el control de sus actos.

—Me cago en mi sangre —murmura apretando los puños.

De nuevo los clavos.

De nuevo el hambre.

Tiene que comer. Lo necesita tanto como respirar, y la única forma de conseguir el alimento es ir a buscarlo al hostal. Allí lo dejó y allí debe de estar. No existe otra alternativa. En la casa cuartel de Almendralejo tiene escondidas más bolas de opio, pero no se plantea ir y volver. En su adulterado proceso cerebral se minimizan al máximo los riesgos que, comparados con los beneficios, convierten la absurda idea de regresar a Casa Matilde en una magnífica opción para dejar de sufrir.

Así, antes de desaparecer furtivamente, Martín Gallardo dedica una última mirada a su prisionero, que, abatido por el cansancio acumulado, aparenta dormir como si tuviera la conciencia tranquila.

Pero solo lo aparenta.

En cuanto siente que está solo, abre los párpados y se contorsiona para alcanzar con la mano que tiene libre el bolsillo del pantalón donde guarda su llave hacia la libertad.

—¿Quién es ahora el jodido comemierda? —le dice al clavo oxidado que sostiene eufórico entre los dedos.

Un trotamundos

Estación de ferrocarril de Badajoz
Barrio de San Fernando
Dos años antes

El edificio, de planta rectangular y arquitectura austera, había sido inaugurado en 1881 con el propósito de conectar Badajoz con la capital portuguesa y avivar el intercambio comercial entre ambos países. Y precisamente desde ahí, desde Lisboa, llegaba Sebastián Costa tras rematar el asunto que le había obligado a permanecer en la ciudad de la luz durante dos largos meses.

La información que le habían proporcionado Esteve y Giró sobre el nuevo caso que le iba a hacer volver al que fue su hogar adoptivo era, como de costumbre, escueta. El contratante, Francisco Espinosa y Leal, un terrateniente con abolengo afincado en Jerez de los Caballeros, solicitaba investigar a su nueva cuñada. Se trataba de una mujer de origen desconocido que respondía al nombre de Antonia Monterroso, de la cual se sospechaba que podría estar manipulando a su hermano con el objeto de quedarse con sus bienes y, a poder ser, con los de la familia.

Nada nuevo bajo el sol.

La foto de la susodicha, de escasa calidad, encabezaba el dosier con la información personal de la investigada, pero ya se atisbaban ciertos rasgos faciales de corte eslavo y otras características morfológicas que se salían de lo normal, tales como la altura y el peso: un metro con ochenta y siete centímetros y ochenta y nueve kilos. Una buena jaca en toda regla.

El calor que se acumulaba bajo el techo de la marquesina le invitaba a despojarse de la levita y el bombín, lo cual, sin duda, ya habría hecho de no haber recibido la instrucción de verse con el cliente en el cafetín de la estación. No se prodigaba Sebastián Costa en este tipo de encuentros donde, por su experiencia, nada bueno solía suceder. Por norma, la parte contraria pecaba de desconocimiento y solía equivocar la naturaleza y el alcance de los servicios contratados. En esta ocasión, el tal Espinosa había insistido mucho en conocer en persona al encargado de la investigación, y como no era poca la cantidad que había tenido que adelantar, a sus jefes no les había quedado más remedio que aceptar la entrevista.

El tren había llegado con casi una hora de retraso, por lo que Sebastián Costa infirió que su cliente ya debía de estar esperándolo. No se equivocaba. Por fuerza tenía que ser el hombre delgado que, angustiado, no dejaba de mirar hacia la puerta. Ropa elegante, calzado caro, pose plenipotenciaria. Sin duda se trataba de él. Costa se aproximó sin ninguna prisa cargando con su pesada maleta, que escondía sus dos armas preferidas: el revólver Webley y la cámara Ur-Leica, ingenios de los que se servía para *mortalizar* e inmortalizar, respectivamente, a seres humanos.

—El señor Espinosa, ¿verdad?

Este consultó su reloj.

—Llega más de una hora tarde.

—El tren no ha llegado a su hora, pero le pido disculpas por la espera.

Espinosa las aceptó ladeando la cabeza. Luego levantó el brazo para llamar la atención del mozo que atendía las mesas.

—Tome asiento.

Transcurrida media hora de conversación, lo único que tenía claro Sebastián Costa era que su cliente odiaba con todas sus fuerzas a la mujer que tenía que investigar y que esa aversión iba mucho más allá del supuesto mal que estuviera causando a su hermano.

—Gracias, señor Espinosa. Creo que ya tengo toda la información que necesito.

—No, hay algo más. Tiene que saber que una de las mujeres que trabajan en la casa de mi hermano es, digámoslo así, mi informante.

—Digámoslo así.

—Como sea. Hace unos días me dijo que había oído hablar a esa arpía de un viaje que iba a hacer a Sevilla para cobrar un dinero que le adeuda una compañía aseguradora. Y me da en la nariz que está tramando algo más que eso.

—¿Por qué lo piensa?

—Porque se ha empeñado en ir sola. Por eso y porque es una hija del mismísimo diablo, créame.

—Entiendo. ¿Y qué día dice que viaja?

—Desde Badajoz solo hay un tren semanal que va a Sevilla. Sale el viernes a las diez de la noche y llega a las ocho de la mañana.

—Anotado.

—¿Irá usted también, entonces?

—Tengo que valorarlo.

—Me gustaría que me informara de ello.

—Lo haré si procede.

El otro enderezó la columna y parpadeó dos veces.

—¿Cómo dice?

—Que lo haré si entiendo que debo informarle de algo que sea de su interés.

—Todo es de mi interés, que para eso le pago.

—No, señor Espinosa, a mí me paga mi agencia y usted paga a mi agencia. Arréglese con ellos. Yo ya dispongo de toda la información que necesito para hacer mi trabajo. Es muy probable que usted y yo no volvamos a vernos.

Francisco Espinosa, al que le hubiera gustado decir algo al respecto, se limitó a mantener las cejas en suspensión.

—Que tenga usted un buen día —se despidió Costa.

El incesante traqueteo, pero sobre todo el molesto chirriar de las ruedas cuando salían de cualquier curva, no le dejaba pegar ojo. Aunque era habitual que a Sebastián Costa le resultara difícil conciliar el sueño, y más en ese camastro que le habían asignado, indigno de la primera clase que había pagado. Eran demasiadas las imágenes perturbadoras que solían asaltarle al caer la noche. Imágenes del pasado con el aroma de recuerdo reciente. Demasiado presentes. Así, resolvió que podría venirle bien escapar del terreno onírico y recorrer el que se extendía fuera de su compartimento. El que ocupaba su objetivo estaba en el siguiente vagón, por lo que se calzó los botines y salió al pasillo. Caminaba a la vez que sacaba la picadura de tabaco con la mirada puesta en el exterior, donde la oscuridad parecía habérselo tragado todo. Apenas si se distinguían solitarios puntos de luz, luciérnagas solitarias en un paisaje nocturno que desaparecían conforme el tren engullía la madera y el acero del rail en su avance lento pero pertinaz.

Tras el encuentro que había mantenido con Francisco Espinosa en la estación de Badajoz, Sebastián Costa se trasladó a Jerez de los Caballeros, donde alquiló una habitación bastante digna en la primera fonda donde le dieron de comer en condiciones. Las jornadas iniciales de investigación las solía dedicar a conocer la cotidianidad de su objetivo, y con Antonia Espinosa no quiso hacer una excepción. Pero algo pasó. Ya desde el principio se percató de que aquella mujer no era normal. Y no solo desde el punto de vista físico, sino, más bien, por el magnetismo que desprendía. Un poder que generaba atracción y rechazo a partes iguales. Un atractivo como el de un animal salvaje, una fiera a la que no le importaría acercarse a pesar de tener la certeza de que podría acabar con cualquiera de un solo zarpazo. Y luego estaba su forma de comportarse: siempre provocativa hasta rozar la arrogancia, repleta de un donaire impropio de las mujeres que con tanta envidia y desdén la trataban. Era, sin duda, la comidilla de Jerez de los Caballeros. Ni siquiera tuvo que preguntar por esa a la que llamaban la Rusa para que los vecinos le hablaran de ella como hacían con todos los forasteros que pisaban el pueblo, como si se hubiera convertido en una suerte de monumento que todo el mundo debería visitar. Lo curioso —o peligroso— era que no se percató de lo intoxicado que estaba de su hechizo hasta que un grupo de mujeres la insultaron cuando la vieron pasar por la plaza del mercado y él se sintió tentado de reprenderlas con una dureza que, desde luego, no le correspondía. Tenía que recuperar la neutralidad para estar a la altura del rigor que exigía su trabajo.

Con esa idea se había subido al tren con destino Sevilla, dispuesto a averiguar si las sospechas de Francisco Espinosa estaban ancladas a la realidad o no, si la mujer a la que tanto odiaba pretendía quedarse con la fortuna de la familia a toda costa, incluso llevándose por delante la vida de su marido —quien, como ya había constatado, no presentaba un aspecto nada saludable—. Inmerso en sus pensamientos, Sebastián Costa no se percató de que alguien le estaba solicitando paso.

—Disculpe, caballero, ¿me permite?

Al girarse colisionó con los montaraces ojos de Antonia. Y con su generoso escote.

—Cómo no, disculpe usted —dijo él tras pegarse contra la ventana.

El contacto físico, fugaz aunque definitivo, hizo que

una corriente eléctrica le recorriera la médula espinal en sentido descendente para terminar detonando bajo su pubis. El error, craso y estúpido, de principiante, le obligaba a mantenerse firme en su posición pese a que, a la vista de los hechos que estaban a punto de suceder, lo más conveniente habría sido batirse en retirada.

—Estos espacios no están pensados para personas como usted y como yo —comentó ella ufana.

—No, no lo están.

Antonia se detuvo y, con suma elegancia, se volvió.

—No es usted de por aquí, ¿verdad? —le preguntó.

—Soy un poco de todos los sitios en los que he estado.

—Un trotamundos, ¿eh?

—Eso es: un trotamundos.

Un interrogante se talló en la cara de Antonia.

—¿Es lo mismo un trotamundos que un buscavidas?

—No, yo diría que no.

—Ah, pues qué pena, suena más interesante lo de buscavidas. Sobre todo para combatir el aburrimiento de los viajes nocturnos en tren —añadió.

Sebastián Costa supo leer el mensaje implícito en la frase, y su parte más ruda se reflejó en su mirada.

—Hasta pronto, espero, señor trotamundos.

Sabía que no debía hacerlo, pero lo hizo. Se dejó llevar. No recordaba el tiempo que había pasado desde que tuviera sexo con aquella mujer asiática en Barcelona —que resultó ser una profesional—, pero de lo que sí estaba muy seguro era de que jamás se había acostado con una mujer como esa a la que estaba siguiendo en completo silencio hasta el vagón de mercancías.

Y lo que ocurrió allí dentro, aunque él no pudiera preverlo, sellaría su destino fatal.

Días después, Sebastián Costa decidió visitar a un antiguo camarada del ejército al que nunca quiso perder la pista. Mientras esperaba a que lo atendiera en la comandancia de la Guardia Civil de Almendralejo, donde estaba destinado, Costa se entretuvo revolviendo entre sus recuerdos a pesar de que en su caso no se cumplía el dicho «Cualquier tiempo pasado fue mejor».

La última vez que había visto a Martín Gallardo fue en el puerto de Barcelona, cuando sus caminos estaban a punto de separarse. Corría el mes de mayo de 1902 y ambos venían de pasar un auténtico infierno de casi tres años intentando sobrevivir en el campo de prisioneros de Angat, el agujero putrefacto donde los recluyeron. Más de nueve mil compatriotas habían sido hechos prisioneros por los tagalos cuando las relaciones diplomáticas entre España y Estados Unidos se rompieron y los rebeldes filipinos se alzaron en armas contra los militares españoles. La impericia del capitán general Basilio Augustín y Dávila a la hora de reagrupar las tropas españolas provocó que regimientos enteros cayeran en manos de los insurgentes dirigidos por Emilio Aguinaldo. Fue el caso de los 156 hombres de la V Compañía de Caballería, a la que pertenecían el cabo segundo Sebastián Costa y el alférez Martín Gallardo, quienes, junto a otros seiscientos soldados y oficiales de distinto rango, fueron despojados de sus pertenencias y obligados a recorrer a pie cientos de kilómetros hasta llegar a la provincia de Bulacán. Un viaje infernal a través de la selva con apenas una ración de arroz al día como único alimento. No tardaron en caer los primeros, la mayoría víctimas de la disentería, enfermedad que en ningún caso era tratada por los médicos tagalos, pues habían recibido órdenes explícitas de reducir el número de prisioneros. Luego llegaron los primeros casos de beriberi, que, dadas las condiciones de hacinamiento, se extendió como la pólvora causando decenas de muertos al día. La muerte por fatiga causada por la desnutrición también se llevó a unos cuantos, pero no a tantos como los que caían a machetazos en los arrozales, víctimas del rencor de quienes habían estado a sus órdenes hacía muy pocos meses. Otros, los menos, se quitaban la vida de formas muy variadas, siendo el ahorcamiento la preferida, seguido muy de cerca por la huida, ya que quienes intentaban escapar a plena luz del día eran sabedores de cuál iba a ser su final. En menos de un año, de los casi ochocientos hombres que ingresaron en Angat, quedaban menos de trescientos, de los cuales más de la mitad eran adictos al opio. Aunque lo probó varias veces, Sebastián Costa logró eludir el poder de la adormidera, y, sin embargo, le tocaba pelear como el más adicto de todos para conseguir la dosis diaria que necesitaba su compadre Martín. Demasiada demanda para tan poca oferta. Había días malos y días peores, pero todos fueron pasando, y cuando el Gobierno español se acordó de que había dejado atrás a unos cuantos miles de compatriotas y negoció su repatriación con el por entonces ya presidente Aguinaldo, Sebastián Costa y Martín Gallardo regresaron a sus casas, dejando sus almas en aquel infecto rincón de Filipinas. En la dársena del puerto de Barcelona al que llegó el buque procedente de Manila se despidieron con un abrazo hueco cargado de silencio y se desearon la suerte que durante tanto tiempo les había sido esquiva.

Trece años son muchos años.

O quizá no tantos. Los cinco primeros los invirtió Sebastián Costa en deambular por las calles del Raval sin valorar siquiera la posibilidad de regresar a Villamalea, Albacete, su pueblo natal. Tampoco se planteó volver a Badajoz, la ciudad en la que había pasado su adolescencia hasta que se alistó en el ejército. En consecuencia, entraba y salía del calabozo con tanta asiduidad que uno de los miembros del Cuerpo de Vigilancia y Seguridad, exmilitar como él, le lanzó un cable al que logró agarrarse antes de terminar muerto en alguna esquina. Meses después, ese policía, apellidado Giró, decidió colgar el uniforme para poner en marcha, junto a su buen amigo Esteve, un lucrativo negocio del que había oído hablar en uno de sus viajes a París. Y allí encontró su espacio Sebastián Costa tirando de tenacidad y constancia en cada asunto que le encargaban hasta satisfacer las necesidades del cliente. Y así se convirtió en el activo —como le gustaba a Giró denominar a sus hombres— más importante de La Protectora, la primera agencia de detectives privados de España.

No fue hasta que sentó definitivamente la cabeza cuando se interesó por la suerte del que había considerado su único amigo y, tirando de contactos y cartera, consiguió acceder al listado de condecoraciones del Ultramar Pacífico, donde confiaba encontrar el apellido que buscaba. Acertó. Para otros menesteres —tales como ayudas económicas para los antiguos combatientes—, el ejército se colocaba de perfil, pero a la hora de repartir distinciones no le dolían prendas. Él mismo había recibido la medalla al valor por su participación en la campaña de Filipinas, lo cual le hizo deducir con buen criterio que el alférez Gallardo también habría obtenido el mismo honor, y fue así como descubrió que su última residencia conocida se ubicaba en Almendralejo. Hasta allí se desplazó en el invierno de 1912, y, como es natural, enseguida averiguó que pertenecía a la Guardia Civil. A punto estuvo de tener un encuentro con él, pero en el último momento no se atrevió por no despertar los demonios del pasado que tanto le había costado apaciguar.

—Puede usted acompañarme —le dijo un uniformado devolviéndole de golpe al presente.

Sebastián Costa se incorporó con calma, se ajustó el bombín, se sacudió la levita y se aclaró la garganta.

—Le sigo.

Mientras recorría los últimos metros de aquel pasillo se preguntaba si había sido o no buena idea ir a verle, si su camarada habría cambiado mucho y, sobre todo, si habría conseguido dejar atrás su adicción al opio. En cuanto lo vio supo que la respuesta a las dos últimas cuestiones era «no», pero el vínculo fraternal era lo suficientemente fuerte como para que, una vez superada la sorpresa, se fundieran en un abrazo sincero.

Se pusieron al día por la vía rápida, y cuando el teniente Gallardo detectó que detrás de aquel reencuentro debía existir un motivo de peso, Sebastián Costa humilló la cabeza y se frotó la barba mostrando los primeros signos de debilidad.

—Te juro por lo más sagrado que no sé qué coño me está pasando.

—Tranquilo, compadre. Tú cuéntamelo todo y seguro que encontramos la forma de solucionarlo. Sea lo que sea.

—Mala solución tiene... Si es que la tiene.

—Venga, arranca.

Acababa de enseñarle la foto de Antonia Monterroso cuando un sargento irrumpió en el despacho para informar a Gallardo de que su comandante requería su presencia de inmediato; tras recibir la promesa de que regresaba en el acto, Sebastián Costa dispuso del tiempo suficiente para replantearse la situación: ¿qué demonios estaba haciendo? ¿Con qué derecho se atrevía a involucrar a un viejo amigo en un feo asunto en el que se había metido él hasta el cuello?

Tenía que salir de allí cuanto antes.

Y eso hizo.

Fuera ya de la comandancia, caminando rápido y sin mirar atrás, asumió que en el punto en el que se encontraba solo existían dos alternativas: la que le dictaba la razón y la otra. No le hizo falta darle muchas vueltas para saber que la razón no tiene cabida cuando es el corazón el que manda.

Un príncipe azul

Exterior de la pensión Casa Matilde
Zafra (provincia de Badajoz)
20 de abril de 1917, a las 23.40

La gravedad no le ayuda. Su estado físico, lamentable, tampoco. Sin embargo, la perseverancia —cabezonería, más bien— de Martín Gallardo le obliga a intentar acceder por cuarta vez a la pensión por el mismo sitio por el que la abandonó. Pero no es lo mismo subir que bajar, menos aún con los nudillos todavía doloridos, y en su mejor tentativa logra ascender poco más de dos metros de los ocho que tiene la tubería.

—Me cago en mi maldita existencia...

No le queda más remedio que buscar otra vía, porque la posibilidad de rendirse no la baraja. Necesita su estuche. Y lo necesita ya. Con esa intención avanza hasta la esquina y se asoma para comprobar que, tal y como sospechaba, hay un hombre armado custodiando la entrada principal. A su alrededor, la basura es la especie dominante en ese hábitat desolador que suele reinar en las callejuelas mal iluminadas. Una manta harapienta y una botella vacía son los objetos elegidos para superar la misión. Movido por la necesidad física, se cubre la cabeza y el torso antes de aproximarse a su objetivo trazando eses, canturreando mientras finge beber.

—Largo de aquí, maldito borra...

A Faustino de la Torre, al que conocen como Tino, no le da tiempo a terminar. La botella se rompe en pedazos contra su parietal derecho provocándole un apagón inmediato de sus funciones motoras y sensoriales. En cuanto Tino cae desmadejado al suelo, el guardia civil se encamina hacia la puerta decidido a entrar, igual de resuelto que el otro hombre que ha dejado Patricio, pero con intenciones opuestas. El objetivo de Marcial —así se llama— no es impedirle el acceso sino reducirlo, y para ello agarra su escopeta con la idea de golpearle en el mentón con la culata. Martín Gallardo, aun con sus facultades mermadas, advierte la amenaza, eleva el brazo consiguiendo minimizar el daño y completa el movimiento apresando el arma por el cañón y tirando de él con fuerza. Marcial, que no se espera tal respuesta, reacciona tarde para esquivar el primer directo, que le impacta en la barbilla. Conmocionado, no puede impedir que le lleguen otros cuatro puñetazos más, bien repartidos a lo largo y ancho del rostro —casi de forma salomónica—, como si el de la Benemérita se hubiera empeñado en equilibrar el estropicio. Al caer de espaldas, ya sin conocimiento, ni siquiera acusa el trompazo que se da contra el firme.

Sin miramientos ni otras cortesías, el teniente emprende la carrera escaleras arriba hasta llegar a su habitación. Como era de esperar, tras el paso de los hombres de Patricio se la encuentra revuelta; circunstancia que, sumada a su estado de ansiedad, hace que emplee varios minutos en dar con el dichoso estuche. Cuando por fin lo tiene entre sus manos, trémulas, al borde de la convulsión, se sienta en la cama con el fin de encontrar el sosiego que requiere la tarea a la que va a enfrentarse: arrancar de la bola madre la cantidad suficiente de opio para mezclarlo con tabaco e introducirlo en la pipa. En condiciones normales sería cuestión de segundos, pero su estado tiene poco de ordinario, y la momentánea discinesia que lo posee le dificulta incluso algo tan sencillo como sostener la bola entre los dedos. Después de varios intentos fallidos, Martín Gallardo, movido por la imperiosa necesidad de calmar el hambre, traza una línea recta entre el narcótico y su dependencia que termina en su cavidad anal. El método ya lo ha experimentado en otras ocasiones, pero desde que regresó del infierno de Filipinas nunca había tenido que recurrir a él. Sosteniendo la bola entre las palmas, la masajea con vehemencia hasta que el calor por la fricción hace que le resulte más sencillo desprender una porción que, según su experiencia, es la dosis por la que suplica su organismo. La manipula como buenamente puede para que adopte forma de supositorio y, casi con violencia, se baja pantalones y calzoncillos antes de acostarse sobre la cama en posición fetal. La suerte le sonríe al introducírsela a la primera, lo cual le provoca una carcajada desesperada, sabedor de que la absorción por vía anal es casi inmediata. Ser consciente de que el final de su sufrimiento está cerca le hace feliz.

Dichoso por completo.

Los primeros efectos lenitivos no tardan en llegar y, entonces sí, con el pulso más firme, Martín Gallardo extrae de la cartera la foto en tonos sepia de su madre. Tras contemplarla, cierra los ojos para dejarse llevar por esa meliflua sensación de placer cuyo propósito es eliminar cualquier vestigio de dolor. Algo después, su cuerpo es un recipiente vacío, y su cerebro, un artilugio desconectado. Es por ello por lo que cuando Tino irrumpe en la habitación con ganas de descerrajar un tiro en el vientre al hijo de puta que le ha abierto la cabeza con una botella, le cuesta creer que ese guardia civil que tanto le está complicando la existencia a toda su cuadrilla esté delante de sus narices durmiendo como un recién nacido.

—Ahora sí que te vas a joder, maricón de mierda —le

advierte antes de amartillar su escopeta superpuesta de dos gatillos, a la que bautizó en su día como Melibea, quién sabe si en honor al clásico de Fernando de Rojas o porque sí.

—¡Ahora sí que te vas a joder! —insiste.

Justo en el instante en que estaba a punto de perder la esperanza ha oído el chasquido y el gancho dentado ha salido del mecanismo de cierre de la esposa que lleva en la muñeca izquierda. Lo ha intentado de mil formas diferentes, pero no ha sido hasta que lo ha empezado a mover aleatoriamente dentro de la cerradura cuando lo ha logrado. Se siente mal. Peor que mal. Débil hasta el extremo. Suda, está agotado como si llevara picando piedra toda la jornada, y la boca le sabe a carne podrida. Pero sus penurias están a punto de acabar.

Lo saben los rusos de Rusia, como decía su tío Jesús.

En su cabeza, Jacinto Padilla ya se ve muy lejos. Le sirve cualquier lugar donde nadie le conozca y pueda comenzar de nuevo. Piensa en Francia como destino, donde dicen que trabajo no falta, pero en realidad le da igual dónde sea siempre que haya mucha distancia entre él y Antonia. La ama, pero no quiere volver a verla. No debe. Ella es el origen de todos sus males y, aunque vendería su alma al diablo por poseerla una vez más, es muy consciente de que su única posibilidad de redención pasa por alejarse de ella lo máximo posible. La odia por haberle traicionado, pero desde que lo detuvieron no ha dejado de preguntarse dónde estará y, sobre todo, con quién. Sabe con quién no. Con ese detective que vino de Barcelona y al que ella se refería como el único hombre que la hacía sentirse una mujer completa, no. Dos tiros, un rival menos. Por la espalda, eso sí, pero conclusivos en definitiva a pesar de lo cobarde del acto. Sus marranos se encargaron del resto.

Ahora solo tiene que largarse de allí. Y a pesar de que le fallan las fuerzas, malo será que cuando el teniente Gallardo quiera regresar él no haya salido de la comarca a lomos del mulo que —no le queda otro remedio— piensa robarle a la anciana. A hurtadillas, va hasta el patio exterior y, sin hacer ruido, abre la cancela. Siempre atento a lo que ocurre a su alrededor, Pancho relincha nervioso como si protestara por tener que convertirse en cómplice forzoso de la huida.

—Shhh, tranquilo, muchacho, tranquilo —trata de calmarlo Padilla acariciándole la quijada.

Pancho sí la ve llegar.

Jacinto Padilla no.

El cazo de cobre solo impacta una vez, pero con la suficiente violencia como para provocarle una conmoción severa que le hace caer al suelo como a un títere al que acaban de cortarle los hilos.

Como el títere en el que se convirtió desde la primera vez que vio a Antonia Monterroso.

Se ve caminando por un interminable campo de amapolas que tapiza la ladera de una montaña que se extiende hasta donde alcanza la vista. En la mano derecha porta la azada que le regaló su abuelo cuando cumplió los diez. El sol sigue sus erráticos pasos como si uno de los dos estuviera guiando al otro hacia el ocaso. De improviso, un pájaro de llamativos colores aletea a su alrededor hasta posarse en su hombro. Con el pico le acaricia el cuello provocándole un estremecimiento parecido a un orgasmo.

—¿Dónde vas, Martín? —le pregunta el pájaro.

—No puedo decírtelo, madre.

Suena su voz a la de un niño que está a punto de convertirse en hombre, aunque le lleven tratando como tal, muy a su pesar, desde el día que logró mantenerse sobre los pies.

—No lo hagas, no merece la pena.

—Si no lo mato yo, acabará matándola a usted, madre, y luego a mí. Tengo que hacerlo.

—Nuestro señor Jesucristo nos protegerá. Pero si lo matas se te cerrarán las puertas del cielo y te condenarás para siempre a vagar en el infierno.

—El infierno es lo que nos hace vivir él todos los días. No aguanto más y tengo que aprovechar ahora que duerme.

—No, te equivocas, hijo. El que duermes eres tú.

Martín se detiene. Nota que el mango de madera de roble se ha convertido en algo blando donde puede hundir sus pequeños pero vigorosos dedos. Algo blando, muy vivo, que se contorsiona para enroscarse en su brazo. La serpiente, que tiene los rasgos del hombre al que quiere matar, lo contempla con frialdad y, aunque no tiene labios, diría que le sonríe a la vez que hace bailar frente a él su negra lengua bífida. Una mancha oscura ha crecido en su entrepierna sin que Martín se dé cuenta, y, paralizado por completo, el joven no puede evitar que la serpiente engulla al pájaro con un rápido movimiento.

La historia, que no es la primera vez que le toca vivir en sueños, termina cuando la serpiente, agigantada y antropomórfica, abraza su cuerpo y lo oprime hasta robarle el aire. Lo que sucede esta vez es que el agua que le arrojan a la cara pone el punto final a lo onírico para escribir el primer párrafo de la peligrosa realidad que le espera y que protagoniza Patricio. Al intentar incorporarse, los oscuros ojos de Melibea lo miran tan de cerca que, como ocurría en la pesadilla, le fuerzan a la inacción. Acto seguido, Marcial —cuyo rostro se muestra visiblemente dañado— y el Bajabragas se sientan a su lado al borde de la cama y le agarran cada uno de un hombro.

—Cuando me dijeron que te habían visto regresar aquí pensé que eras el cabrón con más cojones del mundo, pero al verte ahí tumbado, dormido, he pensado que eras el cabrón más imbécil del mundo. Luego, en cuanto he descubierto esto —prosigue Patricio Carvajal mostrándole la pipa de opio—, he sabido que ni eres imbécil ni tienes tantos cojones. Lo que tienes es un problema muy gordo.

Más avergonzado que aturdido, el teniente Gallardo se mantiene a la expectativa. Necesita ganar tiempo. Le gustaría, para empezar, ser capaz de recordar cómo ha llegado hasta allí.

Patricio le muestra la foto de la mujer desconocida.

—¿Quién es?

El teniente trata de enfocar. Segundos más tarde se humedece los labios con la lengua.

—Es mi madre.

La carcajada que se fabrica en las cuerdas vocales de Tino, todavía escocido, hace que Patricio se gire con brusquedad y levante el dedo índice. Como si con el gesto lograra absorber cualquier tipo de ruido molesto, un respetuoso silencio se adueña de la estancia.

—Tu madre, ¿eh? Muy bien. Solo te voy a hacer una pregunta más: ¿dónde has escondido a ese asesino?

—No te voy a decir nada, así que lo que tengas pensado hacer, hazlo ya.

El otro hace un gesto de desagrado y escupe en el suelo.

—Estaba seguro de que me ibas a contestar algo parecido. Esta va a ser una noche muy larga. Vosotros, aflojad —les ordena a sus hombres.

Marcial y el Bajabragas obedecen y sueltan a Gallardo, que permanece sentado al borde de la cama con el mentón bien alto y la mirada desafiante.

Patricio le devuelve la foto, se acerca a la ventana y abre una hoja para respirar aire fresco.

—Mira, yo no tengo nada contra ti, ni contra ese tal Padilla, pero, entiéndeme, tengo unas obligaciones que cumplir.

—Yo también.

—Ya. La jodienda es que no sean las mismas, ¿verdad? No pinta bien, no.

—No, nada bien —coincide el de la Benemérita.

Con calma, Patricio se da la vuelta y mete la mano en el bolsillo de la camisa donde guarda un par de cigarrillos liados por él. Prende uno y se lo ofrece a Gallardo, que lo acepta. Luego enciende el suyo y da un par de intensas caladas.

—Necesito entender por qué te juegas el pescuezo por esa basura. Porque ¿ese desgraciado es un asesino o yo estoy equivocado?

—Es muy probable que lo sea. Pero ni tú ni tu jefe sois los encargados de impartir justicia.

—¿Y tú sí?

—No, yo tampoco. Los de la toga se encargan de ello. Mi obligación es averiguar qué sucedió para que todas esas personas acabaran en un pozo.

—Ya te lo digo yo: que ese hijoputa al que proteges los mató para sacarles los cuartos y los tiró ahí dentro.

—Puede, pero si te lo entrego nunca lo averiguaré. Los únicos que conocen la verdad son Jacinto Padilla y Antonia Monterroso.

—Pues me parece a mí que esa pájara poco va a poder piar ya...

Martín Gallardo arruga la cara para aparentar desconcierto.

—Ah, ¿que esa no te la sabes?

—¿Qué se supone que tengo que saber?

—En el pueblo no se habla de otra cosa, pero tú has estado muy entretenido escondiendo a Padilla. Tu compañero, el cabo Yáñez, ya se ha encargado de que todo el mundo lo sepa. A la Viuda la han encontrado muerta a última hora de la tarde en lo que era el sótano de la casa.

—Muerta y bien chamuscada entre los escombros —añade Tino.

Patricio se gira y lo taladra con la mirada antes de plantarle un manotazo que suena a rama seca. Tino, lejos de envalentonarse por la humillación, baja la cabeza mientras digiere el cálido palpitar que se ha instalado en su mejilla.

—Y si estaba calcinada, ¿cómo saben que es ella? —indaga Gallardo.

—Hombre, una mujer con ese cuerpo que tenía..., se sabe. Pero es que además llevaba puesta su famosa dentadura. Es ella, seguro.

—Me cago en mi suerte —farfulla Gallardo—. ¿Y se conoce cómo murió?

—Yo, ni idea, pero si me dejas cinco minutos con Padilla te lo averiguo.

—No creo que lo haya hecho él, pero si es cierto que la Viuda está muerta, más razón todavía para no entregártelo. Ahora es el único que sabe la verdad.

—Lo que yo decía: una noche muy larga.

Solo se oye la armoniosa respiración de su esposa. Inmóvil, con la atención puesta en el artesonado que decora el techo de la habitación de matrimonio, Francisco Espinosa hace horas que ha rehusado dormir a pesar de que intuye que es lo que más le convendría en ese momento.

Pero no siempre lo que más conviene es lo más conveniente.

Le gustaría entenderse mejor a sí mismo. En teoría, el hallazgo del cadáver de la asesina de su hermano tendría que significar el epílogo de una etapa de su vida que debería dejar atrás cuanto antes. Se lo ha prometido, además, a Teresa. Y desde que tiene uso de razón le inculcaron que un hombre que no cumple su palabra no es un hombre. Sin embargo, no es Francisco Espinosa de los que acostumbran a pasar página sin más, de los que prefieren dar la espalda a los problemas que incomodan, de los que ahuecan el ala ante la adversidad. No. No lo era su padre, ni lo fue el padre de su padre cuando debió enfrentarse a otras familias de la zona hasta que logró imponer su apellido sobre los demás. Lo que hoy tiene, patrimonio y respeto, es heredado, es fruto del esfuerzo de sus antepasados, y no puede permitirse el lujo de no estar a la altura de su linaje. No. Conformarse con no perder es aceptar una derrota digna, y en su mente no existe dignidad alguna en no ganar. Piensa que para salir victorioso debería conseguir que Padilla confesara, como cómplice que fue de esa ramera, que su hermano fue asesinado y, por consiguiente, que un juez le devolviera las propiedades que le fueron arrebatadas a su familia de forma ilícita.

Renunciar a ello sería traicionar la memoria de los suyos.

—Paco, mañana tenemos un día muy difícil por delante. Deberías relajarte —le sugiere su esposa.

—Lo intento. Vive Dios que lo intento.

—Para dormir tienes que dejar de pensar.

—Como si fuera tan fácil...

Teresa alarga el brazo para apagar la lámpara de queroseno que ilumina la estancia con delicada discreción.

—No digo que lo sea, digo que lo hagas.

A través de la ventana, Patricio contempla con aire nostálgico cómo la luna se esfuerza en hacerse un hueco tras las nubes como si necesitara brillar en el negro lienzo del firmamento, hoy escaso de estrellas.

—Decía mi madre, que en paz descanse, que la luna siempre está ahí, aunque no la veamos. Menuda hija de puta. La luna, me refiero —aclara al tiempo que se gira para encontrarse con la mirada firme y templada del teniente Gallardo—. Y mi madre también, que me dio la patada con ocho años.

Patricio Carvajal se pasa la mano por la cara como si quisiera corroborar que su piel es una lija.

—¿De dónde eres?

—Nacido en El Burgo de Osma.

—¿Y eso dónde se ubica?

—Provincia de Soria.

—Acabáramos. Castellano viejo. Has pasado por el ejército, imagino.

Martín Gallardo se humedece los labios.

—Caballería, como mi padre y mi abuelo.

—¿Combatiente?

—Cuba y Filipinas, donde me comí más de tres años en un agujero. Fue allí donde me hice adicto a la adormidera.

—Entonces sabes de primera mano qué es tragar mierda.

—Lo sé muy bien.

Patricio carraspea, ladea la cabeza y escupe en el suelo.

—Yo estuve en Lácar en el 75. Tenía dieciséis, pero mi padre, mis tíos y tres de mis hermanos ya combatían en el bando carlista y yo... Yo no tenía ni puta idea de nada.

—Les disteis lo suyo a los isabelinos.

Patricio eleva sus pobladas cejas.

—Y tanto. Casi trincamos a Alfonsito. Una pena. Luego nos dieron para el pelo en Carasa, Cavero y Ugarte, y los que nos libramos tuvimos que poner pies en polvorosa. Luego fui dando tumbos por ahí hasta que acabé por estas tierras.

—La vida tiene estas cosas.

—Estas cosas para la mayoría, otras mejores para los menos.

Martín Gallardo comparte la opinión de Patricio Carvajal, pero todavía se siente algo aturdido como para abrir un debate sobre la brecha que separa las dos Españas.

—Te lo cuento porque yo no sé hacer otra cosa que cumplir órdenes; te lo juro por san Dios bendito, que si algo se me da bien en la vida es eso de cumplir.

—Te creo.

—Y por san Dios bendito te juro que voy a trincar al cabrón ese y se lo voy a llevar a mi patrón, aunque no sea esta noche.

Patricio se levanta, y sin necesidad de abrir la boca les dice a sus hombres que se marchen. En cuanto salen, toma aire por la nariz, se gira y amartilla la recortada.

—Mi padre era un desgraciado, pero de él aprendí que uno no entiende que la violencia puede ser la solución hasta que no se te posa una avispa en los cojones.

—Me lo anoto.

—Pues haces bien, porque tú eres esa avispa y ahora mismo estás posada en mis cojones.

Es entonces cuando Martín Gallardo reconoce en su mirada las mismas sombras que oscurecían los diminutos ojos de los guardianes tagalos instantes antes de ejecutar a un prisionero. Y, como si así fuera a morir con más dignidad, se envara, echa los hombros hacia atrás e hincha el pecho para recibir la descarga.

—Pero también aprendí de él que, aunque uno sea pobre, las deudas se pagan. Me prometí que la próxima vez que te viera te mandaría al otro mundo, pero esta noche te libras igual que me libré yo en el camino porque así tú lo quisiste.

Martín Gallardo suelta el aire muy despacio, aliviado.

—Estamos en paz, pero mañana será otro día.

Patricio señala la pipa de opio.

—Y ojo con eso, porque si no te mato yo antes, lo terminará haciendo la adormidera. Y te aseguro que no puede haber peor muerte que una muerte lenta.

Atado por las muñecas a un cabecero de forja, Jacinto Padilla compone un gesto de dolor. Delira. Y si no fuera porque sus globos oculares se mueven bajo los párpados se diría que su tez, abrillantada por una fina capa de sudor y de una tonalidad amarillenta, más que tez es una máscara mortuoria.

Tía Menchu, que sostiene con pulso firme un quinqué, le examina la parte posterior de la cabeza.

—Podrías haberlo matado —evalúa.

Manipulando una soga, Rosario se afana en atarle los pies a las patas de la cama.

—Ayúdame, anda, y deja de decir tonterías.

—De tonterías nada, que tiene un porrazo en la cabeza que casi le asoman los sesos.

—Exagerada.

Arrodillada, Rosario termina de apretar el nudo. De repente, algo la hace incorporarse.

—¡Aléjate de la ventana, no sea que vean la luz desde afuera! —le recrimina a su tía.

—¿A estas horas?

—¡¿Pero todavía no te has enterado de que nos están buscando?!

Tía Menchu exagera su reacción agarrándose el camisón a la altura del pecho.

—¿A nosotras? No, no. Estarán buscando a este miserable, y lo que no entiendo es por qué estamos metidas en este embrollo de padre y muy señor mío.

Rosario resopla y deja caer la mirada.

—Yo tampoco lo entiendo —reconoce bajando el tono—, pero mi corazón me dice que ese teniente es un buen hombre y que me va a ayudar. Sí, eso creo.

Tía Menchu suelta una carcajada nerviosa.

—¿Pero tú qué vas a creer? Si ni siquiera sabes dónde diantres se ha metido ese guardia.

Rosario quiere decir algo, pero no sabe qué, por lo que se limita a tragar saliva.

—Mira, niña... Lo hecho, hecho está, pero te pido que pienses con la cabeza. Que pienses en ti y en esa criatura que está durmiendo en la habitación de al lado.

Rosario asiente. Luego agarra una silla por el respaldo, se sienta al lado de la cama y posa su mano en la frente de Jacinto Padilla.

—Arde.

—Virgen santa.

—De acuerdo, tía, escúchame: si esta noche no regresa, yo misma iré al cuartel, les diré que tenemos al pieza este y listo.

Tía Menchu le acaricia la mejilla y se da media vuelta. Su risa recorre el pasillo.

—Tú y tus condenados príncipes azules...

Cada vez le cuesta más digerir la comida, sobre todo cuando Petra, su cocinera, se empeña en prepararle algún guiso suculento para cenar. Tampoco le ayuda lo estomagante que le parece la persona que está frente a él y que lo mira con profundo desdén. El desprecio es mutuo, pero no les queda otra que entenderse tal y como están las cosas.

Lo que no se esperaba Ramón Acevedo es lo que acaba de pedirle. Le sorprende, pero hasta cierto punto es razonable.

—No te va a salir gratis, ya lo sabes.

—Lo doy por hecho.

—Son dos temas distintos.

—Lo sé.

—Bien. Mañana se montará un buen jaleo en el cuartel. Se ha corrido la voz por toda la comarca de lo de los cadáveres del pozo, y desde que apareció la maldita gripe esa hay mucha gente buscando a sus familiares desaparecidos, que estarán enterrados de cualquier manera en vete tú a saber dónde.

—A ninguno de los que están en el cuartel se los llevó la gripe.

—Ya, pero esa gente no lo sabe.

—A la mayoría tardarán un tiempo en identificarlos.

—A la Viuda no. A esa loca la reconocerán a la primera —asegura el señor Acevedo.

—Sí, supongo que sí.

»En cuanto lo hagan llevaré el contrato al señor juez, y aunque la hija del demonio me haya dejado sin casa y sin granja de cerdos, los terrenos siguen valiendo mucho más dinero del que le pagué.

—Ya te lo dije.

Sin perder el contacto visual, el señor Acevedo saca un habano del bolsillo de la camisa, que lleva abierta hasta el ombligo, prende una cerilla y, con mucha calma, la acerca al puro para calentar el capote.

—Doscientos duros por los dos trabajos —dice—. La mitad ahora.

La persona que tiene delante cuenta cinco billetes de cien de un fajo y los dejar caer encima de la mesa. Acto seguido se pone en pie y se da media vuelta.

—No me falles esta vez, Ramón.

Este da dos caladas al puro para encenderlo y otras dos para empezar a saborearlo.

—Se intentará.

Atenazado por la vergüenza que siente de sí mismo, el teniente Gallardo no ha sido capaz de mover —al margen del parpadeo y de otras funciones vitales involuntarias— un solo músculo desde que Patricio y sus hombres se marcharon.

Sentado en la cama con las manos apoyadas en las rodillas, parece aguardar a que suceda algo, igual que cuando, siendo un niño, tenía que esperar tras la puerta de la habitación a que su madre terminara de *jugar* con el extraño de turno que se presentara esa noche en su casa. A veces tenía que permanecer ahí quieto mucho tiempo, otras, menos; pero sabía que, en cuanto oía gruñir a esos indeseables a los que tanto odiaba, la vigilia estaba a punto de terminar. Detestaba la expresión de amargura que cincelaba el rostro de su madre hasta que regresaba de asearse, como era su costumbre después de cada sesión de juegos. Pero lo que más aborrecía era el olor que imperaba entre aquellas cuatro paredes sin ventana. Un hedor mezcla de sudor agrio con otros matices cuya procedencia identificó al perder la virginidad varios años más tarde. El pequeño Martín no averiguó cuál era el oficio de su madre hasta que unos chicos mayores con los que solía jugar en la calle se lo contaron, y, aunque no entendía del todo qué era eso de «chupar pollas a dos pesetas», sí sabía que no era algo que estuviera bien visto ni que hicieran el resto de las madres. A uno de ellos, el que más se reía, le golpeó con un ladrillo en su sucia boca hasta que lo dejó inconsciente, pero ni siquiera así se pudo despojar de la rabia y la vergüenza que sintió en aquel instante.

Como le sucede ahora.

Sin embargo, una llama que aún luce en algún lugar oscuro de su interior prende la mecha que dinamita los cimientos del pasado y derrumba el presente. Es la única forma que conoce de edificar cualquier futuro. Solo necesita una pequeña dosis de opio para activarse. Así, arranca varias pepitas de la bola, humedece el cigarro con la lengua y las pega en el papel antes de prenderlo. Tres caladas después, y antes de que aparezca el efecto aletargador del narcótico, se pone en marcha con la intención de regresar junto a su prisionero. Convertido en un remedo de sí mismo, Martín Gallardo, agotado, temeroso de desfallecer, recorre las calles de Zafra cual sombra en la noche. Con su agudeza visual muy mermada, le cuesta reconocer el camino de regreso a casa de tía Menchu, y solo la fortuna, puesta de su lado, le permite llegar a su destino casi media hora más tarde. Rodea la casa asegurándose de que no haya ninguna presencia que le pueda inquietar y entra por la parte trasera. La sensación de alivio que le embarga al acceder al interior desaparece en cuanto pone los pies en la cocina y no ve a Jacinto Padilla.

—Me cago en mi santa vida —consigue verbalizar justo en el instante en el que sus rodillas ceden, le falta el aire y se ve en la tesitura de agarrarse a lo primero que encuentra a su alcance.

Ese algo es Rosario.

—Tranquilo, el prisionero está... ¿Te encuentras bien?

Al teniente Gallardo le cuesta reconocerla, y es justo ese el último servicio que realiza su cerebro antes de apagarse. Ella lo acompaña en su desvanecimiento hasta el suelo, escena que presencia tía Menchu desde la puerta.

—¡Pues menudo príncipe azul de las narices! Más bien parece el bello durmiente.

En el exterior, con la espalda apoyada en la pared de la vivienda de enfrente, alguien que porta una escopeta de cañones recortados escupe en el suelo y, aunque no tiene muchos motivos para ser feliz, sonríe como hace tiempo que no sonreía.

Ariete

Despacho de pan Espinosa
Jerez de los Caballeros (Badajoz)
Dos años antes

Hacía días, quizá semanas, que Paca, la mujer que limpiaba los negocios de la familia Espinosa desde hacía años, se lo repetía cada vez que se cruzaba con él: «Parece un cadáver andante, don Gregorio». Era verdad que tenía un aspecto bastante desmejorado y que notaba que le faltaban las fuerzas, pero de ningún modo podía sospechar lo cerca que estaba de convertirse en eso, en un cadáver.

Escasos minutos, concretamente.

Esa mañana, como era su costumbre, se había levantado antes de que empezara a oírse cantar a los gallos. Desde que se habían manifestado las primeras dolencias estomacales, Gregorio había dejado de desayunar, y no era raro el día que sobrevivía a base de fruta, verdura y un pedazo de pan. Había perdido doce kilos en tres meses, y tanto se le notaba que la noche anterior Antonia le había dicho que ese fin de semana sin falta iban a salir de compras por el pueblo, porque un hombre de negocios como él no podía ir vestido como un espantapájaros. Poco le importaba a él su aspecto físico cuando tenía que encomendarse a la Virgen María y a todos los santos cuando tenía que ir al baño a vaciar el intestino. Algunas veces los pinchazos en el vientre eran tan insoportables que terminaba vomitando de dolor, e incluso había llegado a perder el conocimiento. Por ello, Gregorio prefería comer lo justo y necesario para retrasar el agónico proceso lo máximo posible. Las píldoras que le había recetado el doctor Jiménez no le hacían ningún efecto —en realidad sí, pero nada beneficioso—, y si hubiera dispuesto de algo de tiempo ya se habría desplazado hasta Badajoz en busca de una segunda opinión sobre su estado de salud. Así y todo, no había faltado a sus obligaciones ni un solo día, y ese en concreto, aunque se encontraba peor que otras veces, no iba a ser diferente.

O sí.

Pasadas las doce del mediodía se disponía a ordenar, como cada viernes, los papeles de toda la semana, y al alargar el brazo para abrir el archivador notó cierta molestia en el lado izquierdo del pecho que le hizo arrugar el semblante. Lo siguiente que sintió fue una presión creciente en el brazo que se extendía hacia el cuello y la mandíbula. Entonces sí, Gregorio tomó conciencia de que algo no iba bien; apretando los dientes, logró mantenerse en pie para salir de la trastienda y pedir ayuda. A esa hora se contaban casi una decena de clientes, pero fue Maruja, una cocinera con fama de tener muy mala baba, la que al verlo aparecer en tan penoso estado dio la voz de alarma. Varias personas se habían agolpado ya a su alrededor con la intención de socorrerle cuando, vencido por el dolor y la falta de aire, se dejó caer al suelo y se colocó en posición fetal para recibir a la muerte.

Días después, los que le acompañaron en esos instantes finales atestiguarían que las últimas palabras que pronunció Goyito se las dirigió a su amada esposa, Antonia, de quien dijo que había sido lo mejor que le había pasado en la vida.

En la muerte, quizá.

La causa de la defunción la certificó el doctor Jiménez como un ataque al corazón fulminante, y, aunque la familia Espinosa no estuvo de acuerdo en absoluto con el diagnóstico —sospechaban de una posible intervención de la desconsolada y ahora adinerada viuda—, las autoridades archivaron el deceso como muerte natural y el funeral se celebró tres días después en la iglesia de San Bartolomé, la misma en la que el difunto había contraído matrimonio tan solo siete meses antes. Hasta allí se desplazaron representantes de las familias con más abolengo de la comarca a presentar sus respetos a los Espinosa y, cómo no, a Antonia. También había vecinos curiosos de Jerez de los Caballeros, amigos —pocos— del finado, conocidos, desconocidos e incluso algún candidato con la insana intención de postularse para terminar con la condición de viudedad de la Monterroso.

Como buen depredador que era, Jacinto Padilla supo aguardar su momento hasta que acabó la ceremonia, cuando su presa ya había bajado la guardia y para nada se esperaba encontrarse de frente con él.

—Siento mucho su pérdida —dijo—. Sé que lo has matado tú —le susurró.

Antonia abrió mucho los ojos y dio un paso atrás.

—No sabes lo que dices —musitó nerviosa.

—Hace meses te vi comprando la estricnina en un negocio que está en el camino que lleva a El Raposo. Si quieres se lo digo a Francisco, que anda por aquí bastante triste, el hombre.

Antonia examinó el entorno para comprobar abochornada que algunos de los asistentes los observaban extrañados.

—¿Qué es lo que quieres? —le gritó en voz baja.

—Ya sabes lo que quiero. Pero ahora yo decidiré cuándo y dónde. Esta noche iré a hacerte una visita.

—Esta noche no, mañana.

Padilla negó con la cabeza.

—No, querida, no; será cuando yo diga. Esta noche.

Con los pantalones por los tobillos, Jacinto Padilla se desempeñaba en aquella cocina ajena como si necesitara expulsar de sus testículos hasta la última gota del veneno que había acumulado durante los meses que había estado separado de Antonia. Ella, todavía enlutada, se dejaba penetrar sin exteriorizar ninguna emoción. Cuando le llegó el momento, Padilla comenzó a gruñir y a aplicar más violencia en cada embestida.

—Échalo fuera o te mato —le amenazó ella.

Eyaculó él en varias descargas, que acompañó con gritos que más parecían de rabia que de placer.

—Calla, idiota, que te van a oír —le recriminó Antonia golpeándolo en el hombro con desprecio.

Jacinto Padilla, que aún sostenía el miembro en la mano, sonreía triunfal al tiempo que se lo sacudía orgulloso.

—No sabes cuánto echaba esto de menos.

Ella, soliviantada, se recompuso la ropa y levantó el brazo para indicarle el camino a la puerta trasera de la vivienda.

—Que no te vea nadie al salir.

El otro, que no tenía ninguna intención de marcharse, se abrochó el cinturón y se sirvió un vaso de vino de una botella que descansaba sobre la mesa.

—No tengas tanta prisa. Cuéntame qué vas a hacer ahora que todo esto te pertenece.

—¿A ti qué demonios te importa?

—Me importa. Claro que me importa. Digamos que una parte de todo esto también es mía, y mi silencio no lo vas a pagar solo con lo que tienes entre las piernas.

Indignada, Antonia abrió un cajón y sacó el cuchillo más grande que encontró. Padilla, que sabía bien lo peligrosa que podía llegar a ser, dio un paso atrás y levantó un muro con las manos.

—¡Si vas por ese camino ya sabes cómo vas a terminar! —gritó ella.

—¡Tranquilízate, mujer! Solo estaba bromeando. Quiero proponerte un negocio. Un buen negocio —enfatizó modulando la voz.

Antonia lo observó con limitado interés y aguardó unos segundos antes de bajar el cuchillo.

—La granja en la que trabajo está al borde de la ruina. El dueño de la hacienda tiene una deuda que no puede pagar con lo que produce, por lo que antes o después no le va a quedar otra que vender. Vender a casi cualquier precio.

—¿Y para qué coño quiero yo una granja de cerdos?

—¡No lo entiendes! Me refiero a toda la hacienda. Allí caben más de doscientos marranos. Por lo menos tiene cinco o seis —concreta, nervioso— fanegas de tierra de cultivo, y otras tantas de alcornoque. La casa no es gran cosa, pero es una casa. Con cuatro arreglos que yo haga la convertiré en un palacio.

Antonia elevó el mentón y asintió varias veces. Acto seguido agarró dos sillas por el respaldo, las enfrentó y tomó asiento. Padilla hizo lo propio.

—Sigue —le conminó ella.

—Yo me ocuparía de todo lo que tiene que ver con la granja, y como capataz de la explotación, te aseguro que le sabría sacar unos buenos cuartos.

—¿Y cuál sería ese *casi cualquier precio* al que te referías?

—Estoy seguro de que Domingo Palomo aceptaría de buen grado treinta mil pesetas.

Antonia soltó una carcajada.

—Se apellida así.

—No me río de eso. Me importa una mierda cómo se apellide. ¡Me río porque no sé de dónde coño quieres que saque yo treinta mil pesetas!

—¡Muy sencillo! Véndeles a los Espinosa esta casa y los negocios que acabas de heredar. Estoy convencido de que te los comprarán a un buen precio, aunque solo sea por perderte de vista. Allí podríamos empezar de cero, y yo lo único que te pido es...

Visiblemente afectado, a Jacinto Padilla no le salían las palabras de forma nítida.

—¡Venga, suéltalo de una vez!

—Que me permitas estar cerca de ti.

No había transcurrido ni un mes cuando Antonia logró llegar a un acuerdo verbal con su antigua familia política para vender la casa de su difunto marido, así como sus participaciones en los distintos negocios de los Espinosa. No llegó a las treinta mil pesetas que había augurado Jacinto Padilla, pero se quedó cerca.

Esa limpia y soleada mañana de octubre había quedado en ir a cerrar el trato en el cortijo de Francisco. Había seleccionado uno de sus vestidos más caros —el luto le duró diez días— y, por supuesto, más atrevidos. De satén turquesa con encajes dorados en los hombros y en la vertical de la espalda. Largo hasta la rodilla, como lo eran el escote y el bucle de pelo que le cruzaba el rostro, según lo llevaban las mujeres más estilosas de Berlín, le había asegurado la peluquera a la que había acudido el día anterior en la localidad de Mérida. Más larga aún era la cara de su excuñado, que la recibió de un negro estricto, muy funerario, luctuoso. En la de su esposa Teresa, por el contrario, no supo leer si la expresión era de odio abisal o de profundo alivio. A su izquierda, un hombre con pinta de abogado que portaba una elegante bolsa de viaje dio un par de pasos al frente y la dejó caer a sus pies.

—Ahí tienes la mitad de lo acordado —dijo Francisco Espinosa—. Mañana tendrás la otra mitad, cuando firmes la venta en el notario. Está todo, pero puedes contarlo si quieres.

Antonia se inclinó más de la cuenta para que pudiera contemplar mejor el fastuoso paisaje que se abría ante él.

Francisco intentó apartar la mirada pero se quedó en eso: en el intento. Y con ello, Antonia se dio por bien pagada.

—Bueno, pues si no se les ofrece nada más, señores, me despido hasta mañana.

—Nuestro chófer la llevará al centro de Jerez. La acompaño a la puerta —se ofreció el anfitrión.

—Ay, cuánta amabilidad. Hasta pronto, señora —se despidió de Teresa, que no había modificado un ápice su indescifrable semblante.

Ya en el exterior, a punto de regalarle un último gesto impúdico, se percató de que Francisco quería decirle algo.

—No hacía falta enviar a un matón para asustarme.

—¿Un matón? Uy, no sé de qué me está hablando, don Francisco. En el caso de que alguien hubiera entrado en mi propia casa para amenazarme nunca le enviaría a un matón de tres al cuarto. En todo caso recurriría a un caballero defensor de la ley que, digámoslo así, estuviera muy de mi parte.

Tratando de digerir aquella revelación, don Francisco la vio alejarse obnubilado por el cadencioso movimiento de las caderas de la mujer a la que estaba a punto de perder de vista para siempre.

O eso pensaba.

Tres días más tarde, con el dinero a buen recaudo, Antonia volvía a recibir en su casa a un renovado Jacinto Padilla, que, convencido estaba, seguía teniendo agarrada por el mango una sartén con la que poco o nada iba a poder cocinar. Con lo que no fallaba jamás era con su otra herramienta, lo cual le interesaba y mucho a Antonia, cuyo apetito sexual seguía sin ser fácil de saciar aunque formara parte de un acuerdo no escrito.

Desnuda sobre la cama, Antonia observaba cómo Jacinto se ponía los pantalones, dispuesto, como hacía cada noche, a marcharse a la granja de cerdos de El Raposo, donde, como capataz que era, le habían habilitado un cuartucho en el que dormir.

—Tengo noticias.

Padilla, que la conocía bien, sabía que cuando soltaba una frase así tocaba prestar mucha atención.

—He llegado a un acuerdo con los Espinosa.

—Vaya, no sabía que estuvieras hablando con ellos.

—Hay muchas cosas que no sabes ni tienes por qué saber. Solo te diré que he disfrutado mucho viendo sufrir a ese estirado de Francisco. Y tenías razón, les he sacado una buena cifra por todo, e incluso me han dado un mes de plazo para dejar la casa.

—¿Entonces, qué? ¿Has vuelto a hablar con Domingo Palomo para comprarle la finca?

Antonia se incorporó para apoyar la espalda contra el cabecero al tiempo que soltaba una risa estúpida, de corte infantil.

—¿Con esos cuartos? No, para nada. Esos ya los tengo invertidos en un asunto mejor.

Padilla logró contenerse.

—¿En qué cosa, si puede saberse?

—¿Te he llegado a hablar de Sixto Simón?

—No. Me acordaría.

Cuando Antonia terminó de contarle el negocio que se traía entre manos con el empresario sevillano, el rostro de Jacinto Padilla reflejaba la irritación que estaba a punto de desbordarse, aunque, sibilino él, seguía sosteniendo una sonrisa en los labios.

—Un hotel ni más ni menos que en Sevilla capital —resumió.

—Y desde ayer, cuando le entregué en mano la cantidad que me faltaba, copropietaria de todo derecho. Sixto me ha dicho que aún tardarán unos meses en terminar las obras, pero que no tiene duda de que es la mejor operación que ha hecho en su vida.

Un silencio incómodo empezó a ganar espacio en la habitación.

—También aproveché el viaje a Sevilla para otra

cosa que llevaba tiempo queriendo hacer —prosiguió ella—. Por fin he encontrado a alguien que me arregle lo de la boca.

—Lo de la boca —repitió él.

—Se llama piorrea. Es una enfermedad que debilita las encías y que con el tiempo provoca que se caigan los dientes. Mira, ¿ves?

Antonia se retiró el labio superior para enseñarle el hueco en el que debía estar anclado el segundo premolar.

—Y este de aquí —se señala— está a punto de caerse. No tiene cura, pero la buena noticia es que el doctor Henríquez, aunque sea judío, es un reconocido cirujano protésico. Que no sé muy bien lo que significa, pero lo que me importa es que por lo visto es el mejor maestro artesano de España en fabricar dentaduras postizas de oro y porcelana. ¡Y tiene su gabinete en Sevilla! En tres semanas tengo la primera prueba para sacarme el molde de la estructura.

—Bah, un sacacuartos —comenta Jacinto.

—Y qué importa eso cuando tienes cuartos suficientes.

—Suficientes, ¿eh? ¿Acaso te alcanza para comprarle la finca a Domingo?

Ella fabricó una risa que a él no le resultó extraña a pesar de lo impostado y antinatural de la mueca.

—Es que no tengo planificado comprársela, querido, lo cual no quiere decir que no me vaya a hacer con ella. ¿Adivinas cómo?

Jacinto Padilla, que se estaba terminando de atar un zapato, se detuvo para atravesarla con la mirada.

—No...

—Sí, por supuesto que sí.

—Pero qué hija de la gran puta...

Ahora sí, la carcajada de Antonia sonó muy veraz.

—¡Venga, no te pongas celoso! ¡Si fuiste tú quien me

presentó a mi futuro segundo marido! Él anda buscando una mujer que le caliente la cama y yo un marido con algo de dinero, ¿dónde está el problema?

Padilla, con los ojos enrojecidos y brillantes, dejó caer la mirada al suelo.

—Me sale mucho más a cuenta. Además, se va a hacer cargo del coste de la boda. Por cierto, como nuevo capataz de toda la explotación, no solo de la granja de cerdos, estás invitado.

Padilla se agarró la cabeza con ambas manos como si quisiera impedir que le reventara.

—Hija de la gran puta —repitió con un hilo de voz.

Ella se lo tomó como un cumplido.

—¿Y a este también lo vas a matar? —preguntó Padilla.

—No tiene por qué, pero nunca se sabe. Lo único que no me termina de convencer es que tiene una hija del anterior matrimonio. Clara, se llama la criatura. ¿Sabes qué me preguntó el iluso?

Jacinto Padilla, que estaba deseando salir de allí cuanto antes, ni siquiera la miró.

—Que si estaría dispuesta a tener hijos con él. ¡Hijos! Pero será estúpido... ¡Lo mismo se piensa que me voy a abrir de piernas y le voy a permitir que me preñe como si fuera una de sus cerdas!

Fue entonces cuando Padilla explotó y, enajenado por completo, arremetió contra ella estirando ambos brazos con la evidente intención de agarrarla por el cuello. Sorprendida por el arrebato, experimentó el sufrimiento de la falta de oxígeno hasta que hizo valer su superioridad física para zafarse primero y contraatacar después. Dos segundos más tarde Antonia sostenía la cabeza de su amante con ambas manos y se la estampaba una y otra vez contra el suelo. En cuanto se aseguró de que no representaba ya ningún peligro, caminó rauda hasta la cocina, cogió un cuchillo de buen tamaño y regresó.

—¡La próxima vez que se te ocurra intentar atacarme, acuérdate de esto! —le gritó antes de arrodillarse junto a él, todavía aturdido.

Un fino pero profundo surco rojo se dibujó desde la oreja hasta la comisura de la boca.

Pasadas varias semanas desde que Padilla aprendió que no le convenía enfrentarse a Antonia, esta regresaba a Sevilla para, por fin, cobrar el suculento cheque que le correspondía como única heredera legal del malogrado Gregorio. La póliza la había suscrito con la Sociedad Hispalense Aseguradora tras sobornar al doctor Jiménez para que le proporcionara un informe médico de buena salud y falsificar la firma de su marido, documentación que había entregado tres meses antes de su fallecimiento. Aprovechaba el viaje, además, para visitar de nuevo al doctor Henríquez y someterse a una revisión bucal completa, primera piedra de lo que en un futuro próximo debería ser su fastuosa prótesis dental.

—Olvídese del latón. Usted no se preocupe por la cantidad de oro que tenga que emplear para, ¿cómo dijo? Sí, eso es: consolidar la estructura —se despedía Antonia desde la puerta del gabinete dental, situado en un local de la calle Sierpes.

—Con el adelanto que me ha hecho no tendré problema, pero lo importante ahora es que siga el tratamiento que le he indicado para retrasar la caída de las piezas más débiles, señora Monterroso. Recuerde el dinero que vale sustituir cada uno de sus dientes por otro de porcelana.

—Lo tengo presente. Así lo haré. Nos vemos dentro de un mes, doctor.

—Llámeme Abraham —le dijo estrechando la mano de su nueva clienta.

Antonia se disponía a bajar las escaleras cuando se dio la vuelta súbitamente.

—Dígame, ¿me queda muy lejos desde aquí el barrio de Triana?

Veintisiete minutos más tarde, después de cruzar el Guadalquivir por el puente de Isabel II, al que los sevillanos ya habían rebautizado como puente de Triana, Antonia Monterroso fruncía el ceño frente al portal de madera oscura, casi negra, donde tenía el despacho Sixto Simón, su nuevo socio. El motivo de su contrariedad no era otro que el espacio vacío que antes ocupaba la placa de la Sociedad Hispalense Aseguradora. El corazón, sin embargo, no le empezó a latir más rápido de lo normal hasta que, tras subir las escaleras que llevaban al segundo piso, tampoco vio el distintivo de la empresa. Con el índice pegado al timbre, oyó una voz que, como si fuera su conciencia, se encargó de confirmar sus sospechas:

—Se han ido, señora.

El portero, de tez cenicienta y frente arrugada, apuró el cigarro con cara de circunstancias, lo apagó con dos dedos y se guardó la colilla en el bolsillo.

—¿Cómo dice?

—Hace unos quince días, más o menos, lo desmontaron todo durante la noche y se fueron sin decir adiós. El propietario de la oficina pasó ayer por aquí y me contó que el señor Simón le adeudaba tres mensualidades de renta.

—¿Es posible que haya ido a ver a su hijo a Buenos Aires? —balbuceó ella.

—Lo dudo mucho porque, que yo sepa, el señor Simón no tiene hijos.

Antonia se vio en la necesidad de alargar el brazo para apoyarse en la pared.

—Lamento mucho decirle que el señor Simón no era trigo limpio. Vamos, que era un sinvergüenza de mucho cuidado. Espero que no...

No conseguía articular una sola palabra. Con la cabeza erguida, pasó junto al portero y, con las manos temblorosas, se agarró a la barandilla antes de descender las escaleras. Aunque intentó evitarlo a toda costa, los ojos empezaron a titilarle y a humedecerse, y las primeras lágrimas fruto de la rabia y la impotencia ya resbalaban por sus mejillas al llegar al descansillo del primer piso. Acto seguido empezó a producir extraños sonidos que se originaban en lo más profundo del estómago y salían por su boca en forma de gruñidos ancestrales. Lo atávico ya dominaba por completo su voluntad cuando, totalmente enajenada, no lograba accionar el pomo de la puerta para salir al exterior. Un alarido retumbó entre las lujosas paredes forradas de madera y decoradas con gusto exquisito. El portero, atento y solícito por deformación profesional, acudió al rescate de aquella mujer desvalida.

—Señora, ¿se encuentra usted bien?

—Necesito tomar aire.

—Permítame.

Tan pronto como salió del edificio, inclinó la cabeza hacia atrás para facilitar la entrada de oxígeno a través de las vías aéreas. Después de dar varios erráticos pasos y reconocerse perdida en el paisaje urbano que la rodeaba, Antonia resolvió sentarse en el bordillo de la acera y dejarse arrastrar por el desconsuelo. Tan ajena a lo que ocurría a su alrededor se hallaba que tardó un par de minutos en percatarse de que justo delante de ella se había parado un hombre con el que ya se había topado en una ocasión. En concreto en un tren con destino a Sevilla. Cuando su instinto le hizo levantar la vista y reconoció el rostro de trazos rectos acotado por una tupida barba embetunada y unos ojos opacos, balbuceó:

—Pero... ¿qué demonios haces tú aquí, trotamundos?

Sebastián Costa le tendió la mano.

—Acompáñeme, por favor, y se lo explico todo.

Con la mirada fija en la fachada del que ya nunca se iba a convertir en su hotel, Antonia intentaba administrar toda la información que le acababa de proporcionar aquel hombre que decía llamarse Sebastián Costa y trabajar para una agencia de detectives de Barcelona cuyos servicios había contratado su excuñado con el propósito de investigarla.

—Lleva varios años abandonado. En realidad, le queda muy poco de vida, porque ya han decidido que lo van a echar abajo.

—Pero... ¿y qué dice al respecto el propietario? Emiliano Posadas se llamaba.

Costa chasquea la lengua y niega con la cabeza.

—El propietario del edificio es la Casa Consistorial de Sevilla. Ese hombre solo cumplía su papel como gancho. Son timadores profesionales.

Para no dejarse llevar por el caudal de ira que circulaba por sus venas, Antonia se dio media vuelta, se llevó el puño a la boca y apretó los dientes con tanta fuerza que se hizo sangre en el índice.

—Por lo que he podido averiguar, en Sevilla se la han jugado a otras tres personas, siempre de fuera de la ciudad, claro, pero esto mismo ya lo habían hecho antes en Córdoba y Granada. Como le digo, se dedican a ello.

—¡Pero si venían recomendados por La Previsión Andaluza! —protestó ella con los ojos anegados de lágrimas.

—También he hablado con ellos. Argumentan que se limitaron a darle el nombre de otra aseguradora que hiciera pólizas de decesos, y que no sabían nada ni quieren saber sobre sus posibles actividades ilícitas. ¿Le puedo preguntar cuánto dinero le ha sacado?

Antonia miró al suelo, avergonzada.

—Siete mil quinientas, más doce mil quinientas, son veinte mil pesetas. A eso tengo que añadir que aún no me han pagado las veinticuatro mil trescientas cuarenta y ocho pesetas del seguro de vida de mi difunto marido, que es a lo que venía hoy.

—Ni se las van a pagar, me temo. La Sociedad Hispalense Aseguradora no dispone de capital alguno para cubrir esas cantidades, señora.

Del todo superada, Antonia empezó a soltar patadas al aire y a señalar con el dedo hacia la fachada.

—¡Hijo de puta, malnacido! ¡Te juro por la memoria de mi madre que cuando te encuentre te voy a sacar los ojos!

Algunos viandantes tomaron una distancia prudencial respecto a la energúmena que profería amenazas contra un edificio. Costa la agarró con suma delicadeza por la cintura y, sin demasiado esfuerzo, la condujo hasta la misma puerta lateral por la que había accedido al interior con Sixto Simón.

—El sinvergüenza me hizo creer que tenía llaves del edificio —murmuró—. Todavía no me puedo creer que haya sido tan ingenua...

—Son profesionales, saben muy bien cómo engañar a la gente.

—A gente honrada como yo —se atrevió a decir.

Sebastián Costa evitó verbalizar los pensamientos que le pasaban por la cabeza. Los pies de Antonia la condujeron de forma automática hasta el patio andaluz presidido por la fuente hexagonal donde Sixto Simón terminó de engatusarla.

—Me prometió que iba a llenar todo esto de orquídeas negras —rememoró ella con aire nostálgico—. Eran las flores preferidas de mi madre.

—Orquídeas negras —repitió él para grabarlo en su memoria.

—Me lo ha quitado todo. Ese maldito estafador me lo ha arrebatado todo —gimoteó—. Vuelvo a ser una sombra. Nada más que eso. Solo sombra.

De repente, Antonia abrió mucho los párpados, como

si hubiera recibido una descarga eléctrica, y se volvió hacia Sebastián Costa.

—¡Dígame que sabe dónde se encuentra ese estafador!

El hombre se encogió de hombros.

—Lo desconozco. Lo siento mucho.

Antonia lo agarró por las solapas de la levita y lo zarandeó al tiempo que se desgañitaba pronunciando palabras en un idioma desconocido.

—Trate de tranquilizarse, se lo ruego —se zafó él.

Resoplaba ella por la boca mientras daba vueltas en círculos sin dejar de hablar en su lengua materna.

—¿Y usted? ¡¿Qué me dice de usted?! ¡¿No podría haberlo evitado?!

—Lo descubrí todo después de que usted viniera a entregarle el segundo plazo del pago. No tuve oportunidad de avisarla, lo siento.

—Lo siente, lo siente... Y dígame, ¿por qué demonios lo siente?

Sebastián Costa inspiró como si necesitara oxigenar las palabras que sabía que no se iba a atrever a decir. Luego hundió los dedos en la frondosidad de su barba y paseó la lengua por los labios.

—Y ahora, ¿se puede saber qué le pasa?

—Verá, yo...

Antonia lo vio claro. Aquel hombre abyecto de diamantina apariencia tenía una falla. Una leve fisura en su coraza por la que poder colarse, si es que no lo había hecho ya, hasta lo más profundo de su corazón. Y si algo necesitaba ella en aquel instante, si quería recuperar lo que le pertenecía, era un aliado como Sebastián Costa. De este modo, y sin pensárselo dos veces —ni permitirle pensar a él—, lo volvió a agarrar por las solapas para atraerlo hacia sí, esta vez con otras intenciones. Y como sucedió en aquel vagón de mercancías, los instintos más primarios de Sebastián Costa se hicieron con los mandos durante los segundos que invirtió en desvestirla lo necesario para poder penetrarla sobre la fuente. Justo cuando se disponía a hacerlo, Antonia se lo impidió apretando con fuerza los muslos.

—Si me traes su corazón, no solo conseguirás el mío. Lo tendrás todo.

Descolocado, Sebastián Costa sacudió la cabeza.

—¿Cómo dices?

Antonia agarró la mano de Costa y se la llevó a la entrepierna.

—Te digo que si encuentras y matas a Sixto Simón, esto lo tendrás solo para ti.

Muertos anónimos

Casa de tía Menchu
Zafra (provincia de Badajoz)
21 de abril de 1917, a las 7.10

Esparcido por el suelo de la entrada, el ramo de orquídeas negras no parece gran cosa. Pero a Antonia le encantan, son sus preferidas, por lo que esquiva esa lava oscura y viscosa que se extiende bajo el cuerpo y se toma su tiempo para recogerlas una a una. Con el cuidado con el que dejaría a un bebé que llevara en brazos, Jacinto Padilla las posa sobre el alféizar de la ventana y luego le dedica un último vistazo al hombre del bombín, al que acaba de disparar por la espalda dos cartuchos de postas.

Visto así, tan muerto, no parece gran cosa.

Desde luego no aparenta ser el titán en la cama que Antonia le había contado tantas y tantas veces para alimentar sus celos. Ni siquiera tiene pinta de ser ese gran detective privado, valiente y sagaz, como Antonia lo definía. No. Con esos boquetes en la chaqueta del traje podría ser un muñeco de trapo abandonado por un niño caprichoso que se ha cansado de él. Pobre. No es que le dé pena, ni mucho menos, pero le resulta difícil de creer que hace tan solo unos minutos ese hombre fuera su gran rival en la batalla por la conquista de Antonia. De repente se da cuenta de que necesita verle la cara, pero resulta que el desgraciado ha caído boca abajo y apenas si se le ve un tercio del rostro. No le importa, en cuanto lo lleve a la zona de despiece de la granja podrá memorizar todos y cada uno de sus rasgos.

Como no hay nadie en la hacienda —les ha dado la tarde libre a todos los trabajadores—, lo traslada en carretilla con total impunidad y se calza el traje de faena para acometer la que tiene por delante. Tras desnudarlo y quemar su ropa, separar las extremidades del cuerpo no es tan complicado. Al fin y al cabo, con una buena hacha como la que Jacinto Padilla maneja solo se requiere un poco de precisión, igual que cuando le toca cortar leña para afrontar el invierno. Hombro, codo, muñeca; hombro, codo, muñeca; cadera, rodilla, tobillo; cadera, rodilla y tobillo. Muy diferente resulta el resto del cuerpo. Tiene claro qué hacer con la cabeza, pero no tanto con el tórax, y aunque podría ser que sus marranos —a los que no les ha dado de comer en todo el día— lo devoraran igual, prefiere facilitarles la ingesta. Así pues, lo decapita primero y resuelve que lo suyo es partir el tronco en cuatro partes. Cuando va a proceder a dar el primer hachazo en el esternón, algo que se ha movido dentro de su campo de visión periférica le distrae. Se fija entonces en la cabeza de Sebastián Costa, que, forzada por la pendiente que termina en el sumidero, ha rodado hasta allí. Dos cosas le llaman la atención: que mantiene una expresión muy natural, diría que risueña, y que juraría que lo está mirando.

—Menudo imbécil estás hecho, Jacinto —le dice.

Padilla, sin inmutarse, deja el hacha sobre la mesa y se acerca a la cabeza de su extraño interlocutor.

—Estás tú para hablar. Yo por lo menos aún mantengo la cabeza sobre los hombros.

—Para lo que te va a servir. Lo más probable es que termines colgando de una cuerda por todo lo que has hecho; como matarme a mí, por ejemplo. Por cierto, eso de dispararme a traición... ¡Qué valiente!

—No quería arriesgarme, nada más. Podría haber esperado a que te dieras la vuelta y haberte volado esa maldita cara tuya.

—Podrías, sí, pero no lo has hecho. Has preferido esconderte como una rata para que no te viera y no darme ninguna oportunidad.

—Pues claro. ¿Ves como no soy tan imbécil?

—Sí, sí lo eres, porque te crees que quitándome a mí de en medio vas a conquistar el corazón de tu amada Antonia. Esa mujer es la encarnación misma del mal en la Tierra, y te llevará a la tumba antes o después.

Jacinto Padilla se encoge de hombros.

—Sé que Antonia es un demonio, maldito necio, pero es mi demonio —certifica antes de darle una patada a la cabeza y romper a reír—. Mi demonio —insiste elevando el tono y separando las sílabas.

—¿Y ahora qué está diciendo? —pregunta tía Menchu.

—No sé. Algo sobre el demonio —responde Rosario—. Lleva delirando toda la noche.

—Déjame ver.

La anciana se aproxima a la cama y le toca la frente para comprobar que, tal y como esperaba, arde. Maniatado al cabecero, Padilla balbucea palabras ininteligibles. Suda copiosamente y mueve la cabeza de un lado a otro como si su espíritu quisiera escapar de ese cuerpo enfermo. Tras examinarle la parte posterior de la cabeza, donde ha recibido el golpe, tía Menchu resopla.

—Necesita que lo vea un médico.

—¿Tan mal está?

—Por eso digo que lo tiene que ver un médico, porque yo no lo soy, pero muy buena cara no tiene.

—Sé de alguien que nos puede ayudar.

Ambas se giran al unísono hacia la puerta. Martín Gallardo, que acaba de despertarse y parece que regresa de entre los muertos, se tambalea.

—Y de paso que le vea también a usted, porque tiene una pinta...

Apenas ha dormido unas horas, pero no es la falta de sueño lo que atribula el semblante con el que Patricio Carvajal desmonta, ata el caballo en el abrevadero y, cabizbajo, emprende la marcha. Sentado en el porche le espera Ramón Acevedo, quien le ha mandado llamar cuando ni siquiera había amanecido. Mala señal. Pésima. No es nada habitual que su patrón le requiera tan pronto, y sabe que cualquiera de los tipos que le rodean no dudaría en volarle la tapa de los sesos con solo un gesto del patrón. Por si acaso el señor Acevedo tiene alguna sorpresa desagradable preparada, Patricio ha escondido bajo la camisa un viejo revólver que conserva de su etapa en el ejército, aunque confía en no tener que utilizarlo.

A un par de metros de distancia, Patricio se detiene y se descubre la cabeza.

—Buen día, patrón.

Este estira el brazo, abre una caja que descansa sobre la mesa y le ofrece un habano. Patricio duda, pero finalmente lo coge.

—Con su permiso, me lo guardo para el día que tenga algo que celebrar.

El otro sonríe.

—Mi buen Patricio... Siempre tan reservado. ¿Qué novedades me traes?

—Poca cosa, por desgracia. Ese teniente sacó a Padilla del calabozo antes de que llegáramos nosotros. Averigüé que se escondían en Casa Matilde, pero cuando nos presentamos ahí ya se habían ido. Los estamos buscando por todo el pueblo, pero de momento..., nada —miente.

Patricio no le cuenta que sabe dónde se esconden porque su experiencia le dice que cuanto más complicado sea atrapar al pollo, más sabroso será el guiso.

—Ya. Se acaba de ir la tal Matilde esa. Ha tenido los santos cojones de venir a mi casa al alba para... Para molestarme —define—. Le he tenido que dar cuarenta pesetas para los arreglos. Cuarenta pesetas que te descontaré de tu paga si no tienes inconveniente, claro.

—Ninguno, patrón.

El señor Acevedo le da varias caladas al habano, provocando que su rostro desaparezca unos instantes tras una densa vaharada de humo.

—Dicen que la perra murió en el incendio —retoma Acevedo.

—Eso dicen.

—Ardió como las brujas...

—A todo cerdo le llega su San Martín —improvisa Patricio.

Ramón Acevedo inspira y coge fuerzas para incorporarse.

—Venga, vamos a dar un paseo.

La sombra de la incertidumbre se cierne sobre Patricio, que, con disimulo, se recoge las manos a la espalda para entrar en contacto con la culata del revólver que lleva encima. Si le han preparado una encerrona, no piensa irse de vacío al otro barrio.

Consumidos unos segundos de incómodo silencio, el señor Acevedo se aclara la garganta.

—La muerte de la Viuda lo cambia todo. Te voy a contar algo que no sabes y que no debe llegar a los oídos de nadie jamás.

Patricio se inclina para escupir y de paso controlar de reojo a los dos guardaespaldas del señor Acevedo, que los siguen a escasos metros. Uno de ellos es su sobrino Aurelio, un auténtico tarugo de casi cien kilos con pinta de haberse saltado algún eslabón en la cadena evolutiva de su especie. De él se cuenta que con su navaja toledana de un palmo y medio de hoja ha gestado más de diez funerales y que otros tantos hombres han tenido el mismo final pero muertos a golpes con sus manos desnudas. Aunque fuera verdad solo la mitad de la mitad, es un tipo muy a tener en cuenta.

—Hace no mucho llegué a un trato con la Viuda. La hijaputa me contó que su capataz se había vuelto loco. Que le tenía miedo y que había decidido empezar una nueva vida lejos de aquí. Pero que no podía hacerlo con una mano delante y otra detrás, así que me ofreció la hacienda, incluida la granja con los marranos; a un buen precio, por cierto...

—Entiendo.

—Se lo terminé sacando por mucho menos. Le pagué y desapareció sin más. Cuando me enteré de que ese cabrón le había pegado fuego a mi propiedad... Te juro que me ardía la sangre. Entonces me empeñé en dar con ella para recuperar mi dinero, que no es mucho, pero es mío. ¿Me sigues?

—Le sigo, patrón.

El señor Acevedo se detiene, le da unas caladas al puro y lo arroja impulsándolo con el dedo. Luego levanta la mirada hacia el horizonte, como si allí estuvieran escritas las palabras que se dispone a pronunciar.

—Poco después apareció por aquí Francisco Espinosa y me ofreció una cantidad para encontrarla. Miel sobre hojuelas, ¿verdad? Bueno, pues ahora ya la hemos encontrado.

—Una cosa menos —se atreve a añadir Patricio.

—Una cosa menos —repite Acevedo—. Con todo y con eso, no he recuperado todo lo que le pagué a esa maldita zorra, por lo que te voy a pedir que hagas dos cosas para tu patrón. Ya sabes: hoy por mí y mañana... Mañana será otro día —remata con una carcajada.

Ramón Acevedo levanta dos dedos y los mueve a escasos centímetros de la nariz de su interlocutor.

—Uno: quiero que encuentres y me mates al cabrón del capataz ese por quemar lo que es mío. Y dos: quiero que recuperes la dentadura de oro de esa hija de Satanás y me la traigas.

—¿La dentadura?

—Eso he dicho.

Incrédulo, Patricio pestañea varias veces.

—El Jabalí vino anoche a contarme que la habían encontrado y que a punto estuvo de quedarse con ella porque, según dicen, costó una fortuna.

Entretenido en la contemplación de unas aves que cruzan el cielo en formación, el señor Acevedo se golpea la cabeza con el dedo índice y luego hace lo mismo en la de Patricio.

—¿Lo tienes?

—Lo tengo, patrón.

—Pues vuela.

Teresa tiene la cifra grabada a fuego en su memoria: 11.570 pesetas más otras 640 que pagaron para que se lo trajeran desde Barcelona.

Odia ese coche.

Odia lo que representa.

—Me han asegurado que es el único modelo que se ha vendido en toda la provincia de Badajoz —se jactaba su marido cuando lo encargó, orgulloso como si lo hubiera parido él mismo. Como si fuera sangre de su sangre.

A ojos de Francisco, el Hispano-Suiza T45 simboliza la consolidación de su abolengo y lo diferencia de la inmensa mayoría, no solo desde el punto de vista social, sino también moral.

Su obsesión por poseer un vehículo a motor se remontaba al mes de junio de 1903, cuando durante un domingo soleado leyó en la sección de sociedad del *Crónica de Badajoz* que un tal Laureano Fernández había adquirido un De Dion-Bouton modelo The Century y se había convertido en el primer extremeño en matricular un automóvil. No saber quién demonios era ni de qué familia venía le pudría por dentro.

—Es muy probable que lo tenga yo antes que el mismísimo Alfonso XIII —bromeaba su marido delante de sus amistades.

Al final, debido a que había solicitado una configuración especial con asientos traseros en vez de maletero, el maldito coche tardó más de un año en llegar, y los últimos meses se convirtieron en un auténtico infierno para cualquiera que perteneciera al círculo más cercano de Francisco Espinosa. Cada viernes se desplazaba hasta la oficina de telégrafos de Badajoz para comunicarse con la fábrica —a treinta y cuatro pesetas el cable más el billete de tren— en busca de buenas nuevas que no llegaban. Regresaba de un humor insoportable, hosquedad que pagaba con el servicio y, en ocasiones, las menos, con ella. Cuando por fin le certificaron la fecha de entrega del dichoso Hispano-Suiza, a Francisco no se le ocurrió otra cosa que organizar una fiesta a la que invitó a grandes empresarios, terratenientes, políticos y otros representantes de familias de bien de la zona. Un dispendio sin restricciones que incluía, por supuesto, un banquete pantagruélico que les costó más de mil pesetas, gasto que de nada sirvió debido a un retraso de dos días provocado por una avería del tren de mercancías que lo transportaba. Francisco perdió el norte. Despotricó como nunca lo había visto Teresa a lo largo de más de dos décadas de matrimonio y, cuando por fin llegó el automóvil, tardó más de una semana en quitarle la lona protectora. Al margen del pésimo comienzo, Francisco jamás se interesó en aprender a conducirlo, por lo que tuvo que contratar a Mateo, un chófer a perpetuidad que, por suerte para Teresa, también cumplía con las labores de jardinería del cortijo los días que no tenía que calzarse la gorra; es decir, de martes a lunes.

Tiene por tanto muchas razones para detestar el maldito cacharro en el que está a punto de montarse, pero si hay algo o alguien que aborrece aún más, esa es Antonia Monterroso; sin duda, el ser humano más dañino y ruin con el que se ha cruzado en su vida. Ella ha sido la causa de que su familia haya estado a punto de romperse, de que su marido pierda la cordura y de que ella se haya planteado cruzar algunos límites que hasta hace poco eran infranqueables. Pero, por fin, todo ha terminado bien —con Antonia bien muerta—, y Teresa se ha despertado con la firme esperanza de pasar página y retomar su vida tal como era antes de que esa mujer salida del infierno se cruzara en su camino.

—Buenos días, señora —la saluda Mateo abriéndole la puerta del Hispano-Suiza.

—Buenos días.

Su marido, que la aguarda en el interior con una expresión granítica nada halagüeña, viste de riguroso negro.

—Vamos a Zafra, directos al cuartel —le indica al chófer.

—Entendido, señor Espinosa.

Sin mover un músculo de la cara, Francisco alarga el brazo para encontrarse con la mano de Teresa, que, siempre solícita, la toma con fuerza y se inclina para besarle en la mejilla.

—Hoy es el día, Francisco.

Silencio.

—Hoy es el día —repite él.

Es el día, en efecto, en el que decenas de personas de toda la comarca y provincias limítrofes, atraídos por la noticia del hallazgo de varios cuerpos sin identificar, se han desplazado hasta Zafra durante la tarde anterior y la presente madrugada. Buscan a sus allegados, desaparecidos meses atrás: familiares y amigos con los que han perdido el contacto de la noche a la mañana sin que nadie les haya comunicado nada al respecto por vía oficial ni oficiosa. La razón no es otra que el protocolo de actuación dictaminado por las autoridades en el caso de presentarse indicios de muerte causada por lo que se ha denominado *gripe del pollo*, a pesar de que son las aves migratorias las culpables de la transmisión del virus. Varios años más tarde se sabrá que nada tiene que ver con esto, sino con un brote primigenio de una de las muchas mutaciones que experimentará el virus de la gripe tipo A, en concreto del subtipo H1N1, hasta convertirse en menos de un año en lo que el mundo conocerá bajo el nombre de *gripe española*. Alguien lo bautizará así de forma errónea, dado que su origen no está en España, aunque sí será esta la primera nación donde se hablará sin tapujos en las portadas de la prensa sobre su nefanda virulencia. Un brote convertido en pandemia cuyas tres oleadas infectarán al veinticinco por ciento de la población mundial y aniquilarán a más de cincuenta millones de personas en apenas dos años.

Pero hasta que eso suceda, y aunque el índice de mortalidad nada tiene que ver con lo que llegará a ser, la ley establece la obligación de aislar de inmediato a los afectados por gripe. En Extremadura y Andalucía el problema reside en que la mayoría de ellos son trabajadores del campo, jornaleros trashumantes que se trasladan de explotación en explotación buscando un salario diario. Personas corrientes que, sin ser conscientes de ello —bastante tienen con encontrar algo que masticar—, se han convertido en los auténticos propagadores y sufridores de una afección que se ceba con los más desfavorecidos, los peor alimentados y con menos acceso a las medidas de higiene más básicas. Hombres y mujeres a los que no les queda otra que dormir hacinados en almacenes, naves, graneros o bajo cualquier techo con tal de no hacerlo a la intemperie. Muertos anónimos que nadie se molesta en registrar porque son solo eso: muertos anónimos.

Esta es la España de 1917. La de la gran fractura social, la de los que tienen y los que no, la del blanco o negro —cuando, en realidad, no hay nada que se salga del gris—. La España que hoy sufren, sin ir más lejos, los que están agolpados en la puerta del cuartel de la Guardia Civil de Zafra, desesperados por encontrar a los suyos y ganarse el alivio que anhelan. Personas que, desde el aterrado punto de vista de Teresa y la indignada perspectiva de su marido, conforman una turba peligrosa que conviene evitar.

Por ello don Francisco manda a Mateo que se detenga a una distancia más que prudencial, se baja del automóvil y, con los ojos muy abiertos, trata de encontrar otros de corte porcino. No tarda en localizar al Jabalí, a quien conoce desde hace años y del que sabe que está en nómina de Ramón Acevedo y de cualquiera que tenga dinero suficiente para ofrecerle. Lo localiza fumando en el exterior junto a otros uniformados, que se esfuerzan en dar explicaciones y contener el gentío. Desde donde está, levanta el brazo para llamar su atención y, tras unos segundos que para él son lustros de desesperación, lo logra. El cabo Yáñez aparta de malas maneras a varias mujeres que le increpan a su paso y llega hasta la esquina donde se ha apostado el terrateniente.

—Hombre, don Francisco, ¿pero qué hace usted por aquí un día como hoy?

—¿A qué narices están esperando para largar a toda esa gente?

—Pues a simple vista se puede apreciar que nos superan en número y que no parece que estén por la labor de irse a sus casas por su propio pie. Hay gente que ha venido desde Córdoba, no le digo más.

—¡Pero yo necesito entrar!

—No me diga eso, don Francisco. Tenemos órdenes concretas de no dejar pasar a nadie hasta que tenga a bien presentarse el teniente de la comandancia de Almendralejo que han puesto al mando. Tengo las manos atadas.

—Quiero comprobar que tienen ahí dentro a esa maldita perra.

—Ya, pues no le veo solución en este momento —le dice elevando las cejas y frotándose el índice y el pulgar.

—Entiendo, entiendo —responde Espinosa de mala gana antes de meterse la mano en el bolsillo del pantalón y sacar dos billetes de veinte pesetas.

—Hombre, don Francisco, que me juego el puesto.

—La madre que...

No termina la frase. El sonido de los cascos de dos caballos al galope capta su atención y la de todos los presentes. Se trata del sargento Pacheco y del cabo Linares, un curtido miembro de la Benemérita, tan bajo como ancho, frondoso bigote plateado y composición facial de bulldog en estado de alerta. Ambos desmontan casi al unísono y, tirando de sus monturas, caminan hacia el cabo Yáñez, que enseguida sale a su encuentro.

—Sargento —le saluda.

—Buenos días. Aquí mi compañero el cabo Linares, que ha venido a echarnos una mano. ¿Este guirigay?

—Las malas noticias corren como la pólvora.

—Ya, qué le vamos a hacer. ¿El teniente Gallardo?

—No lo he visto esta mañana.

Pacheco frunce el ceño, extrañado, y se dirige a Linares.

—En ocho años será la primera vez que me persono yo antes que él en el cuartel. ¿Se aloja en la pensión?

Yáñez se encoge de hombros.

—¿Y el detenido?

Mismo gesto.

—Verá, sargento: al parecer la noche fue movidita, pero no tengo los detalles.

—Ni los detalles ni lo otro.

—¿Qué otro?

—Yo me entiendo. Nosotros vamos para dentro, ocúpese de que no se le desmadre eso. —Pacheco señala hacia el gentío—. Ni ese —añade mirando a Francisco Espinosa.

La pastilla de jabón, atendiendo a su resbaladiza naturaleza, aprovecha el temblor de las manos del teniente Gallardo para terminar con sus reservas de paciencia. Desnudo de cintura para arriba frente a la palangana, el de la Guardia Civil casi no tiene fuerzas para asearse y se ve en la obligación de descansar los brazos antes de continuar. Desde fuera, aprovechando que la puerta está entreabierta, Rosario lo observa con curioso interés, como si fuera esa la primera vez que ve un hombre.

—¿Y bien? —le pregunta Gallardo a través del espejo.

Ella se recompone con rapidez y empuja la puerta muy despacio sin atreverse a entrar.

—Dice mi tía que no puedes marcharte con el estómago vacío.

—Un café será suficiente, gracias.

Mientras se abotona la camisa es él quien la examina con una de esas miradas que, inmunes a la opacidad de la ropa, recorren la piel con total impunidad.

—Ando con prisa —se justifica Gallardo antes de estirarse la guerrera—. Voy a acercarme al cuartel a ver cómo están las cosas por allí. Encárgate, por favor, de que a Padilla no le suba mucho la fiebre.

—Sí, por supuesto.

Al pasar junto a ella siente el impulso de agarrarla por la cintura y dejar que el instinto haga el resto, pero se conforma con aspirar el aroma de matices cítricos que desprende su cabello.

—Volveré lo antes posible. Gracias.

Al doblar la esquina y encontrarse con la muchedumbre alborotada frente a la entrada principal, decide acceder por la otra puerta e ir directo a las cuadras para comprobar cómo está Alarico. Al reconocerlo, el animal trata de incorporarse como si quisiera demostrarle que se halla en perfecto estado de revista. Martín Gallardo se lo impide y se arrodilla para colocarse a su altura.

—Shhh, tranquilo, chico, tranquilo.

Alarico baja el morro y relaja las orejas para facilitar las casi espasmódicas caricias de su dueño.

—Pronto te pondrás bien y podremos largarnos de aquí —le susurra.

El animal se despide con un suave relincho que a Gallardo le lleva a recordar tiempos mejores. Tiempos que no son los que le toca afrontar, y con esa intención se dirige al edificio principal con las manos recogidas —escondidas— a la espalda, muy enderezada la columna, y a paso ligero. Intuye que, visto el entretenimiento que hay en el exterior, no va a cruzarse con ningún compañero, pero fuera no ha localizado al cabo Yáñez, y lo primero que quiere hacer es mantener una charla con él.

Se dispone a subir las escaleras cuando una voz amiga que viene de la planta inferior le hace cambiar de opinión.

—Aquí abajo, mi teniente.

Al entrar en la habitación del sótano que han acondicionado como morgue se encuentra a Pacheco y a Linares, cubiertas narices y bocas con sendos pañuelos, frente a la carcasa que algún día albergó la vida de Antonia Monterroso y que hoy no es más que un retorcido amasijo de carne renegrida y hedionda.

—Hombre, Linares, bienvenido a la fiesta —le saluda.

El otro se cuadra.

—Me alegro de verle de nuevo, sargento.

Este le sonríe, pero acto seguido modifica el semblante.

—No se lo tome a mal, mi teniente, pero no tiene usted buena cara —se atreve a decir bajando el tono varias octavas.

—Últimamente me lo dicen mucho. Noche toledana. Luego os pongo al día. ¿Y el resto?

Darío Pacheco chasquea la lengua.

—No hay más, mi teniente. El comandante Recio consideró su petición, pero no lo vio del todo necesario, y le cito tal cual: «No pienso desguarnecer la comandancia teniendo el patio tan revuelto como lo tengo».

—¿Se refiere a las protestas de los sindicatos? ¡Yo tengo aquí a una docena de delincuentes armados dispuestos a todo y le preocupan unos alborotadores de...!

Gallardo se muerde el interior de los carrillos. Meditabundo, se da media vuelta para sacar un cigarro sin que detecten el temblor de sus manos y, tras varios intentos de encender un fósforo, consigue prenderlo.

—En fin, que lo mismo da. ¿Y el galeno?

—Ahí hemos tenido más suerte. Está de camino desde Sevilla.

—¿Y cuándo llega?

Pacheco se encoge de hombros y resopla.

—Lo desconozco, mi teniente.

—Está bien. Usted se va a encargar de que nadie entre en esta sala hasta que se presente el experto —le ordena a Linares.

—Con su permiso, mi teniente —interviene este—: ¿Ha visto la turba que hay fuera esperando a ver a los muertos?

—La he visto, sí, pero tendrán que esperar. Le conseguiré ayuda lo antes posible, pero cuando digo nadie es nadie, ¿entendido?

—Nadie es nadie. A sus órdenes.

—Usted se viene conmigo —le dice a Darío Pacheco—. Necesito dar con el veterinario.

—¿Alarico?

—Alarico está bien, acabo de comprobarlo. Lo quiero para otra cosa.

—No vive lejos de aquí.

—Pues andando, que urge más esto que lo de Yáñez.

—Yáñez... ¿Qué pasa con ese tarugo?

—Se lo cuento de camino. Por cierto, ¿se sabe algo del hermano de Berrocal?

—Envié un cable al cuartel de Almonte, pero aún no hemos recibido respuesta. Insistiré.

—Hágalo.

Gallardo no puede evitar lanzar una última mirada a lo que queda de la magnífica mujer que un día le robó el aliento para manipularlo después, y le da dos caladas seguidas al cigarro. Los destellos dorados que parecen huir de esa boca calcinada le hacen inclinarse.

—¿Es de oro? Es decir, ¿de oro del bueno? —pregunta Linares.

—Sí. Y tengo entendido que es muy valiosa.

—¿Y por qué no se derritió?

Gallardo ladea la cabeza.

—Por lo que se ve, el oro y la porcelana aguantan el fuego mejor que la carne. Manténgase firme.

—Lo haré.

En cuanto se alejan de la sala, Pacheco carraspea.

—Espero no molestarle, pero me preocupa su estado de...

—Lo sé, sargento, lo sé —le corta sin endurecer la voz—. Le pondré remedio de inmediato. ¿Su familia?

—Sin novedad. La niña es una máquina de chupar teta, de cagar, con perdón, y de llorar. A la custodia de Marisa los dejé.

—Como tiene que ser.

—¿Le puedo preguntar dónde está el detenido, señor?

—Como Marisa con sus hijos: bajo mi custodia.

Pacheco sonríe.

—Como tiene que ser.

A paso ligero, ambos pasan por delante de la puerta del despacho de Yáñez, y tan pronto como doblan la esquina, esta se abre muy despacio. No tarda en asomar una cabeza de formidables dimensiones para asegurarse de que hay vía libre hasta su punto de destino. Tras emitir unos sonidos guturales propios del sobrenombre por el que todo el mundo lo conoce, Yáñez sale al pasillo seguido por el matrimonio Espinosa.

—Hay que darse prisa, señores —los anima.

En el rostro de Francisco se refleja la tensión del momento.

—Tienen que estar preparados para lo que van a ver. Son varios los cuerpos, algunos en muy mal estado, y les aseguro que lo que más impresiona no es el cadáver de esa mujer, es...

—Antes no me ha contestado a la pregunta que le he hecho —le interrumpe Francisco Espinosa.

—¿Qué pregunta?

—Si usted piensa que se trata de la Viuda o no.

—No le he oído bien, disculpe. La verdad es que no tenemos ninguna duda de que sea ella.

Las facciones de Teresa se relajan al oírlo.

Yáñez se detiene en seco al ver al cabo Linares en posición de firmes custodiando la puerta. El cabo Yáñez duda unos instantes, pero enseguida toma la iniciativa y se planta frente a él. El matrimonio Espinosa, confundido, le sigue de cerca.

—¿Y usted es...?

—Cabo Linares, de la comandancia de Almendralejo. Tengo órdenes de no permitir el paso a esta estancia.

—¿Órdenes de quién?

—Del teniente Gallardo.

El otro resopla como un jabalí acosado.

—Vamos a ver: soy el cabo Yáñez, y aquí el que manda soy yo. Soy su superior y le ordeno que me deje pasar a mí y a estas dos personas que...

—Negativo, señor. Para que eso ocurriera, el teniente Gallardo tendría que haberme ordenado que no dejara pasar a nadie excepto al cabo Yáñez, pero no me hizo esa salvedad. Y nadie es nadie —añade.

—¡Usted no es quién para impedirnos pasar!

—Negativo, señor —se opone Linares, arriscado—. Soy la persona a la que le han ordenado no dejar pasar a nadie.

—Pero bueno, ¿es que va a consentir usted esto? —interviene Francisco.

Lejos de ensoberbecerse, Yáñez se encoge de hombros rendido, gesto que imita el cabo Linares antes de zanjar la discusión con un:

—Nadie es nadie.

El incómodo silencio que se genera deja espacio al creciente rumor que llega desde el exterior, donde tres hombres armados encabezados por Patricio Carvajal se abren paso entre el gentío sin que nadie se lo impida.

Y nadie es nadie.

A Ramón Acevedo cada vez le cuesta más subir las escaleras que llevan a su despacho. Su médico de cabecera, que le visita cada quince días, insiste en que debe perder peso y le ha advertido que, a su edad, los *excesos* —una forma velada de referirse al brandy y a los habanos— son el mejor atajo hacia el cementerio. Si no fuera porque su reputación le precede y porque le lleva tratando casi veinte años, ya le abría aplastado la cabeza con un adoquín. No, mejor se lo habría encargado a su sobrino Aurelio, a quien considera un idiota redomado, pero un idiota bastante útil. De hecho, de todos los hombres a los que paga por protegerle y por cumplir con determinadas tareas, es el único en el que confía a ciegas. Es testarudo como una mula —igual que lo era su madre—, y por herencia paterna arrastra, como buen perro que era, la lealtad incondicional. Por eso es Aurelio quien le sigue a todas partes, incluso cuando se mueve por dentro del cortijo, que nunca se sabe quién podría estar acechando oculto entre las sombras. Se fía más de él que de sus dos hijos varones, quienes se dedican a ver la vida pasar, o, mejor dicho, a disfrutar de la vida que les ha proporcionado su padre. Culpa suya. Desde que falleció su esposa hace ya once años jamás ha tenido tiempo para meter en vereda a esos dos haraganes, a los que, por suerte, ya no tiene que ver a diario, dado que ambos pusieron tierra de por medio en cuanto tuvieron la oportunidad. Mejor, que cuanta menos harina tenga que transportar, más vive el buey. Quizá por ello se ha volcado tanto en Aurelio, un chico sencillo pero leal, duro como una roca, en el que en ocasiones se ha visto reflejado cuando tenía su edad. Si no fuera por la falta de luces y ambición ya le estaría preparando para heredar su imperio, cuyas fronteras, si nada se tuerce, está a punto de ampliar.

Fatigado, Ramón Acevedo alcanza su destino. Con la mano en el pomo de la puerta, aguarda unos segundos hasta recuperar el resuello y se vuelve para dirigirse a su sobrino.

—Tengo que revisar unos papeles. Aprovecha para hacer tus cosas —le dice.

—¿Puedo preguntarle algo, tío?

Aurelio tiene un tono de voz muy grave, de interior de caverna, pero pronuncia como si la lengua no le cupiera del todo en la cavidad bucal.

—¿Cuántas veces te he dicho que no me llames tío?

—Sí, perdón. Es que al no haber nadie delante...

—Acostúmbrate, jodido melón. Pero, sobre todo, ¿cuántas veces te he dicho que cuando quieras preguntarme algo lo hagas sin más?

—Tiene razón, tío. Uy, perdón —se disculpa llevándose la mano a la boca. Tarde.

Ramón Acevedo niega con la cabeza.

—Pregúntame lo que quieras de una maldita vez.

—¿Por qué no me ha encargado a mí lo del capataz y lo de la dentadura? Yo no le he fallado nunca, y ese Patricio se está haciendo muy mayor, me parece a mí.

—Vamos a ver... Es muy sencillo. Los grandes generales, los que no piensan en ganar batallas sino las guerras, planifican una estrategia antes de enfrentarse al enemigo. Cuando atacan, envían a la infantería ligera para desgastar a su rival antes de ordenar cargar a su caballería pesada y rematar la faena, ¿entiendes?

En la cara de Aurelio hay desconcierto y negación. En la de Acevedo, solo desesperación.

—Te lo explico de otro modo: porque en cuanto las cosas empiecen a ponerse feas no quiero que me salpique la sangre, y si te envío a ti a hacer el trabajo, alguien, antes o después, terminará señalándome con el dedo. ¿Ahora sí?

—Mmm, no —se sincera.

Lejos de molestarse, el señor Acevedo encuentra en el hueco que dejan las limitaciones de su sobrino un espacio para la ternura.

—Se lo he encargado a Patricio porque me ha salido de mis santos cojones. ¿A que ahora sí lo entiendes?

—Ahora sí, tío. Ahora sí.

—Pues hale, vete a celebrarlo por ahí.

No está acostumbrado a trabajar con tanto público observando, pero, sobre todo, a lo que no está nada habituado Ángel Santamarta es a que su paciente sea un ser humano. Bajo la expectante mirada de los dos guardias civiles que le han hecho llamar y de las dos mujeres que viven en la casa, el veterinario examina la parte posterior de la cabeza de Jacinto Padilla.

—¿Cuándo le ha subido la fiebre? —pregunta.

—Esta misma mañana —contesta tía Menchu.

—Bien. Lo primordial es evitar que la infección llegue a la sangre. Está muy débil, y en su estado, una septicemia podría ser mortal.

—¡Ay, Dios mío! Si lo sé dejo que se escape y Santas Pascuas —interviene Rosario.

—La infección no viene de esta herida, señorita. Viene de aquí.

Santamarta retira la sábana para descubrir la herida infectada que tiene Padilla en el costado.

—Estas son anteriores.

Gallardo y Pacheco intercambian miradas.

—Es probable que durante el interrogatorio lo arrastraran por el suelo —conjetura el sargento—. Y eso está lleno de bacterias y demás.

—Entiendo. Puedo limpiar la herida, pero necesita urgentemente que le administre un remedio que no tengo. Hay que ir a la botica.

Martín Gallardo asiente y da una palmada. Luego se frota las manos con fuerza, como si así pudiera ocultar un estado calamitoso del que ya son conscientes todos los que le rodean.

—Escríbale en un papel al sargento Pacheco lo que necesita e irá a buscarlo de inmediato.

Acto seguido se dirige a tía Menchu, que desde un discreto segundo plano no parece querer perderse detalle.

—La gente de Acevedo nos sigue buscando, y ayer vi que en un armario tiene ropa de varón. ¿Sería tan amable de prestarle algunas prendas al sargento Pacheco para que no llame tanto la atención con el uniforme?

—Claro, Agustín era igual de escuchimizado que usted —le dice—. Acompáñeme. El condenado se removería en su tumba si supiera que de algún modo ha ayudado a la ley. Y usted, ¿necesita algo?

Gallardo se lo piensa.

—No, gracias.

Ángel Santamarta le entrega la nota al sargento Pacheco, y, cuando todos se marchan, Gallardo se vuelve hacia el veterinario.

—Escuche, por favor, quería hacerle una consulta particular.

—Me imagino por dónde van los tiros. ¿Qué es? ¿Morfina, cannabis, opio, cocaína?

—Opio.

—Ah, claro, que usted es excombatiente de ultramar. Y supongo que necesita láudano.

El de la Guardia Civil desvía la mirada, avergonzado, y asiente.

—Doy por hecho que sabe que desde principios del año pasado no es legal su consumo sin prescripción médica.

—Por eso se lo estoy pidiendo a usted.

—Entiendo. Yo no puedo recetárselo, pero sí podría conseguirle un bote de cápsulas de medio gramo. Juan del Campo, el boticario, es de confianza.

—Le estaría eternamente agradecido.

—Con el láudano logrará rebajar la ansiedad y hará que disminuyan los temblores y la sudoración, pero ya sabe que así no eliminará la adicción.

—Lo sé: la adicción solo se quita con esto —dice posando la mano sobre la culata de su revólver.

No todos los que le ven pasar conocen a Patricio, pero conforme se abre camino entre la multitud, las expresiones cargadas de miedo contagian a los presentes de prudencia con mayor velocidad que la gripe del pollo a la que tanto temen.

El cabo Aguado y el guardia Ginés son los afortunados a los que les toca cortar el paso a la partida de hombres armados que tienen delante. Aunque desearía que la situación fuera otra, es a Aguado a quien le corresponde darles el alto.

—No se puede pasar.

—Tengo que entrar —responde Patricio seco.

—Mis órdenes son...

—¡Aguado, no me toques los cojones que nos conocemos! —le corta—. Si te digo que tengo que entrar es que tengo que entrar.

—En tal caso, lo tendría que autorizar el cabo Yáñez.

—Tú —le dice Patricio a Ginés—, ya estás tardando en ir a buscar al Jabalí.

Los guardias se miran.

—¡Que te des prisa, hombre! —le apremia.

Y prisa se da, porque en menos de dos minutos aparece Yáñez seguido de Ginés y, varios metros más atrás, del matrimonio Espinosa. Patricio se aparta unos metros y Yáñez va tras él.

—Mira, te lo voy a decir muy clarito. El señor Acevedo me ha encargado que le lleve una cosa que hay ahí dentro, y ni tú ni ninguno de esos monos con uniforme me lo vais a impedir. Así que déjame pasar, lo cojo y me marcho. Sin más.

—¿Qué cosa?

Patricio maldice por lo bajo.

—Tres cojones te importa.

Brazos en jarra, Yáñez toma aire para valorar las opciones que tiene. Antes de hablar encuentra la más favorable.

—A ver, Patricio, yo no te pondría ningún impedimento, pero supongo que lo que has venido a buscar está en la morgue que hemos improvisado en el sótano, y ese teniente de la comandancia ha puesto ahí a uno de sus hombres para impedir que nadie entre.

—¿Uno, dices?

—Sí, uno. Pero por aquí no puedes entrar, que os va a ver toda esta gente. Haced como si os marcháis y en unos minutos te abro yo la otra puerta, ya sabes cuál.

—Si se te ocurre jugármela te juro por Dios que te saco las tripas.

—Estate tranquilo, hombre, que ya sé con quién me estoy jugando los cuartos. Solo te pido que le cuentes a...

Patricio le da unas palmadas en el hombro.

—Estate tranquilo, hombre, que ya le diré yo al patrón que te dé un par de caramelos.

En el estado en el que se encuentra, la gran paradoja a la que se enfrenta Martín Gallardo consiste en que una parte de él conoce el camino que seguir pero la otra no sabría volver.

Es consciente de que no está en plenitud de facultades e, inmerso en esa tesitura tan poco favorable, la ansiedad es la que rige la toma de decisiones. Por ello, encerrado en el aseo en su enésimo intento por recomponerse, Martín Gallardo oye las detonaciones, pero su cada vez más embotado cerebro no relaciona los acontecimientos ni, por tanto, reacciona ante los hechos. En lo único que es capaz de pensar es en hacer desaparecer el intenso dolor que le atraviesa el estómago de parte a parte. No va a ser esa la primera vez —ni será la última— que recurra al láudano para paliar el hambre cuando no ha tenido nada que llevarse a la pipa. Sabe que, aunque solo es un parche, funciona.

El láudano no es la solución pero sí es una solución.

La única que ahora tiene al alcance de la mano.

Por tanto, la más indicada.

La excitada voz del sargento Pacheco es lo que le vuelve a conectar con la realidad.

—¡Se oyen tiros en el cuartel!

—Me cago en mi suerte —murmura—. ¡Salgo!

Y sale, cierto es, como un miura. Algo desnortado, eso sí, pero con la insana intención de cornear a todo bicho viviente.

—Teniente, ¿se encuentra usted bien?

Gallardo evita hacer ningún comentario sobre el ridículo atuendo que viste el sargento. Junto a él, el doctor Santamarta y, en un segundo plano, tía Menchu y Rosario.

—¡Perfectamente! ¿Puede encargarse usted de ir a la botica? —le pregunta al veterinario.

—Me encargo.

—Señoras: que no se nos muera el pieza, por favor.

Es lo último que dice. Acto seguido entra en modo acción —que es el único modo en el que no necesita la participación de la materia gris— y, para sorpresa de Darío Pacheco, se comporta como de él se espera: trotando a buen ritmo, vista al frente y, por supuesto, arma en mano. Invierten escasos minutos en llegar al cuartel y lo primero que les llama la atención es que la multitud de personas que estaban a punto de asaltarlo se ha convertido en un rebaño de corderitos que los miran al pasar como si fueran ellos sus perros pastores. Los de la Benemérita desconocen que, en su huida, los hombres de Patricio han realizado varios disparos al aire para abrirse paso entre la muchedumbre. Lo siguiente que les extraña es la ausencia de compañeros custodiando la entrada, lo cual les hace presagiar lo peor.

De lo que no se percata Gallardo es de que, desde su Hispano-Suiza y a punto de abandonar el lugar, Francisco Espinosa ha tenido que frotarse los ojos para dar crédito a lo que estaba viendo: el hombre que le asaltó y amenazó de muerte es el teniente de la Guardia Civil que está al frente de la investigación.

—¡Revise el patio, las cuadras y el piso superior! —ordena Gallardo a Pacheco sin detenerse—. ¡Yo voy directo al sótano!

Se deja guiar por su instinto, y este le dice que si se ha tirado de gatillo no han sido los guardias del puesto quienes lo han hecho. Así, se dirige hacia el sitio que le encomendó cuidar al cabo Linares, cumplidor como buen exmilitar de carrera. En cuanto baja el último tramo de las escaleras lo que ve le hace frenar en seco: la totalidad del personal, incluido Yáñez, rodeando en completo silencio algo que está tirado en el suelo.

A alguien, más bien.

Conforme va recortando los metros que los separan, a pesar de que su intelecto no está en las mejores condiciones, su mente experimentada le va preparando para lo que va a tener que afrontar casi con toda probabilidad. Por eso, al llegar al lugar y corroborar que el que yace inerte con algunas de las vísceras esparcidas por el suelo no es otro que José Linares, no se comporta como el resto de los presentes, que permanecen estáticos, a la expectativa. Y puede que sea por ello, por tratarse de una situación inusual, por lo que ninguno de ellos mueve un dedo cuando el teniente Gallardo se encara con el cabo Yáñez, desenfunda su revólver reglamentario e introduce el cañón en su boca con extrema violencia.

Y dadas las circunstancias, lo que a nadie le va a extrañar es que Gallardo amartille el arma con el pulgar sin inmutarse lo más mínimo y le vuele la tapa de los sesos.

Tercera parte

Mejor reinar en el infierno que servir en el cielo.

El paraíso perdido,
John Milton

El que algo quiere

Hacienda Monterroso
Término municipal de El Raposo (Badajoz)
Un año antes

El inicio del año fue duro. Acababan de superar un brote de peste porcina en el que se perdieron decenas de ejemplares y los nuevos negocios relacionados con el alcornoque que Antonia se había empeñado en poner en marcha todavía no habían dado sus frutos. No pasaban hambre, pero estaban al borde de la pobreza, igual que les sucedía a muchas familias de pequeños terratenientes como el matrimonio Palomo.

Esta boda, celebrada dos meses antes, no había sido, ni mucho menos, tan comentada como la primera. La ceremonia había tenido lugar en la ermita de Nuestra Señora de Belén, en Puebla de Sancho Pérez —el párroco era primo segundo del contrayente—, y no habían asistido más de dos docenas de almas entre invitados y curiosos. No le importó demasiado a Antonia, habida cuenta de las contraprestaciones que Domingo había aceptado y firmado ante notario: la repartición al cincuenta por ciento de los bienes aportados por los cónyuges, que en el caso de él se componían de una hacienda de seiscientas ocho hectáreas que incluía vivienda particular, leñera, establo, cobertizo, almacén, pozo y granja porcina más un patrimonio por valor de 12.415 pesetas, cantidad a la que se sumaban las 390 que depositaba ella en efectivo en el momento de la firma. En otro documento, además, se designaba a la señora Palomo como albacea dativa de todos los bienes, que habrían de repartirse en partes iguales entre ella y la única hija de Domingo, Clara, de trece años, fruto de un matrimonio anterior. Esta parte era, sin lugar a dudas, la que más le había costado tragar a Antonia junto con la pérdida de su apellido, circunstancia que vio compensada de algún modo al bautizar la hacienda con su apellido de soltera. Se negaba ella a dejar atrás un pasado que no quería olvidar, aunque ni siquiera estuviera relacionado con su verdadera identidad. Por último, pero no menos importante —Antonia lo estableció como condición *sine qua non* apoyándose en los casi veinte años que los separaban—, estaba la póliza de seguros suscrita con una compañía aseguradora de Madrid a nombre de su esposo por un valor de 56.200 pesetas y con una circunstancia asociada no menor: hasta que Clara cumpliera los veintiún años en los que se establecía la mayoría de edad, Antonia era la única beneficiaria legítima. Ocho años eran más que suficientes para llevar a cabo su plan.

—Y a la vejez, pesetas —bromeaba ella con su marido el día que estampó la firma en una oficina del madrileño paseo de Recoletos.

A punto de cumplir los cincuenta y ocho, no podía decirse de Domingo Palomo que fuera un hombre con demasiadas virtudes más allá de su ilimitada capacidad de trabajo, cualidad que demostraba cada día en jornadas que empezaban a las cinco de la mañana y nunca terminaban antes de las ocho de la tarde. De pocas palabras y voluntad estrecha, su único deseo consistía en conseguir que Clara dejara de ser hija única, objetivo harto imposible de lograr en tanto en cuanto su flamante esposa no abandonara las medidas anticonceptivas que tomaba en secreto. Tampoco es que fuera él muy constante en el empeño, teniendo que superar el cansancio físico una vez llegada la noche y, cómo no, las reticencias de Antonia, poco solícita a la hora de abrirse de piernas. Por norma solía solucionar ella la papeleta tirando de otras artes amatorias que no incluían la penetración y que, por qué no decirlo, dejaban más que satisfecho al bueno de Domingo. De satisfacerla a ella se encargaba el capataz de la explotación, Jacinto Padilla, que cumplía como devoto cristiano que era con el santo sacramento de la lujuria, cuando no a diario, cada dos días dos veces. Bien es cierto que era su jefe quien facilitaba aquellos encuentros gracias a su obsesión por cumplir con una usanza que venía impuesta por su padre desde que le puso a trabajar a los nueve años; rutina que los amantes conocían a la perfección y aprovechaban para aliviar sus necesidades sexuales.

Al margen de mantenerse muy alejada de su marido y de tratar de sacar mayor rendimiento económico a toda la explotación, Antonia seguía teniendo muy presentes dos asuntos que estaban relacionados entre sí. El primero concernía a su boca y empezaba ya a ser obsesivo. La piorrea había continuado con su destructiva labor, llevándose por delante otras tres piezas dentales en poco más de seis meses. La última vez que pudo viajar a Sevilla para ver al doctor Henríquez, este le dijo que en cuestión de semanas tendría lista la estructura de la prótesis con las piezas dentales que había que reemplazar, pero para recogerla debería pagarle las 6.230 pesetas que le faltaban, suma de la que no disponía y que, tal y como iban las cosas, no iba a poder juntar en varios años. El segundo asunto, con el que se relacionaba el anterior, tenía que ver con el hombre que la había relegado a tan precaria situación y cuyo paradero seguía sin conocer. Desde la última vez que se encontró con Sebastián Costa en la capital hispalense no había vuelto a tener noticias suyas, y de aquello había transcurrido tanto tiempo que el abanico de conjeturas adversas era casi infinito: desde que Costa hubiera renunciado a su promesa de encontrar a Sixto Simón hasta que este hubiera muerto en cualquier circunstancia y se hubiera llevado su dinero a la tumba. El caso es que Antonia no podía quitárselo de la cabeza, y para aplacar su ira se había visto en la necesidad de encontrar una fórmula que le funcionara. Se acordó entonces de algo que nunca le fallaba para olvidarse del aciago presente, y que del mismo modo le servía para quemar la inquina que circulaba por sus venas: entrenar. Tirando de memoria recordó los muchos ejercicios que le había enseñado su madre, que le servirían para fortalecer los distintos grupos musculares, ganar elasticidad y perder el peso que había acumulado por la inactividad propia de la buena vida que había llevado. Dedicaba entre dos y tres horas diarias, tiempo que, sumado al que por fuerza tenía que emplear para realizar sus labores en la hacienda, se notó, y mucho, en cómo estilizó su ya de por sí excelente morfología.

De ello estaba disfrutando Jacinto Padilla en el establo cuando, a punto de alcanzar el orgasmo, Antonia detectó algo que se movía a su izquierda, y al aguzar la vista identificó la amenaza. De inmediato se quitó de encima al capataz ayudándose de sus piernas, y, en apenas cuatro zancadas —y explotando al máximo su potencia muscular—, dio alcance a Clara. La niña gritó al sentir el tirón de la coleta, y sus ojos, redondos y claros como los de su difunta madre, se anegaron de lágrimas al enfrentarse a los de la mujer a la que tanto temía.

—¿Dónde coño crees que vas, ratita?

Clara trató de zafarse, pero enseguida se rindió al asumir que no iba a ser posible. Antonia, fuera de sí, armó el brazo para darle un bofetón, pero a medio camino abortó el golpe, se arrodilló para colocarse a su altura y le habló en voz queda.

—Escúchame bien. Como se te ocurra contarle algo de lo que has visto a tu padre, o a quien sea, te juro por todos los santos del cielo y todos los demonios del infierno que te mato. Te mato a ti y mato a tu padre, ¿lo entiendes?

Petrificada, Clara no supo cómo reaccionar.

—¡Te he preguntado si me has entendido o no!

Antes de asentir, la niña notó que se le mojaba la cara interior de los muslos.

—¡Pues ahora desaparece de mi vista y no vuelvas a entrar aquí en tu vida!

Malhumorada, Antonia regresó para encontrarse con Jacinto, que, todavía conmocionado por las consecuencias que podría tener lo que acababa de ocurrir, no sabía qué decir.

—No dirá una palabra.

Él meneó la cabeza.

—¿Cómo puedes estar tan segura?

—Porque me ha creído.

—No estarás hablando en serio, ¿verdad?

Ella no respondió.

—¡Es una niña!

—¡Yo a su edad...!

Transcurridos unos instantes de indecisión, Antonia dio un par de erráticos pasos y se apoyó con ambas manos en una viga de madera.

—Yo a su edad ya sabía lo que era el auténtico sufrimiento. Vaya si lo sabía. Recorriendo el mundo de pueblo en pueblo en aquellas caravanas, durmiendo en cualquier sitio, comiendo lo que había cuando había algo y a merced de cualquier malnacido.

Jacinto, conmovido, le agarró la mano con fuerza.

—Una vez, cerca de Zagreb...

Antonia tragó saliva y se concedió unos segundos para recomponerse.

—El circo llevaba un tiempo moviéndose por esa

zona, y en aquellos días mi madre mantenía una relación intermitente con Pável, un domador de osos ruso. Todos los niños le teníamos mucho miedo. Yo tenía trece años, los mismos que esa mierdecilla a la que no le falta de nada. Trece —repitió apretando los párpados como si así pudiera evitar que se le escaparan las lágrimas.

—No hace falta que sigas.

—Sí, claro que sí. Pável se encaprichó de mí, y cuando mi madre estaba ensayando, él me buscaba y me obligaba a... Me obligaba a tocarle. Me amenazó con matarme si lo contaba, así que no le dije nada a nadie... hasta que se me ocurrió algo.

Antonia se secó las lágrimas antes de sonreír maliciosamente.

—Aparte de mi número de acrobacia y contorsionismo, me encargaba de dar de comer a los animales, así que dejé de alimentar a Ruslana, una osa tibetana enorme que, además, llevaba poco trabajando con él. Una tarde, durante un espectáculo, impregné el interior de las mangas de su casaca con sangre de ciervo...

Anticipándose a los acontecimientos, Jacinto Padilla suspiró.

—Es como si lo estuviera viendo ahora mismo —retomó ella con la mirada inerte—. En cuanto lo olfateó, Ruslana se volvió loca y le atacó. Le destrozó un brazo y a punto estuvo de matarlo.

—Dios santo.

—Lo mejor de todo es que se corrió la voz, y en los siguientes espectáculos agotamos todas las entradas solo para ver a Ruslana. A Pável lo terminaron echando porque no podía domar ni a una cabra y mi madre le encontró sustituto antes de cambiar de ciudad. Jamás se lo conté.

No se equivocaba Antonia al pensar que Clara mantendría el secreto, y los días transcurrieron sin novedad hasta convertirse en semanas durante las cuales lo único que pasaba era que no pasaba nada. Resolvió entonces que si no tomaba cartas en el asunto nunca le iban a repartir los triunfos que necesitaba para ganar la partida. Y si algo tenía claro era que las jugadas que habían funcionado una vez podrían funcionar de nuevo. Eso lo tenía muy bien aprendido.

Como aprendida tenía la rutina de su marido.

Y siendo viernes, lo que tocaba al final de la mañana era ordenar el cobertizo donde Domingo guardaba las herramientas. Antonia lo había dispuesto todo con anterioridad, y lo único que tenía que hacer era repetir sin errores lo que tantas veces había ensayado. Debía actuar con normalidad, y a ella le tocaba ir a Zafra y comprar los treinta sacos de pienso que consumían los marranos a la semana. Pero en cuanto salió de los límites de la hacienda recorrió unos cuantos metros para ocultar la calesa y correr sin que nadie la viera hasta el murete que delimitaba la finca. Tras salvar el obstáculo sin dificultad, se movió con la libertad de saber que tanto su marido como los trabajadores se encontraban lejos del cobertizo a esa hora. Y Clara, su más directa competidora, en la escuela. Las llaves solo las tenía Domingo, pero contando con sus capacidades físicas tampoco le resultó complicado escalar para alcanzar el tragaluz del tejado, que, como ya sabía, podía manipularse desde el exterior. Una vez dentro, se descolgó con destreza hasta llegar al suelo y caminó hasta el sitio exacto donde sabía que debía colocar el cebo, compuesto por un garabato de cuatro picos, una azada corta y una hoz bien amontonados en el suelo y muy lejos del lugar que su marido había designado para su colocación, pero muy en la vertical de otro objeto mucho más contundente del que Antonia tenía previsto valerse con el beneplácito de la gravedad. Todo dispuesto, procedió a subir por la escalera de mano para alcanzar la posición en la que debía aguardar su llegada, pero al detectar una gruesa capa de polvo sobre la que podría dejar sus huellas, decidió tomar el camino difícil y encaramarse a pulso tirando de dorsal. En el nivel superior de almacenaje del cobertizo, Domingo solía acumular piezas de maquinaria y demás enseres inútiles que le obligaba a conservar su paupérrima mentalidad de terrateniente de tercera. Un claro ejemplo de ello era la piedra de un viejo molino de aceite que había dejado de usarse hacía más de treinta años, pero que él se había empeñado en conservar, inservible a todas luces excepto si necesitas que a tu marido le aplaste el cráneo un objeto de más de cien kilos —y que Antonia ya había comprobado con antelación que era capaz de empujar con las piernas estando con la espalda apoyada contra la pared. Así, adoptó esa posición y esperó a que llegara el momento. A punto estaba de empezar a pensar que justo ese día Domingo iba a modificar sus costumbres cuando oyó el tintineo de unas llaves. Un automatismo hizo que todo su cuerpo se tensara y toda su energía se concentrara en su tren inferior. Había calculado que dispondría de unos cinco segundos —los que invertiría él en recoger las herramientas—, pero se conjuró para hacerlo en tres.

Lo logró en dos.

Por la posición en la que se encontraba, Antonia no podía ver si había tenido éxito, pese a que intuía por la información que había recogido su sistema auditivo que la piedra de molino había cumplido con sus deseos. Pero no como lo había visualizado.

Al asomarse para comprobarlo vio a Domingo boca arriba abrazando la piedra a la altura del pecho como si hubiera conseguido agarrarla en el aire. Tenía los ojos muy abiertos, como sorprendido, y por las comisuras de la boca se escapaban dos generosas cataratas de sangre oscura y viscosa mezclada con saliva. Un silbido discontinuo bastante molesto era la prueba de que aún respiraba, y, aunque hubiera preferido no tener que irse hasta asegurarse de que había pasado a mejor vida, no disponía de demasiado margen si quería contar con una buena tapadera exculpatoria. Con ese propósito, Antonia descendió de forma acrobática y se acuclilló para dirigir unas palabras a su más que previsible difunto segundo marido:

—No he sido, soy, ni seré la marrana de ningún hombre.

Domingo produjo algún sonido ininteligible como respuesta.

—Pero te puedes ir tranquilo al infierno, porque cuidaré lo mejor que pueda de Clara.

Dicho lo cual, recogió las herramientas, las colocó donde correspondía y salió por el mismo sitio por el que había entrado. Luego recorrió el camino a la inversa y ni bien se subió a la calesa azuzó a los caballos para llegar a Zafra lo antes posible. En cuanto llegó a la tienda de piensos, cuarenta minutos más tarde de lo habitual, comentó en voz alta que había tenido un percance con una rueda que había logrado solucionar ella sola. Cuando terminó de cargar los sacos inició el regreso a la hacienda, donde esperaba encontrarse con Clara, que a esa hora tendría que estar ya de regreso de la escuela.

Y así debería haber sucedido, pero tanto le extrañó a la niña que no la recibiera su padre como de costumbre que decidió ir en su busca recorriendo todas las estancias de la casa primero y el resto de las edificaciones repartidas por la finca después. Al llegar al cobertizo y ver la puerta entreabierta, Clara frunció el ceño, y aunque tenía prohibida la entrada, pesaron más los malos presagios que la atenazaban que la posible reprimenda. En el momento en que sus ojos se acostumbraron a la penumbra y lo vio tendido con aquella protuberancia que brotaba de su pecho, aún invirtió unos instantes en procesar y asumir que esa suerte de insecto despanzurrado era su padre. Antonia, que estaba en la cocina pelando patatas, oyó los alaridos desesperados de Clara y encajó las piezas de inmediato, pero se tomó su tiempo para ensayar mentalmente el papel que le tocaba interpretar. Fue Jacinto Padilla el primero en acudir al lugar y atender a la niña, que, sumida en un ataque de ansiedad, convulsionaba en el suelo a pocos metros del cuerpo de su padre. Cuando por fin llegó Antonia se congregaban fuera la mayoría de los trabajadores, y, entonces sí, con su público presente, se dejó llevar por el drama.

Estuvo magnífica.

Tres días más tarde, ya con Domingo Palomo bajo tierra, entraba la que ya empezaban a conocer como la Viuda con la cabeza muy alta y la espalda muy recta en el cuartel de la Guardia Civil de Zafra, a la que le correspondía investigar el caso. La habían citado sin cargo alguno, solo para declarar, por lo que declinó ir acompañada de un letrado para que la asistiera. Sentado frente a ella en la sala de interrogatorios, el cabo Yáñez se rascaba la barba de varios días mientras pensaba por dónde abordar el asunto. Detrás y en posición de firmes le flanqueaban el cabo Aguado y el guardia civil Remigio López, encargados ambos de inspeccionar la hacienda donde había tenido lugar el fatal accidente.

Después de carraspear varias veces, Yáñez se encontró con unos ojos que, vigorosos, le estaban taladrando de parte a parte.

—Bien, señora Palomo, si le parece nos ahorramos los pésames y demás fórmulas protocolarias y nos centramos en lo que nos tenemos que centrar.

Antonia no pudo evitar arrugar el rostro cuando le envolvió la vaharada fétida que salió de la boca del interrogador. El olor del café no lograba enmascarar lo que subyacía como olores primarios: alcohol mañanero, tabaco de mascar, placa bacteriana añeja y, cómo no, restos de comida en avanzado estado de putrefacción ocultos entre los dientes. Tras ganar al menos un metro de distancia, Antonia cruzó las piernas y corrigió:

—Ahora de nuevo señora Monterroso, por desgracia. Y sí, me parece bien que vayamos por la vía rápida, que tengo muchas cosas que hacer esta mañana.

—Al parecer, el día en cuestión se había usted desplazado a Zafra, donde había ido a comprar pienso para los animales. Los compañeros aquí presentes han corroborado su declaración con un empleado del negocio que mencionó, además, que había tenido un percance con la carreta.

—Eso es. Tienen razón los que dicen que las desgracias nunca llegan solas.

—Sí, la vida a veces es muy puñetera —añadió el hombre—. Por tanto, cuando regresó a la hacienda...

—Yo estaba en la cocina y oí que se había formado un revuelo en el exterior del cobertizo que llamó mi atención, y, claro, enseguida corrí hacia allá para ver qué pasaba. Y al verlo ahí tirado, Virgen santa, con eso aplastándole el pecho y Clara ahí delante..., se me partió el corazón en dos.

—Nos hacemos cargo. Horrible —calificó Yáñez—. ¿Cómo está la niña, por cierto?

—Al cuidado de una persona de mi confianza, por eso no querría yo que se alargara mucho esto.

—Claro, claro. Prosigamos entonces. ¿Había estado usted antes en ese cobertizo?

—¿Antes? Claro. Alguna vez. Pero Domingo era muy celoso de sus cosas, y ahí estaban sus herramientas, y solo él guardaba la llave. No recuerdo la última vez que estuve allí, la verdad.

—¿Y esa piedra siempre ha estado ahí?

Ella se encogió de hombros.

—No sabría decirle.

—Se lo pregunto porque no acabamos de entender por qué esa piedra, que debía de llevar allí sabe Dios cuánto, se cae de repente justo cuando su difunto marido pasa por debajo. ¿No le parece demasiada mala suerte?

—Pues claro que me lo parece. Sobre todo para mí, que me quedo viuda otra vez antes de tiempo, pero estas cosas pasan más a menudo de lo que pensamos. Hace no mucho estuve en Sevilla y alguien me contó que un vecino había muerto un día que cayó una tromba de agua terrible que hizo que se desprendieran algunas tejas. Una le dio y le partió la cabeza. Pero es que además el hombre tenía un problema de cojera y casi nunca salía de casa.

El cabo Yáñez resopló.

—Ya.

—¿Cuántas veces llueve en Sevilla? Pocas. ¿Y cuántas cae una tromba de agua así, como para arrancar las tejas de cuajo? Muy pocas. ¿Y qué probabilidad hay de que un hombre que casi nunca sale de casa elija un día de esos y justo le caiga una encima? Muy muy pocas. Pero sucede. La fatalidad.

—La fatalidad —repitió Yáñez convencido.

—O puede que Dios Nuestro Señor tenga un plan para cada uno de nosotros y cuando toca, toca.

—Eso está claro. Si a uno le llega la hora, le llega. Sin más.

—Sin más —coincidió ella.

El cabo Yáñez, cuya intención no iba más allá de cumplir con el expediente, se tomó unos segundos para cavilar.

—Bueno —dijo al fin—. Si le soy sincero, señora Monterroso, usted no estaría aquí si una persona que dice conocerla bien no hubiera insistido en señalarla como sospechosa.

Antonia se hizo la sorprendida.

—Vaya. ¿Y puede saberse quién es?

—No, lo siento, no se me permite revelar su identidad. El caso es que esa persona está convencida de que la muerte de su marido no ha sido un accidente.

—¿No?

—No.

—¿Y qué pruebas tiene para acusarme?

—Ninguna. Solo alega conocerla muy bien.

Antonia entrecruzó los dedos de las manos y tomó aire por la nariz.

—Francisco Espinosa, claro. Es verdad que hizo todo lo que pudo por conocerme, sí. Pero de cintura para abajo —matizó elevando el tono—. ¿Sabe usted que lo denuncié por intentar sobrepasarse conmigo en mi propia casa?

Yáñez trató sin éxito de mantener la cara de experto jugador de cartas.

—No, no lo sabía.

—Puede comprobarlo en la comandancia de Almendralejo. Un hermano de mi primer marido estaba obsesionado conmigo y, por lo que veo, lo sigue estando.

—Ese es un asunto que no me concierne.

—Pero tiene que ver con este. Acaba de decirlo usted. Si no fuera yo quien soy y si mi primer marido no hubiera muerto, por cierto, por causas naturales certificadas por un médico, ni siquiera me habrían llamado a declarar.

—Sí, es verdad, pero...

En ese instante, el cabo Yáñez buscó apoyo en las neutras expresiones que mantenían sus subordinados.

—Pero nada —dijo al fin—. Puede usted marcharse cuando quiera, señora Monterroso.

Esta aguardó unos segundos antes de ponerse en pie, como si de repente le pesara la dignidad, y con exquisita elegancia se despidió con un leve movimiento de la cabeza y se marchó.

Una semana más tarde, libre de toda culpa, que no sospecha, tras dejar a Jacinto Padilla al frente de la hacienda, Antonia emprendió un viaje cuya primera etapa era Madrid. En la capital el trámite fue, contra todo pronóstico, rápido y sencillo. Llegar, presentar el documento de defunción de su marido por causas accidentales y llevarse puesto el cheque a su nombre por el total de la cantidad establecida en la póliza. Un montante que podría cobrar en cualquier sucursal del Banco Español de Crédito.

—Lamentamos muchísimo su pérdida, señora Monterroso —se despedía el gerente de la empresa—. Aquí nos tiene para lo que necesite.

—Gracias, son ustedes muy amables: una nunca sabe cuándo dejan de perseguirla las desgracias.

El hombre no supo cómo reaccionar ante la broma, pero una voz interior le dijo que no sería aquella la última vez que vería a Antonia Monterroso por allí.

Esa misma noche, un tren cama la trasladaba hasta Sevilla sin novedad, y eso que un hombre de muy buen ver pero muy casado le propuso tomar una copa de champán francés para matar el insomnio que aseguraba padecer; muy al contrario que su esposa, de quien —insistió varias veces— dijo que dormía toda la noche como un lirón. No fue la falta de ganas de sexo lo que le hizo declinar la oferta, ni el estado civil de él, sino que era algo estrábico de un ojo, circunstancia que le recordaba a un trapecista búlgaro que la estuvo pretendiendo cuando ella tenía quince años y que desprendía un olor corporal tan fuerte que le llegó a provocar el vómito en alguna ocasión.

Demasiado riesgo para tan poco premio, por lo que durante el resto del viaje, hasta que se quedó dormida, se entregó a otro placer que tenía algo abandonado: la lectura. *El árbol de la ciencia* de Pío Baroja, publicado en 1911, fue el libro elegido.

El convoy llegó puntual a su destino a primera hora de la mañana. En la estación preguntó por la sucursal más cercana de la entidad depositaria de su dinero y allí se presentó cheque en mano. Con 10.340 pesetas en efectivo en el bolso, caminó rauda hasta el gabinete del doctor Henríquez, en la calle Sierpes.

—¡Señora Monterroso, menuda sorpresa! —le saludó el cirujano protésico—. Le confieso que he llegado a pensar que me tocaba desengarzar las piezas y fundir de nuevo la estructura.

—Le pido disculpas, doctor, pero he estado muy ocupada estos meses atrás. Aquí le traigo lo suyo —dijo golpeando varias veces el bolso.

El dentista compuso una mueca infantil y le indicó con el índice que le acompañara hasta la habitación en la que tenía el taller.

—Muy pocas personas han entrado aquí, pero usted es una paciente muy especial. De verdad que me he esmerado al máximo con su postizo, y, aun a riesgo de pecar de soberbia, con total franqueza le digo que estoy más que satisfecho con el resultado. Pase, pase.

En el centro de la estancia, una sólida mesa de ébano articulaba el espacio, bien iluminado gracias a los tres grandes ventanales que parecían absorber la claridad del día. Dos potentes lámparas y un cristal de aumento eran los únicos objetos que Antonia alcanzaba a reconocer entre todos los que descansaban de manera perfectamente ordenada sobre el tablero. De pared a pared, una estantería repleta de libros donde no cabía un solo tomo más, y en la opuesta, archivadores y armarios de distinta condición. Olía a conocimiento, a confortable sabiduría.

—Pero no se quede ahí, siéntese, se lo ruego.

Mientras ella tomaba asiento, Abraham Henríquez se dirigió a uno de los armarios y seleccionó una de las llaves del manojo que colgaba de su cinturón.

—A ver si hay suerte. Nunca sé cuál es cuál —comentó en voz alta—. ¡Bingo! —cantó al tercer intento—. Aquí la tenemos.

Desde la distancia, el doctor Henríquez le mostró la caja metálica que levantaba por encima de la cabeza con ambas manos como si se tratara de un trofeo. Con una gran sonrisa en los labios se aproximó a la mesa y la posó en ella con dulzura paternal.

—Ábrala.

Los primeros segundos los invirtió Antonia en contemplarla como quien disfruta de un atardecer por primera vez en su vida. Ensimismada en su belleza, no se vio capaz de verbalizar nada que estuviera a la altura, y, tras unos instantes, se expresó a través de los lagrimales.

—Impresiona, ¿verdad?

Sin atreverse a tocarla, se limitó a asentir sin dejar de mirarla. El oro como elemento unificador aportaba al conjunto sobriedad y distinción; las nueve piezas dentales de porcelana, repartidas según las necesidades de su futura dueña, le parecieron perlas brillando en el oscuro abismo de su boca. Examinando más de cerca los detalles, le asaltó un pensamiento.

—Hay algo que aún no le he dicho, doctor. Seguí al pie de la letra el tratamiento que me mandó —mintió—, pero desde la última vez que nos vimos he perdido otros tres dientes.

—Vaya por Dios. Incline la cabeza hacia atrás, por favor.

Concluida la exploración, Henríquez chasqueó la lengua.

—Y tiene otro molar y dos premolares que no tardarán mucho en caerse. Esto es muy inusual. ¿Está tomando algún medicamento de forma continuada?

—No, ninguno.

—Es que no es normal la velocidad a la que avanza la piorrea. No es normal, no —repite para sí.

—¿Y qué problema hay? Los sustituimos y arreglado.

—No es tan sencillo. Al margen del aumento del coste, claro.

—El dinero no es problema. Se lo puedo incluso dejar pagado hoy mismo.

—Permítame que le explique —dijo agarrando la prótesis con el índice y el pulgar—. Las piezas frontales son sencillas de sustituir porque, digámoslo así, encajan mejor. Los incisivos y caninos cortan y desgarran, por lo que uno solo tiene que preocuparse de fijarlos bien. Sin embargo, los molares y premolares se encargan de triturar los alimentos y tienen que quedar alineados a la perfección para asegurar la mordida.

Antonia se limitó a escuchar con atención.

—Si tenemos que sustituir dos premolares que flanquean una pieza sana, como es el caso, tengo que medir los espacios de forma milimétrica con el fin de que el engarzado del postizo, después de haberlo tallado a su medida, encaje con la estructura de la prótesis y esta, a su vez, con el soporte interdental para que el conjunto no le moleste a la hora de masticar. Otra cosa sería que tuviera todas las piezas de antemano y solo tuviera que ensamblarlas en la prótesis, no sé si me he explicado bien...

—Creo que sí, doctor, creo que sí.

Algo más tarde, salía Antonia del gabinete del doctor Henríquez con 6.230 pesetas menos en el bolso y una sola idea en la cabeza. Para llevarla a cabo necesitaba ir a una ferretería y una botica. A punto de llegar a la casa de huéspedes que le había recomendado Henríquez, pasó frente a una taberna y se le ocurrió que una botella de aguardiente tampoco le vendría mal, y con todo ello subió hasta el segundo piso, donde estaba la habitación interior con baño individual que le habían asignado por peseta y media la noche. En cuanto cerró la puerta con llave, se desnudó por completo y se dirigió al baño con el instrumental, compuesto por dos alicates de distinto tamaño y unas tenazas. El alcohol etílico, las gasas y las ampollas de morfina las dejó a mano sobre la pila, y frente al espejo tomó aire por la nariz antes de proceder a la primera extracción de la tarde.

—Vamos, Antonia, el que algo quiere... —se dijo antes de dar un buen trago de la botella.

De pequeña se lo había visto hacer varias veces a Branimir, un croata que lanzaba cuchillos con cierta precisión y que, además, se encargaba de coordinar el montaje y desmontaje de la carpa, así como de arrancar dientes a cualquiera que lo necesitara. El truco estaba en agarrar con fuerza la pieza para poder moverla hasta desanclarla de su sitio y tirar de ella hacia fuera con paciencia. Mucha paciencia. Sabía que era doloroso, pero nunca oyó que nadie se hubiera muerto porque le sacaran una muela. Con tal convencimiento, agarró el alicate pequeño y localizó su primer objetivo: una de las tres piezas a las que el doctor Henríquez había pronosticado una vida muy corta. En concreto, la que notó que más se movía. Sin miramientos, agarró, movió y tiró. Ni siquiera le hizo falta la paciencia. El enjuague con alcohol sí le obligó a apretar los puños antes de colocar la gasa en el nuevo hueco que acababa de nacer en su boca ensangrentada. Con la piorrea como aliada, todo apuntaba a que la operación iba a resultar más rápida de lo esperado. Con la segunda pieza ya se dio cuenta de que se equivocaba. Resistió tenazmente hasta que al sexto intento, entre gruñidos y gritos de dolor, logró colocarla en la jabonera junto a su hermana. El temblor en el brazo apareció cuando se disponía a acometer la tercera extracción, por lo que se vio en la necesidad de tomarse media ampolla de morfina, y se sentó en el frío suelo unos minutos con la intención de recuperarse. En cuanto la droga empezó a hacer efecto volvió a la carga con energías renovadas, doblegando a la tercera insurrecta, eso sí, con gran sufrimiento. Quedaba no obstante la parte más complicada, que consistía en eliminar las cuatro piezas sanas que tanto complicaban la tarea del doctor Henríquez. Agotada y con tres hemorragias aún sin controlar, resolvió que era un buen momento para tomarse la otra media ampolla y descansar unos instantes tumbada en la cama. Al despertarse habían transcurrido más de tres horas y apenas podía abrir los ojos. Le dolían sobremanera la lengua, la mandíbula y la cabeza —y, en general, todo el cuerpo al respirar—. Como no se atrevía a administrarse más morfina, recurrió al alcohol como analgésico. Vio las estrellas y el cosmos entero al ingerir el primer trago de aguardiente y entrar este en colisión con las heridas abiertas que tenía en las encías. Blasfemó, gritó y lloró antes de encontrar el remedio para descargar tanto suplicio contra el colchón, pero no paró de beber hasta que apenas quedaban dos tragos de aguardiente.

—Vamos, Antonia, el que algo quiere... —trató de decir, aunque las palabras que salieron de aquella boca sanguinolenta en nada se parecían a las que pretendía pronunciar.

Para esta segunda fase consideró que le convenía contar con otras herramientas. Para ello seleccionó el alicate grande y eligió un premolar que había quedado como una isla solitaria entre tanto boquete. Le costaba agarrar el diente a causa de las lágrimas, y, además, apenas le quedaban fuerzas. Por fortuna, con lo que Antonia no contaba era con haber superado con creces el umbral del dolor, hecho que prácticamente la convertía en un ser inmune al padecimiento. En apenas veinte minutos había concluido la cuádruple extracción y por fin las siete muelas descansaban juntas en la jabonera. Al levantar la cabeza para mirarse al espejo le sobrevino un vahído que la obligó a regresar a la cama, donde, esta vez sí, ingirió otra media ampolla de morfina y dejó que los párpados se le cerraran.

Cuando los abrió de nuevo ya había amanecido. Tuvo que permanecer tumbada durante un tiempo indeterminado para dilucidar si estaba viva o muerta y, tras asumir que no le quedaba otra que convivir con el tormento, se puso en pie. Se fijó entonces en la enorme mancha de sangre seca que teñía la almohada, y como un alma en pena caminó hasta el matadero en el que se había transformado el cuarto de baño. La imagen que le devolvió el espejo no podía ser más deplorable: pálida, con los labios amoratados, los ojos ennegrecidos y la cara hinchada como un pez globo. En el intento de abrir la boca se percató de que toda la zona estaba desconectada del cuadro de mandos del cerebro, por lo que se ayudó de la mano para conseguirlo. Allí dentro todo era un amasijo de tela, sangre y saliva que despedía un olor hediondo de matices óxidos y putrefactos. Haciendo un gran esfuerzo para no vomitar, extrajo las gasas como pudo, y, aunque era del todo consciente de lo mucho que iba a sufrir, se enjuagó con el alcohol etílico durante los escasos segundos que su sistema nervioso central pudo soportar el dolor. Tardó más de una hora en recuperar la consciencia y otra más en vestirse, maquillarse y salir a la calle. Su aspecto era tan nefasto que le daba vergüenza mirarse en los escaparates y más de un transeúnte compuso una mueca horrorizada al cruzarse con ella. Sin embargo, lo peor seguía siendo el dolor, que parecía haberse asentado del cuello a la coronilla a perpetuidad. Intenso, palpitante, constante. Tal era la magnitud que lloró durante todo el trayecto hasta el gabinete del doctor Henríquez.

—¡Virgen santa! Pero... ¿qué le ha sucedido? —la recibió él alarmado.

Antonia, que apenas si era capaz de balbucear, consiguió mantener la verticalidad mientras se desplazaba hasta el sillón de la consulta, donde, agotada por completo, se derrumbó. Entonces sí, dejó que los dedos de la mano derecha se abrieran, y las siete piezas dentales quedaron esparcidas por la moqueta ante la atónita mirada del protésico.

—Esto es para usted —fue lo último que dijo antes de desmayarse.

Resistir

Casa de tía Menchu
Zafra (provincia de Badajoz)
21 de abril de 1917, a las 23.40

Patricio Carvajal sabe que va a morir. No es una sospecha, un presentimiento o una conjetura, no; es una certeza. Está convencido de ello, y, no obstante, algo que reside dentro de él no le permite rendirse.

Algo escrito en su ADN le obliga a resistir.

No en vano su vida entera ha sido un continuo alarde de resistencia.

Resistió la penuria de nacer en el seno de una familia pobre, de criarse entre muchas más bocas que alimentar que posibilidades de llenar la despensa de otra cosa que no fuera aire. Resistió el rigor invernal de Leciñena, en el corazón de los Monegros, sin un triste leño que tirar a la hoguera. Resistió el calor abrasador del verano trabajando en el campo a pleno sol desde los cinco años hasta que sus padres lo empaquetaron junto con Perico, su hermano menor, rumbo al sur, donde, supuestamente, sus tíos paternos los iban a recibir con los brazos abiertos. Se quedó en el supuesto. Allí, en El Carpio, provincia de Córdoba, le tocó resistir los continuos malos tratos de su tío Vicente, un hombre amargado, roto por no ser capaz de dejar embarazada a su esposa a pesar de la insistencia.

Su impotencia, además, le convertía en el epicentro de las mofas de hombres, mujeres, ancianos y niños. Hasta que un día estalló, se bebió una botella de vino agrio y, cuchillo en mano, se presentó en la taberna del pueblo, con tan mala suerte que coincidió con uno menos borracho que él y más diestro con las armas blancas. En concreto con la navaja que solía llevar encima, la misma con la que apuñaló a Vicente en el estómago nueve veces. Con los dieciséis ya cumplidos, Patricio tuvo que resistir las visitas que cada noche le hacía su tía para saciar el apetito sexual insatisfecho por su recién estrenada viudedad. No le daba el cuerpo para trabajar la tierra doce horas y cumplir con aquella mujer insaciable, por lo que, cuando se cansó de la novedad, se colgó el hatillo al hombro, se despidió de Perico con un abrazo silencioso y se dispuso a resistir lo que fuera necesario para labrarse un futuro fuera del campo. Tras muchas vicisitudes y calamidades varias de las que también salió victorioso a su manera, Patricio recaló en Zaragoza, donde estuvo trabajando de aprendiz de ebanista por medio jornal a la semana, comida y un camastro de colchón meado en el sótano del taller. Allí resistió casi un año, hasta que la diosa Fortuna le sonrió por vez primera en su vida y quiso que un domingo que libraba se topara en plena plaza del Pilar con su hermano mayor Severino. Iba el primogénito de la familia Carvajal vestido de militar, pero, más que su atuendo, lo que de verdad le impresionó fueron las dos muchachas que, ancladas a sus brazos, le sonreían sin pedir nada a cambio. Tan poco acostumbrado estaba a tanta bondad gratuita que Patricio no dudó en alistarse en el mismo acuartelamiento que su hermano. Una escuela militar que resultó estar alineada con los intereses de Carlos María Isidro de Borbón, de quien nunca había oído hablar y cuyo empeño nada le importaba, por muy legítimo que fuera eso de reclamar el trono de España. Durante meses le tocó resistir la dura instrucción en la comarca del Maestrazgo hasta que lo llamaron a filas para defender a tiros la causa carlista.

Y, entonces sí, aprendió el verdadero significado de la palabra *resistir*.

Resistir como modo de vida.

Al término del conflicto, Patricio decidió abandonar el uniforme pero no las armas. Y la vida, a la que cuando le da por sonreírte se vuelve antojadiza, le fue atrayendo hacia la zona más pobre del país, donde unos pocos lo acaparaban todo y el resto se disputaba con el sudor de su frente las pocas migajas que sobraban. La ventaja para él consistía en que los pudientes, como siempre han hecho, trataban de perpetuarse en la cumbre de la pirámide y para ello necesitaban gente que se manchara las manos por ellos.

Gente como Patricio Carvajal, habituada a tragar con todo.

A resistir.

Y, sin embargo, hoy no las tiene todas consigo. De hecho, sigue pensando que va a morir a manos de ese teniente de Almendralejo que bien podría ser la horma de su zapato. No en vano, esa misma mañana, cuando ha entrado en el cuartel de Zafra y no le ha quedado otro remedio que reventarle las entrañas a ese guardia civil tan testarudo, ha sabido que de una forma u otra lo iba a pagar caro.

Aunque no tan caro, claro.

Porque vida solo hay una y él está a punto de perderla.

Algunas horas antes de que Patricio esté a punto de marcharse al otro barrio, en la misma población pacense hay otro ser humano que se encuentra en parecidas circunstancias.

O peores.

Se trata de Benito Yáñez, cabo de la Guardia Civil a

sueldo de cualquiera que pueda pagarle. Un tipo corrupto, sin escrúpulos y con muy poco cerebro. Y es justo eso, su cerebro, lo que está a punto de terminar esparcido contra la pared que tiene a su espalda. Así lo vaticinan los presentes, que ven en el demudado rostro del teniente Gallardo el de un ser demoniaco, descontrolado y peligroso. Muy peligroso —sobre todo para Yáñez—, habida cuenta de lo mucho que baila el cañón del revólver que le ha metido dentro de la boca. Así lo cree también el sargento Pacheco, que acaba de personarse en el lugar donde yace el cuerpo sin vida del cabo Linares y que conoce muy bien a su superior.

No obstante, contra todo pronóstico, el teniente Gallardo retira el arma y retrocede un par de pasos sin dejar de apuntar a los guardias civiles.

—¡Sargento! —grita sin quitar la vista del atemorizado semblante del Jabalí.

—Sí, mi teniente —responde Pacheco empuñando su arma.

—Desarme a estos hombres y condúzcalos de inmediato a la sala de interrogatorios. Si alguno opone resistencia, tiene permiso para disparar a matar.

—¡A la orden!

Darío Pacheco les hace un gesto con la cabeza y casi al unísono se desabrochan el cinturón sin exteriorizar protesta alguna y lo dejan caer. El cabo Yáñez, antes de desarmarse, se palpa la parte trasera del pantalón para corroborar abochornado lo que ya sabe: se ha defecado encima. Mientras el sargento Pacheco los conduce en silencio escaleras arriba, Martín Gallardo dedica una última mirada al cabo Linares, que, con los ojos cubiertos por esa fina capa de barniz mate que tantas veces ha visto en otros compañeros muertos, parece querer decirle algo.

—Me cago en mi condenada existencia —masca entre dientes a modo de epitafio.

Su instinto le dice que su pérdida debe tener algún sentido, y que la respuesta que busca tiene que estar tras la puerta, ahora abierta, que él le ordenó custodiar. Dispuesto a averiguarlo, consiente que el olor nauseabundo de la putrefacción le abofetee en la cara y se dirige con paso firme hasta donde está el cuerpo de la Viuda, parcialmente destapado de cintura para arriba. No le hace falta examinar el cadáver para detectar que la mandíbula ha sido forzada y despejar una incógnita fabricada en porcelana y oro.

Malhumorado, Gallardo junta las manos y se las frota con fuerza para intentar controlar el temblor. Odia verse así: vulnerable. Incluso tolera mejor los constantes pinchazos que nota en el estómago, porque no debilitan su imagen. Solo le van minando por dentro. La abstinencia le va devorando poco a poco, como haría la carcoma con un viejo mueble de madera.

—Piensa, joder, piensa —se ordena a sí mismo.

Necesita sosegarse antes de dar el siguiente paso que le ronda la cabeza, y solo hay un ser vivo en el mundo que le transmite la calma que necesita. Al pasar de nuevo junto a Linares se acuclilla y, como si fuera un niño desvalido, le acaricia la mejilla con el dorso de la mano.

—Por mis muertos y los tuyos que pagarán por esto —se conjura—. Que el cielo te guarde, camarada.

A pesar de la flojera de piernas, sube las escaleras de dos en dos y llega hasta las cuadras. Nada más entrar, le llama la atención algo en lo que no había reparado antes: un pequeño corral en el que se cuentan nueve gallinas ponedoras, un gallo y dos ocas, supone que para consumo de huevos del personal del cuartel. Detenido frente a las aves, el teniente recuerda un episodio que vivió en Cuba cuando su comandante le encargó interrogar a tres insurgentes mambises que habían caído prisioneros esa mañana.

Una casi imperceptible sonrisa se dibuja en su boca,

y con esa mueca sardónica se planta frente a Alarico. Muy a su pesar, Gallardo declina acariciarlo por no transmitir la intranquilidad de su falta de pulso y se conforma con apoyar la frente en su quijada. El caballo, que reconoce el olor de su amo, lo saluda con un renovado relinchar.

—¿Estás mejor, chico? Aquí las cosas se han complicado, pero te prometo que lo voy a resolver por la vía rápida y muy pronto nos largaremos de esta pocilga.

—Teniente —oye a su espalda. Ángel Santamarta, con el pelo adherido a la frente por el sudor, trata de controlar su agitada respiración.

—Dígame.

—El sargento Pacheco me ha dicho que podría encontrarle aquí.

—El sargento Pacheco me conoce demasiado bien.

—La herida evoluciona favorablemente. Es un muy buen animal.

—Lo es —corrobora Gallardo.

—He venido a traerle esto.

Un bote.

—Si lo necesita, puede tomarse ahora dos y luego una cada ocho horas. No más, por favor, que podría...

No termina la frase. Martín Gallardo le muestra sus temblorosas manos y el veterinario enseguida interpreta el gesto sacando dos cápsulas y metiéndoselas en la boca. Cuando las traga, Santamarta cierra la tapa del bote y se lo introduce en un bolsillo de la guerrera.

—Gracias.

—Ya he administrado el medicamento al detenido, y he aleccionado a las dos mujeres para que le pinchen las siguientes dosis. En un par de horas debería notar cierta mejoría. Si no es así, ya saben dónde encontrarme.

—Gracias de nuevo.

Santamarta asiente.

—Bueno, si no necesita nada más, yo...

De nuevo esa sonrisa invisible.

—En realidad, sí. Un último favor, si es usted tan amable.

—¡Ha muerto un hombre inocente, por el amor de Dios, Paco! —le recrimina Teresa.

Todavía alterado por los hechos que les ha tocado vivir en el cuartel, Francisco Espinosa recorre la estancia de un lado a otro sujetando una copa de licor que ni siquiera ha probado. Mucho más serena, al menos en apariencia, su esposa trata de que entienda la gravedad de la situación.

—No hace falta que me lo recuerdes. Yo también estaba allí —se defiende él.

Todo ha sucedido muy rápido, pero han registrado a cámara lenta las imágenes desde el momento en el que Yáñez se ha dejado amedrentar por unos hombres armados y les ha facilitado la entrada al cuartel. Sin pensárselo demasiado, los han seguido hasta el sótano, eso sí, guardando una más que prudencial distancia. Al pie de la escalera han escuchado que el guardia que custodiaba la puerta les daba el alto y, a continuación, cuando se disponía a plantarles cara, recibía dos tiros a bocajarro en la zona del abdomen. Paralizados, han visto como caía de rodillas y se derrumbaba de costado como un árbol que acabaran de talar. En cuanto los hombres armados se han marchado, Francisco ha reunido el coraje suficiente para llegar hasta la sala y cerciorarse de que el único cadáver que no estaba cubierto era el de la mujer que había arruinado la existencia de su familia. El examen visual ha durado menos de cinco segundos —los que ha tardado en sentir la primera arcada—, y, tras verse forzado a ganar distancia, se ha batido en retirada junto a Teresa, que, por prudencia o respeto, o quizá por repugnancia, no había querido entrar.

—¿En qué momento hemos perdido el norte? —lanza ella.

Como si en el licor flotaran los recuerdos que necesita aspirar, Francisco cierra los ojos y olfatea la copa.

—Antes me estaba acordando del día que le compramos a esa mujer las propiedades de Goyito —rememora él.

—Estabas fuera de ti. Ni siquiera querías hablar conmigo.

—Ni con nadie. Días después todavía me escocía la sonrisa con la que esa mala pécora cogió el dinero. No podía admitir que se saliera con la suya.

—Tus hermanos sí lo hicieron. Decidieron que era lo mejor para olvidarse de ella. Y les funcionó.

—Sí, a ellos sí, pero ya sabes que yo estoy hecho de otra pasta.

—Sé muy bien de qué pasta está hecho mi marido, pero hay veces que lo mejor es asumir la derrota y pelear en otras guerras. Sin más.

Francisco resopla.

—Sin más —repite.

—Ni menos —completa ella.

Él se moja los labios en el coñac y asiente.

—Hay algo que no te he contado.

—¿Algo? Querrás decir *algo más*. Porque no me habías hablado de la agencia de detectives y tampoco de que sospechas que el hombre que contrataste para investigar a Antonia Monterroso está muerto.

—Sí, sí... Lo sé. Pero esto es distinto.

Teresa se cruza de brazos.

—Te escucho.

—Antes, cuando nos estábamos marchando de allí, he visto entrar en el cuartel al teniente ese de Almendralejo del que tanto habla todo el mundo.

—Yo no me he fijado. Bastante tenía con borrar de mi memoria al pobre guardia agonizando como un perro.

—Resulta que es el mismo tipo que me amenazó con matarme pocos días después de que esa arpía me denunciara por intento de violación. Eso sí te lo conté, ¿recuerdas?

Ella frunce el ceño.

—Sí, eso sí. ¿Y estás seguro de que se trata del mismo hombre?

—Absolutamente.

—Hay muchas cosas que se nos están escapando, Francisco. Muchas —recalca—. Por eso te insisto en que lo más sensato para nosotros es que nos olvidemos de este asunto de una vez por todas y para siempre.

De forma ceremonial, Francisco Espinosa se planta frente a su esposa y eleva el mentón antes de enfrentar su mirada.

—Mañana iré a ver a Acevedo y le diré que cancelo el acuerdo que tenía con él. Que se encargue la justicia o quien se tenga que encargar.

Ella suspira aliviada.

—Se acabó —zanja él.

Ensimismado en el hilo blanco que asciende desde el cigarrillo, Martín Gallardo se regala unos segundos antes de llamar al último. Ha dejado el postre para el final. Gracias al láudano, los temblores han ido remitiendo, y, a pesar de que sigue notando el hambre en el estómago, el hecho de dejar de sentirse como una piltrafa le ha proporcionado una dosis extra de seguridad en la toma de decisiones.

Cada uno de los integrantes de la dotación de guardias civiles de Zafra ha ido pasando y a todos les ha formulado las mismas preguntas, obteniendo, como esperaba, idénticas respuestas. Con distintas palabras han alegado que, aprovechando la confusión originada por la aglomeración de personas que pretendía asaltar el cuartel, varios hombres armados se han colado sin que nadie los viera, y que cuando se han oído los disparos ya nada se podía hacer. Resulta evidente que ninguno le ha contado la verdad, y, aunque lo que le pedía el cuerpo era meterles una bala en la cabeza a uno tras otro, se ha conjurado para llevar a cabo su plan.

Así las cosas, el teniente se aclara la garganta y fuerza la voz para que Pacheco, que está fuera custodiando a los interrogados, le oiga.

—¡Sargento, haga pasar al cabo Yáñez!

Entra el Jabalí haciendo honor a su sobrenombre, con la cabeza alta, los brazos en jarra y sorbiéndose el contenido de las fosas nasales. Gallardo lo mira al tiempo que da una calada al cigarro.

—Tome asiento.

—Gracias.

—Antes que nada, quiero felicitarle. Por mi experiencia sé que no es sencillo lograr la lealtad de los subordinados, y le tengo que decir que, después de interrogarlos a todos, ninguno de ellos le ha señalado como responsable.

—Porque no lo soy. Ni yo ni nadie de este cuartel. Solo puede serlo el hombre que ha disparado contra el cabo Linares.

—Ya. Doy por hecho que, cuando ha sucedido todo, usted estaba, al igual que sus compañeros, en el exterior tratando de contener la turba, ¿no es así?

—Así es.

—¿Y cómo diría usted que han entrado?

Yáñez se encoge de hombros.

—No sabría decirle, pero supongo que han aprovechado que andábamos superados por la multitud que...

—Vale, sí —le interrumpe—. ¿Y salir? ¿Cómo han salido sin que nadie los viera?

—Eso es más fácil. Descolgándose por cualquier ventana del segundo piso, que no están enrejadas.

—Habrá más de cuatro metros de altura.

—Esa gente es capaz de eso y de mucho más.

El teniente Gallardo deja el cigarro en el cenicero y sonríe.

—El sargento Pacheco ha tomado declaración a algunos de los presentes y varios han dicho que han salido pegando tiros al aire por la puerta principal. Puerta que no estaba custodiada por ninguno de ustedes.

—Son chusma. Dirían cualquier cosa con tal de dejarnos mal. Nos odian, nos hacen responsables de...

—¿Recuerda lo que le dije en la taberna? —le interrumpe.

Yáñez desvía la mirada en el intento de hacer memoria.

—No se esfuerce, yo se lo repito. Le dije que si volvía a jugármela le volaría la cabeza. ¿Lo recuerda?

—Lo recuerdo.

—Pues eso es justo lo que necesito.

—Qué necesita.

—Necesito que muera.

Al otro lado de la puerta que separa la sala de interrogatorios de otra contigua aún más pequeña, Darío Pacheco, sosteniendo un rictus neutro, blindado, está empeñado en no establecer contacto alguno con los hombres que su superior le ha ordenado custodiar. Aunque no es lo habitual, a veces no está de acuerdo con la forma de actuar del teniente Gallardo. No tiene por qué. Ni siquiera se siente en la obligación de comprender sus métodos, pero lo cierto es que nunca le ha dado motivos para dudar de él. Sabe lo que hace.

O eso quiere creer.

Porque esta vez hay una alerta parpadeante en su interior que le está provocando cierto desasosiego y que tiene que ver con algo extraño que le ha parecido detectar en la expresión del teniente cuando ha regresado de las cuadras.

Algo que iba más allá de la tensa serenidad que le caracteriza.

Algo siniestro.

Por todo ello, al oír el disparo que viene de la otra habitación, aprieta con fuerza los puños y echa hacia atrás la cabeza lamentando no haber sido capaz de evitar lo inevitable. A su alrededor, todos intercambian miradas cargadas de interrogantes recién resueltos, pero nadie se atreve a tomar la iniciativa. Él tampoco. No sabe qué demonios le corresponde hacer en un caso como este. Segundos más tarde, el teniente Gallardo asoma la cabeza por la puerta y con un gesto le indica que entre.

—Que nadie mueva un solo músculo —les advierte apuntándolos con su revólver.

El sargento no tarda más de dos minutos en regresar, eso sí, con el semblante muy cambiado.

—En pie —les ordena Pacheco endureciendo el tono.

Los guardias civiles obedecen casi de forma simultánea.

—Les informo oficialmente de que el cabo Yáñez ha decidido terminar con su vida por decisión propia.

El sargento Pacheco hace un barrido visual enfrentando las miradas de los pocos que todavía no la han dejado caer al suelo.

—Ese desgraciado le ha confesado al teniente Gallardo que estaba a sueldo del señor Acevedo y que ha sido él quien ha facilitado la entrada a sus hombres. Por su culpa ha muerto un gran compañero, el cabo Linares, por lo que ese maldito traidor no merece ni una sola lágrima por nuestra parte.

—Virgen santa —se atreve a decir Lobito.

—¡Ni una palabra! —le reprende el sargento—. A no ser que alguno de ustedes también esté a las órdenes de ese criminal y quiera reconocerlo.

Silencio.

—Bien. Los quiero a todos formados en el patio dentro de cinco minutos. El teniente Gallardo les va a dirigir unas palabras.

Enérgico, el sargento Pacheco da varias palmadas.

—¡Vamos, coño, en movimiento todo cristo!

Supervisar el proceso de molienda de la aceituna le relaja. Ya desde niño le encantaba encaramarse a la tapia de su vecino y asistir desde esa privilegiada posición al proceso mediante el cual se extrae el oro líquido que tanto aprecia. Quizá se deba al sonido que se produce cuando la piedra de granito rompe el hueso, o puede que sea por el olor imperante, pero el mero hecho de estar ahí le ayuda a liberar su cabeza de otros pensamientos mucho menos oleaginosos.

Es la corpulenta presencia de su sobrino la que le devuelve a la realidad.

—Está fuera Patricio —le informa—. Ha traído eso.

El señor Acevedo aspira los efluvios que se desprenden del zumo de la oliva y se concede unos segundos para disfrutar del momento.

—Ahora salgo.

Ese ahora se transforma en veinte minutos hasta que se decide a salir. Patricio, que trae la cara cubierta de polvo, se descubre la cabeza y se aclara la garganta.

—Aquí tiene, patrón.

Envuelta en un pañuelo de dudoso uso, no sabe si le genera más repugnancia el continente que el contenido.

—Muéstramela.

El contenido, resuelve.

Acevedo le hace un gesto a Aurelio para que la coja. Luego lo agarra del brazo y se apartan unos metros.

—Vete a avisar a quien ya sabes —le susurra al oído.

—Enseguida, tío. Perdón.

—La madre que te parió...

En cuanto su sobrino se marcha, Ramón Acevedo se planta frente a Patricio, mete la mano en el bolsillo del pantalón y le enseña cinco billetes de cien pesetas.

—Ya sabes dónde se esconden, ¿verdad?

—Sí, lo sé —reconoce al cabo.

—Te daré el doble de esto cuando cumplas con la otra parte.

Patricio se guarda el dinero y se vuelve a poner la gorra.

—De esta noche no pasa, patrón, tiene mi palabra.

Formados en fila con la mirada al frente, la barbilla en alto, el pecho fuera, los hombros atrás y el abdomen firme, la dotación al completo de guardias civiles de Zafra —excepto el cabo Yáñez— aguarda la llegada del teniente Gallardo en silencio. Junto a ellos, el sargento Pacheco sostiene una expresión que haría que se le saltaran las lágrimas al mismísimo duque de Ahumada.

A esa hora de la tarde el sol todavía calienta con fuerza los tricornios que cubren las cabezas de quienes están a punto de conocer qué les deparará el futuro a corto plazo. Cada uno de ellos es muy libre de lucubrar sobre lo que va a ocurrir, pero ninguno se acerca lo más mínimo a las órdenes que van a recibir. De este modo, cuando Martín Gallardo hace acto de presencia, se planta frente a ellos con las manos recogidas a la espalda y los examina uno a uno durante unos instantes.

—Descansen. El sargento Pacheco ya les ha informado de la situación. Nadie quería ni esperaba que hoy tuviéramos que lamentar dos pérdidas, pero eso ya no podemos cambiarlo, así que cuanto antes lo asumamos, mejor.

Con la mano apoyada en la empuñadura del sable, el teniente camina muy despacio y se detiene frente al cabo Aguado.

—Doy por hecho que todos ustedes sabían que el cabo Yáñez trabajaba para el señor Acevedo, que es, sin lugar a dudas —recalca—, no el culpable pero sí el máximo responsable del asesinato del cabo Linares. Ahora la pregunta que les voy a hacer es la siguiente: ¡¿alguno de los presentes desea renunciar a las obligaciones que contrajo el día que se puso este uniforme?! —pregunta alzando la voz y golpeándose en el pecho con la mano abierta.

Nadie contesta.

—Repito: ¡¿alguno de los presentes desea renunciar a las obligaciones que contrajo el día que se puso ese uniforme?!

Mutismo absoluto.

El teniente Gallardo recorta unos metros de distancia para volver a dirigirse al grupo.

—Bien. Por consiguiente, todos ustedes están bajo mi mando y harán exactamente lo que se les ordene. A partir de este momento, y hasta nueva orden, permanecerán día y noche en el puesto custodiando los cuerpos que encontramos en el pozo. Mañana organizaremos la búsqueda y captura de los implicados en la muerte del cabo Linares. ¿Alguna pregunta?

Nadie se atreve a formular la cuestión que todos tienen en la cabeza: ¿acaso se está refiriendo a detener al señor Acevedo? Porque de ser así supone la confirmación de una sospecha larvada en sus cabezas: el teniente Gallardo ha perdido el juicio por completo y los va a arrastrar con él al fondo del abismo.

Que ninguno abra la boca es lo que espera Martín Gallardo.

—Sargento, encárguese de llevar el cuerpo del cabo Yáñez con los otros. Después, que alguien limpie el pasillo donde cayó el cabo Linares y la sala de interrogatorios donde ese desgraciado se ha volado la cabeza.

—¡A sus órdenes!

—¡Solo una cosa más: que quede claro que no dudaré en seguir incrementando el número de clientes para san Pedro, ya sean uniformados o civiles! —grita.

—¡Bravo! ¡Diga que sí! ¡Más muertos, más negocio! —se oye a alguien decir al otro lado de la verja, captando de inmediato la atención de los presentes.

Un voluminoso hombre de rostro abuhado que viste de riguroso traje fúnebre, luce riguroso calzado negro y porta un riguroso maletín de cuero agita el brazo con rigurosa vehemencia.

—¿Quién demonios es ese? —le pregunta Gallardo a Pacheco en voz queda.

—Mucho me temo que es el hombre que estábamos esperando.

—¿Hay algún maldito ser viviente ahí dentro que tenga la amabilidad de atenderme? —grita el recién llegado.

Tumbado en la cama, Jacinto Padilla no sabe cuánto tiempo lleva con la mirada varada en ese mar blanco y agrietado que flota sobre él. El remedio que le ha suministrado Ángel Santamarta ha funcionado, pero al recuperar la consciencia también han regresado las cuitas y, en consecuencia, la incertidumbre. Quizá hubiera sido mejor que la infección hubiera acabado con él de una vez y así ahorrarse el sufrimiento que le espera. En sus pensamientos se entremezclan recuerdos relacionados con Antonia con otros anteriores, cuando era un tipo normal sin más preocupaciones que las relacionadas con llenar el buche y vaciar los testículos. Maldice el día que la conoció, y maldice todas las decisiones equivocadas que han condenado cualquier posibilidad de tener un futuro, pero en su fuero interno sabe que el arrepentimiento no le va a llevar a ningún sitio. Sin embargo, lo que más le irrita es no tener noticias de ella. Se la imagina empezando una nueva vida en algún lugar junto a otro hombre y eso le está desquiciando. Le vuelve loco, y, a pesar de que trata de espantar esas imágenes de su cabeza, al cerrar los ojos la ve entregándose al sexo de mil y una formas diferentes. Y lo peor de todo es que se excita. Mucho. De hecho, se masturbaría en ese mismo instante si pudiera, pero tiene las manos esposadas al cabecero y la erección que sufre está a punto de pasar la frontera que separa la molestia del dolor.

—Bueno, bueno... ¡Pero si está usted despierto! Y vaya si le ha cambiado la cara.

Desde la puerta, Rosario le sonríe de un modo amistoso, pero lo único que Jacinto ve son unos labios carnosos que bien podrían solucionar su problema.

—Estará muerto de hambre, ¿verdad?

—Tengo sed, hambre no.

—Ahora mismo le traigo yo un vaso de agua.

Cuando regresa, la imaginación de Jacinto ha volado tan alto que está a punto de derretirse por el sol.

—Incorpórese un poco —le pide ella—. Ya sabe que, aunque todavía esté débil, no puedo quitarle las esposas. No quiero que el teniente se enfade conmigo.

Rosario se inclina para ponerle el vaso en los labios y Jacinto aprovecha para recorrer la firmeza de su escote con la mirada. Al terminar de beber no cabe una gota más de sangre en sus genitales.

—Gracias, no quiero dar más problemas.

—Yo..., verá. Quería pedirle disculpas por el cacharrazo que le arreé el otro día. Me puse muy nerviosa y...

—Tranquila, lo entiendo, no pasa nada. Era mi obligación intentar escapar, como la suya no dejarme.

—Me alegra que lo comprenda.

—Trátame de tú, por favor.

—Está bien. Bueno, te dejo, que tengo cosas que hacer.

—¡Espera, espera un poco!

Rosario se gira extrañada.

—Verás, tengo un problema que, con las esposas, no puedo arreglar yo solo.

—¿Un problema?

—Sí, uno muy gordo ahí abajo —le indica con un rápido movimiento ocular.

Ella descubre el promontorio priápico que destaca sobre la horizontal bajo la ropa de cama.

—¡Será menos de un minuto! —se anticipa él al interpretar la expresión de rechazo de la joven—. ¡Lo necesito de verdad y tú eres...! ¡Ayúdame, por favor! —le ruega.

Rosario se detiene, toma aire y, muy despacio, se sienta en el borde de la cama.

—¿Yo soy qué?

—Pues eso. Ya sabes...

—No, no sé.

—¿Tú no eres puta?

—No, no soy puta. Trabajaba de puta, pero ya no. Y las putas, ya deberías saberlo, trabajan a cambio de dinero, no haciendo favores al primero que no se la puede cascar. Pero, mira, como me das pena te voy a ayudar.

Un rayo de esperanza ilumina la cara de Jacinto Padilla.

Rosario tira de la sábana para dejar al descubierto el problema y tras unos instantes de cavilación lo resuelve como quien espanta a una mosca: de un fuerte manotazo.

—¡¿Pero qué coño haces?! —grita él dolorido.

—Ayudarte, cariño, ayudarte.

De nombre Joaquín y de apellidos Carmona Santaolalla, el hombre del maletín negro ha resultado ser el especialista de los muertos cuya valoración tanto ansiaba conocer el teniente Gallardo. Procedente de Sevilla gracias a la mediación del juez Díaz, Carmona atesora más de veinte años de experiencia en eso que él mismo ha definido como medicina forense, y que *grosso modo* consiste en determinar la causa de la muerte estudiando el cadáver del difunto.

Justo lo que Gallardo necesita para saber qué demonios tiene que hacer con el detenido al que muchos quieren muerto.

Con tal propósito, en cuanto ha terminado de asearse, el recién llegado ha insistido en ponerse manos a la obra tras escuchar de boca de Martín Gallardo un resumen nada edulcorado de la tesitura en la que se encuentran. Al pasar junto al charco de sangre que el guardia Ginés García se está esmerando en hacer desaparecer del suelo, el forense chasquea la lengua.

—Como le decía antes, hoy hemos tenido una jornada, digámoslo así, bastante agitada. Se trata de un compañero mío de la comandancia de Almendralejo que acababa de llegar para echarnos una mano. Su cuerpo está dentro.

—Ya veo, ya... Confío en que no todos los que venimos con ese propósito corramos la misma suerte.

—Después de usted —le invita Gallardo.

—¡Por Dios Santo! —protesta Carmona tapándose la nariz y la boca con la chaqueta del traje—. Pero ¿a quién demonios se le ha ocurrido meter los cuerpos en una habitación sin ventilación?

—No había muchas alternativas. Esta es la estancia más fresca, y tampoco sabía cuándo iba a llegar usted.

—Ya, bueno, eso sí. No importa. De cualquier modo, nunca se acostumbra uno al hedor que deja la muerte por mucho que conviva con ella.

La sentencia del forense invita a Gallardo a trasladarse por unos instantes a esos lugares donde le ha tocado compartir espacio con la muerte, pero enseguida la voz aflautada del doctor le hace regresar a la realidad.

—Por la información que manejo, sé que tengo trabajo para toda la noche, así que me da lo mismo por dónde empezar mientras pueda hacerlo ya.

—Entonces le pediría que empezara por uno en particular.

—Por supuesto, el de la mujer a la que llamaban la Viuda, ¿verdad?

—¿Hasta Sevilla llega su fama?

El doctor Carmona posa el maletín en el suelo y se despoja de la chaqueta.

—Hasta Sevilla y más allá. Tenga en cuenta que el famoso anuncio en el que buscaba marido se publicó en decenas de periódicos de Extremadura, Andalucía, las dos Castillas e incluso alguno de Valencia y de Murcia.

—Sí, lo sé, pero desconocía el alcance real que tuvo.

—Bastante, diría yo. Le pongo el caso de un amigo mío de Jaén, también viudo, que estaba sopesando acudir a la cita. No son pocos los casos en los que la desesperación por sentirse amado nos lleva a perder la razón.

Esta vez Gallardo evita abundar en la cita de Carmona y se dirige hacia la mesa.

—Si es tan amable de descubrir el cuerpo.

El teniente retira la sábana y busca en el rostro del galeno una primera impresión.

—¡Vaya! ¡Mencionó usted que estaba quemada, pero no carbonizada por completo! Dudo mucho que pueda pasar de una necropsia. Tal y como está el cadáver, la autopsia nos va a revelar muy poco, me temo.

Martín Gallardo saca un cigarro y se lo coloca en la comisura de la boca.

—¿Qué diferencia hay?

—Atajando: una necropsia es el examen exhaustivo del estado exterior del cuerpo; una autopsia es el estudio macroscópico de las cavidades craneal, torácica y abdominal. Es decir, por dentro y a simple vista —concreta al tiempo que coloca el maletín junto al cadáver, lo abre y extrae unos guantes.

—Entendido.

—El problema es que al haber sido pasto de las llamas no quedan fluidos dentro, y la autopsia, como le decía, va a ser muy poco reveladora. Sin embargo...

Escalpelo en mano, el doctor Carmona se acerca al cráneo, donde apenas queda tejido adherido al hueso.

—Resulta evidente que ha sido golpeada en multitud de ocasiones con un objeto romo, porque no queda un hueso de la cabeza que no esté fracturado. ¿Y qué diantres pasa con sus dientes?

—Usaba una de esas dentaduras postizas, pero alguien se la ha llevado.

El doctor lo mira con reticencia.

—¿Se refiere a que la han robado?

—Es la causa por la que ha muerto el cabo Linares. Era muy valiosa, al parecer.

—Pues empezamos bien. En un cuerpo tan carbonizado como este, los dientes nos sirven para tasar la edad aproximada de la víctima, así como para obtener información sobre otros posibles padecimientos.

—Es lo que hay.

—Odio esa expresión.

—Ya, pero es lo que hay.

Durante los siguientes minutos, el doctor Carmona examina en silencio el resto del cuerpo tomando anotaciones de vez en cuando en un pequeño cuaderno.

—Teniendo en cuenta que ha estado expuesto a altas temperaturas, lo cual ha provocado una considerable reducción de las partes blandas y encogimiento generalizado, diría que esta mujer medía más de metro ochenta, y por la anchura de la cadera me arriesgaría a asegurar que también pesaba lo suyo. Una buena jaca —resume—, como dicen en mi pueblo.

—Así era, sí.

—¿La conoció usted en persona?

—Su descripción física coincide —esquiva el teniente.

—Voy a tener que abrirla para estudiar sus pulmones y comprobar si respiró partículas tóxicas o estaba ya *kaputt* cuando se quemó, que es lo que creo. Del resto de los órganos será difícil que pueda sacar nada en claro, puesto que se habrán cocinado al hervir los fluidos corporales.

—¡Me cago en mi alma...! —murmura Gallardo.

—¿Se va a quedar durante toda la autopsia? Lo pregunto porque, si es así, le voy a pedir que me ayude con el instrumental.

Al prender el fósforo, el teniente nota que empieza a fallarle el pulso.

—No, doctor, me requieren otros quehaceres.

—Lo suponía.

—¿Tiene algún sitio donde dormir?

Joaquín Carmona aprieta los labios e introduce las manos en su maletín.

—No caerá esa breva, teniente.

—Entonces le veré aquí a primera hora. Buenas noches.

—Buenísimas —puntualiza con dejo sardónico.

En el pasillo huele a lejía y no queda ni rastro de sangre, lo cual le provoca cierto malestar, como si se hubiera borrado cualquier vestigio del paso de Linares por este mundo. Acto seguido se acerca a la sala de interrogatorios, donde otro guardia cuyo nombre no recuerda está terminando de limpiar los restos orgánicos incrustados en la pared bajo la supervisión de Darío Pacheco. Al verlo, el sargento le hace una señal y ambos salen fuera.

—Todo solucionado —se adelanta el sargento.

Gallardo le premia con una palmada en el hombro.

—Bien. Voy con Padilla, todavía tiene mucho que contarme. Le estaré esperando a medianoche para trasladar al prisionero. Mañana convertiremos esto en un fortín.

—Me llevaré a un par de estos paletos, por si acaso

tenemos sorpresas en el camino. ¿Algo reseñable con el doctor?

—Nada de momento, pero tiene pinta de saber lo que hace.

—Con su permiso, mi teniente: trate de dormir, que de verdad lo necesita. Buenas noches.

Gallardo asiente.

—Buenísimas.

De la sartén escapa el olor del ajo laminado y el pimiento verde dorándose en aceite. Rosario se ocupa de que no se queme mientras sostiene en el otro brazo a Lope, entretenido con el pelo de su madre. De fondo oye a tía Menchu contarle una historia relacionada con la receta de migas que están preparando, pero hace tiempo que ha desconectado de sus palabras para zambullirse en una profunda reflexión consecuencia del humillante episodio que acaba de vivir con Jacinto Padilla. Lo puede evaluar desde prismas diferentes y decenas de puntos de vista, pero la conclusión a la que llega es siempre la misma: en Zafra no hay futuro para ella.

—¿Me estás escuchando, niña?

—Pues claro, tía —responde de manera automática.

—Venga, dame al chico que te lo aguanto un rato, y haz lo que digo de una vez, que los chorizos no se van a partir solos.

—Sí, enseguida.

—Ay, Virgencita, Virgencita... ¿En qué estarás pensando? ¿Otra vez en ese que crees que es tu príncipe azul? Anda que no tienes que espabilar tú ni nada. Ay..., tú y tu dichoso príncipe azul...

Y como si al mencionarlo dos veces hubiera creado un hechizo de invocación, se oye la secuencia de golpes establecida que viene de la puerta trasera. Sin pensárselo, Rosario suelta el cuchillo y corre al encuentro del teniente Gallardo, que no sabe bien cómo reaccionar cuando ella le abre y se le arroja al cuello. Su cerebro, frío y calculador, le dice que se muestre distante, pero esa suerte de dilección que le embarga al estar cerca de Rosario le incita a comportarse de forma nada racional. De este modo, sin poder ni querer evitarlo, la atrae contra su pecho y se adentra con los dedos en su cabello como si una parte de él se hubiera quedado enredada en esa maraña de pelo negro y quisiera recuperarla. Luego, ambos se miran durante unos instantes, hasta que ella se lanza a la ofensiva. Martín Gallardo, rendido ante el poderío de las emociones, consiente que Rosario conquiste su boca.

—Mira si es listo el príncipe azul que viene a ver a su princesa justo a la hora de la cena —oyen decir a tía Menchu desde la cocina.

Con la progesterona a punto de nieve, ella se ríe nerviosa.

—Ahora no tengo tiempo para comer —dice él rompiendo el embrujo—, necesito hablar con Padilla. ¿Está despierto?

—Hace un rato lo estaba.

—Bien.

Gallardo se aprieta los lagrimales.

—¿Tú nunca duermes? —le pregunta Rosario.

—Llevo muchos años recorriendo atajos para conciliar el sueño. Necesito explorar otros caminos.

Algo desconcertada, levanta las cejas.

—En breve nos vamos a llevar a ese despojo de aquí, así que vosotras dos podréis respirar más tranquilas de una vez por todas.

En el semblante de Rosario se refleja cierta decepción.

—Hacía mucho que no me sentía tan protegida. Y te digo más: estos días he estado dándole muchas vueltas a la cabeza sobre mi vida y... necesito un cambio de aires.

—Cambiar de aires vale de poco si no se cambia de costumbres. Y si estás buscando un hombre que te proteja, conmigo no cuentes. Ojalá pudiera, pero ni siquiera sé cuidar de mí mismo.

Sin dar oportunidad a la réplica, Martín Gallardo sella la sentencia con un beso en la comisura de la boca que a Rosario le sabe a amarga despedida.

De camino, moviéndose siempre por calles poco transitadas y nada iluminadas, el teniente Gallardo se ha tomado una cápsula de láudano, cuyo efecto empieza a notar en su organismo. Aunque ahora, mientras sube las escaleras que le llevan hasta la habitación donde esconden al capataz, lo que le pide el cuerpo a gritos es inhalar el humo de la adormidera y notar los párpados pesados como dos losas.

Sentir la gravedad sobre su cuerpo flotando en un océano vacío.

Y hundirse hasta el fondo.

Tumbado en la cama con la mirada clavada en el techo, Jacinto Padilla presenta mejor color que la última vez que le vio, y, pese a que no se alegra de su mejoría, le satisface poder continuar el interrogatorio más accidentado que ha realizado jamás.

Sin mediar palabra, le quita las esposas. No sin esfuerzo, Padilla se incorpora, y, tras masajearse las muñecas, se encoge de hombros.

—Tenía que probar suerte.

El de la Guardia Civil llena un vaso de agua y se lo ofrece. Sin prisa, se despoja de la guerrera, la cuelga con sumo cuidado del respaldo de una silla y se sienta junto a la cama.

—No se lo tendré en cuenta. Pero, si vuelve a intentarlo, yo mismo le dejaré seco de un tiro.

El reo introduce una mano bajo la sábana y, sin ningún pudor, se rasca los testículos.

—Al parecer tiene la suerte de su lado, porque si se

llega a escapar habría muerto por la infección casi con toda probabilidad.

—Ya sabe eso de bicho malo nunca muere.

—Hay personas por ahí fuera que están empeñadas en demostrarle lo contrario. Y por si acaso se salen con la suya, ya puede engrasar la lengua y continuar hablando.

El otro toma aire, resignado.

—No recuerdo por dónde iba.

—Yo sí. Me estaba hablando del detective que había contratado Francisco Espinosa en Barcelona para investigar a Antonia.

—Es verdad. Se va a reír...

—No lo creo.

—Resulta que el imbécil al que enviaron se enamoró de ella como un tonto.

El teniente se yergue de inmediato en la silla y, algo tenso, prende un cigarro.

—Supongo que para darme celos, Antonia me contó en cierta ocasión que, sin saber quién era el tipo, se lo trajinó bien trajinado en un tren. Y eso, pobrecito mío, debió de marcarlo para los restos.

Padilla ríe con notable amargura.

—Tiempo después volvió a aparecer para advertir a Antonia de que un timador se había quedado con un montón de dinero que ella le había dado para invertir en la reforma de un hotel. Tarde, eso sí. ¿Le pasa algo? —pregunta extrañado al detectar la crispación que se ha adueñado del semblante de Gallardo.

—Nada. Prosiga.

—Ella se metió a aquel desgraciado en el bolsillo como antes había hecho conmigo, con Goyito y como tenía planeado hacer con Domingo Palomo. Pero, fíjese, tengo que decir algo a favor de ese cabronazo... Joder, ¿cómo se llamaba?

Gallardo baja la cabeza y se muerde el interior de los carrillos.

—Santiago algo... ¡No! Sebastián algo. Eso es: Sebastián Costa, así se llamaba. Bueno, pues tengo que reconocer que Antonia llegó a sentir algo por ese hombre.

—¿Y eso cómo lo sabe?

—Por cómo me hablaba de él. Decía que por dentro era fuego y que era un auténtico caballero, aunque no sé si lo decía porque lo sentía o solo para matarme de envidia... ¿De verdad que está usted bien?

—¡Le he dicho que no me pasa nada! Estoy cansado, eso es todo.

—Pues si lo prefiere lo dejamos para otro momento.

—No, continúe. ¿Y qué le pasó al tal Sebastián Costa?

Jacinto Padilla se frota la cara antes de contestar.

—Lo mismo que a todos los demás. Por lo visto le propuso a Antonia venderlo todo y marcharse con él. Incluso cuando publicó el famoso anuncio llegó a amenazarla con matarla si se veía con otros. Qué idiota, a esa mujer no se la puede amedrentar de ninguna manera. Así que...

Padilla desvía la mirada y compone un gesto difícil de interpretar.

—¿Así que qué?

—Así que dos tiros y listo —completa.

Impertérrito, Gallardo aguanta la respiración.

—El desgraciado terminó en el estómago de los marranos —revela.

Padilla suelta una carcajada histérica al tiempo que niega con la cabeza.

—El pobre Marcelino, mi marrano favorito, casi la espicha por su culpa.

A punto de estallar, el teniente Gallardo fuma de forma compulsiva.

—¿Cómo puede saber lo que le ocurrió con tanta seguridad?

Padilla baja la cabeza. Cuando la levanta, dos densas lágrimas descienden por sus mejillas.

—¡Respóndame! ¡¿Cómo puede saberlo con certeza?!

—¡Pues muy sencillo! —grita—. ¡Porque lo maté yo!

Silencio.

Jacinto Padilla se concede unos instantes antes de proseguir el relato.

—Antonia me pidió que lo hiciera, y le confieso que en aquel momento accedí encantado. Ella lo citó en casa dos días antes de Navidad, y allí se presentó él con su ridículo bombín y un ramo de orquídeas negras. Yo lo estaba esperando, así que no le di ninguna oportunidad: ¡dos veces le disparé por la espalda! Luego le quité el sobre con dinero que llevaba encima, lo descuarticé y se lo di de comer a mis marranos. No quedó nada de él. Nada.

Segundos después, Padilla se cubre la cara con ambas manos y rompe a llorar.

—¡Todavía tengo metido en la cabeza el sonido de los cerdos masticando huesos y tendones, tragando carne y más carne! Y sin parar de gruñir y chillar, excitados.

Martín Gallardo hace el ademán de sacar la daga del interior de la guerrera que ha colgado en el respaldo de la silla, pero se detiene y, enrabietado, se muerde el dorso de la mano.

—¡Me cago en mi sangre! —grita sin dejar de apretar.

La misma salsa del pollo que le escurre por el antebrazo es la que impregna la incipiente barba que no se rasura desde hace días. De hecho, solo se afeita por obligación, principalmente cuando tiene que ver a alguien a quien no desea causarle mala impresión.

No es el caso.

La persona que tiene sentada enfrente, que ha declinado su ofrecimiento de cenar con él, es de su misma calaña. Pocos mejor que Ramón Acevedo para saber de qué está hecho cada uno. Y este tiene mimbres. No le gusta ni piensa verbalizarlo, pero tenerlos los tiene. Por eso, con la misma parsimonia con la que ha devorado el guiso de pollo con las manos, se chupa los dedos, bebe un trago largo de vino y se limpia los labios con las servilletas de hilo bordadas a mano que algún estúpido le regaló en su boda. Luego abre la caja de habanos e inicia la liturgia previa al encendido sin despegar la mirada de esos ojos lobunos que lo contemplan con soberana paciencia. Tras darle dos caladas al puro e inundar el espacio que los separa con el humo que deja escapar de su boca, introduce la mano en el bolsillo del pantalón y saca lo que hace un par de horas le ha traído Patricio.

—Lo prometido es deuda, y ahora tú tienes una conmigo —expone el anfitrión.

Sin mover un solo músculo de la cara, el otro estira el brazo para agarrar el objeto y comprueba de un vistazo antes de guardarlo que es lo que ha venido a buscar. Sin prisa, desliza un sobre que contiene diez billetes de quinientas pesetas y espera a que el señor Acevedo los cuente.

—Lo acordado. La otra mitad cuando termine el trabajo.

—Es muy probable que sea esta noche.

El otro asiente.

—Perfecto. Avísame en cuanto esté hecho.

Ramón Acevedo da una larga e intensa calada al puro y echa la cabeza hacia atrás para soltar el humo.

—¿Tanto la odiabas para acabar con ella de esa forma? —pregunta.

—Ni te lo imaginas —responde.

Asperjada en minúsculas gotas, la saliva producida en exceso parece querer huir de la boca de Jacinto Padilla.

Muy contenido, el teniente Gallardo declina dar rienda suelta a sus emociones más primarias.

—¡¿Cómo pude dejarme arrastrar al infierno por esa mujer?! No era yo... No era yo. ¡Era la maldita lujuria la que no me dejaba ver más allá de mi polla! No podía pensar en otra cosa que en poseerla. ¡Maldita hija de puta...!

Tras unos segundos de silencio, el detenido se recompone de manera repentina.

—Pero le juro por mis muertos que al resto los mató ella. Yo solo tenía que deshacerme de los cuerpos, pero era Antonia quien los mataba con estricnina.

Gallardo toma aire y se desplaza sin rumbo fijo por la habitación.

—Por lo tanto, usted era consciente de la suerte que les esperaba a esos hombres, ¿no?

—No, no, no. Eso lo decidía ella. Hubo muchos que se libraron y otros que terminaron en el pozo. Y, créame, no dependía del dinero que trajeran, dependía de... Solo Antonia lo sabe.

Padilla bebe un sorbo de agua.

—La finca se convirtió en un centro de peregrinación. No se hace una idea de la cantidad de hombres que pasaron por allí durante esos meses. Yo diría que más de cien. Y solo mató a siete.

—Solo, ¿eh? Me cago en mi vida... —murmura Gallardo.

—Muchos llegaban aparentando ser lobos, pero delante de Antonia parecían corderitos. Se los podía haber cargado a todos si hubiera querido.

Gallardo se frota la cara con ambas manos, nervioso.

—¿Y lo de la niña?

Sorprendido por la pregunta, Padilla se retrepa en la cama y niega con la cabeza.

—A mí eso no me lo contó. Aunque... podría haberlo adivinado. ¡Virgen santa, cómo odiaba Antonia a esa dichosa niña!

—¿Cómo se puede llegar a odiar a una niña?

—Eso pregúnteselo a ella cuando la encuentren.

Nada le gustaría más a Martín Gallardo que espetarle la verdad sobre la suerte que ha corrido Antonia Monterroso, pero sabe que no es momento de jugar esa baza.

—Lo haremos. Y, dígame, aunque usted no supiera lo que le había sucedido a Clara, ¿no sospechó nada al dejar de verla por la hacienda?

Padilla niega con la cabeza.

—No —contesta categórico—. Después del accidente de Domingo que lo llevó a la tumba, Antonia empezó a contar por ahí que, para que Clara tuviera un futuro, había conseguido internarla en un colegio muy bueno de Santiago de Compostela.

—En Santiago de Compostela, ni más ni menos.

—Claro. La niña no tenía a nadie más que a Antonia y a un medio novio, un tal Jere, que la rondaba. Así que ni yo ni nadie la echó de menos cuando al volver de una feria de ganado en un pueblo de Córdoba me encontré una nota en la que me contaba que había adelantado el viaje a Galicia y que estaría allí algunos días con la niña para ver cómo se adaptaba.

Incómodo, Martín Gallardo prende otro cigarro y da varias caladas seguidas.

—¿Y nunca le contó cómo la mató?

—No, nunca. Le repito que yo me enteré cuando su compañero la sacó del pozo.

Gallardo trata de leerle por dentro. Le encantaría estar convencido de que miente, pero no encuentra ningún indicio de ello.

—Así era Antonia —prosigue el capataz—. Tardó tres o cuatro meses en controlar la hacienda. Yo me encargaba de la granja y de satisfacerla cuando ella quería. ¿Me da uno?

El teniente le ofrece el cigarrillo que está fumando y acto seguido enciende otro.

—Gracias.

Padilla fuma y cierra los ojos durante el tiempo que logra retener el humo.

—Por esa época empezó a hacer mucho ejercicio. Decía que se había dejado llevar por la vida fácil y que estaba engordando. Impresionaba verla levantar sacos, subir por una soga, saltar, correr... Era un prodigio, de verdad que lo era.

—Un prodigio, sí —repite Gallardo—. Continúe.

A través de la ventana se cuela el rebuznar de Pancho.

—Además le servía para olvidarse de la enfermedad de las tripas. Cuando le daba se ponía muy pero que muy violenta, sobre todo conmigo y con la niña.

—¿Con Costa no?

—Ese andaba perdido por ahí buscando hasta debajo de las piedras a Sixto Simón, el hombre que la había timado en Sevilla con el hotel, ¿se acuerda?

—Sí, me acuerdo. ¿Y sabe si lo encontró?

—No, que yo sepa. Lo bueno es que mientras él se dedicaba en cuerpo y alma a dar con Sixto Simón, yo me dedicaba al cuerpo de Antonia.

El juego de palabras no causa impresión alguna en el teniente Gallardo.

Para impresión —tan inesperada como desagradable—, la que ambos se llevan al oír los gritos desesperados de tía Menchu.

—¡Hay dos hombres en la parte de atrás!

Pero se equivoca.

No son dos, sino tres.

En concreto se trata de Marcial, el Bajabragas y Tino, pero no será por ahí por donde llegue el verdadero peligro.

Algo le cuesta

Hacienda Monterroso
Término municipal de El Raposo (Badajoz)
Un año antes

A finales de la primavera de 1916, la vieja Europa se desangraba a través de esas heridas abiertas que eran las trincheras que millones de soldados de ambos bandos excavaban en su curtida piel. A punto de alcanzar el acmé del conflicto, seguían muriendo a diario miles de hombres de uniforme, y sin uniforme también. Y mujeres. Y niños. Los demonios Hambruna y Enfermedad despertaron de su letargo para acompañar hasta sus oscuros dominios a las almas de quienes ni siquiera sabían por qué sus líderes los habían arrastrado a la guerra. La contienda dejará muy tocados los cimentos sobre los que se sostenía un tan inveterado como caduco modelo político, económico y social, que terminará por desplomarse al término de la Segunda Guerra Mundial.

España, sin embargo, vivía el conflicto desde la distancia que otorga la neutralidad, inmersa en los vaivenes políticos de quienes se declaraban germanófilos frente a los que apoyaban la causa de los Aliados. Las elecciones celebradas en abril habían otorgado la victoria a la coalición de los dos partidos liberales liderados por el conde de Romanones en un escenario de sufragio masculino donde más de la mitad de la población era analfabeta, los obreros trabajaban un promedio de sesenta y cinco horas a la semana y las mujeres parían con maternal resiliencia una media de cinco hijos. Así y todo, la elevada mortalidad infantil hacía que la esperanza de vida no superara los cuarenta años, franja de edad en la que Antonia Monterroso estaba a punto de aterrizar.

No era Antonia muy amiga de celebraciones, menos aún teniendo en cuenta que su situación económica particular —luego de pagar la dentadura a tocateja— no era tan boyante como le hubiera gustado. Además, sus relaciones sociales después de la segunda viudedad se habían reducido a la mínima expresión, y el hecho de pasar tantas horas muertas en casa hizo que su carácter se agriara, que se pudriera poco a poco igual que le había sucedido a su madre durante la última etapa de su vida. Tenía que dar un giro radical a su cotidianidad. Tanto le había dado vueltas al asunto que esa misma mañana, durante su sesión de ejercicios matutinos, le asaltó una idea que, por absurda, tenía que ser infalible a la fuerza. Días atrás, ojeando la sección de anuncios por palabras de un diario que descansaba sobre el mostrador de una mercería de Badajoz capital, se fijó en uno que pedía matrimonios jóvenes para trabajar en una explotación ganadera. ¿Y qué necesitaba ella? Un marido con dinero fue la primera respuesta que le vino a la cabeza, pero eso implicaría a la larga vender sus bienes, que, aunque fueran pocos, se había ganado con mucho esfuerzo, y le dolía deshacerse de la hacienda que llevaba su apellido, por muy falso que fuera. No. Desechó por tanto la idea, pero no del todo, porque mientras trasladaba sacos de pienso de un lugar a otro en el almacén lo vio claro: no necesitaba un marido rico, necesitaba muchos pretendientes adinerados. Pero no con el propósito de aumentar su patrimonio, que también, sino por demostrarse a sí misma que era capaz de destacar en un mundo manejado por hombres. Un mundo en el que las mujeres más afortunadas no aspiraban a pasar de ese tedioso y humillante segundo plano al que habían sido relegadas solo por su género.

Nada perdía por probar, así que el último viernes del mes de junio se arregló para la ocasión, se subió a un tren con destino a Badajoz y se dirigió a la sede del *Nuevo Diario*. Allí, frente a la empleada responsable de los anuncios, Antonia articuló su mejor sonrisa para que el oro y la porcelana fueran su carta de presentación. Parapetada detrás de la ventanilla, la mujer no supo ocultar su primera reacción, a pesar de que enseguida inclinó la cabeza y agarró el lapicero para tomar nota.

—Una peseta por cada tres palabras, máximo cuarenta —recitó de forma mecánica—. La escucho.

—Buenos días. Estas dos se las regalo yo, pero no las anote ahí —contestó Antonia con sorna sin encontrar oposición.

—Buenos días.

—Anote: «Viuda rica, atractiva, joven, propietaria de una hacienda de gran tamaño, desea entrar en contacto con caballero acomodado de gustos cultivados. Objeto: matrimonio». ¿Sucede algo? —le preguntó al ver que la mujer había dejado de apuntar.

—No, nada, nada —respondió la otra, atribulada.

—Pues haga su trabajo. «Interesados acudir a hacienda Monterroso, El Raposo, Badajoz, con pruebas que acrediten su patrimonio.»

La mujer frunció los labios, tomó aire y la miró con notable conmiseración.

—Discúlpeme, pero tengo que ir a buscar a mi supervisor para que me dé su visto bueno.

Al hombre en cuestión le calculó Antonia unos sesenta años, y a pesar de ello conservaba una figura esbelta, de caballero andante, y vestía con traje marrón oscuro y calzado bien lustrado a juego. Después de invitarla a pasar a su despacho con gran solemnidad, se sentó tras una mesa y le hizo una indicación casi versallesca para que se acomodara. Se presentó como José Martínez, jefe de la sección local y de opinión.

—Verá, señora Monterroso, no es que quiera yo meterme donde no me llaman, pero lo cierto es que el anuncio que nos está pidiendo se sale de lo habitual.

Sin perder la sonrisa, Antonia cruzó las piernas y apoyó las manos sobre las rodillas.

—Ah, pues me deja usted mucho más tranquila. Pensé que tendría mucha competencia.

El otro chasqueó la lengua.

—Permítame que le hable con franqueza, señor Martínez. Soy una mujer hecha y derecha acostumbrada a valerse por sí misma, pero por encima de eso soy muy quién para tomar decisiones sin contar con la aprobación de los hombres que me rodean.

—No lo pongo en duda, pero, ya que estamos hablando con total franqueza, le diré que lo que usted nos solicita podría desprestigiar la imagen de esta casa.

—En todo caso la mía, ¿no cree?

—También, pero no sé si es usted consciente de que el corte editorial de este periódico no es muy liberal.

—Acabáramos. Antes de marcharme, déjeme que le haga una pregunta: ¿tiene usted alguna objeción de tipo personal, o su reticencia se debe únicamente a que teme que los que están por encima le reprendan?

Martínez adoptó una pose reflexiva y le sostuvo la mirada.

—No. No hay ninguna discrepancia de tipo personal. Y tiene usted razón cuando dice que es muy libre de tomar las decisiones que le vengan en gana. Dicho esto: ¿es usted del todo consciente de las consecuencias que podría acarrear la publicación de este anuncio?

—Desde luego. Las asumo, pero si gracias a ello consigo encontrar al hombre de mi vida, todo habrá merecido la pena.

—Es usted una mujer muy valiente.

—En estos tiempos que nos toca vivir no me queda otra, señor Martínez.

Durante los siguientes minutos, Antonia se dedicó a convertir cada pregunta en una oportunidad para hacerle entender que era dueña y señora de sus decisiones y que nada había de malo en su empeño.

—Muy bien, publicaré su anuncio —claudicó el hombre al fin—. Solo le voy a hacer una última pregunta.

—Adelante.

—¿A qué se refiere exactamente con lo de «con pruebas que acrediten su patrimonio»?

La entrevista personal con José Martínez se prolongó durante casi una hora, y, aunque le terminó pareciendo un hombre interesante, ni era el lugar indicado donde tejer su tela de araña ni la clase de insecto que estaba buscando.

Ese mismo día por la tarde hizo lo propio en *La Región Extremeña*, donde no halló tanta oposición, y al día siguiente viajó a Cáceres para hacerlo en *El Bloque*, donde, al ser de reciente creación y de corte liberal, no solo no le pusieron problemas, sino que encontró el aplauso de la mujer que la atendió.

A su regreso en El Raposo, Antonia decidió abordar el otro asunto que le robaba el sueño: Clara. Después de haber hallado muerto a su padre, la niña tardó semanas en pronunciar una sola palabra y muchas más aún en mirar a Antonia a los ojos. Evitaba tener cualquier tipo de contacto con ella como haría con la cabeza de un tiñoso. Sin embargo, de un tiempo a esa parte no resultaba extraño verla sonreír gracias a que había conocido a un muchacho en la escuela que, para sorpresa de muchos, se había fijado en una chica a la que no parecía que pudiera latirle nada tras esa coraza impenetrable que se había fabricado. Jere —así se llamaba él— vivía en Medina de las Torres, y no había fin de semana que no recorriera los más de diez kilómetros que le separaban de la hacienda

Monterroso para encontrarse con Clara. Paseaban durante horas compartiendo sueños imposibles, como el de irse muy lejos de allí. Largarse a una gran ciudad donde encontrar las oportunidades que aquella tierra yerma les negaba. En su cabeza, Jere se ganaría la vida de carpintero, como su abuelo, no trabajando las tierras de otros como hacían casi todos los adultos que él conocía. Clara, por su parte, lo único que buscaba era alejarse de la mujer que había condicionado su existencia desde el día que había irrumpido en sus vidas y hechizado a su padre. La temía y odiaba a partes iguales y no había noche que no rezara al Niño Jesús para que la devolviera al infierno del que jamás debería haber salido.

Lo paradójico es que Antonia tenía los mismos planes pero a la inversa.

La flor del alcornoque decoraba las copas de los árboles que flanqueaban el camino, poniendo así la nota de color a un paisaje en el que predominaban los ocres, marrones y parduscos. Desde el portón de entrada de la finca, Antonia amusgó los ojos para corroborar que la silueta que avanzaba arrastrando los pies, cabizbaja y con los hombros caídos era la de Clara. Después de hacer un esfuerzo para configurar la mejor de sus sonrisas, salió a su encuentro para abrazarla.

—¡Ay, cómo te he echado de menos, hija! —declamó.

Clara, poco acostumbrada a la cordialidad, mucho menos al cariño, la miró como si no comprendiera el idioma en el que le estaba hablando.

—Trae eso —dijo despojándola de la cartera—, vamos a dar un paseo, que tengo que contarte algunas cosas.

—¿Un paseo, ahora?

—Claro, ¿por qué no?

—Estoy cansada, la verdad.

—Será solo un ratito, te lo prometo —insistió Antonia agarrándola de la mano—. ¡Vamos por el sendero que rodea el muro, venga!

—Bueno —cedió Clara.

—Hoy, volviendo en el tren, me he quedado dormida con el traqueteo y he tenido una pesadilla terrible. He soñado que tenías un accidente y que..., en fin, me quedaba sola. Cuando me he despertado estaba empapada en sudor y temblaba. Temblaba mucho.

—Vaya...

—Qué mal rato. Escucha: yo sé que tú y yo no empezamos muy bien, pero la desgracia nos ha unido y... Cómo explicarte.

Antonia liberó un prolongado suspiro antes de continuar.

—Yo, de pequeña, tuve una infancia muy dura, y verte a ti desaprovechando todas las oportunidades que tienes me hace hervir la sangre. No puedo consentirlo, y lo hablé varias veces con tu padre, pero él no entraba en razón. Era duro de mollera, pero cómo lo echo de menos.

—Yo también lo echo mucho de menos.

—Por supuesto, pero ya sabes que siempre nos acompañará aquí dentro —aseguró Antonia estrujando la blusa a la altura del pecho.

—Pero no es justo que ya no esté —repuso Clara con la voz agrietada.

—No, pero la vida a veces es cruel con quien no se lo merece; sin embargo, no nos queda otra que continuar, ¿entiendes? Tú tienes toda la vida por delante y eres una niña con muchas posibilidades. Por eso, y por la memoria de tu padre, he removido Roma con Santiago para encontrarte una plaza en un internado donde preparan a otras niñas especiales como tú para ir a la universidad.

Clara se detuvo y trató de soltarse de la mano de Antonia.

—¡¿Un internado?! ¿Dónde?

—En Santiago de Compostela. Está algo lejos, lo sé, pero es muy bueno. Tanto como caro, pero he decidido gastar el poco dinero que nos dejó tu padre en tu educación. Ya me lo agradecerás.

—Pero... ¿cuándo?

—En cuanto empiecen las clases del nuevo curso, en septiembre. Ya lo he hablado con tu maestra y está de acuerdo. Tienes tiempo más que suficiente para despedirte de tus amigos y de ese chico que tanto viene a rondarte..., ¿cómo se llamaba?

A Clara le titilaban los ojos.

—Jere —contestó con un hilo de voz.

—Eso, Jere. No tienes que preocuparte por él. Se buscará a otra chica. Los hombres son así, no esperan a nadie. Tú encontrarás a otro, ya lo verás. Otro mucho mejor que ese chico que no tiene dónde caerse muerto.

—Ya, pero es que yo...

—Es que tú nada —la cortó—. Hazme caso a mí, que yo sé muy bien cómo funcionan las cosas en este cochino mundo. Si quieres llorar es el momento, así empezarás a darte cuenta de que las lágrimas no solucionan los problemas de nadie.

En un silencio solo interrumpido por la llorera que Clara no lograba ensordecer, alcanzaron la parte trasera de la finca, donde el muro era algo más bajo.

—Qué, ¿crees que podrías saltarlo tú sola? —la retó Antonia.

Clara se secó las mejillas y frunció el ceño.

—¿Saltarlo para qué?

—Para saber si eres capaz. Yo te aseguro que sí puedo. ¡Venga, chica, inténtalo!

—No sé...

—Si lo consigues, esta noche te hago el guiso de venado que tanto os gustaba a ti y a tu padre.

No por la oferta culinaria como por orgullo, Clara apretó los dientes y de un salto se agarró con ambas manos a los ladrillos que coronaban el muro, luego solo tuvo que ayudarse con los pies y hacer fuerza con los brazos para encaramarse en lo alto.

—¡Bravo, Clara! —le gritó Antonia entusiasmada—. ¿Ves como sí podías? Ahora yo.

Misma técnica, idéntico resultado.

—Espera, que salto al otro lado y te ayudo a bajar.

—Puedo yo sola.

Sin demasiada precaución, Clara tomó tierra con ambos pies y, adoptando una pose linajuda, se sacudió la falda sin dejar de mirar a Antonia.

—Bien hecho, niña.

De regreso, Antonia dio un pequeño rodeo para llegar al destino que tenía en su cabeza.

—¡Anda, mira! —lo señaló—. Vamos a acercarnos un segundo, así te cuento algo que te va a ayudar a entender mejor la vida.

Envalentonada por el éxito que acababa de cosechar, Clara la acompañó sin reparo alguno. Para no ser menos que su madrastra, se sentó de espaldas a la boca del pozo con una pequeña gran diferencia: a ella no le llegaban los pies al suelo. Antonia le acarició el pelo y se inclinó para mirar hacia abajo.

—No se ve el fondo. Es lo mismo que te pasa a ti en este momento. Desde donde estás ahora lo ves todo muy oscuro porque en tu mirada no tienes la luz que necesitas para percibir las cosas como son. Por eso ves tan negro tu futuro. Mira, asómate.

La niña se rascó la nariz como si se oliera algo que no le terminara de encajar.

—Vamos, tonta, no seas miedosa —la animó—. Al futuro hay que mirarlo a la cara para afrontarlo. Asómate.

Cuando Clara se contorsionó para poder apoyar una mano en el borde e inclinarse hacia delante, Antonia acortó la distancia que la separaba de ella.

—No se ve un pimiento —dijo Clara.

La argamasa cedió por el peso, haciendo que la piedra en la que estaba apoyada se desprendiera y que Clara se proyectara hacia el enorme bostezo que se abría ante sus ojos. Sin nada a lo que agarrarse, la niña se limitó a chillar ante lo inevitable. Ya con medio cuerpo sobre la vertical,

Antonia logró evitar que la gravedad se saliera con la suya agarrando a Clara por la cintura y tirando con fuerza de ella.

—Tienes que confiar en mí —le susurró al oído sin dejar de abrazarla—. Todo saldrá bien.

Con esa última frase no acertó Antonia en lo referente a su situación económica. Su única vía de ingresos solvente era la granja de cerdos, y apenas si disponía de capital para alimentarlos tras el incremento del precio del maíz y el cereal. A esta circunstancia habría que añadir la escasez en la producción propia de bellota de encina y alcornoque causada por la irrupción de un hongo que se transmitió por toda la dehesa extremeña del mismo modo que el brote de gripe entre los humanos: lenta pero constantemente. En esas circunstancias tan adversas, la explotación no daba para pagar jornales, lo cual hizo que cayera sobre los hombros de Jacinto Padilla mucho más trabajo del que era humanamente capaz de asumir. Tanto fue así que su desempeño como amante decreció hasta reducirse a breves encuentros semanales durante los que Antonia se limitaba a exprimirlo como un semental más de su cabaña porcina.

Aquellos días de julio, además, el calor no bajaba durante la noche y dormir se convertía en una epopeya de dimensiones bíblicas que pasaba factura a la mañana siguiente. Un sábado, motivada por el cansancio y el aburrimiento que gobernaban su cotidianidad, resolvió acercarse al mercado de Zafra en busca de algún capricho que le levantara el ánimo. Se disponía Antonia a azuzar a los caballos que tiraban de la calesa cuando vio que se acercaba otra mucho más atildada que la suya. La manejaba un hombre de facciones angulosas bien entrado en los cincuenta, elegante en el vestir y con zapatos caros. El recién llegado se descubrió la cabeza e hizo una sutil reverencia.

—Buenos días, señora. Estoy buscando la hacienda Monterroso.

—Buenos días, caballero —respondió ella—. Aquí es.

El hombre alargó el brazo para coger el ejemplar de *Nuevo Diario* abierto por la página de anuncios por palabras.

—Mi nombre es Abel Calderón y he venido desde Villanueva de los Caballeros por esto —señaló.

Aquella fue la primera de las muchas visitas que recibiría Antonia durante los meses sucesivos, y fue sin duda la que marcó el procedimiento que debía seguir. El primer paso consistía en invitarlos a pasar a la casa, cuya apariencia estaba en concordancia con la exposición inicial sobre el patrimonio que atesoraba.

—La vida no me ha tratado bien en lo personal al llevarse antes de tiempo a mis dos maridos, pero a cambio me ha compensado con bienes materiales que administro personalmente. Al margen de esta explotación ganadera, cuento con varios negocios repartidos por la provincia, así como con un hotel en el mismísimo barrio de Triana.

Tras asegurarse de que había impresionado al pretendiente —solo con su forma de expresarse y su irreconocible acento ya tenía mucho ganado—, le explicaba los motivos que la habían llevado a poner el anuncio. Razones edulcoradas con el propósito de lubricar los pensamientos del visitante.

—Yo no he nacido para estar sola, y de nada me sirve toda la riqueza del mundo si no tengo con quien compartirla. Como mujer, tengo mucho que ofrecer, y eso, señor mío, no se consigue con dinero.

En ese punto medía la reacción del candidato. Le interesaba sobre todo su mirada, en la que solían espejarse los pensamientos de quien tenía frente a ella en ese momento.

—Sin embargo, no busco a un cualquiera, en el buen sentido de la palabra. No necesito a nadie a quien lo único que le interese de mí sea mi dinero. De ahí la extravagancia de pedir que la persona demuestre su buena condición económica.

Tocaba escuchar, y lo habitual es que tendieran a explayarse hablando de sus posesiones patrimoniales, que en algunos casos no resultaban tan atractivas, pero en otros sí. Daba igual. Sus planes no contemplaban hacerse con un gran imperio, sino con multitud de pequeños reinos.

El siguiente paso consistía en abundar en la parte erótica, por la que Antonia se movía con gran soltura y naturalidad. Previamente se excusaba para ir al baño, y, culpando a la temperatura, regresaba ligera de ropa, sugerente pero sin cruzar la línea, expuesta y provocativa pero digna.

—¿Puedo tutearle? —arrancaba—. Antes de continuar con esta charla me gustaría ser sincera contigo. No es fácil de explicar, pero algo me dice que podemos estrechar los lazos de la confianza. Verás, Abel, yo...

Ruborizada, Antonia bajaba la cabeza o se atusaba el cabello.

—Continúa, por favor.

—Yo no me considero una mujer normal.

—¿En qué sentido, si puedo preguntar?

Era entonces cuando rompía la barrera invisible de la distancia para entrar en contacto físico con el pretendiente. Con Abel se limitó a acercar su silla y susurrarle al oído.

—En la cama. No me comporto como otras mujeres. Yo me dejo guiar por mis instintos y me entrego por completo. Por completo —enfatizó.

La respuesta, inmediata o contenida, solía ser muy similar con ciertas variantes. Había quienes lanzaban su primer ataque con las manos, buscaban con su boca los lujuriosos labios que tenían enfrente o incluso tragaban saliva antes de empezar a desnudarse. Con todos ellos, la réplica de la anfitriona era siempre la misma: el rechazo.

Abel fue de los que, aunque timorato, trató de comprobar la turgencia de la carne que asomaba por el escote.

—No, no, no. No me he explicado bien, Abel. Eso lo tendrás si llegas al final del proceso.

—¿De qué proceso?

—Del que culmina en el altar de una iglesia. Pero antes tienes que demostrarme, y no con palabras, que realmente tienes dinero de sobra como para no ambicionar el mío.

—¿Y cómo hago yo eso?

—De dos maneras: con imaginación y con absoluta discreción. Comprenderás que no quiero que las malas lenguas empiecen a dilapidar mi reputación, ¿verdad? Por eso te voy a pedir que no hables con nadie de lo nuestro. Ni siquiera de este primer encuentro. ¿Tengo tu palabra de caballero?

A pesar de los problemas de irrigación sanguínea, Abel no se lo pensó.

—La tienes, por supuesto que la tienes.

—Estupendo. Entonces solo te queda pensar en cómo sorprenderme la siguiente vez que vengas a verme. Así sea el obsequio, así será mi recompensa.

Esa última frase, demoledora, causó el efecto que esperaba, y con frecuencia constituiría el epílogo del primer encuentro con los candidatos que acudieron al principio.

Abel Calderón regresó el sábado siguiente con un collar de perlas que le había costado 1.380 pesetas y por el que obtuvo una muy reconfortante felación. La siguiente demostración de su poderío económico consistió en un brazalete de oro con incrustaciones de rubíes y esmeraldas con el que, esta vez sí, Antonia consideró que se había ganado la llave que abría sus piernas; ahora bien, durante los escasos minutos que ella tardó en conseguir que alcanzara el éxtasis. Entretanto, tenía otros tres pretendientes con los que avanzaba a distintas velocidades y mediante diferentes recompensas. El más destacable era un cacereño llamado Herminio Montiel, propietario de un próspero aserradero, que en la primera visita se presentó con una gargantilla de oro, regalo que le dio derecho a mojar los calzoncillos por dentro cuando Antonia le consintió estrujarle los pechos.

Todo discurría por los cauces previstos hasta que una tarde de finales de agosto Antonia echó en falta a Clara sobre la hora de cenar, indisciplina nada habitual en ella, y menos aún desde que le había hablado del internado y, al parecer, había dejado de ver a Jere. No le dio demasiada importancia, porque la niña se pasaba las horas encerrada en su cuarto y apenas salía, solo para ir al baño y alimentarse de vez en cuando. Quedaban menos de dos semanas para emprender el viaje a Galicia con Clara, trayecto en el que tenía previsto apuntalar los cimientos de una relación que Antonia pretendía estrechar con el tiempo. Sin duda era lo mejor para las dos. Por una parte, la niña accedía a una educación privilegiada mediante la cual podría abrir las puertas de un futuro distinto del que aguardaba al resto de las mujeres. Por otra, le facilitaba la intimidad que necesitaba ella en la casa para llevar su plan a buen término. Antonia estaba convencida de que Clara se lo sabría agradecer en cuanto lo entendiera y asumiera que una guerra no se gana sin armas y que, para la que ella la estaba preparando, el conocimiento era la artillería pesada.

Si Jacinto hubiera estado en la hacienda, le habría mandado a buscarla, pero se hallaba en una feria de ganado, por lo que no le quedó más remedio que, después de no dar con Clara en su habitación, recorrer ella misma la hacienda antes de que anocheciera. Superadas dos horas infructuosas, se le ocurrió regresar al cuarto de la niña para comprobar si había cogido calzado cómodo, lo que le hubiera llevado a pensar que había decidido dar un paseo nocturno. Le decepcionó encontrarse esos zapatos en su sitio, y, al echar un último vistazo en derredor, su mirada se detuvo en un cuaderno que, solitario, descansaba encima del escritorio. Como un insecto atraído por la luz de una bombilla, Antonia se acercó y, después de hojearlo, comprendió que se trataba de un diario. De hecho, los últimos párrafos correspondían a ese mismo día: 28 de agosto de 1916.

> Hoy es el cumpleaños de Jere. Cumple dieciséis. Hace catorce días que se fue del pueblo y no lo he vuelto a ver. Desde entonces mi corazón se ha ido apagando hasta que esta mañana ha dejado de latir en mi pecho. Lo he notado nada más despertar. Está muerto. Sigue bombeando sangre, pero ya no late. Es normal. No se lo puedo reprochar.
>
> Quedan pocos días para marcharme de aquí y me resulta extraño darme cuenta de que cuanto más se acerca el momento de dejar atrás esta tierra más triste estoy. Hoy ni siquiera sé si estoy triste o puede que, como le pasa a mi corazón, yo también esté muerta. Puede ser. Pensar que no voy a volver a ver a Jere nunca más me mata. Estoy muerta como esos árboles que siguen en pie a pesar de que hace tiempo que ya están secos por dentro. Sí. Soy un árbol seco. Es normal. Desde que han apartado mis raíces de la única persona que me daba de beber me he ido muriendo poco a poco sin darme cuenta.
>
> ¿Y ahora qué?
>
> No quiero ser un árbol seco y ver la vida pasar por delante de mis ojos tristes, vacíos. Antonia tiene razón: no tengo luz en la mirada. Pertenezco a la oscuridad y allí es donde tengo que estar. Allí abajo es donde tengo que ir. A lo más profundo. Allí abajo dejaré de secarme por dentro. Allí abajo no hay nada más que oscuridad y silencio. Allí abajo encontraré la paz que necesito.
>
> Así que aquí nos separamos, querido diario. Gracias por acompañarme estos dos años.
>
> Adiós.

Un escalofrío le recorrió la espalda hasta explotarle en la nuca. Le temblaban las manos mientras volvía a leerlo desde ese «Antonia tiene razón: no tengo luz en la mirada» que le dijo en el pozo, y lo relacionó en el acto con ese «Allí abajo es donde tengo que ir» y con el último «Adiós».

Tras superar la parálisis, corrió en busca de una lámpara de aceite y salió al exterior. Sus pies apenas tocaban el terreno durante los minutos que tardó en recorrer la distancia hasta el pozo.

—No, no, no, no —repetía de forma incesante.

Al llegar se asomó con la fútil esperanza de comprobar que su instinto le estaba jugando una mala pasada, y que aquella sospecha que le robaba el aliento se iba a quedar en un susto, pero no lograba ver más allá de unos pocos metros de profundidad. Enseguida encontró la solución depositando la lámpara dentro del cubo y bajándolo muy poco a poco, como si su subconsciente no quisiera llegar nunca al fondo. La luz bañaba los sillares de piedra, irregulares, y conforme se iba adentrando en aquella oscura garganta, Antonia notó que le flojeaban los brazos. Lo primero que le llamó la atención fue una mancha blanca de contorno difuso que se dibujaba bajo el cubo. Blanca inmaculada, como el vestido que tanto le gustaba ponerse a Clara. Las primeras lágrimas aparecieron justo en el instante en el que la soga no dio más de sí y Antonia forzó la vista para distinguir unas extremidades quebradas que salían de un cuerpo adolescente al que no le quedaba un ápice de vida. El alarido que llevaba el nombre de la niña, aunque estéril en su propósito de despertarla, le sirvió para expulsar la angustia que llevaba dentro, y aquel espacio que había quedado vacío en su interior lo ocupó la rabia. El odio más puro y renovado hacia los hombres, culpables de nuevo de haber malogrado el futuro de una niña que, por extraño que pudiera parecer, había sentido como algo suyo, como si hubiera nacido de sus entrañas.

Culpables de nuevo.

Abatida, se dejó caer de rodillas e hincó los dedos en aquella tierra yerma para agarrar un puñado y arrojarlo dentro.

Y luego otro.

Y otro.

Y otro más.

Y con cada uno, un compromiso.

Una venganza.

—¿Antonia?

Al oír su nombre se levantó asustada y fue hacia el lugar de donde había venido la voz. Con la lámpara todavía en el interior del pozo, sus pupilas adaptándose a la oscuridad y los ojos encharcados, Antonia no veía más allá de la tierra que pisaba.

—¿Te encuentras bien?

Su cerebro fabricó una cara a partir del registro de voces que tenía almacenado en su memoria.

Una cara amiga.

—¿De verdad eres tú? —preguntó ella, asustada, en un tono apagado, hético.

El creciente volumen del ruido de la gravilla bajo las suelas de los zapatos de la otra persona evidenciaba que en breve iba a resolver la incógnita.

El corazón de Antonia se detuvo al comprobar que, en efecto, él había regresado.

Resistir (segundo intento)

Casa de tía Menchu
Zafra (provincia de Badajoz)
21 de abril de 1917, a las 23.41

Patricio Carvajal sabe que va a morir. No es una sospecha, un presentimiento o una conjetura, no; es una certeza. Está del todo convencido de ello, y, no obstante, algo dentro de él no le permite rendirse.

Algo escrito en su ADN le obliga a resistir.

Algo que, en definitiva, es lo que le ha empujado a llevar un modo de vida muy concreto. Una manera de entender el mundo muy particular en la que el instinto está por encima de cualquier razonamiento impuesto por la sociedad. Y es precisamente ese instinto el que le dice que, ahora que se acerca el final, de nada vale arrepentirse. Arrepentirse no cambia el presente.

El pasado lo condiciona todo. Eso lo sabe muy bien Patricio. Si pudiera cambiarlo para evitar encontrarse con la muerte esa noche de abril, no habría entrado en la casa de la mujer donde se escondía el tipo que le había ordenado apiolar su patrón. Pero también es consciente de que para ello debería haber buscado una ocupación distinta. Quizá ya estaba condenado a ser el brazo ejecutor de terceros desde que salió del vientre de su madre.

Quién sabe.

Qué importa.

El hecho es que, cuando ha ordenado a sus hombres rodear la vivienda con el fin de generar la distracción que él necesitaba para entrar por la puerta principal, ha tenido un mal presentimiento. Tendría que haberse fiado de su instinto y abortar la operación, pero ya se había comprometido con el señor Acevedo y su palabra pesa más que cualquier corazonada. Con esos mimbres algo funestos, Patricio se ha agazapado bajo la ventana y ha esperado. Tan pronto como ha oído los primeros disparos ha sacado la navaja de carraca del bolsillo, la ha desplegado amortiguando con la camisa el sonido de las muescas y, gracias a la maestría que solo otorgan los años de experiencia, ha forzado la cerradura al primer intento. Con la espalda pegada a la pared ha avanzado muy despacio por el pasillo mientras seguía oyendo los gritos histéricos de la dueña de la casa. Disponía de un par de minutos para encontrar a Padilla, abrirle la garganta y marcharse por donde había venido. Además, sabía que no le iban a doler prendas, por lo cual contaba con hacerlo rápido y a otra cosa. Al fondo del pasillo que articulaba el espacio de la casa ha divisado la cocina, deduciendo que daría al patio en el que sus hombres debían captar la atención de ese teniente. La idea no era matarlo, pero, si caía el guardia, caía y tal día haría un año. Ha comprobado que tras las puertas que iba dejando atrás no estaba su objetivo, por lo que, tal y como había intuido desde un principio, le tocaba subir al piso superior. Dejando de lado el sigilo, ha subido las escaleras de dos en dos y se ha plantado en el rellano. Tres habitaciones, dos que dan a la calle principal y otra que da a la parte trasera. Por el espacio que ocupaba el hueco de la chimenea ha sabido que esa era la más pequeña, y su sentido común le ha dicho que es donde él alojaría a alguien que no es bienvenido a una casa.

Ha acertado.

Lo que no se esperaba era encontrarse a Jacinto Padilla tumbado en la cama con las manos atadas al cabecero; no obstante, aunque le ha parecido algo indigno de un profesional como él, con el oficio que atesora, tampoco ha considerado que fuera el momento de ponerse exquisito. Todo se ha precipitado cuando Padilla, que tenía la expresión a medio camino entre la incredulidad y el pánico, ha empezado a gritar con toda la fuerza que le nacía del estómago. Había que proceder rápidamente, y con tal propósito ha cambiado el agarre de la navaja dispuesto a apuñalarlo en el cuello las veces que fueran necesarias con tal de que dejara de berrear. Lo favorable de la tesitura le ha llevado a no considerar la posibilidad de que presentara oposición alguna. Por ello, al detectar una coz que iba dirigida al mentón, Patricio no ha tenido más opción que bloquearla con la mano en la que portaba el arma, que ha terminado saltando por los aires.

—Jodido bastardo...

Patricio ha invertido unos segundos preciosos en encontrarla, pero el contratiempo le ha servido para despojarse del exceso de confianza y concentrarse en ejecutar —a eso ha venido— la tarea. El otro, desde la legitimidad que le otorga el deseo de seguir viviendo, se ha retorcido para interponer las piernas entre sus zonas vitales y la navaja, todo ello sin dejar de chillar ni un solo instante.

—Estate un poco quieto, hombre, que si no te va a doler más —le ha aconsejado Patricio con sinceridad.

Como era de prever, la sugerencia ha caído en saco roto, por lo que no le ha quedado otro remedio que arremeter contra esas defensas móviles que tanto le importunaban. Varias veces ha logrado herirle en las pantorrillas sin conseguir que Padilla cejara en su empeño. Así, un tanto hastiado, ha decidido cambiar de estrategia y lanzarse a por su objetivo con el mismo ímpetu con el que se le estaba oponiendo. La táctica ha funcionado, y a horcajadas sobre quien estaba condenado a convertirse en la décima tercera víctima por encargo de su dilatada carrera, lo ha agarrado con fuerza del pelo y ha tirado de él hacia atrás para no fallar la estocada.

Y sin duda no habría errado de no ser porque le ha arrollado un tren de mercancías uniformado.

Cuando los gritos de tía Menchu han interrumpido el enésimo intento de finalizar el interrogatorio a Padilla, Martín Gallardo lo ha esposado de nuevo, ha desenfundado su arma y ha bajado las escaleras casi sin tocar los peldaños. Abajo se ha topado con Rosario, que sostenía a Lope entre sus brazos como si una fuerza invisible quisiera arrebatárselo.

—Están en el patio —ha tartamudeado.

—¡¿Cuántos son?!

—No lo sé. Dos, quizá tres. Llevan escopetas.

—Acompaña arriba a tu tía y encerraos en una habitación hasta que yo suba a buscaros.

—Tengo miedo.

—Yo me ocupo.

Con el revólver amartillado y sin demasiada precaución, Martín Gallardo ha llegado a la cocina y se ha asomado por la ventana para corroborar que unas siluetas se movían entre la oscuridad auspiciadas por la luna en su fase más oscura. Para igualar las condiciones, se ha acercado hasta la mesa donde descansaba la lámpara de aceite y ha girado la espita hasta ahogar la llama. Tocaba por tanto dejarse guiar por el oído, y lo primero que ha escuchado ha sido que alguien susurraba al otro lado de la puerta. Con un propósito más intimidatorio que resolutivo, el de la Guardia Civil ha disparado. El proyectil, que no entendía de intenciones, se ha comportado del único modo posible: atravesando la madera primero e incrustándose después en la clavícula izquierda del Bajabragas. Este ha bramado antes de caer de rodillas y, una vez superada la primera oleada de dolor, ha apretado el gatillo de su escopeta. A diferencia de la bala, las postas no han encontrado tejido humano donde alojarse, pero a cambio sí han abierto un buen boquete en la puerta, a través del cual Gallardo ha visto a su enemigo retirarse.

—¡Largaos de aquí o vais a terminar todos con los pies por delante! —les ha gritado.

Dos disparos por respuesta.

—Me cago en mi alma —ha dicho para sí.

Cubierto detrás de la pared, Gallardo se ha fijado en una mancha blanca que sobresalía del tronco de un árbol y ha pensado que había que ser muy estúpido para elegir ese atuendo para la ocasión. No se equivocaba. Se trataba de Marcial, de quien su propia abuela decía desde muy pequeño que le faltaba una patata para el kilo. Y él, a quien nunca le ha gustado llevar la contraria a sus mayores, se ha empeñado en demostrar día a día mediante su forma de ser en extremo pacata que no le faltaba razón. Sin hacer discriminaciones a su evidente estupidez, Martín Gallardo se ha tomado su tiempo para apuntar antes de disparar dos veces. En condiciones óptimas y a esa distancia habría disparado solo una vez, pero con el pulso aún renqueante, ha preferido asegurarse. Y ha hecho bien, porque ha acertado solo con la segunda bala, cuya trayectoria se ha interrumpido al encontrarse con el lomo de Marcial. Sorprendido el otro, se ha echado la mano al costado y la ha examinado de cerca como si necesitara comprobar que eso que le salía del cuerpo era sangre. Tras corroborarlo, Marcial, que por muy poco inteligente que sea ha sabido lo que le convenía en ese momento —la supervivencia no se anda con estupideces—, se ha tirado al suelo y se ha quedado muy quieto. Desde su posición, Faustino de la Torre, a quien todos conocen como Tino, lo ha visto desplomarse, y durante unos instantes se ha planteado si ir a auxiliarle o qué. Ha pesado más el *o qué*, aderezado con la inquina que tiene acumulada hacia el maldito guardia civil, que no hacía mucho le había reventado una botella en la cabeza. Al margen, tampoco merecía mucho la pena jugársela por un estúpido redomado, y además se ha visto con ganas de hacer cantar a Melibea. Así, ha avanzado a campo abierto hacia la entrada con la escopeta a la altura de la cadera y, confiado, ha descargado el primer cartucho. Sin embargo, la confianza nada tiene que ver con la prudencia, y el teniente Gallardo no estaba dispuesto a desaprovechar la falta de sensatez enemiga. Se ha repetido el porcentaje de acierto. La primera bala que ha escupido el revólver de Gallardo ha pasado a tres centímetros de la oreja izquierda de Tino, pero con la segunda y última que le quedaba en el tambor le ha perforado el brazo, con la fortuna —para Tino— de no tocar el húmero. Se disponía a cargar de nuevo el arma para rematar la faena cuando sus oídos han registrado unos gritos desesperados que venían del piso de arriba. Enseguida ha entendido la estrategia de su rival y, dispuesto a desbaratársela, ha enfundado el arma y subido las escaleras con la misma destreza y velocidad con la que las había bajado. Sin detenerse en el rellano, ha aprovechado la inercia de la carrera para empujar la puerta y abalanzarse sobre la silueta que se recortaba encima de Padilla.

Su mente ya había dibujado la cara de la persona con la que le tocaba jugarse los cuartos con las manos desnudas antes de ponerse de nuevo en pie y levantar la guardia.

—No hay dos sin tres, ¿eh? —le ha dicho Patricio nada más incorporarse.

—Eso parece.

Con susurros, besos y caricias trataba Rosario de consolar el llanto de Lope, que, alterado por el sonido de los disparos y por el nerviosismo que le transmitía su madre, no daba la impresión de que fuera a calmarse en los próximos años. Mientras, con la oreja pegada a la puerta y un cuchillo cebollero en la mano, tía Menchu radiaba los acontecimientos que se estaban produciendo al otro lado.

—Alguien está subiendo —ha avisado sin levantar la voz.

De inmediato, Rosario ha tapado la boca de su hijo y ha pegado la espalda contra la pared para ocultarse aprovechando el generoso volumen de un armario de tres cuerpos.

—Se ha metido en la habitación donde está el otro —ha proseguido su tía.

A continuación, los gritos de Jacinto Padilla han atravesado los muros de la vivienda, resultando muy sencillo completar en imágenes lo que estaban registrando sus tímpanos.

—¡Ay, Virgen de la Esperanza, protégenos! —ha implorado Menchu.

Luego se han oído más tiros, y, algo después, las pisadas de lo que podría ser un búfalo subiendo por las escaleras.

—¡¿Y ahora qué pasa?! —ha querido saber Rosario.

—Se están matando —ha concretado tía Menchu.

Poco antes de que Patricio Carvajal y Martín Gallardo empezaran a matarse, Darío Pacheco dormía como si fuera su primera vez en uno de los camastros del cuartel. Derrotado por la jornada que acababa de dejar atrás, y sabiendo que a medianoche tenía que ir a recoger al prisionero, había decidido tumbarse un rato. Apenas llevaba una hora recorriendo los dominios de Morfeo cuando Lobito ha irrumpido en la estancia y lo ha agarrado del brazo.

—¡Se están oyendo tiros en el pueblo!

Durante el lapso de tiempo que ha tardado en comprender lo que pasaba, el sargento ha estado tentado de asfixiarlo con sus propias manos, pero tras frotarse los párpados mientras maldecía su suerte se ha calzado las botas, se ha puesto la guerrera y se ha plantado frente al más joven de la dotación de Zafra.

—¡¿Quién más está de guardia?!

—Guti.

—¡Avísalo! ¡Nos vamos!

Ocho minutos más tarde, al enfilar la calle donde vive tía Menchu, Pacheco ha reconocido el ruido del arma reglamentaria del cuerpo. Dos veces.

—Usted vigile esta esquina. Y usted, conmigo —le ha dicho a Lobito.

Arma en mano, ha rodeado la casa hasta llegar a la parte trasera, y extremando la precaución ha entrado en el patio. Lo primero que ha visto ha sido a dos hombres que se arrastraban por el suelo, cada uno a su manera, tratando de salir de allí. El que estaba herido en el hombro se ha dejado caer exhausto y, desde esa posición, ha levantado la vista.

—Ayúdenos, por favor —ha suplicado el Bajabragas.

Darío Pacheco los ha examinado durante unos segundos antes de dar un toque con la punta de la bota al que se dolía del costado.

—¿Queda alguno más?

Marcial ha tardado en contestar.

—Tino está herido pero ha entrado, y el jefe también debe de andar dentro —ha balbuceado.

—Escúcheme bien —se ha vuelto hacia Lobito—: desarme a estos hombres y me los custodia en lo que Guti va a buscar al veterinario. Que los asista aquí mismo antes de trasladarlos al hospital.

—¡A sus órdenes!

—Voy adentro.

Patricio aún no entiende cómo es posible que haya terminado en esa postura tan comprometida, inmovilizado como un principiante y con ese teniente de la Guardia Civil a su espalda rodeándole el cuello con el brazo e impidiéndole respirar.

Estaba a punto de cumplir con su misión cuando le ha sorprendido por la espalda y ambos han rodado por el suelo. Al ponerse en pie todavía conservaba la navaja, por lo que disponía de una notable ventaja sobre su adversario que no estaba dispuesto a desaprovechar.

Entretanto, Padilla no ha dejado de chillar.

—No hay dos sin tres, ¿eh? —se le ha ocurrido decir a Patricio.

—Eso parece —le ha contestado el teniente.

No le cae del todo mal, pero no le quedaba otra que quitárselo de en medio, y con esa intención le ha tirado dos estocadas al tórax. Le ha sorprendido comprobar que el guardia las ha esquivado con cierta facilidad y, sin darle tiempo a reaccionar, ha contraatacado con una patada frontal que le ha obligado a retroceder un par de pasos. En la siguiente combinación de movimientos Patricio ha conseguido alcanzarle en el pecho con el filo, pero, lejos de acusarlo, el teniente ha respondido lanzando un directo que, por suerte, le ha golpeado en el pómulo.

—No habrá una cuarta —le ha advertido.

—Eso parece.

—¡¿A qué coño espera para pegarle un tiro?! —ha exigido Padilla desesperado y hecho un ovillo en una esquina del colchón.

—Preferiría abrirme en canal con esa daga que tiene ahí, ¿verdad? —ha dicho Patricio mirando a la guerrera que colgaba del respaldo de una silla—. Venga, teniente, acérquese a cogerla.

—No me va a hacer falta.

Ha sido entonces cuando Patricio ha vuelto a la carga decidido a terminar de una vez, y quizá ahí haya estado el error, en la precipitación, porque en su empeño de alcanzar algún punto vital se ha dejado atrapar la muñeca y el teniente le ha retorcido el brazo hasta que ha tenido que soltar la navaja. Sin poder hacer nada para impedírselo, el guardia se ha colocado a su espalda, le ha pasado el otro brazo por el cuello y ha tirado de él hacia atrás hasta que ha caído sobre la cama. Después lo ha inmovilizado con las piernas, y justo en ese instante en el que se ha visto por completo a su merced es cuando se ha percatado de que va a morir.

Pero algo escrito en su ADN le obliga a resistir.

Y en ello pone Patricio todo su empeño, pero no logra zafarse ni percibe en su rival ninguna señal de agotamiento. No sabe cuánto tiempo lleva sin respirar, diría que una eternidad, pues nota que la cara se le está hinchando y que los pulmones están a punto de colapsarse. No se imaginaba él cuando el señor Acevedo le ha mandado llamar tan temprano que este iba a ser su último día, pero en su oficio las desgracias hay que asumirlas como vienen y si le ha llegado la hora, pues aquí paz y después gloria. Asumirlo elimina el padecimiento espiritual, y, aunque él no sea consciente del todo, ese estado de ataraxia le está ayudando a llevarlo con una calma nada procedente. Además, el destino le tiene reservada una última gracia en forma de atajo hacia la muerte. El efecto tenaza que ejerce el brazo del teniente Gallardo en su cuello no solo actúa sobre las vías respiratorias obstruyendo la entrada de oxígeno, también está dificultando el riego sanguíneo en el cerebro. Esto provoca que este se vaya apagando progresivamente y que Patricio no conserve la consciencia —ni la posibilidad de seguir resistiendo— cuando por fin le sobreviene la parada cardiorrespiratoria que precede a su muerte.

Coincidiendo con el momento en el que Patricio Carvajal —tal y como él había previsto— pasa a mejor vida, Tino se halla en el rellano de la escalera del piso superior con Melibea preparada y dispuesta a reventar a ese tipo al que tanto odia. Ha inspeccionado todo el nivel inferior, lo cual le hace inferir que esa rata se esconde por fuerza en alguna de las habitaciones que ahora tiene delante. Con el brazo izquierdo inutilizado, deberá arreglárselas apoyando la culata en el hueso de la cadera, y, aunque sabe que el retroceso le va a causar un intenso dolor, lo asume con gusto con tal de ver a ese cabrón con un enorme boquete en el pecho.

Estafermo, Tino deriva todas sus aptitudes sensoriales hacia el oído, y obtiene el premio buscado al percibir un leve gemido originado tras la puerta que tiene más cerca. Sin más dilación, gira el pomo y se cuela en el interior, apuntando a derecha e izquierda de forma indiscriminada. La penumbra reina a su alrededor, pero sus oídos son ahora sus ojos y sigue oyendo algo que confirma que ahí dentro hay alguien.

Y ese alguien se esconde detrás de ese armario de tres cuerpos.

—¡Sal de ahí o te reviento! —vocifera.

Una silueta se recorta entre las sombras.

—¡No dispares, por favor, tengo un bebé en brazos!

Una voz de mujer.

—¡Aquí atrás, desgraciado!

Otra voz, también de mujer pero mucho más madura, le obliga a girarse. Apenas alcanza a verle la cara, pero nota cómo un objeto metálico le penetra en la zona abdominal y se remueve dentro de su cuerpo haciéndole aullar de dolor. Nunca ha sentido algo así, ni siquiera cuando, con quince recién cumplidos, el burro de su vecina estuvo a punto de terminar con su futura carrera de padre de una coz. Pero, claro, que le atraviesen a uno el hígado con un cuchillo cebollero duele. Duele mucho. Si supiera que le quedan solo ocho minutos de vida, quizá Tino hubiera reaccionado de otro modo, quién sabe, pero lo único que tiene claro es que debe apartarse de lo que le amenaza. Con ese condicionante, apoya el cañón en el pecho de la anciana y aprieta uno de los dos gatillos. Tía Menchu está muerta antes incluso de rebotar contra la pared que tiene a su espalda.

Gritos de auténtica desesperación.

Tino duda si realizar o no la segunda descarga cuando le sobreviene un vahído que le hace doblar las rodillas. La puntilla le llega en el preciso instante en que la puntera de la bota de Martín Gallardo colisiona contra su sien, provocando que los seis minutos que le quedan hasta dejar de respirar, igual que le ha sucedido a Patricio, los malgaste en el limbo.

Gallardo necesita unos segundos para digerir la escena que captan sus retinas.

—Me cago en mi condenada alma —afirma.

Postrado ante tanta desdicha, busca a Rosario con la mirada y encuentra un guiñapo sumido en la desolación, en el duelo que supone haber perdido a la única persona en el mundo que la aceptaba tal y como era.

Y que la quería.

El teniente Gallardo se aproxima a ella. Despacio, arrastrando consigo el peso de la culpabilidad. Y no para compartirla con ella, sino para tratar de absorber su dolor, toma a Rosario entre sus brazos y permanece ahí muy quieto, roto por dentro, ejerciendo de estéril consuelo.

Desaparecer

La cabaña de las culebras
En algún lugar de la provincia de Badajoz
Unos meses antes

La había bautizado así porque el día que dio con ella se había topado con un nido de culebra bastarda al pie de una encina que, al igual que les sucedía al resto de los ejemplares que conformaban esa dehesa, estaba a punto de rendirse a una enfermedad conocida como *la seca*. Por tal motivo era considerada tierra baldía, abandonada a su suerte, como la cabaña que un día levantó alguien con la esperanza de poder vivir del fruto de sus entrañas. Localizada a menos de dos horas de camino desde la hacienda Monterroso en dirección norte, Sebastián Costa la consideraba el refugio perfecto para desaparecer durante una temporada.

Desaparecer: esa era la clave.

Así lo entendió él después de que Antonia le hiciera ver la tesitura en la que se hallaba tras superar la conmoción que le había causado encontrar en el pozo el cuerpo sin vida de Clara. Porque si en algo coincidían los dos era en que nadie tragaría con el asunto del suicidio de la niña dadas las desgracias matrimoniales que teñían de negro el histórico vital de Antonia. Ni siquiera el diario que había dejado escrito ayudaría para eximirla de culpa por la ambigüedad de las palabras de Clara, de libre interpretación dependiendo del propósito de quien las leyera. Además, al texto final le precedían otros pasajes en los que Antonia no salía nada bien parada y que, cuando los leyó, lejos de provocarle algún tipo de animosidad hacia ella, le hicieron reflexionar sobre cómo se había comportado. En consecuencia, y por recomendación de Sebastián Costa, el diario terminó devorado por las llamas.

A la mañana siguiente de hallar el cuerpo, lo primero que hizo fue redactar dos cartas: una dirigida al internado en la que explicaba que Clara estaba pasando por una enfermedad que le impedía viajar y que, por tanto, su incorporación quedaba en suspenso hasta ver cómo evolucionaba; en la otra le contaba a Jacinto Padilla que había decidido adelantar el traslado a Galicia para facilitar la adaptación de la niña y que permanecería allí unos días para asegurarse de que todo estaba en orden. El resto de los habitantes de la comarca ya conocían el futuro que le esperaba a Clara —de ello se había encargado Antonia los meses precedentes—, por lo que a nadie le extrañó su ausencia, acostumbrados, además, a no volver a ver a algunos vecinos que decidían probar suerte lejos de aquellas tierras.

Pasados varios días desde que se habían trasladado a la cabaña casi con lo puesto y pocas provisiones para no levantar sospechas, Antonia parecía dispuesta a superar la fatalidad del mismo modo en que lo había hecho en otras ocasiones: mirando solo hacia delante. Sin embargo, la presencia de Sebastián Costa complicaba el cumplimiento de su plan, y, por mucho que lo intentara, sabía que esa pieza jamás encajaría en el nuevo puzle que tenía en la cabeza. Un beneficioso rompecabezas al que, a pesar de sus pesares pasajeros, no iba a renunciar.

Aquella noche de principios de septiembre hacía más frío de lo habitual, y Antonia dejó el libro que estaba leyendo para avivar el fuego con los últimos leños que quedaban.

—Se está terminando la leña —comentó mientras tomaba asiento en una silla de mimbre y se frotaba las piernas para entrar en calor.

Sebastián Costa, que llevaba horas mirando por el ventanuco que daba a poniente, tomó aire por la nariz y se dirigió muy despacio a la esquina donde había acumulado varios tarugos de encina. Con calma, colocó uno de ellos sobre el tocón y lo miró como si tuviera una cuenta pendiente con el trozo de madera antes de agarrar el hacha con las dos manos y partirlo por la mitad de un solo golpe.

—Todavía no me has dicho dónde has estado todo este tiempo —soltó ella.

Otro hachazo.

—Si no te lo he contado es porque tú no me lo has preguntado.

—Te lo estoy preguntando ahora.

Y otro.

—He estado en muchos sitios, ocupado en lo que te prometí que iba a hacer.

Antonia frunció el ceño.

—¿Llevas un año buscando a Sixto Simón?

Costa apiló la leña a los pies de Antonia. Pasados unos segundos, ella agarró uno de los trozos más grandes y lo arrojó al fuego.

—Diez meses —precisó él.

—Qué barbaridad.

Sin soltar el hacha, Costa se sentó junto a ella.

—Esa rata sabía bien cómo borrar su rastro. Estuve a punto de trincarlo en Guadix, pero se me escapó. Preguntando a unos y otros supe que solía moverse por las provincias de Córdoba y Granada, pero permanecía muy poco tiempo en el mismo lugar. Me harté de llegar siempre tarde.

Antonia suspiró.

—Solo espero que un día alguien le dé su merecido a ese malnacido.

Costa pasó el pulgar por el filo del hacha y chasqueó la lengua al notar que estaba algo mellada.

—No he dicho que dejara de buscarle, solo que me harté de llegar tarde, así que decidí anticiparme a su siguiente movimiento. Investigué a su familia y averigüé que, cuando su madre enviudó, regresó a su pueblo natal, en la costa de Almería.

—¿Pero eso está...?

—Lejos, muy lejos —completó él.

—¿Y? —preguntó ella nerviosa.

—Confiaba en que antes o después iría a verla, pero lo que no me podía imaginar es que Sixto Simón estuviera viviendo allí.

Antonia enderezó la espalda y trató de anticiparse a los hechos penetrando en la huidiza mirada de Sebastián Costa.

—¡Continúa! —le exigió levantando la voz.

—Garrucha, así se llama el sitio. Es muy pequeño, todo el mundo se conoce, y no me resultó complicado obtener la información que necesitaba. Al parecer su madre está muy enferma y depende por completo de él —añadió.

—Pero... ¿llegaste a verlo?

—Por supuesto.

Antonia se puso en pie.

—¡Dime que a ese estafador se lo están comiendo los gusanos!

—No.

—¿No?

—No.

El pecho de Antonia se hinchaba y deshinchaba a un ritmo frenético.

—¡¿Me quieres decir que viste al hombre que me robó casi cincuenta mil pesetas y no hiciste nada?!

—Te robó veinte mil y te estafó otras veinticuatro mil trescientas cuarenta y ocho pesetas del seguro de vida que nunca cobraste —precisó él.

—¡Pues eso mismo! ¡En total son casi cincuenta mil! ¡¿Te parece poco?!

—No, para nada.

—¡¿Entonces qué?! —estalló.

Esta vez sí, Costa la miró fijamente.

—Entonces... Si lo hubiera matado, jamás recuperarías ese dinero.

Y, como si los ojos de Sebastián Costa poseyeran el hechizo de Medusa, Antonia se petrificó.

—Por eso he vuelto. Para preguntarte qué quieres: verlo muerto o recuperar lo que es tuyo.

Más calmada, se estiró el vestido y volvió a sentarse.

—Recuperar lo que es mío —contestó.

—Muy bien. A cambio, yo te voy a pedir dos cosas.

—Te escucho.

—Mañana partiré hacia Garrucha y...

—¿Y por qué crees que va a estar allí esperándote? —le interrumpió.

—Porque me pidió que le diera algunas semanas para reunir el dinero y yo accedí. Le he dicho que voy a regresar y que si no está allí... En fin, sabe muy bien lo que le pasará a su madre primero y a él después.

Antonia caviló durante unos segundos:

—Quiero que me lo traiga él en persona. Él me lo robó. Quiero que me pida disculpas a la cara.

Sebastián Costa la escudriñó con la mirada pero dio por hecho que no iba a ceder.

—De acuerdo. Le diré que te lo traiga el último domingo de este mes, es decir, dentro de tres semanas.

—Lo recibiré como se merece —bromeó ella.

—Si no apareciera, envíame un cable a la agencia.

El crepitar del fuego se intensificó.

—¿A la agencia?

—Tengo que regresar a Barcelona. Debo resolver varios asuntos que me llevarán un tiempo, pero calculo que para la primavera que viene podré estar de vuelta. Te doy ese plazo para que te deshagas de todo lo que te ata a esta tierra. Y cuando digo todo es todo.

Antonia meneó la cabeza.

—No te entiendo.

—Claro que me entiendes: me refiero a la finca, a la granja y a ese capataz tuyo.

—Jacinto no significa nada para mí —afirmó con notable desaire.

—Mejor, porque, el día que vuelva a buscarte, si sigue por aquí me encargaré de él.

—No estará.

Sebastián Costa jugueteó con el hacha entre las manos.

—También quiero que tengas muy presente que si regreso y te has vuelto a casar con alguno de esos idiotas que vienen a conocer a esa viuda rica por la que te haces pasar, te juro por la memoria de mis antepasados que te mataré con mis manos, te descuartizaré y te tiraré a los cerdos.

A Antonia se le heló la sangre.

—Eso es solo un juego —se defendió—. Aquí la vida es muy aburrida.

—Pues tienes seis meses para jugar. Después se acabó.

—¿Y adónde piensas llevarme, si es que puede saberse?

—Con el dinero de Sixto Simón, lo que consigas de la venta de la hacienda Monterroso y lo mío, que no es poco, podremos irnos donde nos plazca.

—Donde nos plazca —repitió ella con aire melancólico—. Galicia siempre me ha atraído, se parece mucho al lugar de donde vengo. Allí todo es verde.

—Donde nos plazca —insistió.

Ella se atusó el cabello.

—Acepto el trato.

—No tan deprisa. Te he dicho que te iba a pedir dos cosas.

—Vaya, vaya... ¿Y cuál es la segunda?

Costa dejó el hacha en el suelo, se levantó de la silla y sin mediar palabra se plantó frente a Antonia.

—Sabes muy bien lo que quiero.

Días más tarde, ya de regreso en la hacienda, Antonia se dirigió a la granja de cerdos, donde esperaba encontrar a Jacinto Padilla. Hacía tanto tiempo que no pasaba por allí que casi había olvidado cuánto odiaba el hedor que imperaba en el lugar. Para evitar que se le adhiriera al vestido y al pelo le dio una moneda a uno de los muchachos que se encargaba de recoger las heces de los animales para que fuera a buscarle. Mientras esperaba levantó la mirada y se encontró con el cielo pintado de un azul cobalto que se teñía de matices purpúreos conforme se acercaba al horizonte. Eso le hizo acordarse de un vestido que había visto en el escaparate de una de las casas de moda del barrio de Los Remedios y comenzar a elucubrar con la posibilidad de escaparse un par de días de compras aprovechando que tenía que vender algunos de los obsequios que le habían traído sus pretendientes.

—Vaya, Antonia, dichosos los ojos —oyó.

Ataviado con un traje de faena manchado de quién sabe qué, a Antonia se le quitaron las ganas de abrazarlo como había planeado. A cambio, le ofreció la mejor sonrisa que fue capaz de componer.

—Te dejé una nota —repuso.

—Sí, la leí. Qué tal el viaje.

—Largo.

—¿Cómo es aquello?

—Verde. Muy verde. A Clara le ha gustado.

Antonia tragó saliva y descubrió que las palabras podían tener sabor acerbo.

—Bueno, pues me alegro por la niña.

—Allí va a estar muy bien —aseguró con la voz agrietada.

Jacinto Padilla, sorprendido, frunció el ceño.

—No me dirás que la vas a echar de menos...

—Tú no te habrás dado cuenta, pero últimamente hemos estado muy unidas.

—Entonces, ¿por qué no la has dejado quedarse?

—Lo he hecho por su bien. Por su futuro —añadió—. ¿Cómo te ha ido en la feria? —quiso saber cambiando de tercio.

—Poca cosa. Con lo que tenía solo me ha llegado para comprar un semental.

—Vendrán tiempos mejores.

—Si tú lo dices...

—Verás como sí.

—Pero, bueno, supongo que no has venido a hablar conmigo de marranos, ¿verdad?

—No. Es por otro asunto que... no me deja dormir, y necesito que lo sepas.

—Di.

—El otro día, aprovechando que tú no estabas, se presentó aquí Sebastián Costa.

El semblante de Padilla se ensombreció al oír su nombre.

—Estaba fuera de sí. Violento, como una fiera. Rabioso. Tanto que llegué a pensar que había venido a matarme.

El otro apretó los puños con tanta fuerza que se clavó las uñas en las palmas.

—¡¿A matarte?!

—Te lo juro por lo más sagrado. Quería..., ya sabes, pero yo me negué.

—Maldito sea...

—Por suerte supe calmarlo a base de aguardiente y me contó que iba a estar una temporada fuera, cerrando unos negocios, pero que tenía pensado regresar a por mí para llevarme lejos.

—¿Llevarte lejos? ¿Dónde?

—Donde sea, pero muy lejos de aquí. Me quiere solo para él y está dispuesto a todo para conseguirlo. De hecho, me aseguró que si el día que regresara a buscarme te encontraba en la hacienda te mataría, te descuartizaría y te tiraría a los cerdos.

—¿A mí?

—Sí, a ti. Dijo que eras una rémora y que tenía que deshacerme de ti por las buenas o lo haría él por las malas.

Antonia se aproximó a él y lo tomó de las manos antes de mirarlo a los ojos con toda la dulzura que fue capaz de reunir en su interior.

—Tienes que ayudarme a matarlo.

Padilla se soltó de inmediato.

—¿Matarlo? Pero...

—¡Pero qué! —gritó ella—. ¿No te das cuenta de que no tenemos otra opción? Es él o nosotros.

—¿Y cómo?

—Muy sencillo. Costa me dijo que cuando zanjara sus asuntos me enviaría un cable en el que me anunciaría la fecha de su regreso. Todo ello para que me dé tiempo a vender la hacienda y la granja y... a deshacerme de ti. Además, va a traer bastante dinero. Todos sus ahorros, me dijo.

—Pues se va a llevar una buena sorpresa, el muy cabrón.

—Ese día tú le estarás esperando y... Dos tiros y a correr.

—No, mejor aún: dos tiros y a los marranos.

—¡Eso es! —se entusiasmó ella—. ¡Dos tiros y a los marranos! Luego me encargaré de vender todo esto y podremos irnos tú y yo muy lejos de aquí.

—¿Y quién te va a comprar esta ruina?

Antonia sonrió.

—Durante el viaje he tenido la oportunidad de pensar mucho. Hay un hombre al que llaman señor Acevedo que es una especie de usurero o algo así, y me han dicho que si le hago buen precio comprará sin problema.

—Sí, ya he oído hablar de él. Es un delincuente de mucho cuidado. No creo que te pague ni la mitad de lo que vale.

—¿Y qué importa? También tendremos el dinero de Costa. Empezaremos una nueva vida juntos, solos, a un millón de kilómetros de distancia de esta maldita tierra.

A Jacinto Padilla se le activaron los lagrimales.

—¿De verdad? ¿Solos tú y yo?

Antonia se acercó para agarrarle por los hombros.

—Mírame a los ojos. Te lo prometo: solos tú y yo. Tú y yo solos.

Una corazonada

Casa de tía Menchu
Zafra (provincia de Badajoz)
22 de abril de 1917, a las 7.50

De esas eternas, inagotables, pero que transcurren en un abrir y cerrar de ojos.

Así ha sido la noche para Martín Gallardo desde que retiraron los cuerpos de Patricio, Tino y tía Menchu, trasladaron al Bajabragas y a Marcial al hospital de la Salutación y, finalmente, se llevaron a Jacinto Padilla al cuartel. Tras eso, la casa había quedado en completo silencio. Un aciago pero bienvenido sosiego que ha compartido con Rosario sin que haya existido más intercambio emocional que el contenido en las contadas miradas que han cruzado casi sin querer. Más tarde, abrazada a Lope, ella se tumbaba en la cama con los párpados muy abiertos y los poros del alma muy cerrados, cauterizados desde el momento en que había visto morir a tía Menchu.

Morir por ella.

Enmudecido el de la Benemérita, envilecido, se ha limitado a sentarse a su lado, tan cerca como para poder acariciarle el cabello y tan lejos como para no tener que verbalizar sus sentimientos. Durante horas se ha mantenido firme, impasible ante tanta adversidad, hasta que por fin su organismo se ha rendido al agotamiento y, con la discreción del que sabe que no está en el lugar que debería, se ha recostado a su lado. Ha sido el hambre lo que le ha hecho abrir los ojos cuando despuntaban las primeras luces del alba, y, comiéndose las ganas de besar a Rosario por no despertarla, se ha tragado dos cápsulas de láudano y se ha marchado de la habitación sin hacer ruido. La necesidad de respirar aire fresco le ha llevado al patio, y después de concederse unos instantes de reflexión se ha sentado junto a Pancho a fumar un cigarro, para su desgracia, sin condimento alguno.

Con la espalda apoyada en el tronco de un árbol, Gallardo expulsa el humo por la boca e inspira por la nariz percibiendo los matices eléctricos que aderezan el aire. De forma instintiva alza la vista para corroborar que se está preparando una tormenta de esas que suelen anunciar el final de una estación aunque no proceda. Al bajar la mirada se percata de que los rastros de sangre de la refriega de anoche son todavía visibles en el suelo, vestigios que la lluvia que está por caer se encargará de arrastrar al olvido.

Pero no hay inclemencia climatológica que pueda con el deseo de venganza.

El sonido de unos pasos le saca de su proceso reflexivo y le obliga a mirar hacia la entrada de la parte de atrás. Bien uniformado, Darío Pacheco hace acto de presencia.

—Buenos días, por decir algo.

—Buenos días, sargento —contesta Gallardo.

Pacheco se sienta a su lado y le entrega un bocadillo envuelto en un trozo de papel de periódico.

—He pensado que le vendría bien comer algo. El pan es reciente, pero por la panceta no pongo la mano en el fuego.

—Gracias.

—¿Ha conseguido dormir algo?

—Algo.

—¿Y cómo están las cosas ahí dentro?

Gallardo se masajea los nudillos y se encoge de hombros.

—Es difícil de saber. El dolor de la pérdida es mayor cuando uno está más débil. Ella es fuerte, pero no sé cómo le va a afectar. ¿Y en el cuartel?

—Sin novedad. El prisionero está bien custodiado y a las nueve de la mañana en punto están citados los guardias tal y como me ordenó anoche. Por cierto, ¿cómo va esa herida?

El teniente se abre la camisa y se mira el pecho como si no supiera de qué le está hablando.

—Cicatrizando, parece.

El sargento Pacheco se toma unos segundos antes de lanzar la pregunta con la que se acostó hace unas horas.

—Espero que no le moleste, mi teniente, pero... ¿y ahora qué?

Martín Gallardo apura el cigarro y lo apaga en la suela de la bota.

—Durante la campaña de Filipinas, estando acantonados en mitad de aquella maldita jungla, nos ordenaron defender nuestra comprometida posición de los continuos ataques que sufríamos por parte de los insurrectos. Uno de los jesuitas a los que debíamos proteger no parecía querer ir al cielo antes de tiempo, por lo que no tardó en sembrar la duda sobre si debíamos rendirnos. El páter estaba acojonado, claro, imagínese: rodeados por veinte mil infieles con ganas de despellejarnos vivos, diezmados por el beriberi y con pocos víveres. Con el paso de las semanas el mensaje fue calando y la tensión crecía día tras día entre los que preferíamos resistir allí, los que querían emprender una larga marcha hacia Manila y los que apostaban por rendirse.

—Como para no —comenta Pacheco.

—Mi compadre, el cabo segundo Sebastián Costa, con el que llevaba sirviendo más de cinco años en ese destacamento, nos reunió a unos cuantos y nos dirigió unas palabras. Lo curioso es que el tipo era de los que solo hablaban si era estrictamente necesario.

Gallardo esboza una sonrisa cargada de melancolía.

—Comparado conmigo, yo sería una condenada cacatúa —añadió.

—Con todo el respeto, mi teniente, me cuesta creerlo.

—En esa charla, Sebas nos expuso que hay momentos en los que uno cruza una línea invisible, y que cuando eso se produce ya no hay marcha atrás. Alguien le preguntó que cómo se sabe en qué momento se cruza o se deja de cruzar esa línea, y Sebas le contestó: «Eso se sabe porque se sabe».

Pacheco lo evalúa.

—Ni más cojones.

—Se sabe porque se sabe —repite Gallardo—. Pues esa línea invisible la hemos traspasado esta noche, así que no queda otra que tirar para delante.

—Eso me temo.

—Sin embargo... Hay algo que se nos está escapando. ¿Qué es lo que ha cambiado para que antes pretendieran llevarse a Padilla y ahora lo quisieran matar? Porque si yo hubiera tardado un poco más en irrumpir en la habitación, ya no estaría en el mundo de los vivos.

Darío Pacheco proyecta los labios hacia fuera y amusga los ojos como si quisiera ver con mayor claridad lo que se dispone a decir:

—Es muy difícil saber qué demonios pasa por la cabeza de alguien a quien crees conocer, como para ponerte a descifrar la mente de un hijo de puta al que no conoces.

Gallardo perfila una sonrisa raquítica y señala varias veces a Pacheco.

—Pues quizá lo que tengamos que hacer sea eso: conocer mejor a los hijos de puta que tenemos enfrente.

—Miedo me da.

Gallardo se incorpora.

—Voy a entrar a despedirme de Rosario y nos vamos al cuartel. Antes de pasar revista necesito hablar con el doctor Carmona y con Padilla. Ah, y también quiero ver a Alarico, que lo tengo abandonado. Mientras, quiero que envíe un cable a la comandancia para informarles de cómo está la situación aquí.

—¿Y qué les cuento?

—La verdad.

—A la orden. ¿Le puedo preguntar qué tiene pensado hacer con el detenido?

—De ese me encargo yo, que todavía no he terminado de interrogarle.

—¿Ya le ha contado lo de su queridísima amante?

—No, esa carta me la guardo. Lo importante en una partida no es tener triunfos, sino saber cuándo utilizarlos.

—Si usted lo dice... A mí es que me tira más el dominó, mi teniente.

No está de humor para visitas imprevistas, y menos a esas horas.

Aún no había amanecido cuando le han despertado con muy malas noticias. Pésimas, del todo inesperadas. Lo único que sabe con certeza es que ese maldito teniente de la comandancia de Almendralejo se ha llevado por delante a Patricio y a uno de sus hombres y que otros dos están muy malheridos en el hospital. Además, según le han contado, también ha muerto la propietaria de la vivienda donde se escondía Padilla, que, por si fuera poco, se trataba de una mujer muy querida en el pueblo. A la pérdida de Patricio habría que sumar la del cabo Yáñez, que, al parecer, se voló la cabeza en el cuartel tras ser interrogado como sospechoso de traición. No será él quien llore su pérdida, pero tiene que reconocer que el Jabalí desempeñaba una labor bastante productiva para sus intereses. No obstante, la peor noticia de todas es que ese asesino hijo de

Satanás sigue con vida, por lo que todavía no ha cumplido la otra parte del trato. Un acuerdo que, de haber sabido los problemas que traería, jamás habría aceptado.

O sí, quién sabe.

El caso es que, para complicarlo todo un poco más, tiene esperando en el porche a Francisco Espinosa, que ha tenido la desfachatez de presentarse con su imponente automóvil cuando él ni siquiera había puesto un pie fuera de la cama. No ha sido hasta que ha dado buena cuenta del hueso de jamón hervido con alubias pintas cuando se ha dignado a adecentarse para atender a su visitante como él cree que merece.

A unos metros de distancia le sigue su sobrino Aurelio, que nunca se sabe con qué propósitos le vienen a ver a uno.

—¡Mucho madruga usted, don Francisco! —lo saluda con forzada efusividad—. Me va a disculpar por la espera, pero tenía otros asuntos que atender.

Espinosa, con la atención puesta en algún punto muerto del horizonte, vuelve a la realidad.

—Casi no he dormido. Y llevo así varios días...

—Lamento oír eso, amigo. Siéntese, por favor.

Su invitado mira la silla de mimbre con reticencia, como si no fuera digna de su noble trasero. Finalmente se sienta, se recoloca la chaqueta y el chaleco por ese orden y toma aire. El señor Acevedo hace lo propio, y sin modificar su risueña expresión agarra un puñado de nueces que reposan en un cuenco sobre la mesa. Luego fuerza la vista y señala hacia la puerta principal.

—¿Ese es su flamante Hispano-Suiza?

—Ese es, sí.

—Yo creo que ya soy muy mayor para tener un vehículo a motor de esos. No sería capaz de conducirlo.

—Para eso están los chóferes.

—Por supuesto. —Sonríe—. ¿Y dice que no consigue dormir?

—Demasiadas preocupaciones.

—Ya me imagino, ya. Preocupaciones —repite al tiempo que hace chocar dos nueces—. Yo también tengo alguna que otra. Por contarle una en concreto le diré que anoche volvimos a fracasar en nuestro intento de hacer justicia, y dos de mis mejores hombres han muerto. A esto hay que añadir que, según me cuentan, Yáñez se voló la cabeza ayer en el cuartel.

Francisco Espinosa se agarra a los reposabrazos y se tira hacia atrás como si así pudiera evitar que la noticia le impactara en la cara.

—¡¿Yáñez?! ¡Pero qué me dice! ¡Dios bendito! Todo esto se está yendo de madre...

El señor Acevedo mastica una nuez y tira la cáscara al suelo.

—Hace mucho que se fue de madre. Me temo, don Francisco, que poco más podemos hacer.

—Precisamente venía yo hoy con la firme intención de decirle que, al encontrar muerta a esa furcia, por mi parte todo ha acabado. Se lo he prometido a mi mujer.

—Palabras mayores.

—Esa era mi intención, pero... El problema es que si dejo las cosas como están, nunca sabré la verdad sobre lo que le hizo a mi hermano, y necesito averiguarlo para poder descansar.

—Ya, pues me parece que va a ser complicado. El único que sabe de verdad lo que pasó es el capataz, y tenemos la mala suerte de que está bajo la custodia de ese teniente que nos está haciendo la vida imposible.

Francisco Espinosa se pone en pie y camina por el porche.

—Ese tipo esconde algo turbio, lo sé. Y lo digo con conocimiento de causa. Escuche esto con atención.

Tras contarle lo mismo que le ha contado a su mujer hace unas horas, Ramón Acevedo se mete en la boca el fruto de cuatro nueces que ha ido partiendo y con aire valorativo las tritura sin cerrar la boca.

—¿Dice que ese teniente fue a su cortijo y le amenazó?

—Eso he dicho, sí.

—Puede que se confunda de persona, no creo que sea de los que se dejan comprar. Ni siquiera por una embaucadora como la Viuda.

—Yo no he dicho que ella ni nadie le pagara.

—Es raro, pero...

El anfitrión aprieta los labios y amusga los ojos al tiempo que señala a su invitado.

—Puede que ese teniente también tenga su talón de Aquiles —prosigue—, como todo el mundo. Y si no es el dinero...

—Si no es el dinero, ¿qué? —pregunta Francisco Espinosa sin esconder su ansiedad.

—Antes de nada necesito saber si está dispuesto a hacerse cargo de lo que le pueda suceder en el caso de que usted alcance su objetivo.

—Si consigo que mi hermano me sonría desde el cielo, todo habrá merecido la pena.

El señor Acevedo alarga la agonía de su invitado al vaciar la mirada y permanecer así durante unos instantes. Luego levanta el brazo y le hace una indicación a su sobrino Aurelio, siempre al quite.

—Pues no se hable más. Como que hoy nos vamos a mojar le aseguro que ya sé yo cómo quitarnos de en medio a ese maldito guardia y ajustar las cuentas con Padilla.

Sube las escaleras muy despacio, peldaño a peldaño. Martín Gallardo no quiere marcharse sin despedirse, aunque si pudiera elegir se tumbaría de nuevo junto a ella, la abrazaría en silencio y dormiría una eternidad.

Pero no es lo que toca.

Toca joderse.

Confía en encontrársela donde la ha dejado hace unos minutos, pero al pasar junto a la puerta de la habitación contigua detecta una figura difuminada al contraluz, menuda, estática. No tarda en darse cuenta de que Rosario tiene la mirada varada en la mancha oscura que tiñe el suelo y que continúa en la pared en forma de salpicaduras. Ensimismada como si quisiera archivar en su memoria el último vestigio de tía Menchu en vida, Rosario no repara en su presencia. El de la Guardia Civil contiene la respiración mientras se aproxima para tomarla del brazo con extrema delicadeza y conducirla a una zona donde el dolor no esté tan presente. Cuando ella sale del trance rehúye el contacto físico —firme, pero con idéntica ternura—, se dirige al cuarto en el que todavía duerme Lope y, apesadumbrada, se sienta en la cama. Martín Gallardo permanece de pie, contemplándola, sin que le salgan las palabras que ha venido a pronunciar.

—La quería como a una madre —susurra.

El teniente se aclara la voz al tiempo que se acuclilla frente a ella.

—Alguien me dijo que las personas que amamos nunca mueren porque siempre están vivas en nuestra memoria.

Silencio.

—Aunque fuera verdad, esto que siento aquí —dice Rosario llevándose las manos al pecho— no desaparece.

—Lo sé. Mi madre murió de sífilis, sola, y yo aún me siento culpable, como culpable me siento de...

—Eso poco importa ya —le interrumpe—. Ella no quería a Padilla en su casa y yo me empeñé en convencerla de que teníamos que ayudarte. Soy tan culpable como tú, pero, como te digo, de poco sirve ahora lamentarse.

—Tienes razón.

—Tampoco sirve de nada tenerla.

Gallardo se frota la cara.

—¿Entonces? ¿Qué es lo que vas a hacer? —continúa ella.

—Justicia. A esos hombres los envió Acevedo. Si alguien tiene que pagar por esto, ese es él.

Rosario sonríe y asiente con amargura.

—Ojalá, aunque si Acevedo desaparece, algún otro ocupará su lugar.

—Pero es lo único que puedo hacer. ¿Y tú? ¿Qué planes tienes tú?

—Aquí no me queda nada que me retenga y ni siquiera tengo un techo para vivir con Lope.

—Entiendo. ¿Cuándo te marchas?

—En cuanto recoja mis cosas.

—¿Y sabes dónde?

—Donde sea.

Martín Gallardo asiente varias veces.

—Siendo así, aquí nos despedimos. Suerte.

Ella suspira y alarga el brazo para acariciarle el rostro con el dorso de la mano. A Martín Gallardo le nace el impulso de besársela, pero se levanta y da media vuelta.

—Espera —le detiene ella—. Te has olvidado esto en la mesilla.

Rosario introduce la mano en el bolsillo de la chaqueta y le muestra el bote de cápsulas de láudano.

—Me cago en mi sangre —murmura él.

—Son para lo tuyo, ¿verdad?

—¿Lo mío?

—No es la primera vez que veo lo que te pasó la otra noche. Una de las chicas que trabajaba para Acevedo tenía los mismos padecimientos. Temblores, sudores, pinchazos en el estómago. Sufría mucho.

—Sí, para eso son —confirma él cortante—. Gracias. Cuídate mucho, niña.

—Tú también.

Maldiciendo su suerte sale al exterior, donde ya le espera Darío Pacheco.

—¿Todo en orden, mi teniente?
—Todo en orden —miente.

El sargento levanta la vista y señala un cielo plomizo que amenaza con resquebrajarse sobre sus cabezas.

—Deberíamos darnos prisa, esto pinta muy negro.

—Como mi condenada alma —completa Gallardo.

Está encantado con ser la caballería pesada de su tío Ramón. Según le ha contado hace un rato, Patricio y sus hombres —la infantería— han fracasado en el propósito de cargarse a ese capataz que pegó fuego a la hacienda de la Viuda que su tío acababa de comprar. Así que le toca intervenir a él, y si algo tiene claro Aurelio es que no va a desaprovechar la oportunidad de demostrarle que, aunque no entienda el porqué de la misión que le ha encomendado, él no le va a fallar.

—Sal ahora mismo para Zafra y tráeme a esa zorra —le ha ordenado.

Pues él va y se la lleva. Sencillo.

—Y de camino ve a buscar a quien tú ya sabes —ha añadido— y le dices que venga para acá, que tengo lo que me falta por entregarle para cumplir mi parte del trato.

Él no sabe a qué trato se refiere, ni falta que le hace, pero el caso es que Aurelio ya se ha encargado de eso último y solo le queda llevarle a la mujer.

La casa es de esas que tienen patio trasero, así que espera a que no pase nadie por la calle y salta el murete sin demasiada dificultad. Luego se da cuenta de que la puerta estaba abierta, pero qué más da. Como solía decir su difunta madre: «Lo hecho, hecho está». Al pasar junto al huerto se fija en el reguero de sangre que tiñe el suelo e instintivamente se echa la mano al bolsillo trasero donde lleva la toledana. Accede al interior a través de la cocina y, tras asegurarse de que en la planta inferior no está, sube las escaleras intentando no hacer ruido. En el primer dormitorio hay otra gran mancha oscura; ya estaba empezando a valorar la posibilidad de regresar con las manos vacías cuando entra en la habitación contigua y experimenta la misma alteración psicosomática que cien años antes padeció el escritor Henri Beyle —más conocido como Stendhal— al visitar la Basilica di Santa Croce en Florencia.

Tiembla.

El ritmo cardiaco se le acelera hasta el punto de que tiene la sensación de que el corazón quiere salir huyendo del pecho. Le cuesta respirar. Se siente confuso, perdido, y, sumido en ese babélico estado, se ve en la obligación de apoyarse en el marco de la puerta para no perder la verticalidad.

Jamás ha visto nada tan bello.

De hecho, él todavía no lo sabe, pero esa imagen que está a punto de dejar fuera de combate a Aurelio, sobrino y caballería pesada de Ramón Acevedo, va a ser lo más hermoso que verá en lo que le queda de existencia.

Rosario, que ha pasado la peor noche de su vida, está adormilada en la cama mientras termina de amamantar a Lope. De improviso abre los ojos y se encuentra con un desconocido de colosales hechuras y rasgos faciales agorilados que está a punto de colapsar. La grotesca e inesperada tesitura en la que se encuentra Aurelio se concreta en la inmediata parálisis de su sistema motor. Solo los párpados son ajenos al bloqueo. Transcurridos unos segundos que ambos procesan como si fueran quinquenios, es Aurelio, contra todo pronóstico, el primero en reaccionar.

—Tiene que venir conmigo —verbaliza al fin—. Por favor se lo pido, señorita.

—Me alegro de verte tan lozano, chico.

Alarico relincha y se agita excitado por la visita de

su amo, que le acaricia las crines y le pone al día de los últimos acontecimientos. El animal lo ha recibido erguido sobre sus cuatro patas, cuello bien tenso, hocico levantado y orejas puntiagudas; lo cual, durante unos instantes, ha llenado de un gozo inefable el corazón de Martín Gallardo.

—Ese veterinario te ha cuidado bien —le dice una vez revisada la herida—. Las cosas se han complicado mucho por aquí, ¿sabes? Hay ocasiones en que uno consigue adelantarse a lo que va a suceder para tomar decisiones correctas, pero otras veces no. Pues este lío en el que estamos metidos es de las que no.

Sin mucha intensidad, Alarico resopla por la nariz como si quisiera transmitirle su total confianza.

—De cualquier modo, dentro de muy poco tiempo estará todo resuelto, para bien o para mal; y si no se tuercen mucho más las cosas, pronto podremos marcharnos tú y yo de este agujero.

—Con su permiso, mi teniente —oye.

El cabo Aguado en posición de firmes.

—Le informo de que a primera hora de esta mañana se ha personado en el cuartel el hombre al que habíamos citado para reconocer uno de los cuerpos.

—Pablo Berrocal.

—Ese. Yo mismo le he acompañado hasta el sótano, pero ha sido el doctor Carmona el que le ha atendido. Ha reconocido a su hermano Pedro, según ha declarado, por su vestimenta.

—Gracias. ¿Y dónde está ahora?

—Después de decirle que la Viuda también ha sido encontrada muerta, se ha marchado. Bastante cabreado, por cierto, echando pestes y amenazando con volver.

—Lógico.

—El doctor ya ha terminado su labor y le está esperando. Debe de tener prisa por regresar a Sevilla.

—No me extraña. Gracias, cabo.

Percibe el olor que acompaña a la muerte en cuanto baja las escaleras que llevan al sótano. Del interior de la guerrera saca un pañuelo con el que se tapa la nariz y la boca antes de seguir avanzando. No sabe si algo de lo que le va a contar el especialista de los muertos podría llegar a cambiar alguna de las determinaciones que ya ha tomado, pero necesita despejar esas incógnitas que, como aves carroñeras, sobrevuelan su cabeza.

De espaldas, inclinado sobre uno de los cuerpos, Joaquín Carmona le invita a pasar.

—Adelante, hombre, no se quede ahí parado.

—Buenos días —saluda Gallardo.

—Buenos serán para usted, porque yo llevo despierto toda la noche y no dejan de llegarme clientes —dice señalando con el brazo los otros tres cadáveres que le han traído de madrugada.

Solo el de Patricio Carvajal está destapado. Tiene la cabeza algo ladeada y los ojos entreabiertos, como la boca, por lo que le da la sensación de que le va a decir algo en cualquier momento. Gallardo se acerca hasta donde está el cuerpo y, con sumo respeto, le cierra los párpados.

—Descansa en paz —le susurra al oído.

—¿Le parece bien si empezamos? Me queda poco fuelle, la verdad.

—Por supuesto.

El forense coge su cuaderno de notas y hojea algunas páginas.

—Aquí está la reina del baile. Mujer de raza caucásica, entre treinta y cinco y cuarenta años, unos ciento ochenta y cinco centímetros y, aunque sea difícil de concretar por la carbonización de los tejidos, diría que pesaba entre noventa y cien kilos.

—Continúe.

—Como ya le anuncié, por el calamitoso estado de conservación en el que se encuentra el cadáver, no puedo determinar la causa de la muerte, pero si tuviera que apostar diría que fue una policontusión craneal causada por un objeto metálico romo. Me atrevería a decir que la golpearon con una pala, tanto con la parte plana como con el canto, dada la variedad de tipos de impacto que presenta. Acérquese y se lo muestro.

Gallardo, algo reticente, obedece.

—Aquí y aquí. ¿Ve que son diferentes?

—Ya veo, ya.

—El que lo hizo la debía de odiar mucho mucho. Lógicamente, en sus pulmones no se observan restos de monóxido de carbono, por lo que...

—Ya estaba muerta cuando se produjo el incendio.

—Bastante muerta, así es. ¿Fue el tipo que tienen en el calabozo?

—No lo creo.

—Bueno, eso a mí no me incumbe. Sigo. Lo que me ha llamado mucho la atención es que la mayor parte de las piezas dentales que le faltan a esta mujer no se cayeron de forma natural, sino que fueron arrancadas.

—¿Arrancadas?

—Como lo oye. De hecho, un canino y varios premolares no pudieron ser extraídos de raíz. El suplicio debió de ser tremendo.

Gallardo dibuja una mueca de repulsa.

—¿Y eso qué implicaría?

—Poco, aparte de constatar que a esta mujer le importaba mucho su aspecto físico. Pero, llevado a la práctica, si tuviéramos la famosa dentadura podríamos comprobar que se fabricó para esa boca, y sería una prueba de identificación concluyente. ¿Existe alguna posibilidad de recuperarla?

—Si existe le aseguro que lo haré. Hábleme ahora de la niña, por favor.

El doctor hincha los carrillos y, pasados unos segundos, suelta el aire.

—Pobre criatura. Veamos... Para empezar habría que señalar que es la única víctima que no fue envenenada aparte del varón que han identificado esta mañana, al que le he encontrado varias marcas de incisiones en el esplacnocráneo.

—¿Perdón?

—Hablando sin propiedad: los huesos de la parte media e inferior de la cara. Son heridas producidas antes de morir; pero si le parece vamos por orden.

—Usted manda.

—Volviendo a la niña. El cráneo presenta una herida contusa severa en la zona occipital que, casi con total seguridad, se hizo al caer de espaldas y golpearse contra la pared interna. En resumidas cuentas, que la muerte le sobrevino al fracturarse el cuello.

—En otras palabras, que la arrojaron viva al pozo.

—En otras palabras.

Gallardo aprieta los puños y niega con la cabeza.

—¡Qué hija de Satanás...!

—¿Fue ella? —quiere saber el galeno señalando a la Viuda.

—Diría que sí.

Gallardo hace un barrido visual de la sala.

—¿Y el resto? ¿Todos envenenados con estricnina?

El doctor Carmona se sorprende.

—No le había dicho el compuesto, pero sí. En los demás casos he hallado restos del alcaloide en el hígado y he verificado que las lesiones que presentan como consecuencia de haber sido arrojados al pozo son *post mortem*.

—Concuerda con la confesión del detenido. Lo que todavía no sé es cómo los envenenaba.

—Ya se lo digo yo si quiere. La ingesta se produce por vía oral, seguramente mezclada con licor o vino para ocultar su ya de por sí insípido sabor. Dependiendo de la dosis, en quince o veinte minutos el sujeto empezaría a sentirse mal, y poco después le resultaría difícil respirar por la oclusión progresiva de las vías aéreas, hasta llegar a la asfixia. Una muerte agónica.

—Lo que no logro entender es que alguien en sus cabales se presentara en la hacienda como pretendiente teniendo que demostrar su patrimonio, pero menos aún que no regresara y nadie lo echara de menos.

—Puede que se deba a la epidemia de gripe que estamos sufriendo. Hay muchos muertos, más de los que nos dicen. Cadáveres anónimos que aparecen por ahí y que terminan en fosas comunes. Le aseguro que en cada pueblo hay decenas de desaparecidos a los que les ha sorprendido la muerte y nunca más se supo.

—Podría ser...

—Sí, pero... ¿Tanto valía esa mujer para que estos hombres hicieran el esfuerzo de venir desde sus lugares de origen solo para cortejarla?

Martín Gallardo, incómodo, no contesta.

—Y para finalizar está Pedro Berrocal, el que han reconocido esta mañana. Su hermano parecía un buen hombre, pero se ha marchado con ganas de dar guerra.

—¿A qué se refiere?

—No es de los que se conforma con dejar las cosas como están.

—Comprendo.

—Acompáñeme.

El experto destapa otro cuerpo. Al margen de su estado, Gallardo se fija en su refinado calzado tipo Oxford.

—En este, como le he adelantado antes, no he encontrado restos de veneno en el hígado. Diría que es de los cadáveres más recientes, porque a la cal viva apenas le ha dado tiempo a actuar sobre los tejidos, y gracias a eso podemos apreciar heridas en la cara y el cuello —señala—, practicadas con algún tipo de objeto cortante.

—¿Son la causa de la muerte?

—Es muy probable, sí. Diría que murió por exanguinación.

—Anotado, gracias. ¿Algo más?

—Del resto lo tiene todo recogido en el informe, y de los tres últimos creo que ya sabe lo que les pasó. Así que, si no se le ofrece nada más...

—Por ahora no, gracias.

—Por ahora y por siempre, que este mochuelo se vuelve a su olivo en Sevilla. Le haré llegar toda la documentación al juez Díaz y, si usted necesitara algo, ya sabe cómo contactar conmigo.

—Gracias por el esfuerzo, doctor.

—A mandar. Por cierto, ¿qué van a hacer con los cuerpos?

—A los no identificados les daremos sepultura hoy mismo en una fosa común. Los otros se los entregaremos a sus familias, pero antes quiero hacer una última comprobación.

Joaquín Carmona, extrañado, frunce el ceño.

—Usted sabrá. Yo en su lugar trataría de evitar a toda costa que esto fuera a más, pero, claro, yo no estoy en su lugar.

—Tiene razón, doctor: no lo está.

Con las cejas suspendidas en el aire, el comandante Recio ha escuchado de boca de uno de sus subordinados las novedades que acaban de llegar de Zafra. Su forma de ser, hirsuta e inquebrantable, le obliga a tomarse unos segundos antes de decidir.

—Linares muerto, también tres civiles —repite a modo de resumen—. Y a esto habría que sumarle el cementerio que se encontró en ese pozo. Hay que poner el punto final a esta historia. De inmediato. Está claro que el teniente Gallardo no ha sabido manejar la situación.

—En el cable, el sargento Pacheco lo defiende a capa y espada, argumentando, y leo textualmente: «Ninguna responsabilidad se le puede achacar al teniente Gallardo, sino a los enemigos del orden público que campan a sus anchas por estas tierras».

—Enemigos del orden público, ¿eh?

—Eso dice.

—De esos hay en todos los rincones, mucho más ahora que el país se está hundiendo en sus miserias. Y si él no es responsable, ¿a quién cree que van a señalar con el dedo cuando todo esto trascienda? A mí. De ningún modo. No, señor.

El comandante Recio se pone en pie y se masajea las sienes mientras pasea por el despacho.

—¿Se sabe cuáles son sus intenciones?

—Solo dice que se va a encargar de llevar ante la justicia a los culpables de tanta matanza —responde el otro.

—Gallardo, Gallardo, Gallardo... Tenía mis dudas el día que me planteó encargarse del asunto, pero nunca pensé que fuera a generar tantos problemas. Cuando llegue a oídos del gobernador no se va a conformar con un simple tirón de orejas. Y ya sabe lo bien que admite las críticas el teniente coronel Sagarra.

—Mal, como todo el mundo.

—Peor que mal. Hay que ponerle remedio de inmediato.

—Se me ocurre que podríamos enviar al teniente Núñez junto con un par de hombres de su confianza y que se haga cargo de todo —le propone a Recio.

—No, Núñez es de la cuerda de Gallardo. Avíseme a Valenzuela.

—¿Al capitán Valenzuela? Hablando con franqueza: ¿no le parece un poco excesivo? Este de pacificador tiene más bien poco, señor.

—Lo sé, pero no traga a Gallardo.

—A nadie, en realidad.

—Pues eso es justo lo que necesito. Otra cosa: comuníquese de inmediato con el sargento Pacheco y dígale que no tomen ninguna determinación hasta la llegada de

Valenzuela. Ninguna determinación. De ningún tipo —insiste.

—A la orden, mi comandante.

—¿Se puede saber adónde demonios me lleva?

Hay tensión en su voz. Esposado, Jacinto Padilla camina unos metros por delante del teniente Gallardo, que se ha limitado a ordenarle que le acompañara después de sacarle del calabozo.

—¿A qué huele aquí, maldita sea?

—A muerte. Pero no se preocupe demasiado, se acostumbrará.

—¡Por Dios! Es insoportable —protesta tratando de taparse la nariz—. ¿Y por qué me trae aquí ahora?

—Quiero que me conteste unas últimas preguntas que necesito formularle y no he encontrado un lugar más apropiado para terminar de una vez este interrogatorio que hacerlo estando ellos presentes —contesta justo antes de abrir la puerta.

El bofetón olfativo obliga a Padilla a darse la vuelta.

—Vamos, entre de una vez —le fuerza Gallardo.

La visión de tantos cuerpos cubiertos con sábanas es otro bofetón, pero de naturaleza distinta. Tras concederle unos segundos para favorecer su aclimatación, el de la Guardia Civil prende un cigarro y se lo coloca a Padilla en la comisura de la boca.

—Esto le ayudará a combatir el olor.

Acto seguido enciende uno para él y da dos caladas antes de agarrar al reo por el brazo y conducirlo hasta el sitio exacto que ha elegido.

—Empecemos. Hemos comprobado que, efectivamente, la mayoría de ellos fueron envenenados antes de que usted los arrojara al pozo. En verdad, todos menos Pedro Berrocal, que murió desangrado.

—No.

El teniente Gallardo frunce el ceño.

—Explíquese.

—Digo que no murió desangrado. O si lo hizo fue dentro del pozo.

—Le escucho.

Padilla mira al suelo.

—Este fue el último. Que yo sepa —aclara—. Se había cansado de visitar a Antonia sin obtener nada a cambio. Intentó sobrepasarse con ella pero le salió mal, y para defenderse ella rompió una botella y le hirió varias veces en la cara y el cuello. Pensábamos que estaba muerto, pero cuando fui a tirarlo al pozo el tipo abrió los ojos y... En fin, yo cumplí con mi tarea.

—Cumplió, ¿eh? —repite.

—Sí, cumplí.

—¿Y con la niña también cumplió?

—¡Ya le he dicho que yo no tuve nada que ver con la muerte de Clara! ¡Nada!

—Está bien. No se altere, no es eso para lo que le he traído aquí.

—¿Entonces?

Martín Gallardo frunce los labios a la vez que se atusa el bigote.

—Necesito comprender cómo se le ocurrió a Antonia algo tan disparatado como poner un anuncio en los diarios más importantes de la zona y por qué nadie denunció ninguna desaparición durante los meses que estuvo recibiendo pretendientes en la hacienda.

Padilla esboza una ligera sonrisa que casi de inmediato se le pudre en los labios.

—Antonia lo tenía todo previsto. Al principio llegaban con cuentagotas. A todos los trataba a cuerpo de rey, pero aunque el tipo trajera algún regalo ella terminaba rechazándolos a todos.

—¿Qué tipo de regalos?

—Eso no me lo contó, pero ya le aseguro yo que de

primeras nunca alcanzaba para conseguir lo que esos idiotas habían venido a buscar. Con el tiempo Antonia se dio cuenta de que la mayor parte de ellos, por vergüenza o miedo a ser rechazados, no le contaban a nadie que habían ido a ver a esa viuda rica que buscaba esposo y de la que todo el mundo hablaba.

—¿Y por eso decidió cargárselos? ¿Simplemente porque nadie sabía que estaban allí?

—De alguno me dijo que se lo había merecido por cómo trataba a las mujeres, pero... qué sé yo. Se lo tendrá que preguntar a ella, si es que la encuentran algún día, claro —contesta ufano.

Gallardo está tentado de levantar la carta que tiene guardada para Padilla, pero decide que todavía no ha llegado el momento.

—Ya le he dicho que yo lo único que hacía era ayudarla a deshacerse de los cuerpos —prosigue el capataz—. Y ella me pagaba... ya se imagina cómo.

—Aparte de Pedro Berrocal, que ya ha sido identificado, ¿conoce alguna de las identidades de los hombres que acabaron en el pozo?

—De casi todos recuerdo algo, pero los nombres... Los nombres no. No me interesaba. ¿De qué me iba a servir?

—A usted de muy poco, pero a otros muchos les serviría para poder dar sepultura a un ser querido y descansar.

—Muerto o desaparecido..., ¿qué más da?

—No da lo mismo, para nada. ¿A usted no le gustaría saber si Antonia está muerta o está desaparecida?

—Sé que muerta no está.

—¿Y cómo puede estar tan seguro?

Padilla se lleva las manos esposadas al pecho y se golpea varias veces.

—Porque me lo dice este.

Gallardo se acaricia el bigote.

—En ocasiones el corazón miente: lo llaman corazonadas.

—¡Y qué coño sabrá usted! —se envalentona el otro—. No tiene pinta de haber conocido el amor ni nada que se le parezca en toda su vida... Bueno, sí, amor a ese uniforme que lleva y que le terminará llevando a la tumba.

Dolido, el teniente Gallardo resuelve, ahora sí, que le toca descubrir el as que tiene guardado para Jacinto Padilla. Y lo único que debe hacer es tirar de la sábana que cubre el cuerpo de al lado.

—Puestos a elegir —continúa el capataz—, prefiero el que yo he disfrutado que...

El repentino movimiento de Martín Gallardo le roba las palabras.

Un cuerpo carbonizado.

Un cuerpo carbonizado de mujer.

Un cuerpo carbonizado de mujer de formidables dimensiones.

—Aquí la tienes. Ya puedes contarle a tu amada todo lo que la amabas, jodido comemierda.

Cuarta parte

Amor y deseo son dos cosas diferentes; que no todo lo que se ama se desea, ni todo lo que se desea se ama.

La Galatea,
MIGUEL DE CERVANTES

Pura sangre

Hacienda Monterroso
Término municipal de El Raposo (Badajoz)
Unos meses antes

Era su tercera visita. Esta vez Herminio Montiel no le llevaba ningún presente —la gargantilla, el anillo y los pendientes que ya le había regalado le habían servido más bien de poco—, pero había encargado a su abogado que le preparara un escrito en el que certificaba ante notario los bienes de los que era propietario. Cuando el letrado le preguntó para qué lo necesitaba, este no se atrevió a decirle la verdad, por supuesto, así que le contó una milonga sobre un posible negocio que le había surgido y del cual no podía, muy a su pesar, facilitarle más pormenores.

El *negocio* en concreto consistía en hacerse con lo que la Viuda tenía entre las piernas, propiedad de la que pensaba tomar posesión esa fría tarde de mediados de enero del recién estrenado año impresionándola con su imponente patrimonio. A sus cincuenta y seis años, Herminio Montiel, vecino de Cáceres, había levantado un pequeño emporio maderero que, además, tenía la suerte de no tener que compartir con nadie como hijo único que era. Su mayor acierto había consistido en invertir buena parte de la herencia en modernizar el antiguo aserradero que poseía la familia, con lo que logró duplicar la producción y reducir los costes de forma considerable. No había carpintería o ebanistería en la zona a la que no atendiera, y los beneficios se habían disparado hasta límites inimaginables incluso para él, que si de algún pecado capital se le podía acusar era de avaricia.

Y de lujuria, pero solo de puertas para dentro.

En lo personal, Herminio jamás había considerado eso de casarse mientras hubiera mujeres a las que pudiera pagar a cambio de sus servicios, pero de un tiempo a esta parte se había empezado a preocupar por no tener a nadie a quien traspasar su legado. Su pariente más cercano era un primo carnal que, según tenía entendido, vivía en algún lugar de México, pero antes donaría sus bienes a la beneficencia que enriquecer a algún desconocido por muy familiar suyo que fuera. Ese había sido el motivo por el que tanto le había llamado la atención el anuncio del que le había hablado un empleado suyo allá por el mes de octubre. Una viuda rica que buscaba marido. Tenía que conocerla, pero, claro, pensando en su decorosa reputación, debía mantener en secreto aquella alocada aventura.

Así lo había hecho las veces precedentes y así lo haría en esta cuarta y definitiva ocasión para ablandar la resistencia de Antonia Monterroso, que hoy vestía con algo más de recato del que le hubiera gustado: vestido largo de gasa azul con una pieza de encaje que le estilizaba la cintura y el busto.

Todo parecía ir viento en popa, pero solo se lo parecía a él, porque cuando llegó el momento de impresionar a la Viuda con el documento notarial, esta le dedicó escasos segundos y lo justipreció con tres míseras palabras:

—No está mal.

—¿Cómo?

—Digo que no está mal, pero que por aquí ya han pasado pretendientes con fortunas mayores. También es cierto que han venido algunos que no tenían dónde caerse muertos, que no es el caso, pero bueno.

Herminio Montiel notó que la sangre se le subía a la cabeza y la temperatura de su cuerpo aumentaba considerablemente.

—Ajá —articuló—. ¿Y a cuánto asciende su fortuna, señora Monterroso, si puede saberse?

—Pues no, no puede saberse. Me lo habéis intentado sonsacar la inmensa mayoría de los que os habéis sentado en esa poltrona —señaló—, pero solo uno recibirá esa información. Y ya sabe a qué uno me refiero, ¿verdad?

De repente, la butaca se volvió incómoda hasta el extremo, por lo que el hombre, cuya tez había adquirido una tonalidad cárdena, se empeñó en encontrar una postura mejor.

—¿Le pasa algo? —preguntó Antonia en un tono tan edulcorado que no hizo más que alimentar su desasosiego.

El invitado carraspeó de forma estrepitosa.

—No, nada. Aunque me va a permitir que le diga algo: esta es la cuarta vez que me traslado desde Cáceres para verla. No habrá una quinta. Independientemente de que le parezca mucho o poco mi patrimonio, creo que le he demostrado con creces que mi interés no está en lo material. No me hace ninguna falta. Además, el día que nos conocimos me consintió, digámoslo así, un acercamiento que, a pesar de que me supo a poco, me pareció esperanzador.

—Uy, esperanzador, dice.

—Permítame terminar, se lo ruego —le pidió haciendo alarde de modales—. Sin embargo, algo me hace sospechar que todo esto no es más que una farsa. Un engaño ideado por usted con el único objetivo de enriquecerse a costa de los incautos que caemos en su red con el propósito de conseguir su corazón.

En ese instante, a Antonia se le solidificó el semblante.

—¿Y qué le hace pensar eso, si puede saberse?

—En primer lugar, que no la veo luciendo las alhajas que he tenido a bien regalarle, lo cual me empuja a creer que lo mismo ya están en manos de algún prestamista o joyero. En segundo lugar, que estoy acostumbrado a tratar con mujeres de su calaña. Mujeres que venden su cuerpo a cambio de dinero. Mujeres que se comportan como usted, pero con una gran diferencia: que ellas siempre acaban conociendo a esta —completó agarrándose la entrepierna.

Lejos de escandalizarse u ofenderse, Antonia mostró su mejor sonrisa.

—Vaya, parece que por fin empezamos a entendernos, Herminio. ¿Así que frecuentas la compañía de prostitutas?

—¿Ahora nos tuteamos?

—Ahora que te has quitado el disfraz de hombre de negocios y empiezo a ver al verdadero hombre que hay debajo, sí.

—Me parece bien. Y la respuesta es sí. Yo no me he casado ni creo que vaya a hacerlo. Reconozco que me preocupa algo no tener descendencia, pero cuando pienso en todo lo que implicaría perder mi soltería se me pasa enseguida. Lo veo en mis amigos y conocidos, soportando los desvaríos de sus mujeres, reprimiendo sus alocados y caprichosos instintos... Mujeres, qué atraso —calificó.

—Por lo tanto, tú hoy has venido a lo que has venido, ¿verdad?

Herminio Montiel se arrellanó en su asiento y abrió las piernas.

—Antes de comprar una yegua hay que ver cómo cabalga.

Antonia sonrió.

—Pues haber empezado por ahí, hombre, y nos habríamos ahorrado tanta palabrería. ¿Te gusta el whisky?

—A quién no.

—Y tampoco tienes prisa, ¿verdad?

—Nadie me espera.

Antonia se levantó, se estiró el vestido y tendió la mano para que Herminio se la tomara, lo cual hizo sin demasiada intención pero con notable interés.

—Regreso enseguida.

Y enseguida regresó con dos vasos idénticos.

En la charla que se produjo después, Antonia refrendó la decisión —irrevocable desde que Herminio dio el tercer trago— que había tomado al comprobar que el hombre que tenía delante era de esos que, sin necesidad de expresarlo, odiaban a las mujeres. De esos que debían extinguirse para hacer del mundo un lugar mejor para que niñas como Clara pudieran desarrollarse.

Y como por voluntad propia no iban a hacerlo, ya se encargaba ella de favorecer la faena.

Absorbida a través del tubo digestivo, la estricnina se estaba distribuyendo con éxito por el sistema circulatorio, y solo era cuestión de tiempo que Antonia percibiera los primeros síntomas, normalmente fallos que afectaban al sistema nervioso central. Muy atenta, sonrió cuando Herminio frunció el ceño al notar cierta dificultad a la hora de tragar saliva o mover la lengua. Casi de inmediato le sobrevino una ligera rigidez en el cuello que se le extendió a los músculos faciales antes de dejar caer el vaso y lanzar a Antonia una mirada cargada de interrogaciones y miedo.

Ella sabía que en ese momento ya podía manifestarse como ansiaba.

—Te vas a morir, pero no te preocupes, porque la estricnina actúa deprisa.

Asustado, Herminio trató de levantarse, pero las primeras convulsiones le hicieron perder la verticalidad y se fue al suelo de costado.

—Ni siquiera mereces vivir lo poco que te queda, maldito desgraciado.

A ojos de un ya finiquitado pero todavía consciente Herminio, el oro de la dentadura postiza de la arpía relucía más que nunca. En cuanto le empezó a fallar el diafragma tomó conciencia de que iba a morir y quiso decir algo, pero las cuerdas vocales ya no respondían.

—¡Eso es, retuércete como el gusano miserable que eres!

El colapso respiratorio y el definitivo fallo cerebral aún tardaron en producirse más de un minuto, lapso durante el cual a Herminio le dio tiempo a maldecir su suerte, a encomendarse a san Jorge, patrón de Cáceres, pero sobre todo a odiar con todas las fuerzas que le quedaban a la mujer que le había arrebatado la vida.

Algo después, Jacinto Padilla observaba el cuerpo de aquel hombre como quien mira un muerto por primera vez en su vida. Y no lo era. De hecho, solo habían transcurrido algunas semanas desde que le pegó dos tiros a Sebastián Costa, pero este nuevo cadáver le pareció que tenía algo especial. Algo único. Puede que fuera la expresión de sorpresa que sostenía, como si no se esperara que morir envenenado fuera un proceso doloroso.

A su lado, Antonia se mantenía muy erguida, inmarcesible ante la muerte, con la espalda recta y los brazos cruzados a la altura del pecho.

—El muy bastardo quería tomarme a toda costa, pero le ha salido el tiro por la culata. Era de esos que piensan que las mujeres somos basura.

A Padilla no le salían las palabras.

—Pero...

—Pero nada. Un despojo. En mi casa. En mi cara. No, de ninguna manera.

—¡¿Vas a matar a todos los pobres desgraciados que pasen por aquí con la intención de bajarte las bragas?!

—No, solo a los que me falten al respeto. Y ahora deja de hacer preguntas estúpidas y quítalo de mi vista.

Padilla reaccionó.

—¿Y qué demonios quieres que haga yo con él?

—Al pozo. Tíralo allí.

El otro levantó los brazos.

—¡Así de sencillo! ¡Al pozo y san se acabó!

—Exacto. Hay un par de sacos de cal viva en el sótano. Luego metes dentro su caballo, que seguro que es un buen animal, y mañana lo vendes en Zafra. Algunos cientos sacamos seguro. Encima llevaba casi seiscientas pesetas. Algo es algo.

—¿Y qué demonios vas a hacer cuando alguien lo eche de menos y...?

—Nadie sabe que ha venido aquí. Era un cerdo estirado y petulante. Lo último que habría hecho sería ir contando por ahí que había ido a ver a la Viuda.

Antonia dio tres fuertes palmadas.

—¡Venga, espabila, que no tenemos toda la noche! Yo, mientras, voy recogiendo por aquí y te espero en la cama. Hoy duermes conmigo.

Jacinto Padilla compuso un gesto que no era muy diferente del que se le había quedado al hombre que yacía en el suelo.

No sería ese el único y último cuerpo del que tendría que deshacerse Padilla, recompensado como él esperaba todas y cada una de las veces que le tocó hacerlo. Indemnizado como a él le gustaba. Bien pagado. Porque esas noches Antonia se comportaba de modo distinto. Más salvaje pero al mismo tiempo más natural.

Más de verdad.

Empezó por tanto a no ver con malos ojos que Antonia recibiera visitas de tantos hombres, dando por hecho que alguno de ellos revelaría más pronto que tarde sus verdaderas intenciones, y entonces el incauto terminaría en el fondo del pozo y ella cumpliría con lo suyo. Al margen, su situación económica particular mejoró, no de forma sustancial, pero sí lo suficiente como para escapar de las penurias por las que estaba pasando la mayor parte de la población española durante los últimos meses del año que habían despedido y el arranque de 1917. De hecho, la precariedad del empleo y la continua subida de precios había motivado la convocatoria de una huelga general en diciembre de 1916, que, si bien había tenido escaso seguimiento, había servido a las organizaciones obreras para tomar buena nota con el fin de organizar movilizaciones venideras.

Las semanas fueron cayendo —como pretendientes dentro del pozo—, y no tener rival amoroso a raíz de la desaparición de Costa hizo que para Jacinto Padilla aquella se convirtiera en la época más feliz. No fue hasta febrero cuando todo empezó a torcerse con dos sucesos acontecidos casi de manera simultánea. El primero de ellos lo recordaba Padilla con todo lujo de detalle. Se produjo el segundo domingo del mes con un tipo que era la quinta o sexta vez que visitaba a Antonia. Se llamaba Pedro Berrocal y procedía de Almonte, Huelva. Junto con su hermano se dedicaba a explotar algún negocio relacionado con las minas del río Tinto, o eso le había contado él. De gran envergadura física y más de cien kilos, Antonia se refería a él como el Peludo por la cantidad de vello que le cubría el cuerpo. Que hubiera repetido tantas veces evidenciaba que el bueno de Pedro había cruzado esa línea tan complicada que consistía en obtener algún tipo de favor sexual. Cuando eso ocurría tenía lugar en el mismo salón —algo rápido y a poder ser aséptico, y que no implicara tener que meter al pretendiente de la cama—. No solía Padilla estar demasiado al tanto de lo que pasaba o dejaba de pasar el día que recibía alguna visita, pero sí le gustaba rondar cerca por si acaso algo se torcía.

Y vaya si se torció.

Fueron los gritos de Antonia los que le alertaron primero y le hicieron intervenir inmediatamente después. Al entrar no podía dar crédito a la escena que se estaba produciendo: el Peludo, con los pantalones por los tobillos, tirado en el suelo sobre Antonia, que, impotente a pesar de su excelente forma física, intentaba sin éxito quitárselo de encima. Padilla no se lo pensó y, aprovechando que el hombre estaba distraído en otros menesteres, agarró una de las sillas y se la partió a Berrocal en la espalda. Este, aturdido, nada pudo hacer para evitar que Antonia se zafara y que, después de romper la botella que estaban compartiendo minutos antes contra la mesa, lo hiriera varias veces en el cuello y la cara hasta desfigurarlo por completo. Cuando por fin se detuvo, el Peludo no parecía un ser humano. Más tarde, Antonia le contó a Padilla que el malnacido ni siquiera le había dado tiempo a preparar la estricnina y que había regresado con la clara intención de llevarse por las buenas o por las malas el trofeo que tanto ansiaba conseguir. Esa noche, una vez arrojado el cuerpo al pozo, no sin derrochar esfuerzo —y el susto de descubrir que aún no estaba muerto del todo—, Padilla recibió ración extra de lo suyo y la firme promesa de Antonia de empezar a pensar en cambiar de aires juntos lo más pronto posible.

El segundo suceso, más comprometedor aunque menos sangriento, se produjo días más tarde al presentarse en su casa una pareja de guardias civiles. Procedían de la comandancia de Almendralejo y venían con el fin de investigar una denuncia de desaparición interpuesta en el cuartel de Almonte por Pablo Berrocal. Al parecer, no había secretos entre los hermanos, y Pedro le había mantenido informado de los progresos realizados con la famosa Viuda rica de El Raposo, a la que, de un modo obsesivo, se había empeñado en conquistar por lo civil o lo penal. Se defendió la interrogada con notable sosiego explicando que, en efecto, se habían visto varias veces, siendo la última el domingo anterior. Antonia les había asegurado que don Pedro había llegado a mediodía y que, tras conversar durante varias horas de forma cordial, se había marchado antes del anochecer con el compromiso de volver a visitarla en dos o tres semanas. Y, lamentándolo mucho, nada más podía aportar ella para esclarecer el caso.

Días más tarde fue el propio Pablo Berrocal el que se personaba en la hacienda Monterroso con la excusa de ser el último punto en el que se vio a su hermano antes de desaparecer para siempre de la faz de la Tierra. Antonia lo recibió con amabilidad y se limitó, como no podía ser de otra forma, a mantener su brevísima declaración palabra por palabra. No le resultó nada cómodo comprobar que Pablo, al margen de su gran parecido físico con el difunto, era de los dos hermanos el más inteligente, además de compartir con Pedro una virtud: la perseverancia.

—Le agradezco que me haya atendido y le vuelvo a pedir disculpas por las molestias que le haya podido ocasionar —se despedía Pablo Berrocal en el porche.

—No es ninguna molestia, se lo aseguro. Ojalá logren dar con el paradero de nuestro querido Pedro, porque este me dice que sigue vivo y que tiene que haber algún tipo de explicación —concluyó Antonia llevándose la mano al corazón.

—Eso seguro. Lo normal es que exista una explicación para cada misterio, señora Monterroso. Ah, una última pregunta que se me olvidaba hacerle: ¿usted sabría decirme quién de por aquí cerca se dedica a comprar ganado sin título de propiedad?

La candidez compuesta en el rostro de Antonia se volatilizó al instante.

—Uy, yo ni idea. Aquí solo sabemos de cerdos, y le aseguro que todos los negocios los hacemos conforme a la legalidad. ¿Por qué lo dice?

—Muy sencillo. En el hipotético caso de que a mi hermano lo hubieran asaltado de regreso a casa, los malhechores no habrían perdido la oportunidad de sacar unos cuartos por la excelente montura de la que no se separaba jamás: un pura raza marismeño. Es una variedad muy poco común, difícil de domar pero muy reconocible; entre otras cosas, porque estaba marcado.

No le faltaba razón. Como hizo con el de Herminio, Padilla lo había vendido con sorprendente facilidad a la mañana siguiente del suceso. Por el animal sacó 780 pesetas, cifra que, visto lo visto, ahora parecía bastante pobre.

—Lamento no poder ayudarle —trató de cerrar Antonia cortante.

—¿Y su capataz? Jacinto se llama, ¿verdad?

—Uy, el pobre Jacinto no sabría distinguir un caballo de un mulo. Pero, no obstante, ya preguntaré por ahí a ver si alguien sabe algo de eso de comprar caballos raros.

Pablo Berrocal sonrió como un zorro en un corral.

—Se lo agradecería mucho.

—Cuente con ello.

—Hasta más ver, señora Monterroso.

Tan pronto como volvieron a tocar tierra las partículas de polvo que levantó la calesa del incómodo visitante, Antonia corrió hacia la granja en busca de Padilla.

—¿Ha pasado algo con ese desgraciado? —quiso saber este al leer la crispación en su rostro.

—¿A quién le vendiste el caballo de Berrocal?

—Al mismo que el anterior. A un conocido mío de Los Santos de Maimona que es tratante de ganado. Compra animales a particulares para luego venderlos de pueblo en pueblo. A estas alturas ese caballo podría estar en cualquier lugar de España.

—¿Y de dónde dijiste que lo sacaste?

—Valentín no pregunta. Solo compra y vende.

—¿Y la gente sabe que se dedica a eso?

—La gente que lo conoce sí, claro.

—¡¿Y la Guardia Civil?! ¡¿Lo sabe la Guardia Civil?!

Padilla desvió la mirada.

—Ni idea.

Antonia apretó los dientes, se llevó la mano a la boca del estómago y pateó el aire como si hubiera una amenaza invisible a su alrededor.

—¡Maldita sea! ¡Maldito seas! ¡Malditos seáis todos!

Padilla, conocedor de los ataques de ira de Antonia —la cicatriz que le cruzaba la cara era una buena prueba de ello—, aguardó un tiempo prudencial.

—No tienes de qué preocuparte, te aseguro que si los guardias van a verlo él no soltará prenda.

—¿Ah, no? ¡¿Y cómo puedes estar tan seguro?! El hombre que acaba de marcharse no es ningún desgraciado. Tiene dinero y no va a parar hasta averiguar qué le pasó a su hermano. ¡¿Cuánto crees que vale el silencio de ese conocido tuyo?!

—Puedo ir a hablar con él si así te quedas más tranquila.

—¿Para que al día siguiente se plante en el cuartel y te delate? ¿Tú estás loco?

Jacinto Padilla estalló:

—¡¿Y qué coño quieres que haga?! ¿Que lo mate a palos?

En la oscuridad que cubrió los ojos de Antonia encontró la respuesta.

—Esta vez no.

—¡¿Cómo que no?! —protestó ella—. ¡¿Es que quieres verme entre rejas?!

—No, pero ya he matado una vez por ti y todavía sigo viendo a Sebastián Costa en mis sueños. Puedo oír a los marranos masticar su carne y machacar sus huesos. Se acabó. Si quieres quitártelo de encima es cosa tuya.

—¿Ah, sí?

—Ya me has oído.

En el silencio que se produjo después, y que se alargó no más de treinta segundos, Antonia Monterroso fabricó un plan.

Un plan perfecto.

Entonces señaló a Padilla al tiempo que sonreía.

—Tú lo has querido —sentenció.

El renacido

Cuartel de la Guardia Civil
Zafra (provincia de Badajoz)
22 de abril de 1917, a las 11.35

Podría tratarse de una embarcación a vela a punto de ser engullida por unas mandíbulas gigantes, aunque de igual modo cabría ver un árbol caído de profundas raíces y copa poco poblada.

Todo es cuestión de perspectiva.

Sobre un cielo que empieza a ensuciarse de nubes amenazantes, son dos de todas esas acumulaciones nubosas movidas por las corrientes de aire las que absorben la atención del teniente Gallardo. A su lado, y en posición de firmes, Darío Pacheco ruega a alguna entidad divina en la que no cree para que su superior reaccione de una santa vez y se dirija a la dotación del cuartel, a la que ha ordenado formar en el patio. Frente a ellos, de izquierda a derecha, Román Aguado, Ginés García, Manuel Gutiérrez, Cristóbal Sánchez, Remigio López y Pedro Lobato aguardan desde hace unos minutos a que su superior les diga algo.

Sin mística que valga, Martín Gallardo desciende de esa bóveda celeste a punto de reventar y hace un barrido con la mirada a los hombres que tiene delante.

—Ninguna determinación de ningún tipo —verbaliza al fin en voz queda—. Estas son las órdenes que me han llegado desde la comandancia. Es decir, que pretenden que nos quedemos de brazos cruzados después de haber sido testigos directos de tanta atrocidad.

Gallardo frunce los labios y toma aire por la nariz.

—Se nos exige disciplina y obediencia en el cumplimiento de nuestro deber. Lealtad, señores. Pero todo es cuestión de perspectiva. Porque también hemos jurado sacrificarnos para defender las necesidades del prójimo por encima de todo. ¡¿Es o no es así?! —pregunta alzando la voz.

—Así es, mi teniente —responde Lobito con entusiasmo.

Remigio López lo mira de reojo.

—Tenemos en el calabozo a un hombre que sin duda deberá responder ante la justicia por su participación en los crímenes cometidos en la hacienda Monterroso, pero todos ustedes son conscientes de que a muy poca distancia de donde estamos reside otra persona que es responsable de los graves delitos perpetrados durante las últimas horas, incluido, que no se les olvide —enfatiza endureciendo el tono—, el asesinato a sangre fría de un compañero. De un buen hombre. Esa alimaña lleva años sacando partido de la miseria que azota estas tierras. Enriqueciéndose a costa de todo y de todos. Señores, ¡¿es o no es cierto lo que digo?!

Algunas voces contestan casi al unísono de forma afirmativa, otras más prudentes permanecen calladas.

—Bien.

El teniente deja pasar unos segundos antes de introducir la mano en el interior de la guerrera, sacar una cuartilla y desdoblarla con gran prosopopeya.

—Ahora les voy a leer el artículo seis de la cartilla redactada de puño y letra por nuestro fundador, el duque de Ahumada, y que todos ustedes han jurado cumplir por su honor. Dice así: «El guardia civil no debe ser temido sino de los malhechores; ni temible, sino de los enemigos del orden. Procurará ser siempre un pronóstico feliz para el afligido, y que a su presentación el que se creía cercado de los asesinos se vea libre de ellos; el que tenía su casa presa de las llamas, considere el incendio apagado; el que ve a su hijo arrastrado por corriente de las aguas, lo crea salvado; y, por último, siempre debe velar por la propiedad y seguridad de todos».

Mientras Gallardo vuelve a guardar el papel se produce entre los presentes un intercambio de miradas cargadas de interrogantes.

—«Y, por último, siempre debe velar por la propiedad y seguridad de todos» —repite—. Y yo les pregunto: ¿qué van a hacer ustedes? ¿Qué es lo que creen que deben hacer?

Gallardo se vuelve hacia el sargento Pacheco.

—¿Qué va a hacer usted, mirar hacia otro lado o cumplir con su deber?

—Cumplir con mi deber siempre, mi teniente.

—¡Siempre! —repite.

Acto seguido, Gallardo se acerca al cabo Aguado y le formula la misma pregunta.

Idéntica respuesta. La misma que grita el resto.

—Y nuestro deber, señores, es defender nuestro rebaño del lobo. Sabemos dónde está su guarida, así que prepárense para ir de caza porque partimos en breve. Además, tengo que comunicarles algo importante. Una sorpresa, por decirlo de alguna manera...

—¡Teniente Gallardo! —oyen gritar.

Una voz de mujer desde el otro lado de la verja.

—¡Teniente Gallardo! ¡Traigo un mensaje urgente para el teniente Gallardo!

—Vaya a ver —le ordena a Ginés García.

Al regresar este, le entrega una nota manuscrita.

Una amenaza.

Martín Gallardo la arruga dentro del puño al tiempo que menea la cabeza.

—Me cago en mi sangre —murmura.

Pacheco se acerca con precaución.

—¿Teniente?

Este le entrega el papel. Mientras el sargento le devuelve su forma original, Martín Gallardo se enciende un cigarro. Una vez leída la nota, Pacheco levanta la mirada para encontrarse con la de su superior, cargada de algo que, sin identificar qué es con exactitud, sí sabe que, desde que lo conoce, no le había visto jamás.

Y no, no le gusta nada.

No le gusta nada la situación que le está tocando vivir. Por primera vez en su vida, Aurelio Jardiel Acevedo está poniendo en tela de juicio una decisión de su tío. Incluso cuando le ordenó romperle los pulgares a aquel muchacho que no debía de tener más de quince años, no dudó sobre si era conveniente, oportuno, inadecuado, justo o injusto. Qué más daba.

Pero ahora es diferente.

La mujer que se sienta a su lado no puede ser culpable de nada. Es un ángel de luz, un ser bondadoso incapaz de incomodar a ningún semejante. De hecho, desde que se ha subido a la tartana —se había decantado por este medio de locomoción por si tenía que llevarla maniatada en la parte posterior, cubierta y abovedada— no ha cruzado una palabra con ella, que se ha limitado a mirar hacia el frente y susurrarle canciones al pequeño que sostiene en su regazo.

Aurelio azuza al caballo para remontar la cuesta que va a morir en una curva desde la que se divisa el muro del cortijo.

—Ya estamos llegando —anuncia.

—¿Llegando dónde?

—Donde mi tío Ramón.

Se arrepiente al instante de haber verbalizado el vínculo sanguíneo que le une al señor Acevedo, pero no por haberlo desvelado, sino por el mero hecho de tener relación parental con el hombre que le ha obligado a capturar a un pajarillo indefenso.

—¿Y qué quiere de mí?

Rosario habla con un hilo de voz, como si se le estuviera escapando la vida con cada palabra.

—No lo sé —responde él con sinceridad—, pero seguro que no va a hacerte nada malo —añade con menos franqueza.

—¿Nada malo? Esta pasada noche uno de sus hombres ha asesinado a mi tía en su propia casa. Era el único pariente que tenía. La madre que nunca tuve.

—Yo de eso no sé nada, pero lo siento —se le ocurre decir. Y, como si necesitara salir de la incomodidad, añade—: Tiene pinta de que hoy va a llover.

Ella lo mira con cierta ternura.

—Él va a venir.

—¿Él? ¿Y quién es él?

—Yo sé que va a venir a buscarme. Y te prometo que os vais a arrepentir de...

—¿Te refieres al teniente ese de la Guardia Civil?

Poco a poco una sonrisa va ganando espacio en el afligido semblante de Rosario.

Es entonces cuando Aurelio lo hila todo. Porque a pesar de que la gente piense que no es capaz de comprender nada de lo que pasa a su alrededor, él sabe que de tonto no tiene un pelo. Puede que tarde más que el resto en juntar las piezas, pero al final las junta. Aunque no se lo haya contado, ya sabe lo que quiere su tío. Y no le parece mal del todo, él no se mete en eso, pero no está dispuesto a que ella pague las consecuencias.

No. En ningún caso.

Desde ese momento, él, Aurelio Jardiel Acevedo, se ha convertido en su caballero protector, como ese del libro del loco que arremetía contra molinos creyendo que eran gigantes. Porque según le habían contado lo hacía por amor. Pero amor del verdadero, como el que él siente por Rosario. No como se quieren la mayoría de las personas, a gritos y a golpes. No. Él no piensa tratar así a la que ya considera su primera novia de verdad. Su futura esposa.

—Él va a venir a buscarme —insiste ella cual mantra.

—Te juro por lo más sagrado que no va a pasarte nada. Yo te voy a proteger, pero si ese guardia viene a rescatarte, yo mismo me encargaré de abrirlo en canal.

Dos hombres armados le abren la cancela principal. Sin mediar palabra con ellos, enfila el camino hasta el edificio donde sabe que le espera su tío, acompañado por ese estirado de Francisco Espinosa.

—Vaya, ¿ya estás aquí? —le recibe sin moverse de la silla.

—Aquí estoy.

Aurelio se toma su tiempo para bajarse del incómodo tablón de madera que hace las veces de asiento y ayudar a Rosario a apearse.

El señor Acevedo frunce el ceño ante tanta delicadeza y, haciendo un esfuerzo, se levanta.

—¿Algún percance?

—Ninguno.

—Bien. Llévate a esta maldita zorra a una de las habitaciones de arriba y enciérrala con llave. Está siempre puesta. Si quieres entretenerte con ella, puedes, pero no tardes mucho, que lo mismo tenemos jarana en breve.

Solo el hecho de pensar en violentarla le provoca a Aurelio un aguijonazo en el corazón.

—¿Te pasa algo?

—No. Bueno, sí. Antes de nada me gustaría saber qué...

La bofetada la ve venir, pero no se atreve a esquivarla, y en su mejilla suena a cura de realidad. No es la primera vez, ni mucho menos, que su tío le sacude con la mano abierta, pero sin duda esa ha sido la que más le ha dolido por estar su amada presente.

—¡A ti no te gustaría saber nada, tarugo! Tú haces lo que yo te digo y punto y se acabó.

Ramón Acevedo da una palmada a pocos centímetros de su cara.

—¡Vamos, espabila!

Aurelio agarra a Rosario del brazo y, resignado, tira de ella hacia el interior de la vivienda.

—Lo que me faltaba, que se me revolviera la jauría —dice apurando el habano—. Antes no había que enseñar a los tuyos que si muerdes la mano que te da de comer te puedes quedar sin dientes para masticar, pero ahora... Ahora se lo tengo que recordar hasta a los que son de mi sangre.

—Los tiempos cambian —reflexiona Francisco Espinosa.

—Pero las personas no —completa el anfitrión—. Y yo conozco cómo funcionan. Creo que ese teniente siente algo por esa ramera y por eso me va a traer a Padilla en cuanto reciba la nota.

—Espero que no se equivoque. Y que cumpla su palabra.

El otro lo mira con notable desprecio.

—Quiero decir —se apresura a aclarar Espinosa— que antes de hacer lo que tenga previsto hacer con ese malnacido le saque todo lo que sepa sobre la arpía y lo que le hizo a mi hermano.

—Aunque le tenga que arrancar la piel a tiras.

El señor Acevedo aplasta el puro contra el cenicero y consulta su reloj de pulsera.

—Es más de mediodía y aún no hemos almorzado. ¿No tiene usted apetito?

—No.

—Como quiera. Yo no hago nada importante con el estómago vacío —dice levantando el brazo.

Levantando el brazo consigue que el teniente Gallardo pueda localizarlo entre la espesura —si es que puede considerarse así al conjunto de matorrales entre los que Darío Pacheco se ha cobijado con una carabina Remington—. Él no se considera un buen tirador, pero, a una distancia de unos trescientos metros y siendo su objetivo un blanco estático, está casi convencido de que no va a errar el tiro. Aunque, bien pensado, lo que tiene que hacer precisamente es eso: fallar.

Fallar es acertar.

Sea como fuere, si el sargento hubiera podido elegir habría preferido otro tipo de estrategia. En realidad, le valdría cualquiera que no fuera a desencadenar un enfrentamiento armado, pero tampoco es de los que se arrugan si las cosas se ponen feas. Además, pensando con objetividad, comprende la decisión que ha tomado el teniente Gallardo. Si ya tenía decidido ir a por Ramón Acevedo, la nota que le ha hecho llegar le ha servido como refuerzo a una convicción irrefutable: el mal hay que combatirlo con el mal. Así, cuando Pacheco ha leído el mensaje: «Tengo a tu zorrita. Tráeme a Padilla y te la devolveré de una pieza. Ven solo. Tienes hasta las cinco de la tarde. R. A.», y han verificado que una vecina ha visto a Rosario subir junto a su pequeño a una tartana con uno de los hombres de Acevedo, ha dado por hecho que van a tener que ensuciarse mucho las manos.

Desde su posición asiste al momento en el que el teniente —tricornio, capa, sable en el cinto y el Winchester al hombro— se planta frente a la cancela del acceso junto a Jacinto Padilla, esposado con las manos por delante y cabizbajo. Al reconocerlo, uno de los hombres que custodian la puerta corre a avisar a su patrón, que, hasta donde le alcanza la vista, diría que está sentado en el porche comiendo. Está acompañado por alguien que no es capaz de distinguir pero que viste de manera elegante y que, deduce, debe ser por fuerza el propietario del automóvil que está aparcado fuera. Nota que el corazón se le acelera en cuanto el índice entra en contacto con el gatillo de la Remington, que tiene apoyada en su hombro izquierdo. Mientras Gallardo y Padilla caminan hacia el olivo donde han pactado de antemano que se van a detener, Pacheco recuerda lo que le ha explicado su superior y evalúa las mil y una posibilidades que existen de que las cosas no salgan como las han planificado. Como, por ejemplo, que empiece a jarrear, como tiene pinta de que va a suceder de un instante a otro. Sin embargo, tan pronto como se percata de que Acevedo y su acompañante están a punto de encontrarse con ellos, se olvida de sus cuitas, toma aire y lo retiene en los pulmones para que el estado de nervios en el que está sumido no le haga acertar.

Acertar es fallar.

Ahora solo tiene que esperar la señal de Gallardo.

En su cabeza, una única premisa: fallar es acertar.

Acertar con la estimación de bajas no depende tanto de él como del modo en el que reaccionen sus adversarios. Y cuando hay tiros —y al menos uno está garantizado—, nunca se sabe. Son muchas las variables imposibles de considerar que podrían determinar el desarrollo de los acontecimientos.

Demasiadas.

La cápsula de láudano que ha ingerido justo después de que le entregaran la nota, al margen de calmar el hambre que ya empezaba a notar, le ha ayudado a pensar con mayor claridad. Así, ha logrado aislar la parte emocional relacionada con Rosario para quedarse en exclusiva con la estratégica, igual que hacen los mandos que deciden el rumbo de la batalla sabiendo de antemano que su vida no está en juego. No es el caso, más bien todo lo contrario, pero la suya en ese momento carece de valor alguno frente al propósito que se ha empeñado en alcanzar.

Dos son los objetivos primarios que Martín Gallardo ha establecido: rescatar sana y salva a Rosario y recuperar la dentadura de la Viuda. El objetivo secundario, solo en el remoto caso de que no afecte al cumplimiento de los anteriores, consiste en llevarse detenido a Ramón Acevedo. Sabe que va a ser harto complicado conseguirlo sin ampliar la cifra de fallecidos —lo cual preferiría evitar—, aunque bien es cierto que en la tesitura actual tampoco puede permitirse el lujo de descartarlo de forma tajante.

Todo es cuestión de perspectiva.

Simplificada hasta el extremo, la receta que ha cocinado en su cabeza —y que solo Darío Pacheco conoce— tiene dos ingredientes principales: la distracción y la sorpresa. No obstante, es muy consciente de que no va a ser capaz de hornearla si no demuestra una clara ventaja sobre los comensales a los que está a punto de enfrentarse. Y, según la información que le ha facilitado su ayudante de cocina secreto, y que él mismo ha podido corroborar con los prismáticos durante la fase de observación previa, estos suman entre ocho y diez hombres armados.

En situaciones peores se ha visto.

Con respecto a Padilla, desde que le ha mostrado a su amante convertida en un gran trozo de carne chamuscado se ha limitado a contener el llanto y las palabras. Sin embargo, sí lo ha escuchado con mucha atención cuando le ha explicado qué es lo que tiene que hacer y lo que no, sabiendo que si no sigue al pie de la letra sus instrucciones no tiene ninguna posibilidad de salir vivo.

Pocos metros antes de llegar al olivo donde ha acordado con Pacheco que va a detenerse, le cae la primera gota de las muchas que tienen pinta de desprenderse de ese cielo blindado por infinidad de nubes grises. Junto al árbol centenario aguarda a que llegue Ramón Acevedo acompañado por Francisco Espinosa, a quien no esperaba encontrarse allí.

Otra variable más.

—Hombre, teniente, no hacía falta que se diera tanta prisa. Podría haber esperado a que terminara de almorzar —le saluda Acevedo ufano.

—Terminemos con esto cuanto antes. Quiero ver a Rosario.

—Todo a su debido tiempo. Primero, mi estimado amigo don Francisco, aquí presente, le quiere hacer una pregunta.

—¿Y a este quién coño le ha dado vela en este entierro? —protesta Gallardo.

—Yo —se apresura a contestar Acevedo—. En mi casa las velas las reparten mis santos cojones.

Refrendado por el anfitrión, Francisco Espinosa da un paso adelante.

—¿Qué tipo de relación mantenía usted con esa condenada mujer?

—Ninguna. En su día solo traté de protegerla de un comemierda como usted, que quiso sacar partido de su privilegiada posición social. Puede que me engañara, no lo sé, pero actué del mismo modo que habría hecho con otra denuncia cualquiera por intento de violación.

—¡Pues claro que le engañó! —grita el otro—. Yo no intenté nada con ese ser salido del infierno. Le utilizó como un trapo sucio. Le engañó como a muchos y usted cayó en su trampa.

—Pues muy bien, asunto resuelto. Ahora, tráigame de una vez a Rosario.

—Así que esa es su gran debilidad, ¿eh? Las mujeres. Primero la Viuda y después este pastelito que...

—¡No he venido hasta aquí para escuchar sus estúpidas teorías! ¡Tráigame a Rosario! —exige.

Ramón Acevedo extiende las palmas de las manos y eleva la mirada.

—Está bien, está bien... Pero vamos dentro, aquí nos vamos a mojar.

—No. Aquí. Entrégueme a Rosario, ustedes se quedan a Padilla y yo me marcho por donde he venido.

El otro sonríe, se da media vuelta y hace una indicación a los hombres que aguardan en el porche. Luego recorta la distancia con Padilla y lo examina de cerca. El teniente Gallardo aprovecha para comprobar que hay seis hombres armados a la vista, más los otros dos que custodian la cancela y que están a su espalda. Una breve pero intensa corriente eufórica le recorre la médula espinal.

—¿Y esta poca cosa es el famoso cómplice de la Viuda?

Padilla, que parece estar más muerto que vivo, se limita a mantener la cabeza gacha.

—No dices nada, ¿eh? No importa, te aseguro que al final del día te va a doler la lengua de tanto hablar.

—Está un tanto alicaído desde que esta mañana le he mostrado el cuerpo de Antonia Monterroso —interviene Gallardo según lo planeado—. El iluso aún tenía esperanzas de reunirse con ella, pero alguien que todavía no sabemos quién es se encargó de reventarle la cabeza a golpes antes de que él provocara el incendio de la hacienda.

—¿Entonces no hay ninguna duda de que esa perra está muerta? —interviene Francisco Espinosa.

—Lo ha certificado un experto venido de Sevilla.

—Vaya, una pena —tercia Espinosa, irónico—. Ahora te toca a ti pagar por tus pecados.

—Amén —cierra Acevedo.

En ese momento aparece Rosario con su hijo en brazos. Con delicada firmeza la guía un hombre cuyos andares le recuerdan a Gallardo a los orangutanes que vio en la isla de Borneo.

—En unos pocos días me ha generado usted más malestar que ningún otro durante toda mi vida —le confiesa Acevedo—. No quiero volver a verle por aquí jamás.

—No lo hará, puede estar tranquilo.

Ramón Acevedo le hace un gesto al orangután con la cabeza y, sin embargo, este reacciona agarrando a Rosario más fuerte del brazo.

A ojos del teniente, una variable no considerada.

—Aurelio, ¿qué coño haces? Te he dicho que se la entregues —insiste.

—No.

El otro, incrédulo, bizquea.

—¡¿Cómo que no?!

A pesar de la diferencia de altura y peso, Acevedo se enfrenta a él y le da un fuerte manotazo en el pecho con el dorso de la mano. Aurelio, impertérrito, no acusa el golpe lo más mínimo.

—La quiero para mí —desvela.

En la mirada de Rosario, más apagada de lo habitual, Martín Gallardo cree detectar más confusión que miedo.

—¡¿Y este quién coño es?! —exige saber el teniente.

—Es mi sobrino. Es un poco corto, pero es buen chico.

—¡Que la suelte! —exige Gallardo.

Padilla, que hasta entonces había cumplido con su papel al pie de la letra, empieza a ponerse nervioso asumiendo que es el eslabón más débil de la cadena.

—A ver, Aurelio, hijo —interviene Acevedo—, ¿se puede saber qué te pasa ahora con esta zorra? Mañana mismo te llevo donde la Matilde y te desfogas con...

Con un movimiento mucho más ágil que el que podría presuponérsele a un primate homínido, Aurelio empuja a su tío haciéndolo caer al suelo, se echa la mano a la espalda y saca un revólver.

La variable determinante.

—¡No quiero otra! ¡Quiero esta! —brama tirando hacia atrás de Rosario.

Lope rompe a llorar.

El cielo rompe a llover.

Martín Gallardo, que ha dispuesto de casi un segundo

entero para evaluar la situación y tomar una decisión, levanta el brazo izquierdo.

La señal.

El disparo, certero en el error, impacta en el tronco del olivo.

Se desata el caos.

De inmediato, cinco guardias civiles armados emergen de la nada y rodean a los hombres de Ramón Acevedo, también armados.

—¡Guardia Civil, tirad las armas! —grita el cabo Aguado.

Los actores principales que van a intervenir en esta secuencia sin guionizar interpretan su papel de forma muy diferente: Francisco Espinosa, poco acostumbrado a verse involucrado en jaranas de este pelaje, se tira al suelo y se cubre la cabeza con ambas manos. Ramón Acevedo, que no da crédito a lo que está sucediendo, permanece inmóvil con la boca abierta y los brazos en cruz. A Jacinto Padilla, aturullado por el miedo, le parece una buena idea aprovechar la confusión para salir corriendo. Aurelio Jardiel Acevedo, en su pragmática idiotez, apunta a Cristóbal Sánchez, que es el guardia civil que tiene más cerca. Rosario, movida por su instinto maternal, se deja caer de rodillas y protege a Lope con su cuerpo. Darío Pacheco, siguiendo las instrucciones que le ha dictado su superior, abandona su posición y se dirige a la carrera al cortijo con el propósito de poner a salvo al prisionero. Por último, Martín Gallardo, tirando de experiencia, se descuelga rápidamente el Winchester y lo agarra con firme intención.

—¡Que tiréis las armas de una vez! —se oye vociferar de nuevo al cabo Aguado.

De todos ellos es el teniente el primero en actuar. Da dos pasos cortos en dirección a Aurelio y le regala un culatazo seco a la altura del pómulo. El impacto le provoca una microfractura en el maxilar superior y le arranca dos premolares, pero, aunque sería definitivo para la mayoría de los seres humanos, no lo es para uno de la especie de Aurelio, que solo trastabilla. Tras escupir los dientes se encara con ese teniente que ha venido a robarle a la mujer de sus sueños y le apunta a la cabeza dispuesto a eliminar su competencia de un gatillazo. Sin embargo, este reacciona con premura, buscando ahora —de nuevo con la culata del fusil— la mano que porta el arma. Preciso, consigue romperle el metacarpo del pulgar y que el revólver termine cayendo al suelo cerca de uno de los charcos que ya se están formando. Más enfurecido aún, Aurelio carga contra su rival y lo derriba sin dificultad haciendo valer los más de cincuenta kilos de diferencia a su favor. Cuando Gallardo se dispone a levantarse se encuentra con un objeto en forma de puño que viaja a más velocidad de la que puede esquivar, y al producirse el impacto su cerebro está a punto de apagarse. No lo hace, pero al volver en sí se halla en una situación nada favorable para sus intereses si lo que pretende es mantenerse con vida: encima de él, una fiera desatada oprimiéndole el cuello con sus enormes manos de primate, impidiéndole respirar y a punto de romperle la tráquea. Para desgracia de Martín Gallardo, sus compañeros uniformados, obcecados en desarmar a gritos a los rivales que le han tocado a cada uno en su línea de fuego, no se percatan de lo que ocurre bajo la intensa cortina de agua que está cayendo. Gallardo forcejea durante los segundos que tarda en convencerse —igual que le sucedió a Patricio Carvajal— de que va a morir.

Pero se equivoca.

Un sonido que él procesa como un vigoroso chasquido precede a una lluvia mucho más densa de lo normal. Una lluvia cálida que le salpica la cara de rojo carmesí y que viene acompañada de un granizo viscoso. Materia orgánica que antes formaba parte de un cerebro que nada puede hacer para evitar desparramarse, como le sucedería a cualquier sustancia contenida en un recipiente que se rompe.

En este caso, un cráneo.

Aurelio cae a plomo sobre el teniente Gallardo, quien, tras quitarse de encima ese peso muerto —nunca mejor dicho—, se incorpora para recuperar el resuello. A su alrededor parece que el tiempo se haya detenido. Sumido en un silencio sepulcral, roto tan solo por el golpeteo de las gotas al estrellarse contra el suelo, no tarda en percatarse de que todos están mirando hacia la fachada lateral del cortijo, lugar de procedencia del disparo.

Todos miran, sí, pero solo uno sabe con exactitud dónde buscar.

Todos miran, sí, pero solo uno sabe con exactitud de quién se trata.

Ese uno es Ramón Acevedo, y la persona que acaba de volarle la cabeza a su sobrino es la misma a la que él le había encargado que avisara con la intención de saldar una deuda pendiente.

En su interior se desencadena una tormenta de ira.

En el exterior está a punto de desatarse otra bien distinta: una tormenta de disparos.

De disparos certeros sabe más bien poco. En realidad, él no sabe de casi nada. Para empezar, apenas sabe leer y escribir porque, al igual que sucedió con sus otros tres hermanos varones, su padre lo sacó de la escuela con diez años recién cumplidos para que le ayudara en las labores del campo como bracero. Una década después, con muy pocos conocimientos más allá de lo que exigía la tierra, le pareció buena idea ingresar en la Guardia Civil, que era, según le habían contado, como ser policía pero de campo. Eso le gustaba. Porque él lo que detestaba era trabajarlo, pero estaba tan ligado al ámbito rural que nunca se había planteado labrarse el futuro en la gran ciudad como otros muchos habían hecho. Y no le fue mal. Nada mal. Enseguida comprendió que lo único de lo que tenía que preocuparse era de cumplir las órdenes de sus superiores, y pocas cosas hay más sencillas en la vida que hacer lo que otros te mandan. Con una paga digna asegurada, pudo encontrar esposa sin demasiada dificultad y construirse una casa en Zafra, su pueblo natal, donde no tenía más obligaciones que seguir haciendo lo que otros le mandaban.

Y a eso de cumplir estuvo dedicado en cuerpo y alma durante los siguientes quince años, hasta que alcanzó el grado de cabo y paladeó lo que significaba mandar a otros. Ese sabor le gustaba incluso más que el que dejaba lo de cumplir órdenes ajenas. Pero, además, con el paso del tiempo se percató de que no solo lo respetaban dentro del cuartel, donde ya tenía un espacio ganado, sino que fuera también lo miraban con cierta distancia. No era uno más. Y por ende, si era distinto, ¿por qué no sacar partido de ello? Empezó por dejarse invitar en la tasca o, más fácil aún, directamente por no pagar, que siempre es más barato. Así, con lo que ahorraba por un sitio tenía para lo otro: lo de las putas. Eso sí que le gustaba de verdad. Al principio le bastaba con una o dos veces por semana, pero no tardó en asumir que si no llegaba mamado y borracho a casa se le agriaba el carácter. Y su mujer incluso se lo agradecía para evitar que le cruzara la cara con el primer comentario que no fuera de su agrado, y ya, si podía evitar tener que acostarse con él, miel sobre hojuelas.

Así se las gastaba Benito Yáñez.

Los problemas empezaron a llegar cuando el coste de esa vida que quería llevar superó la dignidad de la paga. Él no estaba dispuesto a abandonar su tren de vida, y la sombra de la persona que todo lo veía y todo lo sabía en la zona era demasiado larga como para no cobijar a un gañán con galones tan corruptible como él.

Así fue como el señor Acevedo se fijó en el cabo Yáñez y empezó a encargarle pequeños trabajos. Todo muy sencillo. Mirar hacia otro lado, coger lo suyo y poco más. Fetén. Luego la cosa se fue complicando, circunstancia a la que tampoco hacía ascos, habida cuenta de la compensación en forma de billetes con los que podía permitirse putas más caras. Lo que no evaluó bien del todo el bueno de Benito fue que, cuanto más se llenaba los bolsillos y se vaciaba los testículos, más pertenecía a Ramón Acevedo. Así, una tarde en la que estaba a punto de bajarse los pantalones, le fueron a buscar dos hombres para conducirlo hasta un lugar cerca del río Bodión donde le estaba esperando el que, sin él saberlo, ya se había convertido en su patrón.

—Lo que te voy a enseñar esta noche te va a cambiar la vida —le anticipó Ramón Acevedo.

La entrada estaba oculta por vegetación arbustiva, y el túnel tenía casi seis kilómetros de longitud y un metro cincuenta de alto por uno de ancho. Conectaba el cortijo con un área del río poco transitada pero navegable con barcazas de poco calado que utilizaban para mover mercancía por toda la cuenca fluvial del Guadiana. En concreto, con el almacén subterráneo, vestido como uno de tantos molinos de aceite de la comarca.

—Ya conoces mi secreto —le dijo Acevedo—. A partir de ahora vamos a hacer lo siguiente: tú te encargas de que nadie de los de tu gremio me moleste el día que yo te avise y yo a cambio hago que tu vida sea mejor. Mucho mejor.

En principio no le sonó mal, pero la cosa varió cuando añadió:

—Si algún día se enteran los tuyos y me lo cierran..., te mato. Te mato a ti y mato a tu mujer, y a tus hijos si llegas a tenerlos.

Hijos no tenía, y su mujer murió pocos meses después

a causa de una mordedura de rata que le transmitió el tifus, pero eso de que su vida dependiera de que nadie descubriera el condenado túnel no le terminaba de gustar.

Contra todo pronóstico, los años transcurrieron casi sin sobresaltos hasta que cuatro días antes había aparecido un teniente de la comandancia de Almendralejo para hacerse cargo de un detenido acusado de pegar fuego a una hacienda. A partir de ese momento, no sabe cómo, a Benito Yáñez todo se le ha ido de las manos, hasta el punto de tener que fingir su propia muerte. El teniente Gallardo le había descubierto. Sabía que trabajaba para el señor Acevedo y que era el responsable de que Patricio y los suyos hubieran entrado en el cuartel, mataran a Linares y se llevaran la dichosa dentadura de oro de la Viuda. Cuando le tocó su turno en el interrogatorio, el hijo de puta se lo dejó muy claro:

—Necesito que muera —le soltó.

Acto seguido desenfundó su revólver, sacó una gallina muerta de un saco y le explicó lo que iba a suceder.

—Tengo dos opciones: le disparo a esta gallina y cuento que usted ha reconocido su culpabilidad y ha decidido quitarse la vida o le vuelo la tapa de los sesos y cuento que usted ha reconocido su culpabilidad y ha decidido quitarse la vida.

Optó por la opción de la gallina, por supuesto, pero lo que no imaginaba era que no le iba a salir gratis. Para nada. Tuvo que contarle todo lo que sabía de Ramón Acevedo, túnel incluido, porque si hubiera tenido que apostar en ese preciso instante por quién tenía más probabilidades de mandarle al infierno, ese era el bastardo con bigote de herradura. Para finalizar el sainete le obligó a sujetar la gallina cerca de la pared y la reventó de un tiro. Luego le sacó a hurtadillas del cuartel mientras Pacheco mantenía al resto de los guardias formados en el patio y le impuso un encierro domiciliario hasta recibir nuevas instrucciones.

—Recuerde que está muerto —le advirtió Gallardo—. Y a los muertos nadie los ve. Nadie los oye. No me obligue a matarle de nuevo, porque le aseguro que esta vez no tendrá que sujetar ninguna gallina.

Hace unas horas se ha presentado en su puerta el sargento Pacheco y, una vez que le ha puesto al día de lo acontecido en la casa donde estaba escondido Padilla, le ha transmitido el plan suicida del teniente Gallardo: acceder al cortijo a través del túnel y crear una distracción para desplegar a sus hombres de forma que puedan adquirir una ventaja estratégica en el caso de no poder evitar el enfrentamiento armado. Y, de todos los intervinientes, la peor parte, sin duda, le ha tocado a él.

—Usted es el único que conoce la casa por dentro —le ha argumentado Pacheco.

—Apenas he estado un par de veces —se ha defendido el cabo.

—Dos más que el resto. No vuelva a interrumpirme, solo escúcheme. Tiene que recuperar la dentadura mientras nosotros captamos su atención. El teniente está seguro de que no le habrá dado tiempo a venderla, por lo que es muy posible que la tenga en algún lugar como trofeo. Dispondrá de al menos quince minutos para encontrarla.

—¿Quince?

—Al menos. Si la consigue, el teniente Gallardo le da su palabra de que se olvidará de todos los agravios que usted ha provocado. Además, si todo sale bien, dejará de ser un ridículo lacayo de un delincuente como Acevedo.

No era mala oferta, pero, sobre todo, era la única opción que tenía.

Así, cuando sus compañeros le han visto aparecer en el cuartel junto a Pacheco le han mirado de forma diferente, diría que con desprecio, y ninguno le ha dirigido la palabra hasta que en la entrada del túnel el cabo primero Aguado le ha dicho:

—Cumpla con su deber por una vez en su vida.

Eso le ha dolido.

En cuanto ha empezado el jaleo, él ha sido el primero en salir del almacén para dirigirse a hurtadillas a la parte trasera del edificio principal. Al oír el primer disparo ha entrado por la ventana de la cocina y ha sido justo al empezar a subir las escaleras que llevan al piso superior cuando se ha oído una segunda detonación.

Sin darle mayor importancia —lo único que le importaba era cumplir con la misión que le han encomendado—, Yáñez se ha dirigido al despacho del señor Acevedo, que es donde él apuesta que podría guardar la maldita dentadura. Apremiado por la cuenta atrás que tenía en su cabeza, ha entrado sin más y se ha dirigido al escritorio. En el momento en que se disponía a abrir el primer cajón se desataba un vendaval de tiros que, como es lógico, han captado su atención. Con suma cautela, ahora sí, se ha aproximado a la ventana para ver lo que ocurría fuera.

Un caos.

En pocos segundos veía a su compañero Ginés abatir a un hombre de un disparo en el pecho y, a pocos metros de distancia, a Remigio tirado en el suelo, inmóvil. Puede que fuera porque estaba absorto en ese espectáculo dantesco, o quizá porque el ruido de los disparos se solapaba con lo que sucedía a su espalda, pero el caso es que no se ha percatado de que alguien que ya estaba en el despacho antes de que él llegara se aproximaba con sumo sigilo. Esa persona ha cambiado el fusil que ha robado de la armería de su antiguo socio —ha dejado de serlo en el preciso instante en que le ha reventado la cabeza a su sobrino Aurelio— por un cuchillo de cocina que, sin estar lo afilado que a él le gustaría para el propósito que tiene en mente, le servirá.

Lo siguiente que ve el cabo Yáñez es su propia sangre proyectándose contra el cristal de la ventana. Él no lo sabe, y lo cierto es que poco importa ya, pero ese primer chorro procede de la vía abierta que le acaban de practicar en la arteria carótida externa. Un automatismo que nace de su instinto de supervivencia hace que se lleve ambas manos al cuello para detener la exanguinación, sin embargo, consumidos cinco segundos de los pocos que le quedan de vida, ha perdido la sangre suficiente como para sentirse mareado y dejarse vencer por la gravedad.

Ya desde el suelo, donde se retuerce boca arriba, lo último que distingue el cabo Yáñez es un rostro que se va difuminando a la misma velocidad que él pierde plasma sanguíneo.

Un rostro de trazos rectos, tupida barba embetunada y ojos opacos.

Animal

Tren Badajoz-Zafra
A 37 kilómetros de Zafra
Algunas semanas antes

No estaba siendo un año fácil para Sebastián Costa. Desde que había visto a Antonia por última vez en la cabaña de las culebras, su vida se había convertido en un perpetuo ir y venir, un viaje interminable de ciudad en ciudad con un único propósito: cerrar una puerta y abrir otra.

La monotonía del paisaje le había llevado a hacer un recorrido hacia atrás en su memoria hasta el día que, tal y como le había prometido a la mujer que le había hecho perder el juicio, regresó a la costa de Almería. Ajena a las inclemencias invernales, Garrucha parecía haberse estancado en el tiempo a pesar de que llevaba décadas de florecimiento gracias a la explotación de la industria metalúrgica en toda la comarca. A Sixto Simón se lo encontró muy desmejorado, marchito, como si hubiera envejecido una década desde la última vez que lo había visto.

—Vaya, señor Costa, no le esperaba tan pronto —reconoció cuando abrió la puerta.

—Le dije en un par de semanas y un par de semanas he tardado. ¿Tiene el dinero?

—Lo tengo. Aguarde aquí un segundo.

—No hace falta.

Sixto Simón arrugó la nariz.

—¿Cómo dice?

—Antonia quiere que se lo entregue en mano.

—¿Yo? Pero...

—Quiere que usted le pida disculpas. Está en su derecho.

—No puedo dejar a mi madre sola. No puede ni levantarse de la cama.

—Se tardan ocho jornadas en ir y volver. Puede pagar a alguien para que la cuide. Después, todo habrá terminado y podrán seguir con sus vidas.

El otro se agarró al picaporte.

—Esto es una auténtica pesadilla. No sabe cuánto me arrepiento de...

—Eso cuénteselo a ella. Le espera el último domingo de este mes. Al mediodía.

Costa le entregó un papel doblado.

—Tiene que llegar hasta Zafra y luego siga estas indicaciones hasta El Raposo. Enseguida verá la hacienda.

El otro resopló de pura abnegación.

—De acuerdo, lo haré.

—Sé que lo hará.

Sebastián Costa le ofreció la mano para despedirse. Simón dudó unos segundos antes de estrechársela.

—Confío en que no tengamos que volver a vernos, señor Simón.

—Yo también.

—Por cierto, a Antonia le encantan las orquídeas negras. Sería todo un detalle que le llevara un ramo.

Sebastián Costa se ajustó el bombín, se dio media vuelta e introdujo las manos en los bolsillos del tres cuartos negro.

—Las preferidas de su madre, sí. Válgame el cielo —rememoró Sixto Simón en voz alta mientras veía como se alejaba.

Muy despacio. Así avanzaba el convoy antes de entrar en la estación del siguiente pueblo donde le tocaba parar. Pero más despacio aún había transcurrido el tiempo para Sebastián Costa desde que partiera hacia Barcelona con la idea de resolver de forma definitiva algunos asuntos pendientes, que no eran pocos. De todos ellos, lo que más le costó zanjar sin lugar a dudas fueron los dos encargos que tenía en curso antes de renunciar a su puesto de trabajo en La Protectora. Dos casos en los que empleó casi tres meses y demasiado esfuerzo. Esteve y Giró no se lo pusieron nada fácil al contraatacar con una mejora sustancial de las condiciones económicas, pero ya había mantenido ese debate en su fuero interno, y las voces que defendían la ruptura total con su vida anterior para afrontar desde cero la que quería junto a Antonia habían vencido. Finalmente, al salir de la sucursal bancaria después de liquidar su cuenta, se percató de lo poco que abultaban las cuarenta y ocho mil pesetas que había logrado ahorrar en sus doce años de carrera como detective.

Eso era lo que pesaba su pasado.

Recién entrada la primavera de 1917, Sebastián Costa se subía a otro tren dispuesto a realizar el último de los trámites que debía solucionar antes de abandonar Barcelona para siempre. En la comarca del Maresme, en Calella, vivía Carmen, la mujer con la que había estado conviviendo los últimos seis años junto a sus hijos de once y trece. No fue muy larga la despedida, pero sí tuvo mayor carga dramática de lo que a él le habría gustado. No le mintió, pero tampoco le contó la verdad. Y no porque le avergonzara reconocer que estaba atrapado en la tela de araña que había tejido otra mujer, sino por evitar hacerle más daño del que suponía la propia ruptura.

Así, con lo laboral, lo económico y lo sentimental resuelto, envió un cable a Antonia para avisarla de que llegaría dos días después y se dirigió a la estación cargando con una maleta en la que le había sobrado espacio para meter los últimos años de existencia. Barcelona-Madrid, Madrid-Badajoz y Badajoz-Zafra, tres etapas ferroviarias tras las cuales empezaba otra diferente. Otra que bien podría terminar en vía muerta. Otra que había empezado, sin él saberlo, el día que tuvo un encuentro sexual en un vagón de mercancías con el ser más pérfido y fascinante que había conocido jamás.

Cuando la locomotora se detuvo en la estación de Zafra, valoró la posibilidad de desplazarse a Almendralejo para mantener un nuevo encuentro con Martín, su antiguo compañero de armas en Cuba y Filipinas. La descartó por el hecho de tener que sincerarse ante él, dando por sentado que había muchas posibilidades de tenerlo enfrente en un corto plazo de tiempo. Las más de dos horas que invirtió en llegar caminando a El Raposo le sirvieron para evaluar los motivos que le habían llevado hasta allí, razones que nada tenían que ver con lo racional, sino más bien por lo contrario. La reacción inicial de Antonia al verlo aparecer en la hacienda fue contenida, distante, actitud que no tardó en metamorfosearse en el apasionado reencuentro que anhelaba desde el día que se despidió de ella en la cabaña de las culebras.

Desnudos, tras ponerse al día en lo carnal, Sebastián Costa resolvió hacerlo con lo demás.

—Al no haber recibido noticias tuyas, doy por hecho que Sixto Simón cumplió con su parte.

En ese instante, a Antonia ni siquiera se le pasó por la cabeza confesarle que había acabado en el estómago de los cerdos.

—Llegó, me pidió disculpas, me entregó el dinero y se marchó por donde vino.

—¿Te trajo las flores?

Ella le guiñó un ojo.

—Orquídeas negras. No, si al final va a resultar que eres un galán.

—¿Y con el capataz? ¿Ya le has despedido?

—Sé que me pediste que me deshiciera de él, pero no he podido.

Sebastián Costa sintió que el mullido colchón en el que estaba tumbado se transformaba en una cama de púas.

—Espero que tengas un motivo de peso, porque de otro modo mañana a primera hora te aseguro que me encargaré de que salga de nuestras vidas.

—Lo hay. Verás... Te hice caso y dejé de ver falsos candidatos, pero hubo uno al que no supe mantener a raya. Pedro Berrocal, se llamaba.

—¿Se llamaba?

Tumbada boca arriba con la vista en el techo, Antonia le narró la versión que llevaba trabajando en su cabeza desde hacía días y que, lágrimas incluidas, terminaba con la muerte en defensa propia del maltratador y con sus huesos en el fondo del pozo. Sebastián Costa se limitó a escuchar con atención sin intervenir ni una sola vez.

—Pero eso no es lo peor —prosiguió ella—. No hace mucho su hermano se presentó aquí con la Guardia Civil para hacerme preguntas sobre la desaparición de ese despojo. El problema es que a Jacinto, el muy estúpido, no se le ocurrió otra cosa que vender su caballo a un comerciante que no es trigo limpio.

Costa se frotó la barba, curioso.

—Fíjate si estará desequilibrado que en cuanto le hice ver que había cometido un gran error me dijo que él se encargaría de hacerle callar para los restos.

—Eso lo empeoraría todo.

—¡Sin duda! Por eso le convencí de lo contrario, pero antes o después darán con el comprador y...

—Volverán —completó Costa.

—Exacto. Pero he pensado en eso desde entonces, y se me ha ocurrido algo que, aunque puede parecer complejo, estoy convencida de que nos va a salir bien.

—¿Nos?

—Es lo que necesitamos para romper con todo y empezar de cero en otro lugar, pero sin ti no va a funcionar.

—Te escucho.

—Lo primero que tengo que hacer es llegar a un acuerdo con el señor Acevedo para venderle la hacienda. Ya he tenido una primera conversación con él y estaría interesado en comprármela a determinado precio. A Jacinto, que se cree el amor de mi vida, le voy a decir que ha llegado el momento de marcharnos, pero que necesitamos dinero para huir de aquí. Para ello solo tiene que prender fuego a la hacienda y yo cobraré la póliza del seguro.

—Continúa.

—Un par de días antes me acercaré a la comandancia de Almendralejo a poner una denuncia contra Jacinto alegando que se ha vuelto loco o algo así, y que sospecho que asesinó a Pedro Berrocal por celos y que lo tiró al pozo. Cuando lo investiguen y comprueben que vendió su caballo y que el cuerpo está ahí dentro —prosiguió, señalando hacia la ventana—, van a tener el culpable que buscan. ¿Comprendes ahora por qué lo necesitamos vivo?

Sebastián Costa asintió con la cabeza, pero de inmediato frunció el ceño y se aclaró la garganta.

—Hay un problema.

—¿Cuál?

—Sé muy bien cómo funcionan las aseguradoras, y no vas a poder cobrar la póliza si no acreditas que la hacienda sigue siendo tuya. Y el tal Acevedo no te va a dar una peseta sin que le entregues el título de propiedad.

Antonia soltó una carcajada. Luego se acomodó de costado, introdujo los dedos en la poblada barba de su amante y le besó en los labios.

—En este punto es donde entras tú, cariño. Por eso te necesito. Por eso y por algo más que tendrás que hacer por mí. Todavía no te he contado lo mejor del plan.

—Eres la persona más retorcida que he conocido jamás —juzgó él con admiración.

—Lo soy, por eso estás perdidamente enamorado de mí.

Sin miramiento alguno ni delicadeza, Costa se colocó sobre ella a horcajadas y la inmovilizó por las muñecas.

—Me has hechizado, maldita bruja.

Complacida, ella le sonrió.

—Y tú eres un animal. El animal que llevo buscando toda mi vida.

Sin dejar de atravesarla con la mirada, Sebastián Costa notó que el vigor regresaba a su entrepierna. Antonia también. Al aflojar la presión en los brazos, ella condujo una de sus manos hacia el pecho y, como esperaba, él se entretuvo comprobando la generosidad del volumen como si fuera aquella la primera vez.

—Mi animal —le susurró ella.

Un espíritu

Cortijo del señor Acevedo
Término municipal de Alconera (Badajoz)
22 de abril de 1917, a las 14.10

Es un hombre muy acostumbrado a tomar todo tipo de decisiones: importantes e intrascendentes; meditadas o intuitivas; operativas y estratégicas; personales, consensuadas, emocionales y racionales.

Decisiones.

Sin embargo, ahora que su vida está en juego, Francisco Espinosa es incapaz de tomar ninguna. Todo ha sucedido muy rápido a pesar de que su cerebro lo haya procesado a cámara lenta. Desde que el teniente Gallardo se ha presentado con Padilla hasta que se ha desatado el caos apenas han transcurrido dos pestañeos; pero, en ese momento, tirado en el suelo a merced de cualquier bala extraviada —o bien dirigida, quién sabe—, Francisco Espinosa no logra despegar la mirada de esos ojos inertes que, desde su opacidad, parecen querer advertirle de algo funesto.

También percibe como Ramón Acevedo, de rodillas a su lado, se desgañita al tiempo que señala hacia la ventana de donde ha venido el disparo. Demasiado expuesto bajo la intensa lluvia que está cayendo, dos de sus hombres no tardan en acudir al rescate de su patrón, lo levantan de las axilas y lo arrastran hacia el interior del cortijo. En ese intervalo, Acevedo grita y señala hacia la mujer que, igual que él, permanece tumbada de costado protegiendo con el cuerpo a la criatura que sostiene entre los brazos. De inmediato, alguien tira de ella y la levanta con brusquedad, haciendo que desaparezca de su campo de visión en el siguiente parpadeo. Recién recuperado, su oído puede distinguir los distintos sonidos de los disparos provenientes de rifles, escopetas y pistolas que están causando estragos a su alrededor. Es del todo consciente de que tiene que hacer algo, pero sigue sin estar capacitado para tomar decisiones.

Decisiones.

Aunque, bien pesando, no tiene por qué ser en plural. Quizá con una le valga. Por ejemplo: cubrirse. Eso es fácil. Solo tiene que encontrar con qué. A pocos metros de distancia, el grueso y fornido tronco del olivo centenario le parece un lugar ideal, pero no se atreve a exponerse, por lo que se arrastra por el barro ayudándose de codos y rodillas sin importarle destrozar el carísimo traje de tres piezas que lleva puesto. Envalentonado por el aparente éxito, apoya la espalda contra el árbol y se dispone a analizar la tesitura en la que se encuentra. De frente, los guardias civiles han tomado posiciones como han podido, menos uno que yace inmóvil en el suelo. Todos están disparando hacia el porche donde, intuye —no piensa asomar la cabeza para corroborarlo—, están los hombres del señor Acevedo respondiendo al fuego con fuego.

—Con fuego de cobertura —responde Martín Gallardo a la pregunta del sargento Pacheco.

Ambos, que han conseguido ponerse a salvo tras un muro del ala izquierda del edificio, debaten la estrategia que seguir.

—Casi todos llevan escopetas de caza. A esa distancia, y bajo la lluvia, pierden mucha precisión —argumenta el teniente.

—No sabemos si está muerto —rebate Pacheco refiriéndose a Remigio, que ha recibido un cartuchazo a bocajarro ni bien se habían desatado las hostilidades.

—Por eso mismo. Son apenas tres metros hasta ese saliente. —Señala—. Si logramos arrastrarlo hasta allí podríamos trasladarlo al hospital.

—¿Trasladarlo? ¿Cómo?

Gallardo encuentra la respuesta aparcada al otro lado de la verja.

—¿En ese cacharro? —pregunta Pacheco—. Yo no sé manejar eso.

El teniente fuerza la vista.

—Yo tampoco, pero el chófer que está dentro sí.

Dentro sí sabe qué hacer, aunque nota y es consciente de que la situación nada tiene que ver con lo que había previsto. Ramón Acevedo se libera de mala gana de los dos hombres que lo han puesto a salvo y se dirige a una cómoda que está junto a la ventana donde sabe que va a hallar lo que busca: una semiautomática modelo Victoria de 1911 y un revólver de bolsillo de cinco tiros que en su día le regaló a su difunta esposa, ambos convenientemente cargados. Sin pensárselo demasiado, se decanta por la primera y apunta a uno de sus hombres.

—Tú, conmigo. Y tú no te separes de esa zorra —le ordena al que ha traído a rastras a Rosario—. Diles a los de fuera que no dejen entrar a esos hijos de puta de uniforme. ¡Ofrezco cien pesetas por cada guardia muerto y mil por el teniente! ¡Dos mil! —rectifica.

Nunca ha subido tan rápido las escaleras. En cuanto entra en su despacho echa en falta una de las armas que decoran la pared frente a la puerta. En concreto un fusil del 25 que usa para caza mayor, cuya munición guarda en el tercer cajón de su escritorio. No es eso, sin embargo, lo que ha venido a comprobar, sino el compartimento que está oculto en el doble fondo de la mesa y que utiliza para guardar documentos importantes. Lo siguiente que capta su atención no es una ausencia, sino una presencia: la del cuerpo sin vida de un hombre sobre un gran charco de sangre.

—¡Virgen santa, joder! —exclama Ramón Acevedo.

Al acercarse y reconocer al Jabalí con la tez cerosa y la mirada vacía pero fija en algún punto del infinito, casi siente lástima por él.

—¿Pero tú no estabas ya muerto, malnacido? Maldito estúpido... Así que tú también querías jugármela, ¿eh? —le dice antes de patear su cadáver.

El hombre que le acompaña resopla, superado.

Pero enseguida la alarma en su cabeza le reclama de nuevo. Parpadea de forma incesante en cuanto identifica la ventana desde donde ha efectuado el disparo que acaba de matar a su sobrino Aurelio: la misma que ahora está bañada en sangre.

—No, no, no, no, no... —repite al comprobar que el cajón oculto ha perdido tal condición.

Una conversación mantenida semanas atrás se reproduce en su memoria.

—Disculpe que le interrumpa un segundo, porque no sé si la estoy entendiendo del todo.

Antonia Monterroso le sonreía mostrando el brillo dorado de su dentadura.

—A ver si la he comprendido. Por lo que me ha dicho, tiene problemas con su capataz, el tal Padilla ese, que se ha obsesionado con usted y la ha amenazado con matarla y prender fuego a su hacienda.

—Así es.

—Por eso ha decidido poner tierra por medio y me propone que yo le compre su propiedad al contado por un precio, digámoslo así, muy razonable.

—Es casi un regalo.

—Casi. Y yo le pregunto: ¿por qué no denuncia a Padilla ante las autoridades?

—Tengo previsto ir mañana o pasado a la comandancia de Almendralejo, y si no lo he hecho aún es porque quiero tener solucionada antes la venta de la propiedad. Es mi única vía de escape.

—Ya. Lo que no termino de entender es por qué acude a mí. Cualquiera de los terratenientes de la zona podrían hacerle una oferta más suculenta.

—Puede, pero no sería con la inmediatez que yo necesito.

—Vaya, por tanto debo considerarme afortunado.

—Eso llevo tratando de explicarle desde que me he sentado en esta silla.

Ramón Acevedo se había repantingado en la suya y entrecruzaba los dedos antes de descansar las manos en la cima de su protuberancia abdominal.

—¿Y qué pasaría si le digo que mi respuesta va a depender de si usted está dispuesta a cerrar el acuerdo de una forma, digámoslo así, más íntima?

A Antonia no se le había borrado la sonrisa mientras se aproximaba hacia él.

—Entonces le diría que el precio acaba de duplicarse.

El señor Acevedo había cavilado durante unos instantes.

—Demasiado caro para un placer tan efímero, señora mía.

—Estoy de acuerdo.

Ella le había ofrecido la mano.

—¿Trato cerrado?

Esa misma tarde formalizaban el contrato de compraventa y ella le entregaba las escrituras de la propiedad por cincuenta mil pesetas en efectivo con el compromiso de abandonar la hacienda en un plazo máximo de dos semanas.

De vuelta al presente, a Ramón Acevedo no le hace falta revisar los papeles que guarda en ese cajón para saber que ninguno de esos dos documentos sigue estando en su poder.

—Maldita perra. ¡Así te pudras en el infierno! —grita iracundo—. ¡¿Y tú que haces ahí parado?! ¡Hay un intruso en mi casa! ¡Encuéntramelo! —le ordena al tipo que lo acompaña, cuyo nombre nunca se ha molestado en aprender.

El hombre en cuestión se llama José María Ibarra, ajorrador de profesión en Jaén, aunque ejerza desde hace siete años de contrabandista. No lo hace por vicio, tampoco por devoción, sino por alimentar mejor a sus cinco hijos con lo que gana de más moviendo mercancías ilegales que transportando madera de encina de pueblo en pueblo.

—Patrón, yo...

La vena que divide la frente del señor Acevedo está a punto de reventar.

—¡¿Tú qué?!

—Yo... Todo esto es demasiado para mí —contesta José María con sinceridad.

—¡¿Cómo dices?! ¡¿Sabes lo que es demasiado?! —le pregunta apuntándole con la Victoria—. ¡¿Sabes lo que es demasiado?!

La respuesta la pronuncia la pistola y se compone de una frase simple formada por tres proyectiles que se le incrustan en el pecho.

Concisa, lapidaria.

Las otras cuatro palabras que añade hasta vaciar el

cargador son del todo innecesarias, pero le sirven a Ramón Acevedo para aplacar su frustración.

—Esto sí es demasiado —remata.

Remata la faena arrastrándolo por los pies hasta ponerlo a salvo. Lo siguiente que hace el sargento Pacheco es comprobar —como él se temía— que Remigio no tiene constantes vitales. Las múltiples heridas de postas repartidas por el tórax tienen la culpa. Acto seguido se asoma para darle las indicaciones pertinentes al teniente Gallardo, en cuyo rostro se refleja el revés, pero de inmediato configura una expresión en la que prima la fiereza sobre cualquier otro tipo de sentimiento.

—¡Contenlos ahí todo lo que puedas! —le ordena—. Yo voy adentro.

Pacheco resopla contrariado cuando lo ve romper una ventana y colarse en el edificio, pero no por tener que cumplir la orden de su superior, sino porque intuye que la refriega va para largo. Lo siguiente que hace es analizar la situación. Sus compañeros están repartidos por el patio, todos a cubierto y respondiendo de forma intermitente a los disparos que realizan los hombres de Ramón Acevedo parapetados en el porche. Si nada cambia y se limitan a mantener sus posiciones, el riesgo de resultar herido es mínimo. Solo hay un elemento discordante que, como una arruga en un uniforme recién planchado, le incomoda. Se trata de ese terrateniente con el que Ramón Acevedo mantiene algún tipo de relación. Pero no solo le importuna su presencia. Es su actitud. No es natural que esté de rodillas con la atención puesta en algún punto que está más allá de la verja y no en lo que está ocurriendo a su alrededor, que es donde está el peligro. Ensimismado en la nada, es como si tuviera ante sus ojos una aparición mariana que solo él puede ver. Al seguir su mirada descubre que esa divinidad no es otra que el automóvil que está fuera y que, casi con total seguridad —infiere Pacheco—, debe de ser suyo. El sargento deduce el porqué de su extraño comportamiento. Ginés, que ha salido corriendo detrás de Padilla y ha abortado su intento de huida justo en la puerta del cortijo, ha elegido protegerse con él tras el Hispano-Suiza y se ha convertido en el objetivo de alguno de sus rivales. En concreto de un tal Braulio, excelente cazador de perdices pero no tanto de otras especies que no vuelan, como los guardias civiles. Así, al tirar con su escopeta de postas, algunas han impactado en la carrocería, lo cual, según parece, le está causando un profundo malestar a Francisco Espinosa.

Lo que no es capaz de prever Darío Pacheco es lo que está a punto de ocurrir.

Lo que está a punto de ocurrir no está recogido en el manual de conducta de Francisco Espinosa.

Ni en el de nadie que tenga un mínimo de apego a la vida.

Pero algo se ha cortocircuitado en su cerebro cuando ha visto que varios perdigones agujereaban el embellecedor trasero y que, poco después, otro disparo perdido hacía saltar el foco delantero, lo que ha provocado que su chófer aprovechara para salir del vehículo y poner pies en polvorosa. Enojado bajo la intensa lluvia que sigue cayendo, indignado por los destrozos producidos en su joya motorizada, Espinosa se pone de pie y sale de detrás del olivo centenario con pasmosa serenidad. Haciendo alarde de un sosiego aristocrático poco compatible con la munición que circula a su alrededor, se sacude el barro de los pantalones, se agacha a por el revólver del malogrado Aurelio y sin inmutarse lo más mínimo apunta hacia los hombres de Acevedo.

—¡Dejad de disparar, malditos estúpidos! —grita.

Es muy probable que, si no hubiera pasado de los gritos, su impetuosa e irreflexiva acción no habría desencadenado una reacción tan drástica, pero resulta que no se le ha ocurrido otra cosa que apretar el gatillo al tiempo que avanza. Y no solo una vez sino tres, con tan mala suerte que la tercera roza la mejilla de Braulio, que es conocido, al margen de por ser un excelente cazador de perdices, por tener muy mala baba en general y en particular con los que han estado a punto de dibujarle una sonrisa perpetua en la cara de un balazo.

—¡Condenados estúpidos! ¡Muertos de hambre! —insiste Espinosa disparando otras dos veces.

Braulio carga su escopeta con munición especial que guarda en el bolsillo del chaleco de caza, da dos pasos hacia la perdiz con piernas y apunta a ese lugar por el que están saliendo tantos insultos hirientes. Las catorce postas de 7,62 milímetros de diámetro y 2,8 gramos de peso que contiene el cartucho salen en formación cónica a una velocidad de 312 metros por segundo. Al encontrarse Francisco Espinosa a una distancia de 21 metros, once de esos proyectiles esféricos de plomo se dispersan tras él, muriendo algunos contra alguna superficie vertical y otros, los menos afortunados, rodando por el suelo. Los tres privilegiados que sí se encuentran con su objetivo le causan lesiones de distinta consideración. El primero impacta en la barbilla, partiendo en dos el maxilar inferior. El siguiente atraviesa la cavidad bucal, revienta ese pequeño músculo fusiforme que cuelga del paladar y se incrusta en la faringe. Ambos impactos muy dolorosos y con bastantes probabilidades de terminar resultando mortales si no llega a ser por la entrada en escena de la tercera posta. Esta, atrevida y caprichosa, opta por un camino más audaz que sus hermanas para lograr su propósito letal. La puerta que elige es la cuenca orbital, donde se topa con el globo ocular, que, más allá de estallar, no presenta oposición alguna a su decidida y recta trayectoria. Tampoco le ofrece demasiada resistencia el espesor de la pared ósea que la separa del cerebro, donde llega, ahora sí, para quedarse. El estropicio para su dueño resulta fatal. Por eso, cuando Francisco Espinosa cae de espaldas sobre un gran charco de agua caída del cielo, ya ni siquiera está capacitado para sentir dolor, y mucho menos para lamentar que su carísimo traje de tres piezas vaya a arruinarse por completo.

Arruinarse por completo nunca le ha preocupado a Ramón Acevedo. De hecho, a lo largo de su vida ya lo ha perdido todo dos veces y dos veces se ha vuelto a levantar más fuerte de lo que estaba. Lo que no está dispuesto a consentir es que alguien le chulee.

Y mucho menos en su propia casa.

Pero lo cierto es que, parado en la mitad del pasillo de la segunda planta con la Victoria en la mano, se ve en la obligación de reflexionar antes de decidir qué demonios hacer. Por una parte tiene a la dotación del cuartel de la Guardia Civil de Zafra liándose a tiros con su gente; por otra está el malnacido que le ha engañado como a un colegial, al margen de haberse llevado por delante al tarugo de su sobrino. Además, resulta evidente que ese maldito teniente ha venido para llevárselo a él, y lo más probable es que más pronto que tarde sus hombres acaben cediendo. Pero por encima de eso prevalece el hecho de ser leal a uno mismo y asumir que si Sebastián Costa termina saliéndose con la suya y desaparece, él no podrá vivir con esa carga.

—¿Dónde te has metido, cabronazo? —murmura para sí.

Murmura para sí vocablos ininteligibles que son fruto del desorden mental en el que está sumido Jacinto Padilla.

Desde que el teniente Gallardo le ha enseñado los

restos mortales de Antonia se ha visto sumido en un caos emocional que le impide procesar la realidad con normalidad. Su cerebro está empeñado en repetir la última conversación que mantuvieron antes de que ella se marchara con la promesa de volver a encontrarse en la estación y emprender un viaje que los llevaría a empezar de nuevo juntos en otro lugar. «Me marcho. Mañana empezamos de nuevo. De cero. Solos tú y yo. Tú y yo solos», rememora.

A partir de ahí ha sido consciente en todo momento de lo que ha sucedido, pero lo ha percibido como si le fuera ajeno. De hecho, en cuanto han empezado los disparos, su instinto de supervivencia le ha empujado a escapar, pero incluso eso lo ha vivido en tercera persona. Tanto es así que cuando han abatido a Francisco Espinosa delante de sus ojos y ha caído de espaldas en ese charco convertido en tumba no ha experimentado ninguna emoción.

Nada.

Tanto es así que al presenciar la llegada de un desconocido en cuyo rostro dominan los trazos rectos, tupida barba embetunada y ojos opacos, tampoco reacciona. Ni siquiera cuando este apoya el cañón de su fusil en la nuca del guardia que le ha impedido huir.

Nada.

—¿Cómo te llamas? —le oye decir al recién llegado.

El otro tarda en responder el lapso de tiempo que invierte en recuperarse de la sorpresa.

—Ginés García.

—Bien, Ginés, haz todo lo que yo te diga y podrás contarlo. Lo primero que quiero es que me entregues tu arma.

Ginés, que aprecia su vida sobre todas las cosas, obedece.

—Ahora me voy a llevar a este desgraciado y tú te vas a quedar quietecito.

Padilla sabe lo que está ocurriendo; no obstante, como si el agua que le empapa la ropa hubiera conformado una coraza impenetrable, se siente inmune al peligro. De este modo, aborregado pero invulnerable, consiente que el desconocido lo conduzca hasta el vehículo y lo meta en la parte de atrás.

—No hagas ninguna estupidez o te meto dos plomazos —le advierte mostrándole la pistola que le ha arrebatado al guardia.

No lo había visto jamás, pero, por cómo habla, Padilla comprende que el hombre que se dispone a conducir el Hispano-Suiza está dispuesto a cumplir lo que dice. Él se siente confuso, pero en cualquier caso preferiría no recibir dos tiros, y, esposado como está, no tiene ninguna posibilidad de escapar. Así las cosas, y a pesar de estar flotando en una especie de nebulosa, tan pronto como se ponen en marcha le surgen un par de incógnitas que le gustaría despejar.

—¿Y tú quién coño eres y dónde me llevas? —pregunta Padilla.

El hombre lo mira a través del espejo retrovisor.

—Me llamo Sebastián Costa. No necesitas saber nada más.

En ese instante, algo machihembra dentro de su cabeza. Sus neuronas abandonan el letargo en el que han estado sumidas y milagrosamente comienzan a funcionar como de ellas se espera. La primera conclusión a la que llega Jacinto Padilla es que no se trata de un fantasma y, por tanto, si es quien dice que es, ¿a quién le encargó Antonia que matara? La segunda es aún más inquietante. Si el hombre que amenazó a Antonia con matarla está vivo, es muy probable que sea quien la asesinó a golpes antes de que él prendiera fuego a la hacienda.

Y si esa última premisa es cierta, es solo cuestión de tiempo que él corra la misma suerte.

La misma suerte que le ha faltado en la vida es la que le sobra a Rosario desde que él apareció.

A pesar de todas las calamidades que le ha tocado vivir.

A pesar de que nunca ha estado tan sola y desamparada como en este momento.

A pesar de que no tiene la menor idea de cómo va a afrontar el futuro.

A pesar de todos los pesares y pase lo que pase.

Porque lo único que le importa en ese instante es proteger y cuidar a quien tiene apretado contra su pecho. Lope es lo único que cuenta, lo único que da sentido a su existencia. Lo único que le queda. Y si no fuera por el teniente Gallardo, lo más probable es que ella estuviera ya muerta y su hijo en manos de extraños, condenado a crecer rodeado de miseria, condenado al desapego.

Condenado.

Pero sigue viva. Viva para amarlo. Y con eso le basta. Con eso le sobra.

Por eso, desde que han cesado los disparos se ha dejado invadir por una corriente de optimismo que, aunque no se corresponda con la realidad —continúa en manos del hombre al que Acevedo ha encargado vigilarla—, a Rosario le sirve para afrontar lo que sea necesario y cumplir con el objetivo que se ha marcado: seguir viviendo.

«Seguir viviendo, jodido comemierda, eso es lo que le ofrezco», le ha argumentado el teniente Gallardo.

No había elegido del todo bien Ramón Acevedo al decidir recorrer el pasillo en esa dirección, la misma en la que avanzaba Martín Gallardo pero en sentido opuesto. Al reconocerlo no se le ha ocurrido otra cosa que apuntarle con la Victoria y apretar varias veces el gatillo sin acordarse de que las siete balas del cargador ya estaban alojadas en el cuerpo de José María Ibarra, el ajorrador. Un culatazo más tarde se ha visto arrastrado hasta su despacho, donde, todavía aturdido por el golpe, Gallardo le ha obligado a contemplar desde la ventana como sus hombres bajaban las armas y se entregaban a los guardias civiles. Mientras el teniente daba instrucciones a su sargento, él ha reconocido el cadáver de Francisco Espinosa y ha consentido que le invadiera una sensación difícil de etiquetar para él. Derrotado, se ha dejado caer en su butaca, ha sacado un habano de la caja de puros y lo ha prendido ante la atenta mirada del de la Benemérita.

—¿Y ahora qué? —pregunta Acevedo.

—Ahora quiero que me cuente todo lo que sabe. Para empezar, dígame qué demonios ha pasado aquí —le ha dicho señalando a los dos cuerpos que yacen en el suelo.

—¿Y qué gano yo con eso?

—Seguir viviendo, jodido comemierda, eso es lo que le ofrezco.

Ramón Acevedo chasquea la lengua.

—Yáñez estaba así cuando llegué. A todo esto, ¿no se había volado la cabeza en el cuartel?

—No, solo lo obligué a simularlo para quitármelo de en medio en cuanto averigüé que trabajaba para usted.

—Bien jugado. El otro sí es cosa mía. El muy estúpido me ha sacado de mis casillas.

—Debería controlar ese genio suyo. ¿Dónde tiene a Rosario?

—Está abajo con uno de mis hombres.

—Espero por su bien que no le haya pasado nada.

El otro se coloca el puro en la comisura de la boca y sonríe.

—Se ha encoñado bien de esa zorra, ¿eh?

Hace tanto tiempo que nadie se ha atrevido a ponerle la mano encima que no se espera el tortazo de revés que le atiza el guardia. El habano aterriza en la alfombra tras realizar dos mortales con tirabuzón en el aire.

—La próxima vez le arranco los dientes.

Ramón Acevedo se limpia la sangre con el puño de la camisa y asiente.

—¿Quién era el tirador que disparaba desde aquí?

—Ah, pero... ¿aún no lo sabe?

—No —reconoce—. Por eso se lo pregunto.

—Pues va a resultar que es el mismo que le ha abierto la garganta al Jabalí, el mismo que mató a la Viuda y el mismo que acaba de robarme a mí.

En el rostro de Martín Gallardo se refleja el desconcierto.

—Voy por partes: hace algunos días ella vino a verme con la intención de venderme su hacienda y su granja por un buen precio. Al parecer, ese capataz suyo se había vuelto loco, y ella temía por su vida y quería poner distancia. Yo acepté el trato, pero poco después se produjo el incendio y, sinceramente, me cabreé bastante a pesar de que solo las tierras valen más de lo que yo había pagado. ¿Me permite...? —dice señalando el puro.

Gallardo se agacha a por él y se lo entrega todavía humeante.

—Gracias. El caso es que una mañana se presentó aquí don Francisco, que el Señor lo tenga en su gloria, y me ofreció una buena cantidad por trincar a Padilla para sacarle a golpes el paradero de la que fue su cuñada. Eso lo sabía, ¿verdad?

—Sí, estoy al corriente de eso. Luego vinieron la emboscada en el camino, el asalto al cuartel y...

—No, no, no... No corra tanto. Hay detalles importantes que desconoce. El asalto al cuartel no fue para satisfacer a Espinosa, no.

—¿Entonces?

—Entonces apareció él, y me encargó que recuperara la dentadura de oro, porque la quería como recuerdo, y ya puestos, que enviara a Padilla al infierno. Lo primero sí lo consiguió el bueno de Patricio, pero...

—¡Llevándose por delante la vida de un buen hombre! —le interrumpe.

—No se lo tome a mal, pero si nos ponemos a contar muertos, no sé yo.

El teniente Gallardo se acaricia los nudillos, nervioso.

—Continúe.

—Pero el segundo encargo, como bien sabe, terminó como terminó.

—Con más derramamiento innecesario de sangre. ¡¿Me va a decir de una maldita vez quién cojones es ese tipo?!

—Enseguida. Ese cabrón que nos ha engañado a todos ha estado escondido en una cabaña a poca distancia de la hacienda Monterroso. Y hoy, ingenuo de mí, le he mandado a buscar y le he abierto las puertas de mi casa confiando en que usted me iba a entregar a Padilla a cambio de... como se llame.

—Rosario. Se llama Ro-sa-rio.

—Esa. Pues aprovechando el guirigay que se ha montado, ha venido a mi despacho a por los documentos de compraventa y a recuperar el dinero que me pagó por mis servicios. Supongo que se encontraría aquí con Yáñez y zas —ilustra pasándose el dedo pulgar por la garganta.

—Como no me revele la identidad de ese hombre le juro por lo más sagrado que le estampo la cara contra la pared.

—Lo que no entiendo es que no haya caído en la cuenta. ¡¿Quién va a ser?! ¡Otro de los amantes de esa hija de satanás! ¡El detective privado de Barcelona!

El teniente Gallardo da un paso atrás como si la noticia lo hubiera empujado de frente.

—No puede ser.

—¿No? ¿Y por qué no?

—¡Porque Jacinto Padilla me confesó que le había disparado dos veces por la espalda y lo había descuartizado y echado a los cerdos!

—Entonces será que la persona que ha estado hoy en mi casa es un espíritu venido del más allá. No sea usted ingenuo, teniente. No digo que Padilla no matara a alguien, pero le aseguro que no fue a Sebastián Costa.

Por absurdas que le parezcan, Martín Gallardo da una oportunidad a las palabras de Acevedo y se pregunta qué gana mintiendo sobre ello. Naufragando en sus cavilaciones, oye varios pasos que suben las escaleras corriendo y, de manera instintiva, apunta hacia la puerta.

Gallardo baja el arma cuando reconoce el rostro de Darío Pacheco seguido del de Guti, por completo atribulado.

—Disculpe, mi teniente, pero... ¿qué ha pasado aquí?

—Luego se lo cuento.

Darío Pacheco se encoge de hombros.

—Tengo malas noticias: alguien se ha llevado a Jacinto Padilla —le informa.

—¡¿Cómo dice?!

—Lo siento, señor —interviene Guti—, pero me ha pillado desprevenido y me apuntaba con un fusil. Yo... Yo no podía hacer otra cosa.

Ramón Acevedo no desperdicia la oportunidad.

—A ver si adivino... ¿Era un hombre de buen tamaño, barba muy poblada y ojos negros como el carbón?

Gutiérrez se sorprende primero y asiente después.

—Lo que yo le decía, teniente: un espíritu venido del más allá —se mofa Acevedo.

Un impulso cerril

Comandancia de la Guardia Civil
Almendralejo (Badajoz)
Algunos días antes

Los ojos de Antonia se humedecieron.

—¡Luego me dijo que si seguía buscando marido y conseguía casarme, que lo iba a destripar, y después iba a quemar la granja conmigo dentro!

—¿Y lo cree capaz?

—¡Por supuesto! ¡Está completamente loco! ¡Loco de celos! Y no hay peor locura que los celos. Es más, aunque no puedo estar segura de ello, creo que Jacinto podría haberle hecho algo a Pedro Berrocal.

—¿Berrocal? El hombre que ha desaparecido, ¿verdad?

—Ese.

—¿Y por qué cree que Padilla podría tener algo que ver?

—¡Ya se lo he dicho! Porque ha perdido el juicio. Pedro venía a visitarme con frecuencia. Quería..., en fin, cortejarme, ya sabe. Y Jacinto no podía soportarlo.

—¿Piensa que podría haberlo asesinado?

—Sí.

El teniente Gallardo la observó durante unos instantes y le dio una intensa calada al cigarro antes de enderezarse.

—Le diré lo que vamos a hacer: voy a redactar la denuncia pertinente contra Jacinto Padilla, usted la va a firmar y le aseguro que antes de que llegue a su casa habré cursado una orden de detención contra él. No se lo puedo prometer porque no soy juez, pero lo veo pasando una larga temporada en el penal de Plasencia.

Ella se secó las lágrimas con un pañuelo y se sonó la nariz con suma elegancia.

—Le estoy muy agradecida, teniente.

Cuando Gallardo regresó a su despacho después de acompañarla a la salida, su expresión no era la misma. Con aire taciturno, sacó una llave del bolsillo interior de la guerrera, abrió el tercer cajón de su escritorio y dejó caer dentro la denuncia. Acto seguido cogió una pequeña fotografía de Antonia Monterroso, la miró durante unos segundos y sacudió la cabeza como si estuviera tratando de liberarse de algún pensamiento.

—Me cago en mi santa vida.

Ni siquiera le presentó batalla a aquella pulsión, a aquella necesidad física. Así, se guardó la foto en el bolsillo, salió del despacho y, con la cabeza gacha, se dirigió a paso ligero al mismo lugar donde terminó la primera vez que la vio. Encerrado en una de las letrinas, sacó la fotografía con una mano, se desabrochó los pantalones con la otra y, junto con los calzones, se los bajó hasta los tobillos de un tirón. Martín Gallardo no se acordaba de cuándo había sido la última vez que había tenido sexo con una mujer, pero sí recordaba a la perfección la secuencia que protagonizaba su madre y que estaba grabada a fuego en su memoria. Ella no se consideraba una puta, pero al poco tiempo de enviudar asumió que de una forma u otra tenía que pagar a los hombres que la estaban ayudando a superar las dificultades económicas por las que estaba pasando. Casi siempre era una transacción rápida, un «aquí te pillo aquí te mato», pero por norma solía encerrarse en la habitación con el tipo de turno que le tocara atender.

Menos aquella vez.

Él, que acababa de cumplir los doce, había regresado una hora antes de la escuela saltándose la obligatoria asistencia a una misa funeral por el alma de don Vicente, un profesor septuagenario que había fallecido el día anterior. Le sorprendió encontrarse la puerta entreabierta, por eso entró con sigilo, como si intuyera que no era bienvenido en su propia casa. Enseguida reconoció los sonidos que solía oír en el dormitorio, pero esa vez provenían de la cocina, y lo anómalo de la situación le resultó atrayente. Esa escena se grabaría a perpetuidad en su memoria: su madre con las manos apoyadas en la pared como si la estuviera sujetando —o más bien empujando—, con la falda levantada, los párpados apretados y la boca abierta. Una boca de la que salían gemidos acompasados con las rítmicas y tenaces embestidas que recibía del desconocido que tenía a su espalda. Hipnotizado por esa expresión a medio camino entre el dolor y el placer, Martín se quedó ahí parado contemplando a su madre, reteniéndolo todo, horrorizado y a la vez embelesado. En realidad fueron segundos, pero para él transcurrieron varias eras hasta que el tipo la agarró del pelo y remató el encuentro con tres gruñidos que, sin saber a qué correspondían, el niño interpretó como el momento de marcharse por donde había venido. Fue mientras bajaba las escaleras cuando se dio cuenta de la incomodidad de entre las piernas, y, sin entender muy bien el porqué, enseguida supo cómo solucionarla.

Y la única imagen que tenía en la cabeza para ello era la que acababa de ver.

La misma a la que recurrió ese día en la letrina de la

comandancia, pero cambiando la configuración facial de su madre por la de Antonia Monterroso.

Alivio.

El remedio balsámico no tenía un efecto duradero ni mucho menos; las contraindicaciones mentales, sin embargo, sí. Lo habitual era que se encerrara entre cuatro paredes con la adormidera como única compañía, pero ese día rompió con su protocolo y decidió, sin saber con qué propósito, ir al encuentro de esa mujer que tanto le turbaba. A lomos de Alarico recorrió en menos de tres horas los cuarenta kilómetros de distancia que le separaban de El Raposo, y empleó casi otras tantas en decidir qué hacer. Varios cigarros adulterados con pepitas de opio le ayudaron a verlo claro, y cuando se le pasó el efecto aletargador y cayó la noche, ciego de lujuria, se dejó guiar por un impulso cerril que no fue capaz de controlar.

Dos días más tarde, la hacienda Monterroso era pasto de las llamas.

La dama de la guadaña

Camino vecinal a 9 kilómetros de Zafra
Provincia de Badajoz
22 de abril de 1917, a las 16.25

Había aprendido a conducir vehículos a motor como condición indispensable para formar parte del servicio de seguridad que ofrecía La Protectora a políticos, a la alta burguesía catalana y a otras personalidades que los contrataban para alardear de modernidad en determinados actos oficiales. Su instructor —el mismo que había enseñado a conducir su Berliet, el primer turismo matriculado en Barcelona en agosto de 1903, a Ruperto Garriga y Miranda— le había explicado que el secreto radicaba en saber escuchar los distintos ruidos del motor.

Y en eso está ahora, pero Sebastián Costa nunca ha conducido por carreteras no pavimentadas, por lo que no le queda otra que hacerlo con mucha cautela, con toda su atención puesta en ese camino rural plagado de imperfecciones, baches y agujeros anegados de agua que se abre paso entre encinas y alcornoques. Da por sentado que a esas alturas ya lo estarán persiguiendo, y de vez en cuando echa un vistazo al espejo retrovisor por si tuviera que apretar más a fondo el acelerador. De paso también controla a su pasajero, a pesar de que no tiene ninguna pinta de querer dar problemas. En la expresión de Jacinto Padilla, neutra, imprecisa, no es capaz de leer sus pensamientos, pero intuye que en su mente debe de reinar la confusión más absoluta. Por eso cuando lo oye reírse lo primero que piensa es que ha perdido el juicio.

—Ya lo entiendo, claro —dice el capataz sin dejar de sonreír.

Una carcajada histérica, amarga, precede al humedecimiento de sus mejillas.

—Era Sixto Simón, claro.

—Explícate —se interesa Costa.

—El tipo al que disparé era Sixto Simón. Me engañó como a un niño. Un niño tonto —matiza.

Ahora es Costa el que se deja llevar por el desconcierto.

—¿Mataste a Sixto Simón?

—¿Lo conocías?

—Lo estuve buscando durante un tiempo, sí. ¿Y dices que lo mataste?

—Lo maté, claro que lo maté, pero pensaba que eras tú. Antonia me contó que te habías vuelto peligroso por los celos. Y que querías matarme. Eras tú o yo.

—Eso te dijo, ¿eh?

—Me dio la fecha exacta en la que ibas a venir a la hacienda, así que no tuve más que esperarte y... Qué hija de puta.

En el insulto de Padilla hay más admiración que reproche. Costa, por su parte, nota cómo empieza a hervirle la sangre al percatarse de que dice la verdad.

Una verdad que Antonia nunca le ha contado.

—Lo tenía todo pensado. Todo controlado. Bueno, no, todo no —rectifica—. Si lo hubiera tenido todo controlado, ahora no estaría muerta.

A lo lejos, el blindaje acerado del firmamento empieza a romperse dejando entrever paños azules por los que se cuelan, furtivos, tímidos rayos de luz.

—La odio tanto como la echo de menos —se sincera Padilla—. Yo también pensé en matarla unas cuantas veces. Sabía cómo sacarme de mis casillas, sobre todo cuando me hablaba de ti. En una ocasión hasta nos peleamos y me llevé esto de recuerdo —dice acariciándose la cicatriz de la mejilla—, pero nunca me imaginé que Antonia ya estuviera muerta cuando le pegué fuego a la casa. ¿Por qué lo hiciste?

El rugido del motor por respuesta.

—No podías soportar la idea de que se fuera conmigo, ¿verdad? La querías solo para ti y por eso la mataste a golpes.

—Cierra la boca.

—He visto su cuerpo esta mañana. ¿Era necesario que le hicieras eso? —pregunta endureciendo el tono—. ¿Tanto la aborrecías como para reventarle así la cabeza?

—He dicho que cierres la boca.

—¡Maldito hijo de perra! Ojalá pronto llegue tu día y te...

El codazo, fulminante, impacta en la mandíbula de Padilla causando el efecto que Sebastián Costa busca.

Busca las palabras adecuadas, pero no le resulta nada sencillo expresar lo que le gustaría decirle en ese instante. Quizá se deba a que, en realidad, no sabe qué le quiere transmitir a Rosario, o puede que responda a que su parte emocional se ha visto anulada por la certeza de haber sido traicionado por alguien a quien consideraba más que un amigo. Al margen, hay demasiados ojos curiosos revoloteando a su alrededor y no está dispuesto a menoscabar aún más su imagen delante de los suyos.

Por todo ello, Martín Gallardo se limita a sostener su mirada verde oliva en un intento de conectar con ella sin la necesidad de verbalizar sus pensamientos.

—¿Entonces, ahora? —pregunta ella.

Al de la Benemérita no le queda más remedio que hablar.

—Ahora tengo que encontrar a una persona. Esto todavía no ha acabado.

—¿Y cuándo termina eso tuyo de hacer justicia?

Gallardo no sabe qué contestar.

—¿Cuándo? —insiste.

—Puede que no sepa hacer otra cosa —reconoce él—. ¿Sigues pensando en marcharte?

Rosario mira a Lope y le acaricia la mejilla con el índice. Este le paga la carantoña con una sonrisa.

—La casa no me pertenece, ni siquiera puedo quedarme con Pancho. ¿Y qué otra cosa puedo hacer?

—Puedes...

En ese momento Darío Pacheco irrumpe en la estancia.

—Confirmado: ha huido en el trasto ese de Espinosa. No será difícil seguir las huellas, pero tenemos que darnos prisa, mi teniente.

Este asiente varias veces.

—Que los hombres se encarguen de llevarse a los caídos y que luego trasladen a Acevedo al calabozo. El resto puede irse. Y que acompañen a la señorita a su casa.

—A la orden.

Mientras el sargento se encarga de organizarlo todo, Gallardo se vuelve de nuevo hacia Rosario.

—Puedes dejarme que te ayude —retoma—. Si me esperas, cuando todo esto acabe iré a buscarte donde estés.

—¿Pero cuándo acaba todo esto?

Gallardo inspira por la nariz al tiempo que se atusa el bigote.

—Hoy. De un modo u otro esto acaba hoy.

—¡Teniente, las monturas están preparadas! —le avisa Pacheco a voces.

—Voy a acabar de recoger mis cosas, pero estés o no estés me marcharé mañana a primera hora —le avisa ella.

—Allí estaré.

Con ese compromiso retumbando en su cabeza, Martín Gallardo galopa junto al sargento Pacheco siguiendo las marcas que los neumáticos del Hispano-Suiza han dejado en el barro. Para cumplirlo tiene que dar con Sebastián Costa, recuperar a Jacinto Padilla y encajar la última pieza del rompecabezas. Después podrá intentar comprender qué le está pasando con Rosario. Ni siquiera sabe identificar lo que siente, pero algo le dice que en ella reside su última oportunidad de salvarse.

Tras recorrer varios kilómetros, en el interior de Gallardo ha crecido una sospecha que acaba naciendo de forma prematura tras un embarazo no deseado y un parto traumático. Intuye que esa conjetura tiene muy pocas posibilidades de llegar a la pubertad, pero así y todo decide amamantarla en su cabeza. Sin embargo, la fatiga de los caballos al cabalgar sobre una superficie embarrada los obliga a reducir la marcha, circunstancia que aprovecha Darío Pacheco para entablar conversación.

—Ya sabe que lo último que pretendo yo es molestar, pero ¿ese tal Sebastián Costa no es el tipo con el que estuvo en Filipinas? ¿El que le habló de la línea invisible?

—El mismo.

—¿Y podría explicarme qué es lo que ha sucedido para haber llegado hasta el punto en el que nos encontramos ahora? Con todos mis respetos, creo que me lo debe, mi teniente.

—Tiene razón —reconoce—. Veamos. Hace un tiempo, Sebas, que trabajaba como investigador privado en Barcelona, se presentó en la comandancia para contarme que le habían encargado un caso por esta zona y que se había obsesionado con la mujer a la que tenía que seguir.

—Y esa mujer era la Viuda, no me diga más.

—Así es. El hombre que lo había contratado era Francisco Espinosa, convencido de que la muerte de su hermano no había sido por causas naturales. El problema fue que antes de eso ella había acudido a mí por un supuesto intento de violación de su cuñado y yo cometí el error de involucrarme demasiado.

—¿En qué sentido, si puedo preguntar?

—Le di un toque de atención a Espinosa. Me equivoqué al creerla sin hacer las averiguaciones pertinentes, pero... Este tipo de asuntos son mi debilidad —reconoce.

Pacheco, sorprendido por la falta de hermetismo de Gallardo, no desaprovecha la oportunidad.

—¿A qué tipo de asuntos se refiere?

Algo inquieto, Gallardo se tira de los pelos del bigote antes de contestar.

—A los relacionados con las injusticias cometidas contra las mujeres. Mi madre sufrió toda su vida por culpa de muchos malnacidos que se aprovecharon de ella. Y eso me marcó. Desde entonces me lo tomo a título personal. Y no es una excusa, es un hecho —zanja.

—Un hecho bastante comprometedor, si me permite el matiz.

—Del todo comprometedor. Por eso, ni bien me enteré de la detención de Padilla fui a ver al comandante Recio y le convencí para que me asignara el caso. No quería que estuviera en manos de otro y que lo mío con Espinosa me acabara explotando en la cara. Y luego estaba lo de Sebas. Fue mi hermano de armas, y que estuviera involucrado de algún modo me obligaba, por lo menos, a no desentenderme del asunto.

—Eso se comprende.

—Pero nunca imaginé las dimensiones que alcanzaría este cristo en el que nos hemos metido. Ni lo fuerte que estaba clavado en la cruz —completa en el momento en que llegan a una encrucijada.

—Parece que ha tomado esa dirección —indica Pacheco—. ¿Hacia dónde lleva esa senda? Si no se dirige ni a Zafra ni a Badajoz, ¿hacia dónde demonios va?

Martín Gallardo se baja del caballo y asciende una pequeña loma para ganar perspectiva. El camino discurre en paralelo a la ribera del río Bodión hasta que se pierde entre la arboleda. Más allá se extiende una vasta planicie en la que no se divisa movimiento alguno.

—No pueden haber ido muy lejos —infiere.

Es en el preciso instante en el que va a agarrar las riendas para subirse de nuevo al caballo cuando se da cuenta de que le tiemblan las manos. Ya sobre su montura, introduce la mano en el interior de la guerrera buscando el bote de cápsulas.

—Me cago en mi santa vida —musita.

—¿Pasa algo?

—No, nada. No encuentro mi tabaco. Se me ha debido de caer durante la refriega.

Y, como si su organismo buscara el modo de recriminarle que falte a la verdad, siente un fuerte mordisco en la boca del estómago.

—Continuemos.

El hambre llama a su puerta en el momento más inoportuno.

En el momento más inoportuno aparece Román Aguado y le ordena al guardia civil que custodia a Ramón Acevedo que ayude a sus compañeros a cargar en la carreta los cuerpos de quienes ya no volverán a ver un amanecer. Y resulta inoportuno porque ya tenía calado al que se acaba de marchar, y con él le parecía mucho más sencillo conseguir el propósito que se ha planteado para evitar lo inevitable: terminar en prisión durante un largo período. Quizá para siempre.

Porque esta vez, aunque el problema al que se enfrenta no está relacionado con el dinero, sí piensa resolverlo del mismo modo.

Con más dinero.

Cueste lo que cueste.

Sentado en un sofá del salón, sabe que solo es cuestión de tiempo que terminen con la tarea que están haciendo y que lo trasladen al calabozo del cuartel de Zafra. En otra silla, aparentando la calma que a él le falta, aguarda Rosario a que la lleven a su casa tal y como ha ordenado el teniente Gallardo. Consciente de que el reloj corre en su contra, Acevedo se aclara la garganta y compone una mueca inocente, candorosa.

—Hasta los treinta no supe lo que era tener dinero, ¿sabes? El hambre que pasé yo no lo sabe nadie...

El cabo Aguado se limita a mirarlo con desdén.

—Ahora tengo más dinero del que puedo gastar, pero tu jefe está empeñado en meterme entre rejas por algo en lo que no he participado. Yo también soy una víctima.

Ante la falta de respuesta, Acevedo hace un esfuerzo para levantarse y camina hacia su nuevo objetivo.

—Y no lo pienso consentir, ¿me entiendes? No, no, para nada.

—Vuelva a tomar asiento y trate de tranquilizarse, por favor.

—Y tú rompiéndote el lomo por cuatro pesetas... No es justo, ¿verdad?

El señor Acevedo chasquea los dedos y pone cara de asombro, como si se le acabara de ocurrir una idea extraordinaria.

—¿Qué te parece si te doy cinco mil pesetas y dejas que me marche? —le pregunta a Aguado bajando la voz y en tono de complicidad—. Se pueden hacer muchas cosas con ese dinero. Puedes comprarle un buen regalo a tu mujer, un buen jamón para que coman tus hijos y...

—Ni estoy casado ni tengo hijos, así que siéntese de una vez y cállese.

—¡Más a mi favor! Las cinco mil para ti solito. No, escucha, mejor que sean diez mil. ¿Has visto alguna vez diez mil pesetas juntas? En billetes de quinientas abultan muy poco. ¿Quieres verlas?, eh, ¿tocarlas? ¿Quieres?

El cabo Aguado se queda mirándolo expectante, pero no dice nada.

—¡Claro que sí! Mira, te las voy a enseñar. Las tengo en este mueble de aquí.

Acevedo se dirige a la cómoda que está junto a la ventana y abre el primer cajón, donde dinero no hay ni lo ha habido jamás, pero sí está el revólver de bolsillo que en su día él le regaló a su mujer. Patentado por Toribio Zulaica en 1906 en busca de modelos muy manejables pero letales a corta distancia, cuenta con un tambor de cinco cartuchos de 6 milímetros de calibre. Un arma muy manejable y muy letal a corta distancia, sí, pero lo que más le interesa a Ramón Acevedo tiene que ver con el poco ruido que hace cuando se dispara.

—¡Señor, apártese de ahí! —le grita el guardia civil.

El otro se vuelve sonriendo.

—¡Sí, aquí están! Diez mil pesetas en billetes de quinientas.

A través del reflejo del cristal de la ventana ve que Aguado tiene la mano sobre la funda de su arma, lo cual le hace dudar.

Pero no echarse atrás.

Eso nunca.

Eso nunca lo habría consentido, pero reconoce que a Antonia no le faltaban razones para matar a Sixto Simón. Lo que le sorprende a Sebastián Costa es que lograra convencer al desgraciado con el que le ha tocado cargar. Y no solo en sentido figurado, porque, ahora que acaba de llegar a la cabaña de las culebras y Jacinto Padilla sigue inconsciente, no le queda otra que cargárselo al hombro como un saco y meterlo dentro.

Los últimos kilómetros los ha recorrido con la tensión

añadida de conducir por un camino de cabras sabiendo que Martín ya habrá salido en su busca y que no tiene más que seguir las huellas de los neumáticos para dar con él. Por eso no se puede entretener demasiado.

No se puede entretener demasiado en tomar la decisión. Debe hacerlo. Y el momento es ese, ahora que los demás guardias están distraídos fuera. Así, agarra el revólver de su difunta mujer y se gira de forma súbita. A Aguado, sorprendido, le da tiempo a desenfundar su arma, pero nada puede hacer para esquivar la primera bala, que ya ha recorrido los cinco centímetros del cañón y se dirige directamente hacia él. La segunda tampoco. Recibe ambos impactos en el pecho, y a pesar del pequeño calibre de la munición, su organismo reacciona ante esos cuerpos extraños dejándose vencer por la gravedad. Ramón Acevedo, que ha aprendido la lección y no quiere desperdiciar más balas, contiene el impulso de rematarlo, error que no desaprovecha el cabo Aguado, que aprieta varias veces el gatillo desde el suelo. Uno de los proyectiles atraviesa el calzado de su rival y se lleva por delante el dedo pulgar del pie izquierdo. Su dueño aúlla de dolor.

—¡Maldito hijo de puta! ¡Me cago en la madre que te parió, cabrón! —chilla a la vez que da pequeños y ridículos saltos sobre el otro pie.

Consciente de su crítica situación, el cabo Aguado se tumba boca arriba con los brazos en cruz para favorecer el funcionamiento de sus malheridos pulmones. Y es en esa posición como da la bienvenida al tiro de gracia que le atraviesa el hueso frontal.

—¡Hale, a tomar por el culo de una vez! —remata Acevedo.

Es entonces cuando repara en una presencia estática.

Estática, sin poder reaccionar ante tanta violencia, Rosario ha asistido con Lope dormido en sus brazos al instante en el que Ramón Acevedo ha disparado y rematado al guardia civil en el suelo.

—Y tú, condenada ramera, ¡¿qué coño miras?!

La ferocidad que arrastra la voz la saca de su aletargamiento y, obediente, actúa como le dicta su cerebro: alejándose lo máximo posible del peligro. Sin saber muy bien hacia dónde, Rosario emprende la huida. Corre por el pasillo apretando a su hijo contra el pecho y, desesperada, abre la primera puerta que encuentra con la esperanza de que la lleve a algún lugar donde ponerse a salvo.

Un pequeño almacén de herramientas no es ese lugar.

Dispuesta a rectificar, mira en la dirección por la que ha venido y comprueba que el señor Acevedo está ahí, avanzando a duras penas con el arma en la mano.

—¡Voy a acabar contigo de una vez aunque sea lo último que haga, zorra! —le grita.

Grita más para liberarse del suplicio por el que está pasando que con la intención de amedrentarla. Con todo perdido —ha asumido que no puede ir a ningún sitio con el pie en ese estado—, Ramón Acevedo solo piensa en llevarse por delante a Rosario, esa mujer que tanto importa al teniente de la Guardia Civil que se ha empeñado en complicarle la vida hasta el extremo. Por suerte para él, ha escogido un camino que no tiene salida y aún le quedan dos balas para mandarla al infierno.

Sonríe cuando, llevada por el pánico, Rosario vuelve al cuartucho que utiliza el servicio como almacén y se encierra dentro. Haciendo un esfuerzo titánico, Acevedo llega hasta la puerta, y, enajenado, la abre cargando con el hombro. La luz que entra del exterior le sirve para distinguir las decenas de herramientas y otros utensilios de labranza colgados de la pared. Más allá, todo es penumbra.

—Vete rezando lo que sepas, perra, que enseguida te vas a reunir con el miserable de tu marido.

Su oído capta a su derecha un leve sonido, que identifica de inmediato con los que producen los bebés, por lo que apunta hacia esa dirección y, decidido, da un paso al frente. Dispuesto a apretar el gatillo, descubre al niño sentado en el suelo sonriéndole. O eso cree, porque no es a él a quien le dedica esa mueca de felicidad, sino a la persona que tiene a su espalda.

A Lope le debe de hacer gracia el palo que sostiene por encima de su cabeza.

El palo en cuestión está rematado con una pieza metálica y bastante afilada que se suele usar para partir leña. Pero no en esta ocasión, porque lo que parte es el cráneo de Ramón Acevedo, a quien solo le ha dado tiempo de ver el rostro desencajado de Rosario justo antes de que el hacha entrara en contacto con su cabeza. En concreto, son tres centímetros y medio de hoja los que penetran en su masa encefálica, provocando daños irreparables, sí, pero no la muerte inmediata. La dama de la guadaña, que sabe por su dilatada experiencia que ese que está tirado en el suelo con un hacha clavada es ya un cliente fijo, no parece tener ninguna prisa en aparecer. O puede que se deba a que últimamente tiene demasiado trabajo en la zona, pero el caso es que no hará acto de presencia hasta dentro de una hora y trece minutos, intervalo de tiempo que Ramón Acevedo aprovechará —contra su voluntad, eso sí— para agonizar como nunca antes en toda su vida.

En toda su vida, Jacinto Padilla no recuerda haber tomado muchas decisiones de las cuales se pueda sentir orgulloso. Sin embargo, sumido aún en ese estado de semiinconsciencia al que le ha llevado Sebastián Costa de un codazo, le viene a la mente el día de la boda de Antonia Monterroso; el día en el cual, contra todo pronóstico, se atrevió a acercarse a ella; el día que consiguió que una mujer excepcional se fijara en él. Ese instante le cambió por completo, y aunque pudiera parecer un pestañeo en su histórico vital, si tuviera que elegir un momento clave de su existencia sería sin duda ese.

—Vamos, despierta de una vez —le dice una voz grave.

Acto seguido nota que le abofetean la cara, e incluso es capaz de sentir que la intensidad de los golpes se traduce en dolor. Contra su voluntad, abre los ojos para tratar de ubicarse en el espacio, y se reconoce sentado en el suelo de un lugar desconocido en el que se impone la penumbra. Localiza las zonas iluminadas cerca de las dos ventanas por las que entra la luz del exterior. De este modo, a pesar de que todo está difuminado a su alrededor, descubre que se encuentra en una construcción de madera no muy grande, con pocos muebles y una chimenea en cuyo hogar no quedan más que los rescoldos. Lo siguiente que registra su sistema nervioso es un pinchazo en la mandíbula, que enlaza con el último recuerdo que guarda en su memoria, protagonizado por el tipo al que más odia del planeta. Para su desgracia, ve su repulsiva silueta recortada junto a una de las ventanas, pero no es su presencia lo que le hace frotarse los párpados, sino lo que está haciendo.

Está hablando con alguien.

Alguien que se halla en el área que domina la oscuridad.

Al afinar el oído logra oír a Sebastián Costa mencionar el nombre de Sixto Simón. El susurrar de su interlocutor le impide oír su respuesta, pero a continuación sí distingue el sonido de unos pasos que se acercan. A un par de metros de distancia, el contorno que tiene delante se revela de formidables dimensiones y volúmenes correspondientes a los de una mujer.

Una muy particular.

Transcurridos unos segundos, ella se acuclilla para ponerse a la altura de sus ojos, y es entonces cuando reconoce esos exóticos rasgos, ensalzados por una sonrisa áurea perfectamente esmaltada.

La respiración se le entrecorta.

La frecuencia cardiaca se le acelera.

—Bienvenido, Jacinto. Me alegro de volver a verte.

Un segundo impulso cerril

Hacienda Monterroso
Término municipal de El Raposo (Badajoz)
Algunos días antes

El efecto aletargador del opio empezaba a remitir cuando las últimas luces del atardecer languidecían en tonos anaranjados, violáceos y pajizos. Después, ya saciada el hambre, solía presentarse una fase de relajación y clarividencia en la que necesitaba zambullirse antes de tomar una determinación. Cobijado bajo la frondosidad de un alcornoque, Martín Gallardo seguía evaluando las circunstancias que le habían llevado a desplazarse hasta los límites de la finca en la que esperaba encontrar a la mujer que se había apropiado de sus pensamientos más lascivos.

Lo que todavía no sabía ni esperaba resolver era con qué fin.

Junto a él descansaba Alarico tras cabalgar a buen ritmo desde Almendralejo, distancia larga que ya no estaba acostumbrado a recorrer.

—Qué fácil sería todo si las consecuencias de tus actos no tuvieran ninguna relevancia, ¿verdad? Me refiero a que pudiéramos tomar decisiones sin importarnos si son o no correctas. Si son convenientes o no. Quizá el mundo funcionaría mejor así, ¿no crees?

Alarico inclinó la cabeza como si estuviera de acuerdo, aunque en realidad lo que buscara fueran las caricias de su dueño. Este, que supo interpretar el gesto correctamente, no le dejó con las ganas.

—Otra cosa sería que esas decisiones afectaran a los que te rodean, que sucede casi siempre, y otra bien distinta que los perjudicaran. Entonces cada uno tendría que diferenciar entre su interés particular y el de los demás, no sé si me explico.

Esta vez Alarico agitó la cabeza y relinchó.

—Ya, es que nunca he sido yo muy hábil con las palabras en determinadas ocasiones —reconoció—. De todos modos, ya que hemos venido hasta aquí no me pienso ir de vacío, así que pongámonos en marcha y deséame suerte.

Suerte que en el sótano solía haber cinco o seis grados de temperatura por debajo de la del exterior. Tal circunstancia había favorecido la ralentización de los procesos de descomposición del cadáver y, al mismo tiempo, hacía que el hedor ahí abajo fuera todavía soportable. Aun así, Antonia se tapó la nariz y la boca con un pañuelo antes de bajar las escaleras y giró la espita de la lámpara de aceite para aumentar la intensidad de la llama.

No le había resultado nada sencillo conseguir el cuerpo. De hecho, desde el día siguiente a aquel en el que había hablado con Sebastián Costa para embarcarlo en su plan, Antonia se había montado en su carreta y había recorrido pueblos de un tamaño adecuado buscando la muerta que necesitaba. A pesar de que los cadáveres sin identificar se amontonaban en las improvisadas morgues de todos los municipios por los que pasaba, su doble debía tener unas características morfológicas similares a las suyas, y eso reducía considerablemente el número de candidatas. Tenía que afinar el tiro. Pronto descubrió que había más fallecidos por gripe en comarcas donde demandaban mucha mano de obra para trabajar el campo, y tres días después de su partida llegó a La Vega, en la provincia de Sevilla. Enclavada en el curso medio del Guadalquivir, no predominaban las poblaciones con muchos habitantes, pero la riqueza de sus suelos hacía que hasta allí se desplazaran hombres y mujeres de toda Andalucía y Extremadura en busca de un jornal que meterse en el bolsillo. Fue en Lora del Río donde la encontró. Como tantos otros, la mujer había muerto durante la noche en una nave habilitada como residencia por el propietario de la explotación. Allí solían hacinarse decenas de trabajadores que preferían dormir sobre el frío cemento que pagarse un cálido colchón, sin saber que se convertían en el mejor caldo de cultivo para la transmisión de la enfermedad.

Lo único que se sabía de ella era la información que habían aportado sus compañeros a las autoridades: se hacía llamar Isabela, tenía unos treinta años y procedía de algún lugar del sur de Portugal. En cuanto la vio, Antonia supo que había encontrado a la *prima* que llevaba meses buscando. Las evidentes similitudes anatómicas y el hecho de chapurrear portugués le facilitaron un proceso que ya de por sí era tan simple como querer llevarse a uno de los muchos fallecidos de cuyo entierro nadie quería hacerse cargo. Un problema menos para el funcionario de turno. Amortajada en una sábana, la cargó en la carreta, la cubrió con una lona y, cansada pero satisfecha, emprendió el camino de regreso a casa. Cuando por fin llegó a El Raposo, sudó de lo lindo para bajar el cuerpo al sótano y esconderlo a la espera de dar los últimos pasos que le quedaban: desplazarse a la comandancia de Almendralejo para interponer la denuncia contra Jacinto Padilla y avisarle de que había llegado el momento de que la casa de la hacienda Monterroso —propiedad que había vendido con anterioridad al señor Acevedo y por la que pensaba cobrar el seguro contra incendios después de que Sebastián Costa recuperara los documentos de la compraventa— fuera pasto de las llamas. Todo se desarrollaba según lo planificado, y tan solo le restaba arrancarle a la muerta las mismas piezas dentales que le faltaban a ella y trasladar el cuerpo a la leñera para asegurarse de que después del incendio no quedaba ningún rasgo que la pudiera diferenciar de ella.

Con esa intención, alicates en mano, bajaba esa noche al sótano. La luz de la lámpara la guio hasta el rincón en el que descansaba el cadáver de la portuguesa, oculto bajo unos sacos de arena para hacer cemento que solía utilizar para entrenar. Tras liberarlo de su embalaje, se arrodilló cerca de la cabeza y le quitó la mortaja. En ese instante un olor nauseabundo la forzó a dar un paso atrás al tiempo que trataba de contener el vómito. El cuerpo, en un avanzado estado de putrefacción, había perdido bastante masa como consecuencia de la licuefacción de los tejidos blandos y la acción voraz de las cresas. Al rostro no le quedaba mucho más que piel y hueso, y de la boca, entreabierta, se escapaban las larvas de la fauna insectívora que habían encontrado su hogar en Isabela antes de pupar. Y ahí, justo ahí, era donde Antonia tenía que operar con los alicates. No le quedaba otra que hacer de gusanos corazón, y, consciente de que siempre resulta más engorroso extraer dientes propios que ajenos, retiró como pudo aquellos seres repugnantes y se puso manos a la obra. Se disponía a atacar la octava pieza cuando oyó que golpeaban la puerta. Era francamente anómalo que recibiera visitas a esas horas, por lo que decidió ignorar la llamada con la esperanza de que dejara de insistir. No fue así, y mientras se adecentaba para deshacerse de la inoportuna visita, una voz que venía del exterior despejó la incógnita que sobrevolaba su cabeza:

—Señora Monterroso, soy el teniente Gallardo. ¿Está todo bien por ahí?

—Un segundo, por favor —contestó sorprendida.

Al abrir se encontró al guardia civil con la vista al frente, las manos recogidas a la espalda y el pecho erguido. Sin embargo, detectó algo extraño en la configuración de sus facciones. Más en concreto en el tercio superior, donde rutilaba una mirada muy diferente de aquella a la que se había enfrentado en ocasiones precedentes. Ni rastro de la castrense solemnidad y la taimada quietud que había percibido en él.

—Teniente —acertó a decir—, ¿cómo usted por aquí?

—He venido a comprobar que está usted bien. He de confesarle que su visita a la comandancia me ha dejado intranquilo.

—Qué atento por su parte. Muchas gracias. Y sí, está todo bien.

—¿Ninguna noticia de Jacinto Padilla?

—No, ninguna, ninguna. Ni falta que hace —añadió en tono humorístico para aligerar la tensión.

—Ni falta que hace —repitió él forzando una sonrisa antinatural.

El silencio que se estableció entre ambos, espeso y frío, invitaba a combatirlo con palabras.

—Verá, teniente. No quiero parecer grosera, pero me ha pillado terminando unas labores que tengo que hacer en el sótano y estoy muy cansada. Si no fuera así le invitaría a tomar algo... ¿Por qué no se pasa en otra ocasión y abro una botella de moscatel que le quita a uno todas las penas?

—Me quedaría más tranquilo si me permitiera pasar aquí la noche. No me fío de ese Padilla. Las alimañas como él actúan cuando cae la oscuridad.

A Antonia se le coaguló la sangre.

—Uy, no, de ninguna manera —reaccionó—. Sé que usted es un hombre honesto y que su propuesta carece de dobles intenciones, pero mi reputación ya está lo suficientemente maltrecha como para dar más que hablar a las chismosas.

—Nadie tendría por qué enterarse.

—Aquí todo se termina sabiendo. Es más, estoy convencida de que si se ha cruzado con alguien por el camino ya lo sabrán hasta en Badajoz. No, no, quite, quite. De verdad que se lo agradezco, pero no.

Durante los segundos que Gallardo estuvo sin parpadear, a Antonia la envolvió un halo de pavor que le recordó a cómo la miraba Pável, el domador de osos.

—Como usted quiera —dijo él al fin—. Buenas noches.

—Buenas noches, teniente. Y, de todo corazón, gracias.

Gracias a la tenaz resistencia de Antonia Monterroso, Martín Gallardo regresó a Almendralejo sin saber si habría sido capaz de contener el impulso cerril del que se alimentaba la bestia que llevaba dentro.

Esa bestia llamada adicción.

Cuando los efectos de la droga desaparecieron del todo y fue consciente de la comprometida situación en la que había puesto a la mujer a la que según su juramento debía proteger, Gallardo mandó detenerse a Alarico, se apeó del caballo y arremetió con los puños contra el tronco de árbol más cercano. Lo golpeó como si fuera su propia cara hasta que el dolor que se instaló en sus nudillos le obligó a parar.

Y no por ese motivo, sino por desprenderse del odio que sentía hacia sí mismo, Martín Gallardo se dejó caer de rodillas y gritó hasta desgañitarse.

Hasta liberarse.

Opio y escudo

Camino vecinal a 9 kilómetros de Zafra
Provincia de Badajoz
22 de abril de 1917, a las 18.40

Siente algo por él, eso es un hecho, pero no sabe qué. Diría que algo puro pero inestable, aunque bien podría ser algo adulterado pero constante. Lo que sea, poco importa ya. No obstante, si hay algo incuestionable es que Jacinto Padilla ha sido su compañero de viaje los últimos años, su capataz, su amante, su cómplice, y es posible que sea la persona que mejor la conoce. Incluso mejor que el hombre con quien ha decidido empezar una nueva vida. Y contemplarlo ahora hundido en el fango de la confusión, incrédulo, conmocionado al descubrir que ha sido manipulado desde el principio, despierta en ella un sentimiento de lástima que no le resulta nada agradable gestionar. Quizá por eso considera que una buena forma de saldar la deuda con él sería poner todas las cartas boca arriba.

—Ven, siéntate conmigo. Vamos a hablar.

Con delicadeza casi maternal, Antonia le ayuda a levantarse del suelo y le acomoda en una silla de madera que está a punto de sucumbir a la carcoma. Delante, una jarra de vino y dos vasos vacíos descansan sobre una mesa. Pasados unos instantes de reflexión, Antonia inspira por la nariz, se sienta frente a Padilla y, haciendo alarde de coquetería, se coloca detrás de la oreja un molesto mechón de pelo que le tapaba parte del rostro.

—Tenemos muy poco tiempo —le recuerda Sebastián Costa.

—Lo sé. Será cuestión de minutos. Dime, Jacinto, ¿qué piensas?

—¿Qué pienso? Mejor no quieras saberlo. Pero lo que yo sí quiero saber es por qué me denunciaste a la Guardia Civil —balbucea—. Tú y yo teníamos un plan.

—Era necesario. Ese hombre, Pablo Berrocal, no iba a detenerse hasta verme colgada del cuello por lo que le hicimos a su hermano, y era solo...

—¡¿Hicimos?! ¡A esos desgraciados los mataste tú! ¡Yo solo me deshice de los cadáveres!

—Pues lo que te digo, yo hacía una parte y tú la otra.

Indignado, Padilla estalla:

—¡Yo solo quería ayudarte! Tú decidiste cargártelos porque eres una loca asesi...

Con las manos esposadas, Jacinto no puede evitar la bofetada que a punto está de tirarlo de la silla. Como un riachuelo que nace de forma espontánea en un manantial, un fino hilo de sangre empieza a manar del labio y discurre por la barbilla dejándose llevar por la gravedad.

—Si me vuelves a levantar la voz no sales vivo de esta cabaña —le advierte ella endureciendo el tono—. Todos los que acabaron en el pozo merecían morir. Acudieron muchos, y tú lo sabes bien, y la mayoría se fueron por donde vinieron porque eran buenos hombres. Hombres que respetaban a las mujeres, hombres que me respetaron a mí. Ninguno de esos buenos hombres corrió ningún riesgo por mucho dinero que tuvieran en el bolsillo. Todos los que acabaron en el pozo solo me consideraban una sombra. Merecían morir —insiste.

—¿Los que fueron tus maridos también merecían morir? —se atreve Padilla.

—Ellos sobre todo. Gregorio solo me veía por fuera, nunca se interesó en conocerme por dentro. Era humillante. Yo para él no era más que un nuevo negocio, un trofeo, una gran conquista con la que hacer crecer su escasa autoestima. Y sí, reconozco que no me trataba mal, pero valía más muerto que vivo. En cuanto a Domingo..., para ese viejo cabrón yo solo era una cabeza de ganado con la que procrear. Su mejor cerda, eso sí. Mucho me duró.

—¿Y Clara? ¿Clara qué te hizo para...?

—¡No! —le corta amenazándole con otro bofetón—. ¡Clara no, condenado estúpido! Clara se suicidó por lo del internado. No soportaba la idea de dejar de ver a ese muerto de hambre de Jere. Yo solo quería que ella estudiara lejos de aquí para que tuviera una oportunidad en la vida. Cuando murió, sabía que nadie me iba a creer, así que no me quedó otra opción que fingir que estaba en el colegio de Santiago.

Jacinto Padilla nunca ha sabido si Antonia le miente a medias o le miente por completo, pero sí sabe cuándo dice la verdad.

—Lo de Clara me afectó mucho —reconoce—. Te aseguro que aunque al principio no soportara su presencia, terminé... En fin, no quiero hablar más de ello.

—Está bien.

—Como iba a decirte antes, solo era cuestión de tiempo que llegaran hasta ti a través del comprador de ganado al que vendiste los caballos. Eras tú o yo, y, bueno, ya sabes por quién suelo decantarme en estos casos.

—Sí, ya sé que entre tú y el resto del mundo lo primero eres tú. La verdad es que, al final, sea como sea y cueste lo que cueste, siempre consigues lo que quieres.

—Pues sí. Mira, desde que los vi en Sevilla por primera vez he querido tener un automóvil, y zas —chasquea los dedos—, ahí está, aparcado fuera.

Antonia aprovecha el momento jocoso para servir

vino en los dos vasos. Al verlo, Padilla compone un mohín y señala la jarra.

—¿Así es como piensas acabar conmigo? ¿Yo también me lo merezco?

Sosteniéndole la mirada, ella agarra el suyo y se lo bebe de un trago.

—Eres muy desconfiado.

—Eso es mentira. Confié en ti y me obligaste a asesinar a un hombre inocente haciéndome creer que era ese hijo de puta que me ha traído hasta aquí.

El aludido, que vigila el exterior a través de una pequeña ventana con los cristales rotos, no interviene.

—Sixto Simón de inocente tenía poco, pero no tenemos tiempo para aclarar esa historia. Y ese hijo de puta al que te refieres te acaba de salvar el pellejo, no lo olvides.

—Pero... ¿por qué él? Casi no lo conoces. Y él tampoco a ti.

—Te equivocas, me conoce muy bien. Además, ha recuperado mi dentadura. No te imaginas cuánto la he echado de menos estos días.

Padilla toma aire y se muerde el interior de los carrillos.

—Terminaréis matándoos.

Antonia se encoge de hombros.

—Puede, quién sabe. Pero es el único hombre que he conocido que considero que está a mi altura. Y me respeta.

—Yo siempre te he respetado, Antonia. Siempre.

—Tú siempre has estado enamorado de mí; o, mejor dicho, de lo que tengo entre las piernas. Hemos pasado buenos momentos juntos, sí, pero nada más.

A Jacinto Padilla se le humedecen los ojos.

—¡¿Nada más?! Me lo he jugado todo por estar contigo. Todo.

—¿Qué es todo? ¿Cuándo has tenido tú algo que perder?

—Podría haber tenido una vida normal —reflexiona para sí.

—Te recuerdo que fuiste tú quien tocó a mi puerta, y no paraste hasta que conseguiste lo que querías. Pudiste marcharte. De hecho lo hiciste, pero regresaste. Y además quisiste aprovecharte de la situación, ¿recuerdas? —añade al tiempo que alarga la mano para recorrer con el índice la cicatriz que Padilla tiene en la cara—. Estás en esta situación porque tú has querido.

—¡Antonia, nos tenemos que marchar ya! —insiste Costa alzando la voz.

—Ya termino —contesta ella mientras se vuelve a llenar el vaso.

—¿Qué vais a hacer conmigo? —quiere saber Padilla.

—¿Qué crees que deberíamos hacer, querido?

Antonia se ríe.

—Te vienes con nosotros. No pienso dejarte aquí para que te atrapen los guardias.

Padilla eleva las cejas sorprendido.

—Hasta que estés a salvo —le aclara—. Luego nuestros caminos se separarán para siempre. ¿Te parece bien?

Transcurren unos instantes hasta que asiente sin convicción alguna.

—Brindemos entonces.

Jacinto Padilla agarra su vaso con ambas manos y muy despacio se lo lleva a la boca. Cuando se dispone a beber, Antonia le tira el vaso de un manotazo. Alertado al romperse el vidrio contra el suelo, Sebastián Costa la mira con auténtica fiereza.

—No —dice ella—. Así no.

—Pero tú... ¡Tú has bebido! —exclama Padilla.

Antonia niega con la cabeza.

—No lo entiendes. Soy inmune a la estricnina. Llevo años administrándome pequeñas dosis a diario. Años. Beber de la misma botella era la única forma de ganarme la confianza de esos indeseables. Y este es el precio que tuve que pagar —desvela señalándose la dentadura—. Además de los constantes dolores de estómago que ya conoces. Todo lo que merece la pena cuesta.

—¡Lo habíamos acordado! —interviene Costa—. Sabe demasiado. Te lo he traído porque me dijiste que debías hacerlo tú, pero si no vas a ser capaz, yo me encargo.

Costa saca el revólver que lleva por dentro del pantalón y apoya el cañón en el pecho de Padilla. Este aprieta los párpados con fuerza.

—¡No! —grita ella—. ¡Te lo suplico! ¡No lo hagas, por favor!

—¡Sabe demasiado! —repite Costa—. No podemos dejar que vuelvan a detenerlo.

—Por eso se viene con nosotros, y en cuanto estemos fuera de peligro, te juro por lo más sagrado que no lo volveremos a ver. ¡Por favor! Sabes que se lo debo. Se lo debemos.

—Yo no le debo nada a nadie.

A nadie parece importarle que Rosario haya solucionado de una manera tan tajante el problema con el señor Acevedo. De hecho, cuando han entrado de nuevo en la casa tras oír el sonido de los disparos y se han encontrado al cabo Aguado muerto en el salón, solo Lobito ha dado muestras de estar afectado arrodillándose junto a él para quitarle la capa y taparlo con ella. Es como si la brutalidad de los acontecimientos vividos los últimos días los hubiera deshumanizado; como si de manera colectiva y consensuada hubieran normalizado todo lo feral que conlleva la barbarie.

Rosario es un claro ejemplo de ello.

Sin exteriorizar ninguna emoción más allá del amor maternal por la criatura que sostiene en sus brazos, camina sin prisa hacia la salida del cortijo con la vista al frente, trazando una línea recta entre el presente que quiere dejar atrás y el futuro que espera encontrar. Muy a su pesar, se topa con una columna compuesta por doce guardias civiles a caballo que entran en el cortijo en formación de a dos liderados por un hombre de frondosa barba canosa. Sin desmontar, la observa durante unos segundos y le señala el rostro.

—¿Se encuentra usted bien, señora? Tiene sangre en la cara.

Rosario, convertida en estatua de sal, no contesta.

El capitán Valenzuela hace un barrido visual del patio.

—¿Qué ha sucedido aquí?

—Muertos. Muchos —contesta ella.

—¿Muertos dice?

—Allí —señala.

Siguiendo la indicación del brazo localiza una carreta donde hay apilados varios cuerpos.

—Santa Madre de Dios. ¡Desmonten! —ordena antes de bajarse él del caballo.

En ese momento aparecen dos guardias civiles con sus fusiles al hombro y se cuadran delante del recién llegado.

—¡Se presenta el guardia civil de primera Gutiérrez, señor!

—¡Guardia civil García, señor!

—Capitán Valenzuela. Estoy buscando al teniente Gallardo.

—El teniente Gallardo y el sargento Pacheco partieron en busca de un sospechoso que se ha llevado al detenido, señor —contesta Ginés García.

—¿Qué detenido?

—Jacinto Padilla, se llama —interviene Guti.

—¿Me pueden explicar qué demonios ha pasado aquí y quiénes son los fallecidos?

Los guardias se miran. Gutiérrez toma la iniciativa:

—Dos compañeros y varios civiles hostiles, mi capitán. El teniente Gallardo nos ha ordenado acompañarle para detener al propietario de este cortijo, Ramón Acevedo, y nos hemos encontrado una fuerte oposición armada frente a la que no nos ha quedado más remedio que responder.

—¿Y dónde está ese tal Acevedo?

—Si todavía no está muerto, está a puntito, señor.

—¿También?

Las miradas de los guardias convergen en Rosario.

—He sido yo —reconoce ella—. Intentaba matarme.

—Virgen santa. Ya aclararemos eso. Ahora, díganme: ¿en qué dirección han partido el teniente Gallardo y el sargento Pacheco?

—Los vimos salir en aquella dirección —indica García—. Iban a seguir las marcas de un vehículo a motor en el que ha huido el sospechoso.

—¿Un vehículo a motor?

Algo superado, el capitán Valenzuela resopla y se gira hacia su segundo, el teniente Núñez.

—Usted se queda aquí con cinco hombres y se hace cargo de la situación. Desarme a todos, incluidos los guardias, y trasládelos al cuartel de Zafra. Y a esa mujer la quiero bajo arresto hasta que se le tome declaración. El resto, conmigo.

—Conmigo no se tiene que preocupar de eso, teniente. Nada de lo que me ha contado saldrá de mi boca jamás.

—Se lo agradezco.

—Del mismo modo que tampoco le he hecho comentario alguno sobre su problema —añade Darío Pacheco.

Martín Gallardo lo mira con curiosidad.

—Lo de los temblores de las manos y los sudores —completa.

De forma intuitiva, Gallardo agarra las riendas con firmeza como si quisiera ocultarlo.

—Estoy en vías de solucionarlo.

—Con las pildoritas mágicas que le consiguió el veterinario, ¿verdad?

—Láudano.

—Con todos mis respetos, teniente, pero eso que toma es veneno.

—Lo sé, pero es el veneno que necesito para estar en plenitud de facultades, aunque me temo que lo he perdido durante la refriega.

—Vaya por Dios. ¿Entonces?

—Es problema mío, no se preocupe demasiado. Podré con ello.

El sendero dibuja una curva cerrada a la derecha donde las marcas de los neumáticos se salen de la trazada. A la salida, tras remontar una ligera pendiente, enfilan un tramo que serpentea entre una espesura de alcornoques que no han visto transitar demasiados humanos en sus más de dos siglos de existencia.

—Permítame que le pregunte: ¿qué va a pasar si damos con Costa?

—¿Cree que no seré capaz de enfrentarme a él?

—No, en absoluto, pero me gustaría tener la seguridad de que... Eso —acorta Pacheco.

—Sabré qué hacer, que no le quepa duda. El problema va a ser otro si se confirma lo que estoy pensando.

—Le escucho.

—No termino de comprender para qué se ha llevado a Padilla. Y según me ha contado Ramón Acevedo, Sebastián le ha robado unos documentos firmados según los cuales Antonia Monterroso le vendía la hacienda. Y dinero. Pero también se ha llevado la dentadura de ella.

—La dentadura tendrá un valor.

—Seguro que sí, pero quizá no tenga que ver con eso.

—Ahora no le sigo, teniente.

—Digo que, si Acevedo tiene razón y Sebas lo había planeado todo con Antonia, creo que no debemos descartar la posibilidad de que esté viva.

Darío Pacheco se endereza sobre su montura.

—¡¿Viva?! ¿Y de quién es el cadáver chamuscado?

—Un señuelo. Alguien parecido a ella. Por eso le mandó a Padilla quemar la casa. Para que el cuerpo no fuera reconocible y pudiera desaparecer para siempre. Y por eso denunció a Padilla, para que le cargaran a él los muertos y poder ella empezar una nueva vida lejos de aquí.

—Esa teoría suya es muy retorcida.

—Retorcida como Antonia Monterroso.

—Lo que no entiendo es para qué querría recuperar Costa el título de propiedad de la hacienda si no tienen previsto volver.

—Porque es muy probable que tenga contratada una póliza de incendios que le cubra el siniestro. Padilla me contó que cuando estuvo casada con Gregorio Espinosa descubrió ese filón.

—La madre de Dios.

—Y de todos los santos. Solo así se entiende que Sebas no haya huido hacia Badajoz. Yo creo que va a encontrarse con ella.

—Ya, ¿pero dónde?

—En alguna zona apartada donde Antonia haya podido estar escondida mientras Sebastián completaba su parte. En un lugar al que nos van a llevar estas huellas —asegura Gallardo señalando al suelo—. Y que ya no debe de estar muy lejos.

—¿En algún lugar como ese? —señala Pacheco levantando el brazo.

En medio del alcornocal, como si fuera un enorme hongo que ha crecido por generación espontánea, emerge una cabaña. De inmediato, sin necesidad de cruzar palabra, ambos desmontan y avanzan guiando a los caballos de las riendas. El piar de los pájaros es lo único que rompe un silencio premonitorio, de domingo de funeral. A unos veinte metros de distancia, la yegua de Pacheco relincha.

—Dejémoslos aquí —susurra Gallardo.

Una gruesa rama que se proyecta hacia el exterior les sirve de amarre.

—Parece abandonada —susurra Pacheco.

El teniente aguza la vista y señala la parte trasera del Hispano-Suiza, que asoma por detrás de la cabaña.

—Sí, pero solo lo parece.

—Parece que son solo dos —informa Sebastián Costa asomándose con cautela por uno de los ventanucos—. Te lo advertí, joder, te lo advertí. —Y añade—: Uno de ellos es Gallardo.

El relinchar de un caballo los ha alertado cuando estaban a punto de abandonar la cabaña.

A Costa no le ha quedado otro remedio que ceder ante las súplicas de Antonia. Considera a Padilla un lastre del que hay que deshacerse antes o después, pero ha priorizado el hecho de salir de allí cuanto antes.

—Pues aprovecha —le sugiere Antonia.

Él la mira de reojo.

—Es un perro de presa. Si no lo haces, lo vamos a tener detrás toda la vida hasta que un día nos muerda. Quítatelo de en medio ahora que puedes.

—Es mi camarada.

—Era tu camarada. Un día lo fue, pero hoy solo quiere llevarte preso o muerto. ¿O a qué crees que ha venido hasta aquí? Dispárale antes de que lo haga él. Hazme caso.

Sebastián Costa sabe que no le falta razón. Pocos mejor que él conocen al hombre que ha venido a buscarle. Su sentido del deber está por encima de todo, y si ha llegado hasta ahí es porque tiene un propósito concreto.

Un fin.

Un fin que conlleva su final.

Sebastián Costa acomoda la culata del fusil en su hombro y apoya el cañón en el marco de la ventana sin que sobresalga. Es un blanco fácil.

—Hazlo, cariño, y nos quitamos de encima el único problema que nos queda por resolver.

Mientras escucha las palabras de Antonia ve como ambos guardias civiles avanzan hasta la última línea de árboles y toman posiciones junto a dos alcornoques que se encuentran a unos quince metros de distancia. Martín Gallardo porta un fusil a dos manos y el otro que lo acompaña desenfunda su arma reglamentaria evidenciando sus intenciones.

—Dispara de una vez.

Vencer la resistencia del gatillo no le resulta fácil. Los recuerdos comunes, los momentos compartidos y las gestas superadas se conjuran para obstaculizar una tarea que tiene del todo mecanizada.

Pero debe hacerlo.

Sebastián Costa apunta.

Sebastián Costa dispara.

Sebastián Costa acierta.

Acierta al pensar que se encuentran en una situación muy comprometida, pero cuando suena el disparo ya es demasiado tarde.

Martín Gallardo ve a su compañero dar dos pasos atrás y caer de costado. El grito, ahogado por el dolor, no sale de su boca. Tirando del guardamonte con destreza para cargar el Winchester, realiza dos disparos seguidos hacia cada ventana y corre a asistir a Pacheco, que se retuerce en el suelo. Acto seguido lo agarra por los pies y lo arrastra detrás de un montículo fuera del alcance de la línea de fuego.

—¡¿Dónde le ha dado?!

El sargento aprieta los dientes y se lleva la mano al hombro izquierdo. Gallardo le abre la guerrera y comprueba que la bala ha entrado justo por debajo de la clavícula y ha salido por la espalda.

—Es un tiro limpio, tranquilo. Presiónese la herida.

—Martín, ¡¿me oyes?!

De inmediato reconoce la voz de Sebastián Costa, que viene del interior de la cabaña.

—¡Coge a tu compañero y marchaos por donde habéis venido!

—¡Tus muertos, Sebas, tus putos muertos! —responde iracundo.

—¡Sabes que si yo hubiera querido, ese sargento estaría muerto! ¡O tú!

—¡Maldito seas! ¡¿Pero qué coño te ha pasado?!

—¡En el cortijo de Acevedo te he salvado la vida! —se defiende—. ¡Y sabes que no es la primera vez!

—¡¿Qué coño te ha pasado, Sebas?! —insiste Gallardo.

—¡Crucé la línea invisible, ya no hay marcha atrás!

—La maldita línea invisible —repite Pacheco entre gestos de dolor—. Entre ahí y métale dos plomazos de mi parte, teniente. Hágame ese favor.

—¿Aguantará?

—Qué remedio, coño.

Un pinchazo en el estómago le recuerda que el hambre sigue ahí, y no necesita mirarse las manos para saber que los temblores ya han hecho acto de presencia. Sabedor de que el tiempo juega en su contra, asoma la cabeza con la intención de estudiar la mejor forma de acercarse a la cabaña, pero la tierra que levanta el disparo le sacude en la cara obligándole a retroceder.

—¡Segundo aviso! —le oye gritar a Costa—. ¡No habrá un tercero!

—¡Sus muertos, joder!

—Joder, joder, joder —repite Padilla mientras se golpea la parte posterior de la cabeza contra la pared. Hasta ahí ha llegado huyendo de las balas que han entrado por la ventana y han cruzado el interior sin encontrar, por suerte, ningún hospedaje humano donde alojarse.

Todavía no ha sido capaz de procesar todo lo sucedido. No logra entender que por un lado Antonia lo haya manipulado, engañado y utilizado como un simple cabeza de turco pero que, por el otro, acabe de evitar que Costa lo mate a sangre fría. Quizá habría sido lo mejor, pero lo cierto es que ha vuelto a esquivar a la muerte y, en su fuero interno, se alegra por ello.

Por ello Antonia sigue pensando que Sebastián Costa tendría que haberlo matado cuando ha tenido la oportunidad. Ahora la situación ha cambiado y la mejor opción, la única, está aparcada en la parte trasera de la cabaña.

—¡Tenemos que irnos! —le grita ella—. Todo lo que necesitamos está en ese trasto de ahí fuera.

—Desde aquí lo puedo mantener a raya. Tú ve arrancando el motor —contesta Costa sin dejar de apuntar hacia el exterior.

—¿Arrancar el motor? ¿Y eso cómo se hace?

—En la parte frontal verás una manivela. Tienes que agarrarla desde arriba con las dos manos y girarla con fuerza. Ten cuidado con el retroceso o te lastimarás la muñeca. Si no lo consigues a la primera, inténtalo de nuevo desde la posición inicial.

Antonia se acerca y posa los labios en la frondosidad de su barba.

—Tendrías que haber acabado con él —le susurra.

—Y tú con él.

Antonia se vuelve hacia Padilla y se encuentra con unos ojos vacíos, inermes, pero al mismo tiempo cargados de recuerdos imborrables.

—Te esperamos fuera, cariño —se despide.

Al pasar junto a Padilla lo agarra de las esposas y tira de él para levantarlo.

—Espabila o te dejamos aquí tirado. Por ahí —le indica señalando a las ventanas de la parte trasera.

Sin poder usar las manos con libertad, Jacinto Padilla logra salir con la ayuda de Antonia, que lo sigue hasta el vehículo.

—Sube en la parte de atrás.

Padilla obedece mientras ella localiza la manivela de arranque. No consigue poner en marcha el vehículo a la primera. Al siguiente intento, el motor ruge haciendo vibrar la carrocería.

—Date prisa, por lo que más quieras... —farfulla ella.

Ella no es lo único que tiene en mente Sebastián Costa cuando oye que ha conseguido poner en marcha el Hispano-Suiza. Sin embargo, borra esos pensamientos y abandona su posición sabiendo que solo dispone de algunos segundos de ventaja antes de que Martín se dé cuenta de la jugada. Corre hacia la ventana, arroja el fusil al exterior y lo recoge al salir.

—¡Corre! —le alienta Antonia.

Costa salta al interior, coloca la palanca en posición de arranque y aprieta el pedal del acelerador sin mirar atrás.

—¡Corre, corre, corre!

Corre sin precaución alguna hacia la cabaña. En cuanto ha oído el motor y ha comprobado que el cañón del fusil de Sebastián Costa había desaparecido ha sumado dos más dos.

Unos pasos antes de llegar a la puerta se frena para comprobar a través de la ventana lo que ya sabe: que dentro no hay nada salvo aire y penumbra. De inmediato retoma la carrera rodeando la cabaña, y es entonces cuando ve alejarse el vehículo con tres ocupantes.

—¡Me cago en mi alma! —grita enfurecido mientras examina su entorno.

Un promontorio de roca arcillosa que se eleva un par de metros cerca del camino capta su atención. Sin pensárselo dos veces lo alcanza, lo escala y se tumba para obtener una posición óptima de disparo. El Hispano-Suiza está a unos cien metros, y le quedan otros tantos para desaparecer en la siguiente curva. En el intento de levantar el alza plegable de la mira es cuando se percata de lo mucho que le tiembla el pulso, inestabilidad a la que se suma lo agitado de su respiración. Sin tiempo para controlar lo uno ni evitar la otro, calcula la trayectoria de la bala a esa distancia para acertar con un blanco en movimiento.

Y ese blanco no es otro que la nuca de Sebastián Costa.

Con el índice en el gatillo, afianza la culata de nogal en el hombro y toma aire por la nariz. Para su desesperación, no consigue equilibrar la mira, pero solo necesita un disparo certero. Sin embargo, le quedan apenas unos segundos antes de que salgan de su alcance, por lo que invierte un par en conseguir una estabilidad imposible.

A diez metros de que su objetivo llegue a la curva aprieta el gatillo.

Desde la distancia, Gallardo ve como Sebastián Costa se gira súbitamente hacia la izquierda al oír pasar el proyectil cerca de su cabeza. Al desaparecer el Hispano-Suiza de su campo de visión, se incorpora, grita en esa dirección y, frustrado, lanza el fusil lo más lejos que puede. Luego se mira las manos, temblorosas, débiles, defectuosas, y se las estruja como si quisiera castigarlas por el error, como si pretendiera exprimir el embrujo que las posee, el mal del cual no consigue desprenderse. El teniente invierte un tiempo en digerir su frustración, hasta que se acuerda de que su compañero está herido y necesita ayuda. Al bajar del promontorio le parece oír a lo lejos el sonido de un disparo, pero es el intenso galopar de unos caballos que se acercan lo que capta su atención.

Entre los alcornoques reconoce al capitán Valenzuela, quizá la persona con la que más encontronazos ha tenido desde que pisó la comandancia de Almendralejo.

—Teniente Gallardo —le saluda, hosco, al llegar a su altura—. Dese usted preso.

El teniente tarda en reaccionar.

—Con qué cargos.

—Los cargos se los expondrá el comandante Recio en cuanto se persone ante él.

—Comprendo. Las personas a las que tienen que detener han huido en aquella dirección.

—No me compete. Mis órdenes son encontrarle y llevarle ante su superior.

—No opondré resistencia. Allí —indica moviendo el brazo— hay un compañero herido que requiere asistencia inmediata.

—Lo hemos visto y ya estamos en ello. Por favor, entrégueme su arma.

Sin bajar la mirada, Martín Gallardo agarra el revólver y se lo entrega por la culata. El capitán Valenzuela hace una indicación a dos de sus hombres.

—Háganse cargo del detenido —les ordena—. Sin entrar en más detalles, tengo que decirle que es usted una auténtica vergüenza para el cuerpo.

El cuerpo de Jacinto Padilla se vence hacia delante cuando Sebastián Costa frena el vehículo de forma brusca.

Antonia Monterroso, aún boquiabierta, repasa incrédula lo sucedido desde que una bala ha impactado en la carrocería del Hispano-Suiza.

—¡Ese malnacido ha intentado matarte! —ha gritado asustada.

—Era su obligación —ha justificado Costa, extrañamente calmado.

—¡Y la tuya haberlo matado en el mismo instante en que has tenido la oportunidad! Ese maldito teniente no va a dejar de perseguirnos nunca.

—Tiene razón —interviene Padilla—. Lo conozco bien, y jamás nos va a dejar de...

No ha terminado la frase.

Con la mirada, Antonia ha seguido el rápido movimiento de Sebastián Costa al girarse con un arma en la mano, y lo siguiente que ha visto y grabado en sus retinas ha sido cómo ha estallado la frente de Jacinto Padilla.

Y ahora, todavía perpleja, incapaz de reaccionar, asiste al momento en el que Costa se apea del vehículo, agarra al capataz por la pechera y lo arroja al camino como el guiñapo que es.

Como el títere sin hilos que siempre ha sido.

De nuevo al volante, Sebastián Costa se pone en marcha. Temerosa, Antonia lo mira. En su semblante no encuentra nada distinto de ese hermetismo sobre el que se edifica su idiosincrasia; y, como si quisiera despojarse del miedo que la atenaza, agita la cabeza.

—Pero... ¿por qué? —logra decir.

—Me juraste por lo más sagrado que en cuanto estuviéramos fuera de peligro no lo volveríamos a ver. Y ya estamos fuera de peligro.

No hace frío, pero Antonia siente que algo se congela en su interior.

—No volveremos a ver a ese desgraciado —concluye.

El camino atraviesa la dehesa extremeña y, ante los ojos de Antonia, el anodino paisaje que con tanto denuedo ha intentado dejar atrás le parece ahora su hogar. A la izquierda el sol ha iniciado su periplo diario hacia el ocaso. El arrebol que colorea las nubes y la irrefrenable fatalidad implícita en el atardecer provoca que rememore las palabras de Jacinto Padilla: «Terminaréis matándoos».

La dolorosa certidumbre de verse atrapada de nuevo en su propia red se licúa en silencio a través de sus lagrimales, y de repente todo a su alrededor pierde el contorno, todo se desdibuja, se desvirtúa.

—No sufras. Tú ya deberías saberlo —le dice Costa.

Antonia se seca las mejillas con el dorso de la mano, pero no se atreve a mirarlo.

—¿Debería saber qué?

—Que bajo tierra seca nada bueno germina.

Germina la idea en cuanto pasa junto al emblema de la Guardia Civil del cuartel. La semilla, plantada en su cabeza al asumir su responsabilidad en la concatenación de desgracias acaecidas desde que partió de Almendralejo, ha arraigado con fuerza durante el camino de regreso a Zafra. Pero no ha sido hasta que lo ha visto y lo ha relacionado con los valores que conlleva cuando ha florecido.

En el patio forma la dotación de guardias del cuartel que han sobrevivido. En sus rostros se refleja tanto el cansancio físico como el agotamiento psicológico, pero todos se esfuerzan en no exteriorizarlo. Al ver pasar al teniente Gallardo acompañado por los refuerzos que han enviado desde la comandancia, Pedro Lobato se cuadra y ejecuta el saludo marcial, actitud que se contagia de inmediato a sus tres compañeros. Gallardo se detiene, asiente con la cabeza y les devuelve el gesto sin ocultar el temblor que ya se ha hecho con el mando de las extremidades superiores.

A su encuentro sale el teniente Núñez, con quien guarda una más que cordial relación. Tras detenerse frente a él, se dirige a los dos guardias que lo custodian.

—Pueden retirarse.

Cuando se alejan, Núñez niega con la cabeza y resopla.

—Lo tienes complicado, Martín.

—Está asumido. ¿Qué sabes de Pacheco?

—Está en el hospital. Van a tener que operarlo, pero se recuperará.

—Estupendo.

—Valenzuela ha ordenado pasar aquí la noche, pero tan pronto como amanezca saldréis hacia Almendralejo, donde el comandante Recio te espera con los brazos abiertos.

—Ya me imagino.

—Yo me quedaré por aquí una temporada hasta que se calmen los ánimos. He interrogado a esos cuatro y te tengo que decir que todos, con más o menos entusiasmo, te han defendido.

—Ellos se han limitado a cumplir mis órdenes, están exentos de culpa.

—También han corroborado la versión de la muchacha.

Martín frunce el ceño.

—¿Qué muchacha?

—La del niño pequeño. Ah, ¿esa no te la sabes?

—No.

—Le metió un hachazo al dueño del cortijo, el tal Acevedo. Al parecer en defensa propia. El tipo era un malnacido de cuidado, no creo que nadie presente cargos contra ella, así que la hemos dejado marcharse.

—¿Hace cuánto de eso?

—Una media hora.

—¿Dónde está Valenzuela?

—Está atendiendo a la esposa de uno de los fallecidos en la reyerta. Un tal Espinosa. Por lo que se ve, no va a consentir que su muerte quede impune.

—Espinosa estaba en el sitio equivocado por decisión propia.

—Eso explícaselo a ella. Al parecer la familia tiene bastante parné, y la mujer quiere que rueden cabezas.

—¿Ha presentado cargos contra mí?

—No, y puede que con la declaración favorable de ellos —señala a los guardias con la mirada— y la de Pacheco incluso te libres de prisión, pero es más que probable que te expulsen del cuerpo.

Gallardo chasquea la lengua.

—Eso tampoco va a suceder, porque voy a presentar mi renuncia antes. Como civil, sin existir una denuncia contra mí, bien sabes que no tengo por qué ser llevado a la fuerza a la comandancia.

—Eso no le va a gustar al comandante Recio.

—Que se joda Recio —contesta. Y añade—: De hecho, a no ser que Valenzuela se oponga y se empeñe en llevarme ante Recio, y para eso va a tener que matarme, yo no regresaré mañana a Almendralejo.

—Vamos, hombre, no compliques más las cosas.

—La decisión ya está tomada y no voy a cambiarla.

—La madre que te parió, Martín.

—Ya me conoces. Si me acompañas a un despacho, me ayudas a firmar la carta de renuncia —le pide mostrándole las manos—, se la entrego a Valenzuela y no me volveréis a ver.

—Eso será en el caso de que el juez no nos ordene tu detención dentro de unos días.

—En el caso de.

Núñez eleva la mirada al cielo y menea la cabeza.

—Está bien, pero déjame que hable yo primero con Valenzuela. En el fondo es un hombre razonable, y el único código que conoce es el del honor. Eso te puede ayudar.

—Te lo agradezco.

El teniente Núñez asiente varias veces.

—La madre que te parió, Martín.

Martín Gallardo le da una palmada en el hombro.

—Eso ya lo has dicho antes.

La charla con el capitán Valenzuela se extiende poco más de una hora. Núñez le ha allanado un camino que se presuponía muy pedregoso, pero el capitán Valenzuela solo le ha puesto como condición que le dé su palabra de acudir a declarar si así lo requiere el juez Díaz. Gallardo ha accedido, y sin necesidad de más despedidas se dirige a las cuadras a recoger a Alarico, que, al verlo, lo recibe alzándose sobre los cuartos traseros y relinchando jubiloso.

—Ya podemos irnos, compañero —le dice.

Minutos más tarde se presenta en casa de tía Menchu, donde, para su tranquilidad, se divisa luz en el interior. No es hasta que se dispone a llamar con los nudillos cuando se percata de que el temblor ha ido en aumento y el sudor frío que le empapa la frente no se debe al estado de nervios que le embarga.

—Me cago en mi santa vida —murmura después de llamar a la puerta y esconder las manos tras la espalda.

A pesar de que su semblante está tallado por la pena, Martín Gallardo la sigue viendo tan bonita como la primera vez en el hostal.

—Siento mucho lo que te ha pasado en el cortijo con ese comemierda —arranca Gallardo—. Y lamento todo por lo que has tenido que pasar. De verdad.

—Ya, bueno. Por lo menos seguimos vivos.

El de la Guardia Civil no sabe cómo contestar a eso. Quizá sea esa la clave: vivir.

—Espera un segundo, lo tengo por aquí —prosigue ella.

Gallardo, extrañado, aguarda a que Rosario regrese. Esta vuelve sosteniendo con dos dedos el bote de cápsulas de láudano.

—Lo he encontrado tirado junto al olivo.

La imperiosa necesidad de paliar el hambre le invita a cogerlo de inmediato y a intentar abrirlo, pero ante la incapacidad de atinar con la tapa de rosca, interviene Rosario, quien lo destapa y le mete una cápsula en la boca.

—Otra, por favor —le pide él.

Ella lo hace y le guarda el bote en el bolsillo del pantalón.

—Gracias, muchas gracias, pero no venía a por esto.

Ahora es Rosario la que se muestra sorprendida.

—¿No?

—Ya te dije que vendría a buscarte.

—Lo dijiste, sí. Lo que todavía no sé es qué quieres de mí.

—No quiero nada. Solo a ti.

—Tengo un niño al que atender.

—Me hago cargo.

—No tengo dónde ir.

—El lugar no importa.

—Y nada que ofrecer.

—Eso no es cierto. Tienes mucho que ofrecer.

Rosario da un paso atrás y frunce el ceño.

—Ya no me dedico a eso.

—No me refiero a tu cuerpo —le dice señalándole la cabeza, movimiento que aprovecha para introducir los dedos en su pelo.

Rosario entorna los ojos y se deja hacer.

—Serás lo que quieras ser —continúa él—, pero sea lo que sea, lejos de aquí.

—Almendralejo no está tan lejos.

—Ya no estoy vinculado con la Guardia Civil. Acabo de renunciar a mi cargo.

—¿Sí? ¿Y eso qué significa?

Martín Gallardo acorta la distancia con ella sin perder el contacto físico.

—Significa que partimos los dos del mismo punto. Bueno, no, yo parto de más atrás porque necesito limpiarme por dentro.

—Y por fuera. Hueles peor que tu caballo.

Rosario le sonríe, y él encuentra en ese gesto la señal que esperaba para atraer la boca de la muchacha a la suya.

—No tan deprisa —le frena—. Antes que nada, agua y jabón.

Gallardo suspira y asiente.

—Voy a llevar a Alarico a la parte de atrás.

—Otra cosa más —dice ella levantando el índice—: ¿Tú me quieres?

Él junta las manos y se las frota agitado.

—No estoy seguro de saber qué es querer, pero sí sé que te deseo y estoy seguro por completo de que te necesito. Como ves, lo mío con la dependencia es un gran problema.

—Vamos, que me quieres convertir en tu nuevo opio.

—Podría decirse así, sí.

Rosario le acaricia la mejilla con las yemas de los dedos.

—Muy bien, yo acepto ser tu opio mientras tú seas mi escudo.

—Tú mi opio, yo tu escudo —repite reflexivo.

—Yo tu opio, tú mi escudo. Prométemelo.

—Opio y escudo —confirma.

Nota

Estimada/o lectora o lector, a continuación me voy a conceder la licencia de presentarle a la mujer que un día que no recuerdo bien del año 2020 inspiró la novela que acaba de leer. Y lo hago con la esperanza de que, conociéndola a fondo, logre comprender por qué me obsesioné con contar su historia, eso sí, torturándola a mi modo: a golpe de teclado hasta que me confesara lo que yo tenía en la cabeza.

Vamos allá.

Brynhild Paulsdatter Storset nació cerca de Trondheim, Noruega, el 11 de noviembre de 1859. Fue la última en nacer de los ocho hijos que trajo al mundo un matrimonio de granjeros con muchas menos posibilidades económicas que bocas que alimentar. Tanto era así que a algunos miembros de la familia no les quedó otra opción que formar parte de un espectáculo circense itinerante que recorría la península escandinava durante la época estival, y en el que la pequeña Brynhild tenía un número de acrobacia y contorsionismo. Poco más se sabe sobre su infancia y adolescencia más allá del incidente que, todo parece indicar, cambió su vida. Con dieciocho años se quedó embarazada de un hombre cuya identidad no quiso desvelar, y en ese estado acudió a una fiesta local donde, según su testimonio, un individuo intentó sobrepasarse con ella. Al oponerse, recibió varias patadas en el vientre que le provocaron la pérdida del feto. Su familia denunció el hecho ante las autoridades, pero el agresor pertenecía a una familia pudiente y salió impune. Las malas lenguas aseguraban que el causante de aquella desgracia no era otro que el padre de la criatura, quien, ya sea por intervención divina o humana, murió poco después, se cree, a causa de un cáncer de estómago.

Varias personas del entorno cercano de Brynhild aseguraron que a raíz de esta traumática vivencia su carácter se oscureció y nunca volvió a ver a los hombres de la misma manera.

Motivada por este suceso empezó a labrarse un futuro distinto al que estaba condenada a vivir en Noruega. Así, se dejó seducir por las infinitas posibilidades que ofrecía el Nuevo Mundo y, tras ahorrar durante cuatro años trabajando en el campo, emigró a Estados Unidos, donde ya residía una de sus hermanas. Una vez allí cambió su nombre por el de Belle y fijó su residencia inicial en Chicago, ciudad en la que supo integrarse dentro de la nutrida comunidad escandinava. Pronto conoció al que se convertiría en su primer marido, Mads Anton Sørensen, un emprendedor de origen sueco con el que abrió una confitería. La pareja, incapacitada para concebir hijos, adoptó tres niñas —Jennie, Myrtle y Lucy—, pero el negocio no les proporcionaba los ingresos suficientes para mantenerse a flote y las primeras dificultades económicas no tardaron en presentarse. Por *suerte*, semanas antes de que venciera el seguro se declaró un incendio en la confitería por el que el matrimonio Sørensen cobró una buena suma, cantidad que invirtieron en otros negocios que de un modo u otro terminaban siendo pasto de las llamas.

Corría el año 1900 y estaba a punto de cumplirse una década desde que el matrimonio Sørensen y sus hijas se habían trasladado a Austin, Texas, donde vivían sin demasiados apuros, aunque tampoco con holguras. Desde luego no las que aspiraba a disfrutar Belle. Todo cambió cuando a su marido le dio por morirse de forma repentina debido a un fallo cardiorrespiratorio. Tal infortunio se tornó en alegría para la viuda al descubrir que solo tres meses antes había suscrito un suculento seguro de vida. Una primera valoración médica apuntaba a un posible envenenamiento con estricnina; sin embargo, Belle se encargó de incinerar el cadáver de inmediato en cumplimiento de la última supuesta voluntad de su esposo, impidiendo así que se le pudiera realizar la autopsia que reclamaba su familia. Ese mismo día la viuda se plantó en la oficina del seguro para cobrar los 8.500 dólares que le correspondían, y que hoy equivaldrían a más de 255.000. Poco después hizo las maletas y se trasladó con sus tres hijas a La Porte, Indiana, donde adquirió una hacienda que contaba con una modesta granja de cerdos.

Dos años más tarde Belle contrajo matrimonio con Peter Gunness, un compatriota que se dedicaba al comercio de carne y que tenía dos hijas fruto de una relación anterior. Solo un mes después de la boda, la pequeña falleció a causa de una fuerte colitis —síntoma muy similar a los producidos por la estricnina—, y en diciembre de ese año Peter sufrió un accidente fatal al caerle encima una pesada máquina de triturar carne que le aplastó el cráneo.

Como consecuencia del fallecimiento, Belle tuvo que enfrentarse a dos problemas de no poca consideración. El primero lo generó Jennie, la mayor de sus hijas adoptivas, que difundió entre sus amistades y vecinos que había visto a su madre asesinar a golpes a su padrastro. No obstante, cuando el juez llamó a declarar a la niña, esta se retractó y Belle quedó libre de cargos. Poco más tarde, Jennie desapareció sin despedirse de nadie tras ser enviada por su madre a un colegio interno luterano en San Francisco. El segundo asunto que debía resolver estaba relacionado con el cobro del seguro de vida. Justo después del funeral de Peter, el hermano de este se llevó a la sobrina que le quedaba sin permiso de Belle, y, según lo firmado en el contrato, era a la niña a quien le correspondía cobrar la indemnización como heredera directa del finado. Sin embargo, para sorpresa de toda la comunidad, Belle desveló que estaba milagrosamente embarazada de varios meses, y, en efecto, un tiempo más tarde reapareció para presentar en sociedad a Richard, un bebé que de recién nacido tenía más bien poco. Al ser el único hijo *natural* de la pareja, pasó de forma legítima a convertirse en el primer beneficiario del seguro, es decir, que su madre sumaba así otros 5.300 dólares a su cuenta.

Los años transcurrieron sin más sobresaltos hasta que en abril de 1906 decidió contratar como capataz de la finca a Ray Lamphere, un hombre muy conocido en la comunidad por haber seducido a muchas jóvenes con las que nunca llegaba a formalizar ninguna relación. No tardó en convertirse en amante de su patrona, de quien años después diría que le había embrujado con sus artes amatorias y lo había convertido en un títere a merced de su voluntad.

Entretanto, el todavía mediocre nivel de vida de Belle, obcecada en alcanzar un estatus social que no le correspondía, la llevó a idear un método con el que obtener una rápida y suculenta vía de ingresos. Durante varias semanas recorrió varios diarios de ámbito local en los que publicó el siguiente anuncio: «Viuda rica, atractiva, joven, propietaria de una hacienda de gran tamaño, desea entrar en contacto con caballero acomodado de gustos cultivados. Objeto: matrimonio». En posteriores intercambios por correspondencia, Belle les explicaba que, para evitar posibles embaucadores que solo quisieran hacerse con sus bienes, el pretendiente debía demostrar su solvencia económica portando al menos cinco mil dólares en efectivo en su primera visita. Además, les pedía absoluta discreción para evitar habladurías que pudieran perjudicar la futura relación. La treta, lejos de resultar disparatada, atrajo la atención de decenas de hombres que acudían a la hacienda con diversas intenciones. Belle, obsesionada por causar buena imagen a los candidatos, se empeñó en recuperar su atractiva silueta de antaño y empezó a hacer ejercicio físico de forma compulsiva hasta que, según atestiguó Lamphere, consiguió adelgazar más de treinta kilos. Con este mismo propósito mandó fabricar una fastuosa dentadura de oro y porcelana en la que invirtió una auténtica fortuna.

Las primeras denuncias aparecieron durante el año 1907 y procedían de parientes de desaparecidos que conocían los amoríos entre su familiar y la viuda Gunness; y, aunque las autoridades intervinieron en varias ocasiones, ninguna investigación llegó a probar que Belle estuviera involucrada de algún modo.

El desenlace aconteció en febrero del año siguiente, cuando Belle despidió a Ray Lamphere a causa de los continuos enfrentamientos que mantenía con él, carcomido por los celos. El capataz, por su parte, se dedicó a contar a cualquiera que quisiera escucharle que Belle había asesinado a más de treinta de los pretendientes que habían acudido a conocerla, pero nadie le prestó oídos, dado su histórico de incidentes relacionados con el alcohol y lo disparatado de la acusación.

El 27 de abril de 1908, un día antes de que la hacienda fuera pasto de las llamas, Belle Gunness citó a su abogado para hacer testamento alegando que Ray Lamphere la había amenazado con incendiar su propiedad con ella y sus tres hijos dentro. Cuando los vecinos lograron al fin sofocar las llamas, en la vivienda fueron encontrados los cuerpos carbonizados de tres menores y una mujer decapitada junto a una dentadura postiza de oro, por lo que enseguida se infirió que el capataz había cumplido con su palabra. Fue durante el reconocimiento del lugar cuando se hallaron los primeros restos humanos. La mayoría de ellos pertenecían a individuos descuartizados y enterrados en bolsas, otros se encontraron en los comederos de la granja de cerdos. Algunos, los más recientes, pudieron ser identificados por parte de conocidos y allegados —fue el caso de Jennie, a la que supuestamente había enviado a estudiar a San Francisco—, pero dadas las precariedades de la época en esta materia, muchos fueron enterrados en una fosa común. En total se recogieron restos de cuarenta y dos personas diferentes, pero no se descartó que pudiera haber más víctimas.

Ray Lamphere fue detenido de inmediato y acusado de provocar el incendio que había terminado con la vida de Belle Gunness y sus hijas. Durante el juicio admitió que estaba al corriente de lo que ocurría en la hacienda, pero negó haber participado en ninguno de los asesinatos cometidos por su amante o haber sido el causante del fuego. Aun así fue condenado a veintiún años de prisión, de los cuales solo le dio tiempo a cumplir uno antes de morir de tuberculosis convencido de que Belle seguía viva.

Con la opinión pública volcada en averiguar la verdad del caso que había estremecido a todo el país, Asle Helgelien, hermano de una de las víctimas, recogió multitud de testimonios que aseguraban que el cuerpo que se había atribuido a Belle Gunness era, en realidad, el de una mujer de un pueblo cercano que había sido vista en compañía de la viuda dos días antes de producirse el incendio. Gracias a la insistencia de Helgelien se les practicó la autopsia a los cadáveres hallados en la casa, y el resultado reveló que todos habían muerto envenenados por estricnina antes de que las llamas los consumieran. Sin embargo, para el juez resultó determinante y concluyente el testimonio del dentista de la familia. Este certificó que la dentadura encontrada junto al cadáver de la mujer decapitada era la que había elaborado para Belle Gunness.

Caso cerrado.

Durante los años posteriores fueron decenas las personas que aseguraron haber reconocido a Belle Gunness en distintos puntos geográficos del país, alimentando la leyenda de que la viuda había logrado salir indemne con su fortuna, valorada en más de 250.000 dólares, lo que hoy día equivaldría a casi siete millones.

Yo así lo creo.

Y ese convencimiento fue el motor de ignición de esta novela. Eso, pero también el testimonio de Joe Maxton, el hombre que sustituyó a Ray Lamphere como capataz de la hacienda, al que el juez no quiso considerar durante el proceso con el evidente propósito de zanjar el caso por la vía rápida. Maxton declaró que desde que él fue contratado, en febrero de 1908, coincidió varias veces con un tipo de aspecto siniestro en el vestir que visitaba a su patrona con frecuencia. Un hombre sin nombre al que, horas antes de declararse el incendio que arrasó con todo, vio marcharse junto a Belle en un vehículo a motor conducido por él.

La descripción que aportó Maxton de aquel misterioso individuo fue la siguiente: rostro de trazos rectos, tupida barba embetunada y ojos opacos.

Agradecimientos

Hoy, 30 de marzo de 2023, toca acordarse de las personas que de un modo u otro me han acompañado en este mi viaje más solitario.

A María, mi chica, por esa sonriente vitalidad tan contagiosa.

A Hugo, mi chico, por enfrentarte a la vida con tus innatos superpoderes.

A Montse, Gorka y Carmen, mis lectores cero, por prestarse como conejillos de Indias de este aporreador de teclados.

A mis paisanos de Valladolid, por todo.

A las librerías, por tanto.

Al Zerocafé, por eso.